緋紅天空之下

BENEATH A SCARLET SKY

馬克・蘇利文
MARK SULLIVAN
甘鎮隴｜譯

雖然這部作品是依據真實故事與真實人物，
但主要是出自作者想像力的虛構之作。

謹將此作獻給未能獲救的義大利籍猶太人、
慘遭納粹戰爭機器奴役的數百萬民眾，以及回不了家的無數受害者，
還有最初聽聞了這個故事，並拯救了我的羅伯特·戴倫多夫。

愛能戰勝一切。

——古羅馬詩人維吉爾

序

二〇〇六年二月初，我當時四十七歲，處於這輩子最嚴重的低潮。我的弟弟，也是我最要好的朋友，在那前一年酗酒致死。當時的我寫了一本沒人喜歡的小說，捲入了一場商務糾紛，而且瀕臨破產。

我在暮色下獨自行駛於蒙大拿州的高速公路，想到我買的人壽保險，意識到我如果死了反而能給我的家人帶來更大的金錢幫助。我考慮要不要開車去撞高速公路的橋墩。當時下著大雪，天色昏暗，不會有人懷疑我其實是自殺身亡。

但在那一刻，我彷彿在紛飛大雪中看見我的妻兒，所以我改變了心意。我駛離公路時，渾身劇烈顫抖。我在瀕臨崩潰之際低下頭，哀求上帝和宇宙伸出援手。我祈求能得到一個故事，一個比我自己更重要的東西，一項能讓我沉浸其中的計畫。

信不信由你，但就在那天晚上，就在蒙大拿州的博茲曼市，我聽見了一個前所未聞的非凡故事的片段，其主角是一名十七歲的義大利少年。

我的第一個反應是：皮諾・萊拉在二次大戰最後二十三個月當中的經歷不可能是真的，否則我們以前必定有所聽聞。但我後來得知，皮諾在六十多年後的今日依然健在，曾在加州的比佛利山和馬麥斯湖市居住將近三十年，後來返回義大利定居。

我打了電話給他。萊拉先生一開始很不願意跟我談話，他說他不是英雄，而比較算是懦夫，但這反而更令我好奇。又通過幾次電話後，他終於答應了：我如果去義大利，他願意跟我見面。

我搭機前往義大利，和皮諾在一座老舊的莊園共處了三星期，地點是米蘭北部緊鄰馬焦雷湖的萊薩鎮。皮諾當時雖然已經七十九歲，但依然魁梧健壯、英俊迷人又幽默，而且說話經常含糊其辭。我常常一次花好幾小時的時間，聽他大略說明往事。

皮諾有些回憶十分鮮明，栩栩如生得彷彿就在我眼前上演，另一些則較為晦暗不清，我必須再三追問才能問個清楚。有些事件和人物顯然是他想避而不談的，有些則明顯令他不安得根本不願提起。在我的追問下，這個老人說出那些痛苦時光，他吐露的諸多悲劇令我們倆都愴然淚下。

在那趟旅程中，我也訪談了米蘭的納粹大屠殺歷史學家、天主教神父，以及游擊隊抵抗勢力的成員。我跟皮諾一起造訪了重大事件的地點。我去了阿爾卑斯山滑雪、攀爬，以便更瞭解當年的逃亡路線。這個老人在洛雷托廣場悲痛得站不穩時，我扶著他；在斯福爾扎城堡周圍的馬路上，我看著他因為痛失所愛而多麼激動。他向我指出，他最後一次是在哪裡見到貝尼托．墨索里尼。在壯麗的米蘭大教堂裡，我看著他用顫抖的手為死者和殉難者點燃蠟燭。

在那段共處的時光，我聽著這名男子回顧他這輝煌一生的其中兩年，他在十七歲那年長大，在十八歲那年變老，他經歷過的起伏、試煉與凱旋，還有愛與心碎。跟他在那麼年輕時經歷過的大風大浪相比，我個人的問題和人生顯得微不足道。他對人生悲劇的見解也給了我全新的觀點。我的心靈開始痊癒，我也和皮諾成了至交。我回到家的時候，感覺已經好幾年未曾如此舒坦。

那趟義大利之旅為接下來十年間的另外四趟揭開了序幕，好讓我在寫其他書的同時繼續研究皮諾的故事。我也請教了「以色列猶太大屠殺紀念館」的員工（這是以色列最大的納粹大屠殺紀念館暨教育中心），以及義大利、德國和美國的諸多歷史學家。我在這三個國家連同英國的戰爭檔案館裡度過了數星期。

我訪問了幾位依然健在的目擊者（至少我找得到的那些），以便確認皮諾描述的一些事件。我另外訪談的一些對象，是早已離世的當事人的後代或友人，其中一人是英格麗・布拉克，她父親是一名神祕的納粹將軍，就是他使得皮諾的故事核心變得更加複雜。

只要可能，我會盡量忠於我從那些檔案館、訪談和證詞中取得的事實。但我很快發現一件事：二戰接近尾聲時，大量納粹文件遭到燒毀，關於皮諾那段過往的文件紀錄就算依然存在，也下落不明。

義大利這個國家和人民在戰後出現的某種「集體失憶症」，在這方面也給我造成了困難。有很多人寫書描述諾曼第戰役、同盟國盟軍在西歐進行的一系列作戰，以及在其他歐洲國家冒生命危險拯救猶太人的勇者。相較之下，納粹占領義大利，還有天主教徒為了挽救義籍猶太人而建立的「天主教地下鐵路」，這些史實則乏人問津。大約六萬名同盟國將士為了解放義大利而戰死，大約十四萬名義大利人在納粹占領期間喪命，但儘管如此，很少著作是關於義大利之戰，所以歷史學家們把當年的義大利稱作「被遺忘的前線」。

這種失憶症主要是由活了下來的義大利人所造成的。正如一名年邁的游擊隊戰士對我說的：「我們當時還很年輕，想忘掉那些事。我們想忘掉經歷過的那些慘事。義大利沒人討論二戰，所以沒人記得。」

因為文件燒毀、集體失憶症，加上許多當事人在我聽聞這個故事時早已與世長辭，所以我在數十年後的今日不得不想像當時的一些場景和對話，相關依據是皮諾的回憶、至今尚存的少許實體證據，以及我透過研究和合理猜測所獲得的想像力。在某些情況下，我為了敘事連貫性而混用或壓縮了一些事件和人物，也把原本一些極為簡短的口述片段描述得更加戲劇化。

也因此，您接下來閱讀的這個故事，並不是創作性的非虛構作品，而是由虛構傳記和歷史劇組成的小說，但內容盡可能貼近皮諾·萊拉在一九四三年六月和一九四五年五月之間的經歷。

第一部　無人得以成眠

第一章

一九四三年六月九日
義大利，米蘭

正如歷代每一位法老、皇帝和暴君，被稱作「領袖」的義大利首領也看到自己的帝國崛起的下場就是衰亡。的確，在這個春末的午後，權力正在從貝尼托・墨索里尼的指間悄悄流逝，就像年輕寡婦之心失去了喜悅。

這位法西斯獨裁者的殘兵敗將已經從北非撤退，同盟國的軍隊已經兵臨西西里島城下。阿道夫・希特勒每一天都派來更多部隊和物資，來強化義大利這座靴形半島的防禦。

皮諾・萊拉知道這一切，因為他每晚都在短波收音機上聆聽BBC英國廣播電臺的報導。不管他去哪裡，都親眼見到數量持續增加的納粹分子。然而，皮諾漫步走過米蘭的中世紀街道時，心中毫無煩惱憂愁，因為他並不知道衝突正在逼近。對他而言，第二次世界大戰只不過是一連串的新聞報導，聽了就忘，被他最喜歡的三件事的相關思緒取而代之：女孩、音樂和美食。

畢竟他才十七歲。他身高一百八十七公分，體重七十五公斤，身形瘦長，大手大腳，一頭亂髮，滿臉痘痘，舉止笨拙，所以他邀請的女生都不願跟他一起看電影。話雖如此，皮諾這個人的本性就是不會灰心喪志。

他踏著自信的步伐，跟朋友們來到米蘭大教堂前方的廣場，這座宏偉的哥德式大教堂又稱聖母大殿，坐落於米蘭的中心地帶。

「我今天要去見個漂亮姑娘，」皮諾指著烏雲密布的緋紅天空說：「然後我們會談一場瘋狂又悲劇的戀愛，每一天都是充滿音樂、美食、美酒和美好事物的大冒險。」

「你活在幻想裡。」皮諾最好的朋友卡利托·貝爾卓米尼當場潑冷水。

「才不是。」皮諾悶哼道。

「明明就是。」比皮諾小兩歲的弟弟米莫開口：「你每見一個漂亮女生就愛一個。」

「可是她們都不會愛上皮諾。」卡利托說。這個少年比皮諾矮很多，臉龐如月球表面般坑坑疤疤，體型瘦小。

比卡利托更矮的米莫說：「一點也沒錯。」

皮諾沒把他們倆的話當一回事。「你們顯然不懂浪漫。」

「他們在那裡做什麼？」卡利托指向在米蘭大教堂外面忙碌的幾群工人。

有些人用木板覆蓋大教堂的彩色玻璃窗留下的空洞。有些人把卡車上的沙袋搬下來，在大教堂的底部周圍築起一堵越堆越高的牆。有些人架設聚光燈，一群神父站在大教堂的雙扇大門旁邊密切注視。

「我去弄清楚怎麼回事。」皮諾說。

「我先。」弟弟快步前往那群工人所在。

「米莫把什麼都看成競爭。」卡利托說：「他得學習怎樣冷靜下來。」

皮諾發笑，回頭對卡利托說：「你如果知道有什麼辦法能讓他冷靜下來，拜託你告訴我媽。」

皮諾繞過工人們，直接走向那群神父，拍拍其中一人的肩膀。「打擾一下，神父。」

這名神職人員年約二十五歲，身高跟皮諾差不多，但體型較為沉重。他轉過身，把少年從腳到頭打量一番，看到對方的新鞋、灰色亞麻長褲、潔白的襯衫，還有母親送給兒子當生日禮物的印花軟綢領帶，然後他瞪著皮諾的眼睛，彷彿能看見頭殼裡罪孽深重的青春期思緒。

他開口：「我還在唸神學院，尚未授以聖職，還沒有項圈。」

「噢，噢，對不起，」皮諾感到不知所措。「我們只是想知道，你們裝這些燈具是為了什麼。」

年輕的神學院學生還來不及答覆，這時一隻布滿疙瘩的手出現在他的右肘旁。青年讓到一邊，顯出一名瘦削矮小的神父，此人五十幾歲，身穿白袍，頭戴紅色小瓜帽。皮諾一眼就認出對方是誰，感覺胃袋一沉，急忙在米蘭樞機主教面前單膝跪下。

「樞機大人（Lord Cardinal）。」皮諾低下頭。

神學院學生嚴肅道：「你得尊稱人家『樞機閣下』（Your Eminence）。」

皮諾納悶地抬起頭。「我的英國保母教過我，如果見到樞機主教，就要叫人家『樞機大人』。」

青年的臉色變得更為嚴厲，但是伊爾德方索・舒斯特樞機發出柔和的笑聲，說道：「巴巴拉斯基，我覺得他說得沒錯。如果在英國，我會被稱作『樞機大人。』」

舒斯特樞機在米蘭既有名又有權。這位樞機主教是北義大利的天主教領袖，也是「教宗庇護十二世」身邊的要人，因此常常上報紙。舒斯特的神情給皮諾留下了難以磨滅的印象：雖然這位主教的微笑臉孔傳達善意，眼裡卻暗藏能施加詛咒的威脅。

神學院學生顯然很不高興。「樞機閣下，這裡是米蘭，不是倫敦。」

「這不重要。」舒斯特把一手放在皮諾肩上，要對方起身。「年輕人，你叫什麼名字？」

「皮諾・萊拉。」

「皮諾？」

「我母親以前總是叫我約瑟皮諾，」皮諾費勁地站起。「久而久之就成了『皮諾』。」

舒斯特樞機看著名字意思是「小約瑟」的約瑟皮諾，不禁發出笑聲。「皮諾・萊拉，這個名字值得記住。」

樞機這種大人物為什麼會說出這種話？皮諾一頭霧水。

在接下來的沉默中，皮諾衝口道：「我以前見過您，樞機大人。」

舒斯特感到驚訝。「什麼時候？」

「在『阿爾卑斯屋』，瑞神父在馬德西莫鎮上方的營地，好幾年前的事了。」

舒斯特樞機面露微笑。「我記得那趟拜訪。我當時對瑞神父說，全義大利就只有他這位神父的主教座堂比米蘭大教堂和聖彼得大教堂都來得宏偉。我身旁這位年輕的巴巴拉斯基，下星期會上山去跟瑞神父一起工作。」

「你一定會喜歡他和阿爾卑斯屋，」皮諾說：「在那裡爬山很愉快。」

巴巴拉斯基居然露出笑容。

皮諾遲疑地鞠個躬，轉身打算離去，而這個舉動似乎更讓舒斯特樞機感到莞爾。他開口：「我以為你對這些燈具感興趣？」

皮諾停步。「是的？」

「這些燈具是我的主意，」舒斯特說：「今晚會開始實施燈火管制，只有米蘭大教堂會保有照明。我的祈願是，轟炸機飛行員會看到這座教堂，驚於其美而決定手下留情。這座壯麗教堂花了將近五百年光陰才建成，若看到它毀於一夕，這將是悲劇。」

皮諾仰望巨大教堂的華麗面貌。米蘭大教堂是由淡粉紅色的康多利亞大理石製成，擁有數十座尖塔、露臺和尖頂，看起來就跟冬季的阿爾卑斯山一樣霜白壯觀、如夢似幻。他對滑雪和爬山的喜愛只稍微輸給他對音樂和女孩的喜愛，而每次看到這座教堂，他總是會在腦海裡來到高原。

但在此刻，這位樞機認定大教堂和米蘭面臨威脅。這是皮諾第一次覺得空襲可能真的會發生。

他開口：「所以我們真的會被轟炸？」

「我祈禱這不會發生，」舒斯特樞機說：「但是謹慎之人必須永遠做好最壞的打算。就此別過，皮諾，願你對上帝的信仰將確保你在接下來的日子常保平安。」

米蘭樞機邁步離去，皮諾懷著敬畏之心回到卡利托和米莫身旁，這兩人也顯得同樣震驚。

「那是舒斯特樞機耶。」卡利托說。

「我知道。」皮諾說。

「你跟他談了很久。」

「有嗎？」

「有。」弟弟說：「他跟你說了什麼？」

「他說他會記住我的名字，還說這些照明設備是為了避免轟炸機炸掉這座大教堂。」

「看吧？」米莫對卡利托說：「我猜得沒錯。」

卡利托狐疑地打量皮諾。「舒斯特樞機怎麼會想記住**你的**名字？」

皮諾聳肩。「也許他喜歡這個名字的發音吧。**皮諾·萊拉**。」

米莫噗哧一聲：「你**真的**活在幻想裡。」

三人離開主教座堂廣場時聽見雷鳴。他們橫越馬路，從高聳的拱門入口走進「拱廊街」，這是全世界第一座完全以屋頂覆蓋的商場，裡頭有兩條以十字形彼此交錯的寬廣走道，店鋪琳琅滿目，上方的半圓形屋頂是由鐵和玻璃組成。三名少年走進商場的時候，玻璃片已被拆除，僅剩的上層結構給室內投下網狀陰影。

隨著雷聲逼近，皮諾看到拱廊街上許多人面帶憂愁，但他並不感到焦慮，畢竟打雷只是打雷，不是炸彈引爆。

「買朵花吧？」一名女子叫賣，身旁的手推車裡擺滿剛剪下的玫瑰花。「送給女朋友？」

皮諾回話：「等我找到她，我就回來買。」

「那妳大概要等好幾年了，小姐。」米莫說。

皮諾朝弟弟揮拳。米莫避開拳頭，拔腿逃竄，離開拱廊街，來到一座豎立著李奧納多．達文西雕像的廣場。在雕像後方，商場街道和街車軌道的另一頭，斯卡拉大劇院的大門敞開，好讓這座著名的歌劇院通風透氣。從中飄出的是小提琴和大提琴的調音聲，以及一名男高音進行音階練習的歌聲。

皮諾追著弟弟跑的時候注意到一名漂亮女孩，她秀髮烏黑，肌膚賽雪，深邃雙眸閃閃發亮。她走過廣場，前往拱廊街。他匆忙停步，看著她的倩影，心潮澎湃得說不出話。

她遠去後，皮諾說：「我好像墜入情網了。」

「你比較算是臉朝下墜落在地。」卡利托開口，來到他身後。

米莫轉身回來這兩人身旁。「剛剛聽人說，盟軍在聖誕節左右就會來到這兒。」

「我希望美國人更早來到米蘭。」卡利托說。

「我也是，」皮諾同意：「多來點爵士樂！少唱點歌劇！」

他拔腿飛奔，躍過一張長椅，踩在保護達文西雕像的弧形金屬欄杆上，俐落地在光滑的金屬表面上滑動一小段距離，然後跳到欄杆另一頭，像貓一樣著陸。

向來輸人不輸陣的米莫也如法炮製，可惜下場是摔趴在地，倒在一名身穿碎花連身裙的肥胖黑髮女子前面。她看起來大約是三十好幾、四十出頭的年紀，手裡拿著小提琴盒，頭上戴著用來遮陽的寬邊藍色草帽。

女子嚇得差點丟下手裡的小提琴盒。她憤怒地把琴盒緊緊抱在胸前，看著呻吟的米莫壓住疼痛的肋骨。

「這裡是斯卡拉廣場！」她責備：「為了紀念偉大的李奧納多！你怎麼這麼沒禮貌？要玩小孩子遊戲去別的地方玩。」

「妳覺得我們是小孩？」米莫挺起胸膛。「小男孩？」

女子望向他身後，說道：「你們是小男孩，因為你們搞不懂身邊正在玩著什麼樣的真實遊戲。」

烏雲已經滾滾而來，遮住日光。皮諾轉過身，看到一輛大型的黑色戴姆勒賓士公務車駛過廣場和歌劇院之間的馬路，車頭兩邊的擋泥板都豎著納粹紅旗，收音機天線上飄揚著一面將軍旗幟。皮諾看到將軍的輪廓，那人直挺挺地坐在後座上。也不知道為什麼，這幅景象讓他感到不寒而慄。

皮諾回過身，發現小提琴手已經邁步離去。她以叛逆姿態昂首而立，從納粹公務車後面橫越馬路，大步走進歌劇院。

三名少年離開這裡，米莫瘸拐而行，揉著右髖，抱怨連連，皮諾充耳不聞。一名眼眸藍灰、頭髮黃褐的女子從人行道上迎面走來，他判斷她的年齡大約二十出頭。上帝把她組裝得很美，她擁有弧度適中的鼻梁、高挺的顴骨，自然上揚的嘴角形成自在的微笑。她的體型纖瘦優雅，身高中等，身穿黃色的夏季連身裙，拎著帆布購物袋。她走離人行道，進入前方一家麵包店。

「我又戀愛了，」皮諾把兩隻手掌壓在心口上。「你們看到她沒有？」

卡利托悶哼道：「你從不放棄？」

「從不。」說完，皮諾小跑來到麵包店櫥窗前，窺視店裡。

女子正在把幾條麵包塞進購物袋裡。他注意到她的左手上沒有戒指，所以他等她付帳出來。

她走出店鋪後，他來到她面前，把一手按在心口上，說道：「抱歉，小姐，妳的美貌令我驚為天人，我非來見妳不可。」

「聽你在胡說八道。」她嗤之以鼻，繞過他，未曾停步。

她從旁經過時，皮諾嗅到她身上混雜茉莉花香的女性體香。這股芬芳令他沉醉，他從沒聞過這麼美好的香氣。

他快步追上她，說道：「我是說真的。我見過很多漂亮女士，小姐。我住在聖巴比亞那個時尚區，那裡有很多模特兒。」

她斜眼瞥他。「聖巴比亞是高級區。」

「我爸媽是『萊拉手提包店』的老闆。妳知道那間店嗎？」

「我的……我的雇主上星期才在那裡買了一個手提包。」

「是嗎？」皮諾大感欣喜。「所以妳現在知道我是來自良好家庭。妳願不願意今晚跟我一起看場電影？現在在上演《可愛之極》。佛雷・亞斯坦、麗塔・海華斯、唱歌跳舞、美麗優雅，就跟妳一樣，小姐。」

她終於轉過頭，用犀利眼眸盯著他。「你幾歲？」

「快十八了。」

她發笑。「你對我來說年輕了點。」

「只是看場電影，以朋友的身分。我當妳朋友不會太年輕吧？」

她不發一語，只是繼續邁步。

「願意？不願意？」皮諾問。

「今晚有燈火管制。」

「電影開演的時候，路上還會有燈光，看完電影後我會好好地把妳送回家，」皮諾向她擔保：「我在黑夜中的視力就跟貓咪一樣好。」

她接下來的幾步都沒說話，皮諾感覺心往下沉。

「電影在哪放映？」她問。

皮諾跟她說了地址，然後說：「妳願意跟我在那裡會合嗎？七點半，在售票亭外頭？」

「你這個人還挺有趣的，況且人生苦短。好吧，有何不可？」

皮諾露齒而笑，把一手按在胸前。「到時候見。」

「到時候見。」她嫣然一笑，然後橫越馬路。

皮諾目送她離去，感覺心中充滿勝利喜悅，也覺得自己停止了呼吸。她轉身等候迎面而來的街車，帶著笑意回頭看他，這時他意識到有個問題。

「小姐，不好意思，」他朝她呼喊：「我還不知道妳叫什麼名字？」

「安娜。」她大聲回話。

「我叫皮諾！」他喊道：「皮諾．萊拉！」

街車戛然停定，尖銳煞車聲壓過他說出的姓氏，車身擋住他的視野。街車駛離時，安娜已經不見蹤影。

「她絕對不會赴約啦，」從頭到尾都跟在後面的米莫開口：「她那麼說只是為了擺脫你。」

「她當然會赴約。」皮諾說，然後望向同樣跟來的卡利托。「你有看到她的眼神，安娜的眼神，不是嗎？」

弟弟和友人還來不及答覆，這時閃電劈過天空，第一批雨珠墜下，體積肥厚而且持續變大。三人拔腿就跑。

「我要回家去了！」卡利托喊道，拐彎離去。

第二章

天空敞開水閘，大雨滂沱而下。皮諾跟著米莫朝時尚區飛奔而去，不在乎被淋成落湯雞。安娜會跟他一起去看電影，她答應了。這令他開心得幾乎精神錯亂。

閃電劃過天空的瞬間，渾身溼透的兄弟倆躲進「阿爾巴尼斯行李店」，這是他們舅舅開的商店兼工廠，位於皮特羅維里大街七號的一棟鏽色建築之中。

兩名渾身滴水的少年走進狹長型店鋪，新鮮皮革的濃郁氣味包圍而來。貨架上堆滿高級的公事包、手提包、小背包、手提箱和行李箱。玻璃櫃裡展示著編織皮夾、華麗加工的香菸盒與文件夾。店裡有兩個客人，一個是在前門附近的老婦，另一個是位於店鋪深處、身穿黑灰雙色制服的納粹軍官。

皮諾看著他，但聽見老婦說：「我該選哪一個，阿爾伯特？」

「讓妳的心來決定吧。」在櫃檯後面等她做決定的男子答覆。此人體型魁梧，胸膛厚如圓桶，面帶鬍鬚，身穿精美的鼠灰色西裝和漿白襯衫，脖子上繫著色彩鮮豔的藍色波卡圓點蝴蝶領結。

「可是我兩個都愛啊。」客人抱怨。

男子撫撫鬍鬚，咯笑道：「那就兩個都買嘛！」

她遲疑片刻，呵笑幾聲。「也許我真的會這麼做！」

「好極了！好極了！」他揉搓雙手。「葛芮塔，妳能不能幫我這位品味絕佳的貴婦拿幾個紙盒過來？」

「我正在忙，阿爾伯特。」皮諾的奧地利籍舅媽葛芮塔回話，正等著納粹軍官做決定。她身形高瘦，一頭棕色短髮，面帶親切微笑。德國軍官抽著菸，打量一只裹以皮革的香菸盒。

皮諾開口：「我去幫你拿紙盒過來，阿爾伯特舅舅。」

阿爾伯特舅舅瞥皮諾一眼。「你先把身子弄乾再碰紙盒。」

皮諾走向舅媽和德國男子後方的工廠門扉，滿腦子都是安娜。軍官轉身看著從旁經過的皮諾，因此露出翻領上象徵「上校」軍階的橡葉別針，軍帽的扁平正面上是一幅小小的骷髏標誌，其上方是一隻抓著納粹卐字符的老鷹。皮諾知道這人是蓋世太保，希特勒的祕密警察當中的高階軍官。這名納粹的身高體型中等，鼻梁細長，嘴唇不帶笑意，深邃雙眸沒透露一絲情緒。

皮諾被他嚇得有點心慌，走過門扉，進入天花板挑高的工廠，這裡的空間遠比店鋪寬敞。裁皮匠和女裁縫師們剛忙完今天的工作，正在收拾東西。皮諾找到幾條抹布，擦乾雙手，然後抓起兩個印有店鋪商標的紙盒，轉身走回店內，開心地又想著安娜。

她很美，年紀比他大，而且……

他遲疑幾秒，然後推門而入。蓋世太保上校這時走出店外，來到雨幕之下。皮諾的舅媽站在門口，目送上校離去，點點頭。

她把門關上的瞬間，皮諾覺得鬆了一口氣。

他幫舅舅把兩個手提包裝進紙盒裡。最後一位客人也離去後，阿爾伯特舅舅叫米莫鎖上前門、在窗前放上「打烊」的告示牌。

米莫照做後，阿爾伯特舅舅開口：「妳有沒有問他叫什麼名字？」

「黨衛軍的旗隊領袖瓦爾特・勞夫，」葛芮塔舅媽答覆：「北義大利的新任蓋世太保首長，從突尼西亞過來的。圖里歐正在暗中觀察他。」

「圖里歐回來了？」皮諾感到驚訝又開心。圖里歐・加林貝提比他大五歲，是他的偶像，也是親密的家族友人。

「昨天。」阿爾伯特舅舅說。

葛芮塔舅媽接著道：「勞夫說蓋世太保要接管女王酒店。」

她丈夫咕噥抱怨：「義大利究竟是誰的？墨索里尼還是希特勒？」

「這不重要，」皮諾試著說服自己：「這場戰爭很快就會結束，美國人會來，到時候遍地都是爵士樂！」

阿爾伯特舅舅搖頭。「這得由德國人和我們的領袖決定。」

葛芮塔舅媽說道：「你是不是忘了時間，皮諾？你母親要你們倆在一小時前回到家，幫忙為派對做準備。」

皮諾感覺胃袋下沉。讓他母親失望絕對沒有好下場。

「晚點見？」皮諾走向前門，米莫跟在一旁。

「我們絕對不會錯過派對。」阿爾伯特舅舅說。

兩名少年來到位於蒙特拿破崙大街三號的萊拉手提包店，發現爸媽開設的這家店已經打烊。一想到母親，皮諾不禁膽顫心驚。他希望父親會在場，幫忙安撫母親這團活生生的龍捲風。兄弟倆爬上樓梯，食物香氣撲鼻而來：燉煮中的羊肉和大蒜、剛剁碎的羅勒香草，還有剛出爐的熱麵包。

他們倆開門進入這個家庭的華麗公寓，裡頭熱鬧非凡。全職的女僕和兼職的傭人在飯廳裡忙碌，擺放水晶杯、銀器和瓷器。一名雙肩下垂的高瘦男子站在客廳裡，背對著他，手持小提琴和琴弓，演奏著一首他不認得的曲子。男子拉錯某個音符，停止拉琴，搖搖頭。

「爸爸？」皮諾輕聲呼喚：「我們是不是有麻煩了？」

米歇爾・萊拉放下小提琴，轉過身，咬著口腔內側。他還來不及答話，這時一名六歲小女孩從廚房沿走廊跑來。皮諾的妹妹琪琪在他面前停步，質問道：「你跑去哪裡了，皮諾？媽媽在生你的氣，還有你，米莫。」

皮諾沒理她，而是盯著一輛穿著圍裙、從廚房裡慢慢走出來的火車頭，相當確定母親的耳朵裡飄出蒸氣。波爾吉雅・萊拉比長子矮至少三十公分，也輕至少二十公斤，但她大步走向皮諾，摘下眼鏡，拿在他面前搖晃。

「我明明叫你四點回家，但現在五點十五分了，」她說：「你表現得就像個小屁孩，你妹妹還比你可靠。」

琪琪抬起鼻孔，點點頭。

有那麼幾秒，皮諾不知道該如何答覆，然後他靈機一動，擺出落寞的神情，彎腰駝背，抓住肚皮。

「對不起，媽媽，」他說：「我吃了一些路邊攤，結果肚子痛，然後我們被雷雨困住，只好在阿爾伯特舅舅那裡躲雨。」

波爾吉雅把雙臂抱在胸前，盯著他。琪琪也擺出同樣的懷疑姿勢。

母親瞥向米莫：「多米尼克，他說的是真的嗎？」

皮諾忐忑地瞥向弟弟。

米莫點頭：「我跟他說了那條香腸看起來不對勁，但他就是不聽。皮諾為了接連跑廁所而在三家咖啡館逗留。而且阿爾伯特舅舅的店裡來了個蓋世太保上校，他說納粹要接管女王酒店。」

母親臉色蒼白。「什麼？」

皮諾眉頭緊蹙，彎腰彎得更厲害。「我現在就得去廁所。」

琪琪還是一臉狐疑，但母親的怒火已經轉為擔憂。「去吧，快去！上完廁所後記得洗手。」

皮諾匆忙沿走廊離去。

他身後的波爾吉雅開口：「你想逃去哪，米莫？你又沒生病。」

「媽媽，」米莫抱怨：「皮諾為什麼每次都逃得掉？」

皮諾沒停下來聽母親說了什麼，而是快步經過廚房和從中飄出的神奇香味，爬上樓梯，來到公寓二樓的廁所。他在廁所裡待了至少十分鐘，每分每秒都拿來回想他跟安娜度過的每一刻，尤其她在街車軌道的另一頭對他回眸一笑的那瞬間。他沖了馬桶，點了一根消臭用的火柴來掩飾他其實根本沒上大號，然後回房躺在床上，把短波收音機轉到英國廣播電臺，聆聽他幾乎從不錯過的爵士樂節目。

艾靈頓公爵的樂團正在演奏《棉尾兔》，這是他最近最喜歡的曲子之一，他閉眼聆聽，對班．韋伯斯特的次中音薩克斯風獨奏讚嘆不已。皮諾第一次聽過比莉．哈樂黛和萊斯特．楊的《沒有你，我提不起勁》之後，就愛上了爵士樂，他這種想法簡直就像異教徒，因為歌劇和古典音樂在萊拉家裡才是王道，但皮諾還是深信爵士樂才是最偉大的音樂型態。也因為這個信念，他一直渴望造訪美國，爵士樂的發源地。這是他最大的夢想。

皮諾一直很好奇，美國的生活是什麼模樣。語言不是問題，因為他是由兩名保母輪番帶大，一個來自倫敦，另一個來自巴黎，他幾乎打從一出生就學習三國語言。美國是不是到處都是爵士樂？是不是每一刻都籠罩於如此酷炫的天籟之簾？而且美國的女孩兒是什麼樣子？她們是不是也跟安娜一樣美？

《棉尾兔》逐漸淡去，換上班尼．固德曼的曲子《搖擺》，一開始的舞曲節奏轉為單簧管獨奏。皮諾跳下床，踢掉鞋子，開始跳舞，看到自己和美麗的安娜跳著瘋狂的林迪舞，周圍沒有戰爭，沒有納粹，只有音樂、美食、美酒和愛情。

然後他意識到音樂開得太大聲，於是轉低音量，收起舞步。他不想氣得父親又因為音樂而上樓來跟他吵架。米歇爾唾棄爵士樂。上星期，父親逮到皮諾用家裡的史坦威鋼琴練習米德．路克斯．劉易斯的舞曲《頹喪之犬》，情節嚴重得彷彿皮諾褻瀆了聖人。

皮諾沖了澡，換了衣服。大教堂鐘聲報時傍晚六點的幾分鐘後，皮諾爬回床上，望向敞開的窗外。雷雲已經遠去，聖巴比亞的街道傳來熟悉的聲響。最後幾間店正在打烊，米蘭的有錢人和時尚人士紛紛趕回家，他們朝氣蓬勃的嗓音彷彿化為街頭合唱，女子們對某個小確幸發出歡笑，孩子們對某個小悲劇發出哭聲；男子們爭吵不休，純粹因為義大利人就是熱愛拌嘴和假裝發怒。

樓下傳來公寓門鈴聲，把皮諾嚇了一跳。聽見寒暄致意聲，他瞥向時鐘，現在是傍晚六點十五分，電影是七點半開始，去戲院跟安娜會合要走很長一段路。

皮諾把一條腿伸出窗外，摸索著外頭的一小塊平臺，這時聽見身後傳來尖銳笑聲。

「她不會出現啦。」米莫說。

「她當然會出現。」皮諾爬出窗外。

這裡離地至少有九公尺高，而且平臺不算寬廣。他不得不背靠牆面，側身挪向另一扇窗，爬進裡頭，再爬下一條位於公寓後側的樓梯。總之，一分鐘後，他已經來到公寓外頭的地面，前往目的地。

因為燈火管制的新規定，所以戲院門口的遮篷沒開燈。但是皮諾在海報上看到佛雷・亞斯坦和麗塔・海華斯這兩個名字的時候，還是感到心花怒放。他熱愛好萊塢的音樂劇，尤其是有著搖擺樂的那些。而且他曾經夢見麗塔・海華斯，至於在夢中做了什麼嘛……

皮諾買了兩張票。其他客人魚貫進入戲院的時候，他站在門口，在周圍的大街小巷尋找安娜的身影。他一直等下去，直到心中出現一種空虛又沉重的覺悟：她不會來了。

「我跟你說了吧。」米莫來到他身旁。

皮諾很想發脾氣，但發不起來。他在心底其實很喜歡弟弟的膽量、坦率、機智和街頭智慧。他把一張票遞給米莫。

兩名少年進入戲院，找了位子坐下。

「皮諾？」米莫輕聲說：「你從什麼時候開始發育的？十五歲？」

皮諾強忍笑意。弟弟總是為身高的問題煩惱。

「其實是從十六歲開始。」

「但有可能可以更早？」

「有可能。」

場內熄燈，銀幕上出現法西斯宣傳新聞影片。領袖出現在銀幕上的時候，皮諾還因為被安娜放鴿子而感到難過。貝尼托・墨索里尼跟一名戰地指揮官走在利古里亞海上方的懸崖上，一身元帥打扮，外套上別滿徽章，腰間繫著皮帶，身穿束腰外衣、馬褲，以及黑得發亮的高筒馬靴。

旁白說明，這位義大利獨裁者正在檢視防禦工事。在銀幕上，領袖行走時把雙手扣於身後，以皇帝之姿把下巴對著地平線，拱起背脊，鼓起的胸膛對著天空。

「他看起來像隻小公雞。」皮諾說。

「噓！」米莫輕聲道：「小聲點。」

「為什麼？每次看到他，他看起來就像隨時準備咕咕叫。」

弟弟竊笑幾聲，新聞影片繼續炫耀義大利的防禦工事，以及墨索里尼在世界舞臺上越來越重要的地位，但這些全都只是大內宣。皮諾每晚都聆聽英國廣播電臺，知道銀幕上看到的都不是真的，所以新聞結束、電影開演的時候，他感到開心。

很快地，皮諾被捲入電影的喜劇劇情，深愛海華斯跟亞斯坦共舞的每一場戲。

「麗塔，」皮諾讚嘆。一連串的旋轉動作使得海華斯的裙襬就像鬥牛士的披風那般飄起。「她真優雅，就跟安娜一樣。」

米莫皺眉。「她放了你鴿子。」

「可是她真的很美。」皮諾呢喃。

空襲警報突然響起。觀眾發出怒吼，從座位上跳起。

銀幕畫面停格，特寫鏡頭下的亞斯坦和海華斯臉貼臉地共舞，嘴脣和笑意正對著驚慌失措的觀眾。

銀幕上的影片融化時，戲院外頭傳來高射砲的爆裂聲，第一批看不見的盟軍轟炸機打開彈艙，朝米蘭降下由烈火與毀滅組成的序曲。

第三章

觀眾尖叫連連地衝出戲院門外。皮諾和米莫驚恐不安，被困在洶湧人群之中，這時在一聲震耳巨響下，一枚炸彈爆炸，炸毀了戲院的後牆，激起的大塊碎片撕碎了銀幕布幔。燈光熄滅。

某個物體狠狠擊中了皮諾的臉頰，打得他皮開肉綻。他感覺傷口悸痛，鮮血流過下巴。心中的震驚壓過驚慌，他拚命往前推擠，被煙霧嗆得呼吸困難。砂礫鑽進他的眼睛，爬進他的鼻腔，令他感到灼痛。他和米莫成功逃出戲院，彎腰喘氣，劇烈咳嗽。

在室外，空襲警報持續哭嚎，炸彈輪番降下，這場演奏的最高潮尚未到來。戲院周圍的諸多建築陷入熊熊火海。高射砲發出轟然巨響，曳光彈在空中劃出紅弧，綻放耀眼光芒，皮諾因此能看到上空的蘭開斯特轟炸機的輪廓，它們翼尖貼翼尖地形成V字形，就像在夜空中遷移的大批黑雁。

更多炸彈落下，發出的集體聲響宛如黃蜂嗡鳴，爆炸激起的團團火舌和油煙噴進空中。幾枚炸彈引爆的位置離逃命的萊拉兄弟太近，他們因此能感覺到衝擊波重創周圍，差點震得他們踉蹌倒地。

「我們要去哪，皮諾？」米莫喊道。

皮諾原本害怕得不敢思考，但在幾秒後說道：「米蘭大教堂。」

皮諾帶弟弟前往的地點，是全米蘭目前唯一不是由烈火照亮的地方。從一段距離外望去，一道道聚光燈讓大教堂顯得超凡入聖，宛如天賜。兄弟倆奔跑的同時，空中的黃蜂和爆炸聲逐漸平息，不再有轟炸機，不再有砲聲。

只剩空襲警報和民眾哭喊。一名絕望的父親一手拎著提燈，用另一手挖掘磚塊廢墟，他的妻子在一旁痛哭，緊抱著斷氣的兒子。另一些提著燈籠的哭泣民眾圍繞在一名女孩身邊，她失去了一條胳臂，死在馬路上，睜著的雙眼茫然無光。

皮諾以前從沒見過死人，如今忍不住哭泣。**一切從此改變**。這名少年能清楚感覺到這點，正如黃蜂還在他耳裡嗡鳴，爆炸聲還在他耳裡迴響。**一切從此改變**。

兄弟倆終於抵達米蘭大教堂。這附近沒有炸彈坑，沒有廢墟，沒有烈火。彷彿這場轟炸未曾發生，只有遠方出現一片悲痛哭嚎。

皮諾綻放無力的笑容。「舒斯特樞機的計畫成功了。」

米莫皺眉道：「我們家離大教堂是不遠，可是也沒那麼近。」

兩名少年跑過迷宮般的陰暗街道，回到蒙特拿破崙大街三號。這家手提包專賣店，連同上方的公寓，看起來就跟平時一樣。經歷過剛剛的生死關頭，這裡平靜得宛如奇蹟。

米莫打開前門，爬上樓梯。皮諾跟上，聽見小提琴的嘆息聲、鋼琴彈奏，還有男高音的歌聲。出於某種原因，音樂聲令皮諾勃然大怒。他從米莫身旁推擠而過，用力敲公寓門。

音樂停止，他母親打開了門。

「城裡一片火海，你們居然在玩音樂？」皮諾朝波爾吉雅咆哮，對方嚇得後退一步。「到處都在死人，你們居然在彈琴作樂？」

幾個人來到他母親所在的走廊，其中包括他的舅媽、舅舅和父親。

米歇爾開口：「我們就是倚賴音樂才能熬過這種時期，皮諾。」

在這間擁擠的公寓裡，皮諾看見另外幾人點頭，其中一人就是白天時差點被米莫撞倒的女性小提琴手。

「你受傷了，皮諾，」波爾吉雅說：「你在流血。」

「有人比我更慘，」皮諾眼眶泛淚。「抱歉，媽媽。剛剛真的很……慘烈。」

波爾吉雅心疼得伸出雙臂，擁抱渾身髒汙和血跡的兩個兒子。

「現在沒事了，」她輪流吻兩人。「我不想知道你們去了哪、怎麼去的，我只慶幸你們回家了。」

她叫兩個兒子上樓清理，然後讓作客的一位醫師查看皮諾的傷勢。她對他們倆說話時，皮諾看到母親出現以前未曾有過的反應：恐懼——她擔心轟炸機下一次到來的時候，這一家子未必還會這麼幸運。

她臉上依然流露恐懼的時候，醫師縫合了他臉頰上的傷口。他完工後，波爾吉雅朝長子投以法官般的眼神，說道：「我明天再跟你把這筆帳算清楚。」

皮諾垂眼低頭。「是的，媽媽。」

「去吃些東西吧，如果你的胃不算太難受。」

他抬起頭，看到母親投來挖苦的眼神。他真該繼續裝病、跟她說他打算直接去睡覺，但他餓壞了。

「我覺得比之前好多了。」他說。

「我倒是覺得你應該比之前還難受。」說完，波爾吉雅走出房間。

皮諾鬱悶地跟著她下樓，來到飯廳。米莫已經把吃光的餐盤疊在一起，正在生動地跟爸媽的幾個朋友描述今晚的大冒險。

「聽起來是個驚險之夜啊，皮諾。」他身後的某人說。

皮諾轉身，看到一名二十幾歲、西裝筆挺的年輕男子，一名令人驚豔的美女挽著他的胳臂。皮諾忍不住露齒而笑。

「圖里歐！」他說：「我有聽說你回來了！」

圖里歐說：「皮諾，這位是我的朋友克莉絲汀娜。」

皮諾禮貌地對她點頭。克莉絲汀娜顯得煩悶，找了藉口暫時離開。

「你在哪認識她的？」皮諾問。

「昨天，」圖里歐說：「在火車上。她想當模特兒。」

皮諾搖頭，圖里歐．加林貝堤總是這樣。此人是個成功的女裝推銷員，在吸引美女這方面宛如魔術師。

「你是怎麼做到的？」皮諾問：「總是能把到這麼多正妹。」

「你不知道？」圖里歐切下一塊乳酪。

皮諾想說些自誇之詞，但想起今晚被安娜爽約。她當初接受他的邀約，純粹只是為了擺脫他的騷擾。「事實證明，我確實不知道。」

「如果要教會你，得花上好幾年吧。」圖里歐強忍笑意。

「拜託啦，圖里歐，」皮諾說：「一定有什麼訣竅是我能——」

「沒有訣竅，」圖里歐正色道：「最重要的是聆聽。」

「聆聽？」

「聆聽女孩說話，」圖里歐一臉不耐煩。「大多數的男生都懶得聽別人說話，而是忙著自吹自擂，但是女人需要被瞭解。所以，聆聽她們說什麼，恭維她們的外貌、歌聲之類的。只要你懂得聆聽和恭維，就贏過了地球上百分之八十的男生。」

「如果女生話不多呢？」

「那你就搞笑，不然就恭維人家，再不然就邊搞笑邊恭維人家。」

皮諾覺得自己有在安娜面前搞笑兼恭維，但也許做得還不夠。然後他想到另一件事。「說起來，勞夫上校今天去了哪？」

圖里歐的和藹態度瞬間蒸發。他狠狠揪住皮諾的上臂，嘶吼道：「我們不能在這種地方討論勞夫那種人，聽懂了嗎？」

皮諾被朋友這種反應弄得既難過又受辱，但他還來不及做出回應，圖里歐的女伴再次出現。她來到圖里歐身旁，在他耳邊呢喃幾字。

圖里歐發出笑聲，放開皮諾，說道：「沒問題，甜心，我們可以這麼做。」

圖里歐把注意力放回皮諾身上。「如果我是你，我會等自個兒的臉蛋看起來不再像破裂的香腸之後，再四處搞笑、聆聽女孩說話。」

皮諾歪起頭，露出遲疑的微笑，這個舉動拉緊了臉頰上的縫線，害他痛得齜牙咧嘴。他目送圖里歐及其女伴離去，再次心想如果能變成圖里歐那種人該有多好。圖里歐這個人既完美又優雅，本性善良，懂得穿衣服，是個好朋友，笑聲總是發自內心。然而，圖里歐也實在神祕兮兮，竟然暗自跟蹤一名蓋世太保上校。

皮諾雖然在咀嚼時會覺得痛，但還是餓得吃光了第二盤飯菜。他把餐盤堆在一邊的時候，聽見爸媽的三位音樂家友人談話，其中兩人是男性，第三人就是那位女性小提琴手。

「米蘭的納粹人數與日俱增。」說話的肥胖男子平時在斯卡拉大劇院吹奏法國號。

「更糟，」打擊樂器手開口：「他們是黨衛軍。」

小提琴手說道：「我丈夫說，謠傳他們正在計畫發動『反猶騷亂』。佐利拉比要我們在羅馬的那些朋友趕緊逃命。我們正在考慮去葡萄牙。」

「什麼時候？」打擊樂器手問。

「越快越好。」

「皮諾，你該去睡覺了。」母親以尖銳口氣命令。

皮諾拿著餐盤回房間。他坐在床上吃東西的時候，想著剛剛旁聽到的消息。他知道那三位音樂家是猶太裔，也知道希特勒和納粹痛恨猶太人，雖然他實在搞不太懂為什麼。他爸媽有很多猶太裔的朋友，他們大多是音樂家，或是在時尚界工作。總體來說，皮諾覺得猶太人聰明、有趣又善良。但是所謂的「反猶騷亂」是什麼？而且為什麼一位猶太教的拉比要羅馬的猶太人逃亡？

他吃完東西，再次檢查繃帶，然後躺在床上。燈光已熄，所以他拉開窗簾，望向窗外的黑暗。聖巴比亞沒有火災，沒有任何跡象能證明他見識過的重創。雖然他試著別想安娜，但他躺回枕頭上，閉上眼睛的時候，腦海裡再次浮現跟她相遇的片段，連同佛雷·亞斯坦和麗塔·海華斯臉貼臉的定格畫面。然後他想起戲院的後牆爆炸，想起那名失去一臂的喪命少女。

他難以成眠，忘不了任何片段，後來終於打開收音機，撥弄轉盤，找到一個電臺正在播放小提琴曲，他認得這首曲子，因為他父親天天都試著演奏此作：尼科羅・帕格尼尼的《第二十四首隨想曲A小調》。

皮諾躺在黑暗中，聽著小提琴的瘋狂節奏，感覺曲中的狂野情緒正如他自己的心情。琴聲平息後，他感覺精疲力竭，思緒空白。這名少年終於進入夢鄉。

隔天下午一點左右，皮諾跑去找卡利托。他搭了街車，看到一些鄰里化為冒煙廢墟，另一些則完好如初。有人慘遭毀滅，有人得以倖存，這種隨機性幾乎就跟災難本身一樣令他心煩意亂。

他在洛雷托廣場跳下街車，廣場中央是一座大型的交通圓環，連同市立公園，周圍林立著商店和辦公大樓。他望向圓環另一頭的安德烈亞哥斯達大街，在腦海中看到古人打仗用的戰象。在兩千一百年前，漢尼拔騎著裝甲大象翻越阿爾卑斯山，沿那條路來此征服羅馬。皮諾的父親說過，日後所有前來米蘭的征服之軍都是走那條路。

他經過一座埃索加油站，這裡裝設了鐵梁結構，懸於加油機和油槽上方三公尺處。在加油站以圓環相隔的斜對面，他看到「貝爾卓米尼新鮮蔬果店」的白綠雙色遮棚。

貝爾卓米尼家的店正在營業。就他看來，這間店鋪沒有受到任何損傷。卡利托的父親在店外頭給水果秤重。皮諾露齒而笑，加快步伐。

「別擔心，我們在波河的河畔有幾個防爆菜園，」皮諾走近時，聽見貝爾卓米尼先生對一名老婦說道：「正因如此，貝爾卓米尼永遠擁有米蘭最好的蔬果。」

「我不相信你這番話，但我確實很高興你有逗我笑。」她說。

「愛與歡笑，」貝爾卓米尼先生說：「這兩個永遠是最好的良藥，在今天這種日子也一樣。」

老婦離去時依然滿臉笑意。卡利托的父親體型就像一頭又矮又胖的熊，他注意到皮諾到來，因此顯得更為欣喜。

「皮諾．萊拉！怎麼這麼久沒看到你？你母親呢？」

「在家裡。」皮諾搖頭。

「願上帝祝福她。」貝爾卓米尼先生打量他。「你應該不會再長高了吧？」

皮諾面露微笑，聳個肩。「我也不知道。」

「你如果再長下去，走路就會撞到樹枝囉。」他指向皮諾臉上的繃帶。「噢，看來你已經撞到了。」

「我被轟炸了。」

貝爾卓米尼先生招牌般的笑意當場消失。「不會吧。真的嗎？」

皮諾說明了來龍去脈，從他爬出窗戶，到他回家看到每個人都在彈琴作樂的完整經過。

「我覺得他們那麼做很聰明，」貝爾卓米尼先生說：「如果炸彈會掉到你頭上，它就是會掉到你頭上，你擔心也沒用，還不如繼續做你喜歡的事，繼續享受人生。我說得沒錯吧？」

「應該沒錯。卡利托在家嗎？」

貝爾卓米尼先生指向身後。「正在裡頭工作。」

皮諾朝店門口走去。

「皮諾。」貝爾卓米尼先生喊住他。

他回過頭，看到蔬果販臉上的擔憂。「什麼事？」

「你和卡利托……會好好照顧彼此吧？就像兄弟那樣？」

「那當然，貝先生。」

蔬果販表情放鬆。「你是個好孩子，是個益友。」

皮諾走進店裡，看到卡利托正在拖拉幾袋棗子。

「你有沒有出門？」皮諾說：「看到外頭發生什麼事？」

卡利托搖頭。「我一直在工作。你有聽說過『工作』這回事吧？」

「我是有聽說過，所以現在來親眼目睹。」

卡利托覺得這句話不好笑。他把另一袋水果乾搬到肩上，沿一條木梯爬進地板的洞口裡。

「她沒出現，」皮諾說：「安娜。」

卡利托站在地下室的泥地上，仰頭回視。「你昨晚有出門？」

皮諾微笑。「炸彈擊中戲院的時候，差點把我一起炸碎。」

「聽你在鬼扯。」

「我沒鬼扯，」皮諾說：「不然你以為這從哪來的？」

他掀起繃帶，卡利托反感得噘起嘴唇：「看起來有夠噁。」

在貝爾卓米尼先生的許可下，兩名少年前去查看戲院在大白天下的光景。皮諾在路上再次訴說整個故事，觀察並配合朋友的反應，例如在描述佛雷與麗塔的共舞時，他自己也跳起舞；描述自己和米莫在城中逃竄時，他用嘴做出隆隆爆炸聲的音效。

他原本覺得心情不錯，直到兩人來到戲院所在。廢墟依然飄出煙霧，並伴隨著一種刺鼻惡臭，皮諾立刻認出這股味道來自燒盡的炸藥。有些人在戲院周圍的街道上走動，看似漫無目的。有些人還在場磚斷梁裡挖掘，希望能發現一息尚存的親友。

被這幅災難場面嚇到的卡利托說：「我絕對做不到你和米莫做到的。」

「你當然做得到。人如果夠害怕，就會憑本能行動。」

「炸彈朝我當頭砸下的時候？我一定會趴在地上，縮成一團，用手抱著腦袋。」

兩人看著戲院焦黑的破碎後牆，沉默了一陣子。佛雷和麗塔原本就在這裡，九公尺高，然後——

「你覺得那些飛機今晚會回來嗎？」卡利托問。

「如果聽見那種黃蜂般的嗡鳴，就有了答案。」

第四章

在一九四三年的整個六月和七月，盟軍飛機幾乎每天晚上都會來到米蘭。無數建築崩塌，激起的塵埃覆蓋大街小巷，有些則懸於空中，就算被血紅太陽照射多時也依然不墜。烈日灑下的無情高溫，讓轟炸一開始幾星期的日子更加難受。

皮諾和卡利托幾乎每天都在米蘭四處漫步，目睹這場隨機大屠殺的餘波、人們的慘痛損失，感受到似乎無所不在的痛苦。過了一陣子，這一切都讓皮諾覺得既麻木又渺小。有時候，他很想仿效卡利托的本能反應，縮成一團，逃避人生。

但他也幾乎天天都想到安娜。他知道這麼做很蠢，但他常常跑去第一次見到她的那間麵包店，希望能再次巧遇。可惜他再也沒見到她，他向老闆娘問起她的時候，對方也根本不知道他指的是誰。

在六月二十三日那天，皮諾的父親把米莫送去阿爾卑斯屋度過整個暑假，地點位於科莫湖北側的崎嶇阿爾卑斯山。他原本也想把皮諾送去，但長子拒絕了。皮諾是男孩子，如今長成了少年。他非常喜愛瑞神父的營地，從六歲起每年都會在阿爾卑斯屋待三個月，暑假整整兩個月都在爬山，冬天滑雪的時間加起來也有一個月。在瑞神父那裡的時光真的樂趣十足，但現在會去那裡的男孩子年紀都太小。他想留在米蘭，想和卡利托在街上走動，想尋找安娜。

轟炸攻勢加劇。七月九日，英國廣播電臺描述盟軍已在西西里島岸邊登陸，和德軍以及法西斯部隊爆發激戰。十天後，羅馬遭到轟炸，相關新聞撼動了全義大利，包括萊拉一家。

「如果羅馬也遭到轟炸，那麼墨索里尼和法西斯黨已經玩完了。」皮諾的父親宣布：「同盟國的軍隊正在把德軍趕出西西里島，不久後也會進攻南義大利，這場戰爭很快就會結束。」

七月末的某一天，皮諾的爸媽把一張唱片放在留聲機上，在大白天跳起舞，因為國王維托里奧・埃馬努埃萊三世逮捕了貝尼托・墨索里尼，囚禁於羅馬北部大薩索山的一座要塞。

但到了八月，米蘭的大片街區化為斷垣殘壁。德軍無所不在，四處架設高射砲、檢查哨和機槍掩體。在斯卡拉大劇院的一條街外，一面俗豔的納粹旗幟飄揚於女王酒店屋頂。

瓦爾特・勞夫，蓋世太保上校，實施了宵禁。如果你在宵禁期間還被發現在外頭活動，就會被逮捕。如果你違反宵禁而且身上沒有證件，就會被槍斃。擁有短波收音機也會害你被槍斃。

但是皮諾不在乎。在晚上，他躲在衣櫃裡聆聽音樂和新聞。在白天，他開始適應了米蘭的新秩序。街車的班次減少許多，所以你要麼走路，要麼騎腳踏車，要麼搭便車。

皮諾選擇騎腳踏車，頂著高溫跑遍城中各處，經過一個個檢查哨，被納粹攔下時觀察他們究竟在尋找什麼。許多道路被炸得柔腸寸斷，他必須牽車繞路而行，或尋找別的路線，然後再次騎車前進，看到路邊有些家庭是在房屋的碎磚廢墟中用防水布搭帳篷度日。

他意識到自己多麼幸運。這是他第一次感受到，這種好運可能在眨眼之間——或在炸彈閃爍之間——徹底改變。而且他很想知道，安娜有沒有活下來。

八月初，皮諾終於明白盟軍為何轟炸米蘭。英國廣播電臺的播報員表示，盟軍已幾乎將納粹在魯爾山谷的工業基地摧毀殆盡，希特勒大多數的軍火都來自那裡的兵工廠。盟軍現在試圖炸掉北義大利的工具機設備，以免被德軍拿來拖長戰爭。

在八月的七日和八日這兩個晚上，英國的蘭開斯特轟炸機隊朝米蘭投下數以千計的炸彈，瞄準工廠、工業設施和軍事設施，但也波及了周圍的住宅區。

轟炸近得撼動萊拉家的公寓時，波爾吉雅驚慌失措，要丈夫帶全家人去西岸的拉帕洛鎮避難。

「不，」米歇爾說：「他們不會轟炸大教堂附近，這裡依然安全。」

「只要一枚炸彈就能讓全家完蛋，」波爾吉雅說：「那我帶琪琪走。」

皮諾的父親雖然難過，但堅守原本的決定。「我會留下，讓生意維持下去，但我認為皮諾該去阿爾卑斯屋。」

皮諾再次拒絕。

「那裡是給小孩子去的，爸爸，」皮諾說：「我已經不是小孩了。」

八月十二和十三日，五百多架盟軍轟炸機襲擊米蘭。這是米蘭大教堂附近第一次遭到轟炸。其中一枚炸彈損毀了「恩寵聖母教堂」，但奇蹟似地沒傷及裡頭的李奧納多．達文西之作《最後的晚餐》。

斯卡拉大劇院則沒這麼幸運。一枚炸彈穿進歌劇院的屋頂，爆炸所引發的火海吞噬了戲院。另一枚炸彈擊中拱廊街，造成大規模損壞。那道衝擊波撼動了萊拉家的建築，皮諾躲在地下室裡度過了那個驚恐之夜。

他在隔天見到卡利托，得知貝爾卓米尼一家要去搭火車，在鄉間過一夜，避開轟炸。第三天下午，皮諾、父親、葛芮塔舅媽和阿爾伯特舅舅，以及圖里歐．加林貝堤跟他最新結交的女友，也和貝爾卓米尼家一樣去外地過夜。

火車駛離中央車站，向東前進的時候，皮諾、卡利托和圖里歐站在篷車的敞開車門，車上擠滿其他想避開今晚轟炸的米蘭人。火車加速時，皮諾仰望天空，上頭一片蔚藍，他無法想像天空變黑、戰機密布的模樣。

火車橫越阿達河，在一片坡度緩和的農地中啟動刺耳煞車，然後慢慢停定。這片鄉間依然沉浸於夏日的慵懶氣息，而且現在離暮色時分還很遠。皮諾把一塊毛毯披在肩上，跟著卡利托爬下車廂，來到一座綠意盎然的低矮山丘上，下方是一片果園，其西南方就是米蘭。

「皮諾，」貝爾卓米尼先生說：「小心啊，否則到了明天早上，你的耳朵裡就會結滿蜘蛛網。」

貝爾卓米尼太太是個身形瘦弱的美麗女子，平時似乎總是病痛纏身，她虛弱地責備：「你幹麼說這種話？你明知道我討厭蜘蛛。」

蔬果店老闆強忍笑意。「妳說這什麼話？我只是在警告這孩子，把頭埋在草叢裡睡覺有些危險。」

他太太似乎還想吵下去，但終究只是揮個手，彷彿他只是隻煩人的蒼蠅。

阿爾伯特舅舅從一口帆布袋裡摸出麵包、葡萄酒、乳酪和乾燥的義大利香腸。貝爾卓米尼家拿出五顆熟透的哈密瓜。皮諾的父親在草地上坐下，小提琴盒放在身旁，他用雙臂抱膝，神情如痴如醉。

「很壯麗吧？」米歇爾說。

「什麼很壯麗？」阿爾伯特舅舅環視周圍，一臉納悶。

「這個地方。這裡的空氣多麼清新，還有這裡的味道，沒有焦味，沒有炸彈的惡臭。這裡感覺很……我也不知道該怎麼說，很像仙境？」

「一點也沒錯。」貝爾卓米尼太太說。

「什麼一點也沒錯？」貝爾卓米尼先生說：「你只要稍微走遠一點，就會發現這裡才不是仙境。到處都是牛糞、蜘蛛、蛇還有——」

啪！貝爾卓米尼太太反手狠打丈夫的胳臂。「你是不是講話就是要這麼討人厭？沒一天例外？」

「喂，很痛耶。」貝爾卓米尼先生微笑抗議。

「痛就好，」她說：「你別再給我多嘴。昨晚扯到蜘蛛和蛇啥的，害我整晚沒能闔眼。」

卡利托似乎發了無名火，起身沿下坡走向果園。皮諾注意到果林外圍的石牆邊有幾個女孩，她們都不如安娜那麼美，但他也許該放下過去了。他沿下坡小跑，追上卡利托，說明計畫，然後試著巧妙地攔截那群女孩，可惜被另一群男孩捷足先登。

皮諾望向天空，說道：「我只是想要一點點愛而已。」

「我認為一個吻就能讓你滿足。」卡利托說。

「一個微笑就能讓我滿足。」皮諾嘆道。

兩名少年翻牆而過，走在結實纍纍的果樹之間。桃子還不算熟，但是無花果已經熟透，有些掉落在地，所以他們倆從泥地上撿了幾顆，拍乾淨，剝了皮，塞進嘴裡。

在糧食配給期間還能吃到從樹上掉下來的新鮮水果，這雖然是罕見的好運，卡利托卻顯得心煩意亂。皮諾開口：「你還好嗎？」

他最好的朋友搖頭。

「怎麼了？」皮諾問。

「只是有個感覺。」

「什麼感覺？」

卡利托聳肩。「我總覺得我們的人生不會按照我們以為的方式發展，而是會非常不順利。」

「你為什麼這麼想？」

「你上歷史課從沒認真聽課吧？大軍開戰的時候，一切都會被征服者毀滅。」

「也不一定。薩拉丁從沒破壞耶路撒冷。瞧？我上歷史課有認真聽課。」

「我不在乎，」卡利托比剛剛更火大。「我就是出現這種感受，而且停不下來。這種感受無所不在，而且……」

這個朋友嗓音哽咽。他試著控制自己，但淚水滾過臉頰。

「你到底怎麼了？」皮諾說。

卡利托歪起頭，彷彿打量著一幅看不太懂的畫。他說話時嘴脣顫抖：「我媽媽病得很重，狀況不妙。」

「什麼意思？」

「你以為是什麼意思？」卡利托哭道：「她會死。」

「看在耶穌的份上，」皮諾說：「你確定嗎？」

「我有聽見我爸媽討論她希望怎麼辦她的葬禮。」

皮諾想到貝爾卓米尼太太，然後想到波爾吉雅。他思索如果知道母親快死了，自己會有什麼感受。他感覺胃袋裡開了一個大洞。

「我很遺憾，」皮諾說：「真的很遺憾。你媽媽是很好的女士。她能忍受你爸，所以她簡直就像聖人，聽說聖人上天堂能拿到獎賞。」

卡利托雖然難過，但還是忍不住發笑，擦掉眼淚。「只有她才管得住我爸。但說真的，他實在不該再那麼做。她生病了，他卻拿蛇啊蜘蛛啊之類的事情嚇她。這麼做太殘酷了，好像他根本不愛她似的。」

「他很愛你媽。」

「但他不表現出來，彷彿他害怕這麼做。」

兩名少年開始往回走，來到石牆邊的時候聽見小提琴的琴弦聲。

皮諾望向山坡，看到父親正在給小提琴調音，貝爾卓米尼先生則是站在那裡，手上拿著樂譜。夕陽金光反射於這兩名男子，連同周圍的人群。

「噢，不，」卡利托呻吟：「看在聖母的份上，不會吧。」

皮諾也同樣覺得不高興。米歇爾·萊拉有時候能拉琴拉得完美，但更多時候會弄錯節奏，或把應該滑順的段落拉得刺耳激烈。至於可憐的貝爾卓米尼先生，則是擁有一副沙啞無力的歌喉。聽這兩人表演，堪稱人間酷刑，因為聽眾根本沒辦法放鬆。你知道某個怪異音符即將到來，而且有些音符傷耳傷得令人替演出者感到尷尬。

在山坡上，皮諾的父親調整小提琴搭肩的位置，這是一把來自十八世紀義大利中部的美麗小提琴，是波爾吉雅在十年前送給他的聖誕禮物。這個樂器是米歇爾最珍愛的寶藏，他深情款款地拿著它，把它壓在下巴底下，然後舉起琴弓。

貝爾卓米尼先生站得更穩，雙臂垂於兩側。

「這就像火車即將出軌。」卡利托說。

「我看得到那班火車逼近。」皮諾說。

皮諾的父親拉起《無人得以成眠》的開頭旋律，這首曲子是賈科莫·普契尼的歌劇《杜蘭朵》第三幕由男高音演唱的激昂詠嘆調。因為這是父親最喜愛的作品之一，所以皮諾聽過托斯卡尼尼和斯卡拉交響樂團錄製的唱片，演唱是強勁的男高音米格爾·弗雷塔，他從該歌劇在一九二〇年代首次登臺以來就一直負責這首詠嘆調。

弗雷塔飾演卡拉富王子，這位富裕貴族在中國微服出巡，結果愛上了冷豔又潑辣的杜蘭朵公主。國王下令，若想娶得這位公主，就必須回答三道謎題。只要答錯一題，就會落得非常悽慘的死法。

在第二幕尾聲，卡拉富答對了所有謎題，但公主還是拒絕嫁給他。卡拉富說，如果她能在天亮前說出他的真名，他就會乖乖離去，但她如果做不到，就必須自願下嫁。

但公主提高了這場遊戲的賭注，告訴卡拉富，她如果在天亮前查出他的真名，他就得交出項上人頭。他答應了這場交易，公主下令：「Nessun dorma，無人得以成眠，直到查出求婚者之名。」

在這齣歌劇中，卡拉富是在黎明將至、公主運氣不佳時唱起這首詠嘆調。《無人得以成眠》是一首氣勢持續醞釀的磅礴之作，要求歌唱者振作起來，歡慶自己對公主的愛，並確信自己隨著破曉將至而勝券在握。

皮諾原本以為，想傳達這首詠嘆調的情感勝利，就需要完整的交響樂團伴奏，加上弗雷塔那種知名男高音來演唱。但他父親和貝爾卓米尼先生的這個版本，雖然簡樸得只剩震顫旋律和歌詞，卻遠比他想像得更震撼人心。

米歇爾在今晚演奏時，小提琴彷彿發出蜂蜜般的歌聲，貝爾卓米尼先生的歌喉也未曾如此美妙。聽在皮諾耳裡，持續飄升的音符和字句，宛若兩位輕靈天使齊聲高唱，音調較高的來自父親的指尖，音調較低的來自貝爾卓米尼先生的喉間，聽起來不太像技藝的產物，倒比較像來自天堂的啟發。

「他們是怎麼做到的？」卡利托讚嘆。

皮諾完全不知道父親這種大師級表現是從哪來的，但他注意到貝爾卓米尼先生不是對人群唱歌，而是對人群中的**某人**唱歌，因此明白這名蔬果販的優美歌聲和情感來源。

「看看你爸。」皮諾說。

卡利托努力踮腳，看到自己的父親其實是對來日無多的愛妻高唱詠嘆調，彷彿世上只有這對夫妻，別無旁人。

兩位男士結束表演後，坡地上的人群起身鼓掌、吹哨叫好。皮諾眼眶泛淚，因為這是他父親第一次在他眼裡像個英雄。卡利托也噙著淚，不過是出於更深層的其他理由。

「你琴拉得太棒了，」天黑後，皮諾對父親說：「而且《無人得以成眠》是完美的選擇。」

「在這麼壯麗的地方，我們只想得到這首曲子，」父親似乎也對自己的表現感到驚奇。「而且我們在表演時沉浸其中，就像斯卡拉那些演出者說的，表演的時候要『con smania』——熱情洋溢。」

「我有聽見那份熱情，爸爸，我們都有聽見。」

米歇爾點頭，開心地嘆口氣。「去睡一會兒吧。」

皮諾在草皮上踩了兩個洞，好讓屁股和腳跟能躺得更舒服，然後脫下襯衫充當枕頭，再用從家裡帶來的被單裹住身子。此刻，他舒服地躺著，嗅入青草芬芳，已經覺得昏昏欲睡。

他閉上眼睛，想著父親的表演、貝爾卓米尼太太的怪病，還有她那個愛開玩笑的丈夫高歌的模樣。他沉沉睡去時，心想自己目睹的這場表演或許就是一場奇蹟。

幾小時後，皮諾在夢境深處的馬路上追著安娜跑，聽見遙遠的雷聲。他停下腳步，而她繼續前進，消失在人群中。他並不難過，但確實好奇雨水什麼時候會降下、落在舌尖上會是什麼味道。

卡利托把他搖醒。高掛的明月朝山坡地灑下灰藍之光，每個人都起身望向西方。同盟國的轟炸機隊正在一波波地襲擊米蘭，但從這裡看不見飛機或那座城市，只看得見地平線竄出的火光，只聽得見遙遠的戰火喧囂。

天亮不久後，火車駛回米蘭這座飄著滾滾黑煙的城市。乘客們下車、四散於街道後，皮諾看得出誰有逃出城，誰在這裡遭受重創。恐怖的轟炸使得倖存者們肩膀下垂，眼神茫然，嘴角失去鬥志。男女老幼不安地挪步走動，彷彿腳下的地面隨時可能裂開，化為烈火深坑。每一寸空間彷彿都瀰漫著某種煙霧。煤灰幾乎覆蓋了每一處表面，有些是細緻的白色，有些像是灰色的火山塵埃。車輛扭曲碎裂，建築物分崩離析，樹木被衝擊波震得一夕光禿。

在那幾星期，皮諾和父親每天就是過著這種日子：白天工作，下午搭火車出城，隔天早上再回來目睹米蘭又多了哪些猙獰傷口。

義大利政府在一九四三年九月三日簽字答應無條件投降，在九月八日讓民眾知道這個國家已經正式向同盟國投降。隔天，英國和美國部隊在薩萊諾市登陸，這座城市位於義大利靴形半島的「鞋面」上方。德軍做出了或弱或強的抵抗。看到馬克・克拉克中將率領美國第五軍團登陸時，大多數的法西斯官兵直接舉白旗投降。美國登陸的這項消息傳到米蘭後，皮諾、父親、舅舅和嬸嬸全都開心得歡呼，以為這場戰爭再過幾天就會結束。

然而，納粹在不到二十四小時內占領了羅馬，逮捕了國王，並以軍隊包圍梵蒂岡，戰車的砲口全都對準聖伯多祿大殿的黃金圓頂。九月十二日，納粹突擊隊使用滑翔機攻擊了大薩索山的要塞，也就是墨索里尼被囚禁之處。突擊隊攻進了監獄，救走了義大利領袖。他搭機飛往維也納，然後前往柏林，在那裡見到了希特勒。

幾天後的晚上，皮諾在短波收音機上聽見這兩個獨裁者發言，這兩人都發誓要跟同盟國戰到最後一滴德國人和義大利人的血。皮諾覺得這個世界發了瘋，也因為已經三個月沒見到安娜而愈加鬱悶。

一星期過去了，更多炸彈落下，皮諾的學校始終關閉。德軍開始從北方全面進攻義大利，穿過奧地利和瑞士，建立了「義大利社會共和國」這個傀儡政府，其首府是薩羅這個小鎮，位於米蘭東北方的加爾達湖畔。

在一九四三年九月二十四日清晨，皮諾和父親又在農地過了夜、從火車站慢慢走回聖巴比亞的時候，父親滿嘴只有這個話題。米歇爾只想著納粹占領北義大利，因此沒注意到時尚區和蒙特拿破崙大街飄出的黑煙。皮諾注意到了，於是急忙跑去，沿著狹窄巷弄穿梭，拐過一道彎，清楚看到萊拉一家的住所。

屋頂被炸出大洞，朝天空吐出裊裊濃煙。萊拉手提包店的櫥窗化為焦黑破片和碎玻璃，店鋪本身看起來就像被挖得坑坑疤疤的煤礦坑，其餘部位被炸得面目全非。

「我的天啊！」米歇爾呼喊。

皮諾的父親丟下手裡的小提琴盒，屈膝跪地，啜泣連連。皮諾從沒見過父親哭泣，至少在印象中沒有；看到父親如此悲痛，皮諾感覺心如刀割也深受羞辱。

「別這樣，爸爸。」他試著拉父親起來。

「全沒了，」米歇爾哭道：「我們的人生完了。」

「胡說，」阿爾伯特舅舅開口，拉住姊夫的另一條胳臂。「你銀行裡有錢，米歇爾。你如果需要借錢，我會借給你。公寓、家具、手提包，這些你都能重建。」

皮諾的父親虛弱無力地說：「我不知道要怎麼告訴波爾吉雅。」

「米歇爾，你表現得好像是你害你家挨了炸彈。」阿爾伯特舅舅嗤之以鼻。「你就跟她實話實說，而且你會重新開始。」

「在這段期間，你們可以去我們家住。」葛芮塔舅媽說。

米歇爾正要點頭，但憤怒地轉頭看著皮諾。「你不行。」

「爸爸？」

「你得給我去阿爾卑斯屋，在那裡唸書。」

「不要，我想留在米蘭。」

父親大動肝火。「你不許留下！這件事你只能照做。你是我的長子，我絕不能讓你有個萬一，皮諾，我……我會沒辦法接受，你母親也沒辦法。」

父親的大發雷霆令皮諾震驚無語。米歇爾平時是生悶氣的那種人，很少像這樣發火罵人，更不可能在聖巴比亞的街道上這麼做，時尚界的流言蜚語會注意到這種舉動，而且永不遺忘。

「好的，爸爸，」皮諾輕聲道：「我會離開米蘭。我會照你說的，去阿爾卑斯屋。」

第二部　神的大教堂

第五章

隔週的某天上午，在中央火車站，米歇爾把一捲義大利里拉硬幣塞在皮諾手裡，說道：「我會把你的書寄給你，而且有人會在你的工作坊裡等你。乖乖聽話，而且幫我問候米莫和瑞神父。」

「但我什麼時候才能回來？」

「等安全的時候。」

皮諾不高興地瞥向圖里歐，對方只是聳個肩。皮諾接著瞟向阿爾伯特舅舅，對方低頭打量自己的鞋子。

「我還是很難接受。」他氣憤地拿起裝滿衣服的背包，登上火車，在幾乎無人的車廂裡找了位子坐下，悶悶不樂地凝視窗外。

他被當成小孩子對待，但他有沒有在公共場合跪地痛哭？沒有。皮諾・萊拉遭受了打擊，但像男子漢一樣屹立不搖。但話說回來，他還有什麼選擇？違抗父親？下火車？跑去貝爾卓米尼家？

火車搖晃發動，開出車站，月臺上的德軍士兵們押解著大批眼神茫然、身穿破舊灰色制服的男子，他們正在把一箱箱戰車零件、步槍、衝鋒槍、炸彈和彈藥裝進另一列火車的貨斗。皮諾心想那些人應該是囚犯，而這令他難過。火車開出機廠的時候，皮諾把頭探出窗外，打量那些人。

出發兩小時後，火車穿過科莫湖上方的山麓丘陵，朝阿爾卑斯山前進。換作以前，皮諾會深情款款地凝視這面湖泊，他覺得這是世上最美的地方，尤其是位於這座湖南方半島的貝拉焦鎮。那裡的宏偉酒店，看起來就像奇幻故事中的玫瑰城堡。

但在此刻，這名少年的心思都在鐵路下方的山丘上，他不斷瞥見科莫湖東岸的一條道路，行駛其中的一長串卡車擠滿髒兮兮的諸多男子，大多也是穿著他在機廠見到的那種暗灰色制服，人數成百上千。

他不禁好奇：他們是誰？在哪裡被抓？而且為什麼？

他換了幾班車，四十分鐘後在基亞文納鎮下車時，還在想著那些男子。

在車站值勤的德軍士兵沒理他。皮諾走出車站，今天第一次覺得心情還不錯。這是個溫暖晴朗的的初秋下午，空氣芬芳清澈。他走向山區，做出決定：一定不會再碰上爛事了，至少今天不會。

「喂，你，小子。」一個聲音傳來。

一名體型精瘦、年齡與皮諾相仿的少年斜靠在一輛破舊的飛雅特雙門車上，穿著帆布工作褲和沾滿油汙的白色T恤，嘴裡叼著悶燒的香菸。

「你叫誰小子？」皮諾問。

「你啊。你是萊拉家的孩子？」

「皮諾・萊拉。」

「阿爾貝托・阿斯卡里。」他捶捶胸膛。「我叔叔叫我來接你，送你去馬德西莫鎮。」阿斯卡里彈掉香菸，伸出一手跟他握手。這隻手幾乎跟皮諾的一樣大，但令他意外的是比他的更有力。

手差點被阿斯卡里捏碎的皮諾說：「你在哪練到這種手勁？」

阿斯卡里面露微笑。「我叔叔的工作坊。把你的東西放在後座，小子。」

皮諾雖然很討厭被叫「小子」，但除此之外阿斯卡里似乎還不壞。皮諾打開副駕駛座的車門，發現車裡乾淨整齊，駕駛座以毛巾覆蓋以免沾染油汙。

阿斯卡里發動引擎。皮諾從沒聽過任何飛雅特發出這種引擎聲，帶有喉音的低沉聲響似乎震得整個底盤都在顫抖。

「這不是市售車的引擎。」皮諾說。

阿斯卡里咧嘴而笑，切換檔位。「哪個賽車手會留著原廠的引擎和變速箱？」

「你是賽車手？」皮諾語帶懷疑。

「遲早是。」說完，阿斯卡里放開離合器。

車子高速駛離小小的火車站，拐上鵝卵石路。飛雅特在過彎時甩尾，阿斯卡里旋即把方向盤往反方向猛打，輪胎恢復抓地力。阿斯卡里換檔，踩下油門。

皮諾被慣性壓在副駕駛座上，但勉強撐住手腳。阿斯卡里把車開出小鎮廣場，巧妙地避開一輛載滿雞隻的卡車，然後第三次換檔。車子開出這座小鎮的時候，還在持續加速。

施普呂根山口這條上坡道是由一連串的S形彎道組成，旁邊的溪流緊鄰陡峭山谷，其北方就是瑞士那一邊的阿爾卑斯山。阿斯卡里如一流賽車手般駛過施普呂根山口，在彎道繞過路上少數幾輛車，動作靈巧得彷彿那些車根本沒在動。

一路上，皮諾的情緒瘋狂變化，在強烈恐懼、欣喜興奮、羨慕和欽佩之間切換。接近坎波多爾奇諾鎮的郊區時，阿斯卡里才終於放慢車速。

「我相信你。」皮諾說話時心臟狂跳不已。

「相信我什麼？」阿斯卡里一頭霧水。

「我相信你遲早會成為賽車手，」皮諾說：「有名的賽車手。我從沒見過任何人這麼會飆車。」

阿斯卡里這輩子沒笑得這麼開心過。「我父親更厲害，他生前曾拿下歐洲大獎賽的冠軍。」他把右手從方向盤上舉起，把食指伸向擋風玻璃外的天空。「只要上帝允許，爸爸，我會成為歐洲冠軍，甚至世界冠軍！」

「我相信你做得到。」皮諾欽佩得搖搖頭，望向聳立於小鎮東邊、高度超過四百五十公尺的陡峭灰壁。他打開車窗，探頭出去，打量山頂。

「你在找什麼？」阿斯卡里問。

「有時候能看到鐘樓上面的十字架。」

「在正前方，」阿斯卡里說：「懸崖上有個坳口，所以才看得見。」他指向擋風玻璃外面。「那兒。」

皮諾瞥見那支白色十字架，連同莫塔村那間禮拜堂屋頂上的石質鐘樓，這是阿爾卑斯山這個區域海拔最高的山村。這是他今天第一次為自己離開了米蘭而感到慶幸。

阿斯卡里載他駛過危機四伏的馬德西莫之路，這條路陡峭狹窄，布滿坑洞和髮夾彎，緊貼垂直山腰。大多數的區段都沒有護欄和路肩，而且在爬坡的路上，皮諾有幾次深信阿斯卡里一定會把車開下懸崖。但是阿斯卡里似乎熟悉這條山路的每一寸，因為他會稍微調整方向盤或煞車，讓車子流暢地滑過每個彎道，皮諾總覺得車子像是開過雪地而非岩地。

「你滑雪也一樣厲害？」皮諾問。

「我不會滑雪。」阿斯卡里說。

「嘎？你住在馬德西莫，卻不會滑雪？」

「我母親為了確保我安全而把我送來這兒，我平時要麼在我叔叔的店裡工作，要麼開車。」

「滑雪跟開車一樣，」皮諾說：「策略是一樣的。」

「你很會滑雪？」

「我贏過幾次比賽，例如障礙滑雪賽。」

賽車手顯得佩服。「看來咱倆註定會成為朋友。你教我滑雪，我教你開車。」

皮諾完全壓不住臉上的笑意。「成交。」

車子進入馬德西莫這座小村子，這裡有一間石砌的斜頂旅店、一間餐廳，還有幾十間高山房屋。

「這裡有女生嗎？」皮諾問。

「我在山下認識幾個，她們喜歡坐在很快的車上。」

「我們應該改天找她們一起兜風。」

「我喜歡這個點子！」阿斯卡里把車開到路邊。「你知道接下來的路怎麼走嗎？」

「我在暴雪中眼睛矇著布條也會走，」皮諾說：「也許我週末會下來這裡，在旅店過夜。」

「你如果下來，就來找我。我們的工作坊在旅店後面，你一定看得到。」

他伸來一手。皮諾皺眉道：「這次別捏碎我的手指。」

「不會啦，」阿斯卡里用力握了對方的手。「很高興見到你，皮諾。」

「你也是，阿爾貝托。」說完，皮諾抓起背包，下了車。

阿斯卡里踩油門離去，手伸到窗外揮動，輪胎嘰嘎作響。

皮諾在原地站了一會兒，覺得好像遇到了這輩子很重要的人，然後背上背包，走向一條通往森林的雙道小路。這條路變得愈加陡峭，他沿上坡走了一小時後，走出了森林，來到一面高原上，前方的垂直岩壁將近一千兩百公尺高，其頂端的峭壁稱作格羅佩拉顛峰。

莫塔高原有幾百公尺寬，緊鄰東南面的格羅佩拉顛峰。這面高原的西邊是一小片雲杉林，林邊的高聳懸崖再過去就是坎波多爾奇諾鎮。過了一段時間，太陽在秋季的阿爾卑斯山上方如錘點銅板般閃閃發亮，皮諾跟以前一樣對這幅景象感到敬畏。舒斯特樞機說得沒錯，置身於莫塔村，感覺就像站在上帝最宏偉的一座大教堂的露臺上。

莫塔村的發展程度只比馬德西莫稍微高一點。懸崖的東面有幾間高山小屋，西南方靠近懸崖和雲杉那一邊是一間小型的天主教禮拜堂，皮諾在下方的時候就有瞥見它，這裡還有一棟更大型的建築，由石塊和木材混合搭成。皮諾已經好幾個月沒這麼開心，他來到這個鄉村建築前，聞到烤麵包和蒜香味，胃袋咕嚕作響。

他彎腰走進門口，站在厚重的木門前面，朝吊在上頭的沉重黃銅鐘的繩子伸手，門上的看板寫著：「阿爾卑斯屋，歡迎所有疲憊旅人。」皮諾拉了繩子兩次。鐘聲在他身後的山地迴響。他聽見男孩們的喧鬧，然後是腳步聲，門扉敞開。

「你好，瑞神父。」皮諾對一位五十幾歲、體型魁梧的神父說。男子拄著拐杖，身穿黑色法衣，頸部套著白色項圈，腳上是打了平頭釘的登山皮靴。

瑞神父張開雙臂。「皮諾．萊拉！我今早才聽說你會再次來我這兒。」

「因為轟炸，神父，」皮諾擁抱神父時覺得情緒激動。「情況很糟。」

「我有聽說，孩子，」瑞神父神情嚴肅。「總之，來吧，快進屋裡，免得熱氣散出去。」

「你的髖關節還好嗎？」

「時好時壞，」瑞神父跛腳站到一邊，讓皮諾進屋。

「米莫反應如何，神父？」皮諾問：「我是說關於我們的房子。」

「這應該由你親自告訴他，」瑞神父說：「你吃過了嗎？」

「沒有。」

「那你來得正是時候。你先把行李擱這兒。等吃了晚餐，我再帶你去看你睡覺的地方。」

神父費勁地撐著拐杖走向食堂，皮諾緊跟在後。在食堂裡，四十個男孩圍坐於簡樸的飯桌長椅，靠近盡頭的石砌壁爐燃著熊熊烈火。

「去和你弟弟一起吃晚飯吧，」瑞神父說：「吃點心的時候去我那兒坐。」

皮諾看到米莫正在對朋友們訴說冒險故事。他走到弟弟身後，用尖銳的嗓音說道：「喂，矮冬瓜先生，讓開。」

十五歲的米莫是現場年紀最大的男生之一，顯然習慣當老大。他回頭時表情嚴肅，彷彿想教這個嗓音尖銳的小鬼懂點分寸。接著，米莫認出哥哥，綻放困惑的笑容。

「皮諾？」他說：「你怎麼跑來了？你不是說你絕不——」米莫的熱情被恐懼取代。「發生什麼事了？」

皮諾向弟弟說明原委。這番消息給米莫的打擊很大，他瞪著食堂的深色木頭地板很長一段時間，然後抬頭問：「我們以後要住哪？」

「爸爸和阿爾伯特舅舅會找新的公寓和店面，」皮諾在他身旁坐下。「但在那之前，我猜我和你會住在這兒。」

「這是今晚的菜色，」一名男子隆隆道：「剛烤好的麵包、剛攪拌過的奶油，還有博爾米奧燉雞。」

皮諾望向廚房，看到一張熟悉的臉孔。對瑞神父忠心耿耿的博爾米奧弟兄形似野獸，一頭蓬亂黑髮，巨大的雙手布滿汗毛。這位弟兄在每件事上都擔任神父的助手，他也是阿爾卑斯屋的廚子，而且手藝精湛。

博爾米奧弟兄監督著燉菜的分配。飯菜都送上桌後，瑞神父起身說道：「各位年輕人，我們必須為今天和每一天表達感謝，無論日子多麼不順利。低下頭，向天主表達謝意，相信祂，也相信明天會更好。」

雖然皮諾已經無數次聽過神父說出這番話，但每次聽都覺得感動，覺得自己渺小又卑微；他感謝上帝，因為他逃離了轟炸，遇到了阿爾貝托·阿斯卡里，而且回到了阿爾卑斯屋。

瑞神父接著為桌上的食物感謝上帝，然後要大家開動。

皮諾經過漫長的旅行而飢腸轆轆，吞下幾乎一整條博爾米奧烤的棕麵包，而且貪婪地吃下了三碗美味的燉雞。

「留點給我們其他人吧。」米莫抱怨。

「我的個子比較大，」皮諾說：「需要多吃一點。」

「你去瑞神父那桌吃啦，他的胃口小得很。」

「好主意。」皮諾搓搓弟弟的頭髮，避開對方揮來的拳頭。

皮諾在餐桌之間穿梭，來到瑞神父和博爾米奧弟兄的桌位。博爾米奧正在休息，抽著一支手捲菸。

「博爾米奧弟兄，你還記得皮諾吧？」瑞神父問。

博爾米奧嗯一聲，點個頭，又吃了兩大匙燉雞，抽口菸，然後說：「我去拿點心來，神父。」

「果餡卷？」瑞神父問。

「包了新鮮的蘋果和梨子。」博爾米奧語調愉悅。

「你怎麼弄到的？」

「透過一個朋友，」博爾米奧說：「一個非常好的朋友。」

「祝福你那位好友，而且如果分量夠，請給我們兩個人都各來兩份。」說完，瑞神父看著皮諾：「畢竟人的忍耐力是有限的。」

「神父？」

「甜點是我唯一的弱點，皮諾。」神父哈哈大笑，摸摸肚皮。「就算在『大齋節』期間，我也沒辦法不碰點心。」

這裡的甜梨蘋果果餡卷，比得上皮諾在聖巴比亞最好的烘焙坊買過的糕點，他也慶幸瑞神父幫他要了兩份。他吃得心滿意足後，覺得昏昏欲睡。

「皮諾，你還記得怎麼去萊伊湖嗎？」瑞神父問。

「最簡單的路線，是走東南方的安傑洛加山隘，然後往北直走。」

「在索斯村上方。」瑞神父點頭。「有個你認識的人，上星期才從安傑洛加山隘——『天使步道』——沿那條路線前往萊伊湖。」

「誰？」

「巴巴拉斯基，神學院學生。他說他曾經跟舒斯特樞機一起見過你。」

那感覺好像是很久以前的事了。「我記得他。他在這裡嗎？」

「他今早去米蘭了。你今天在路上應該有跟他擦身而過。」

皮諾對這種巧合沒怎麼多想，只是凝視熊熊烈火，又覺得想睡覺。

「你只有走過那條路線？」瑞神父問。「去萊伊湖？」

皮諾思索片刻，然後說：「不，我有兩次從馬德西莫鎮出發，走北方那條路。我也有次走過一條比較難的路線，從這裡沿山脊越過格羅佩拉顛峰。」

「很好，」神父說：「我已經不記得你走過哪些路了。」

然後神父站起，把兩根手指伸進嘴裡，吹聲尖銳的口哨。現場安靜下來。

瑞神父說：「負責洗碗的，去跟博爾米奧弟兄報到。至於其他人，把餐桌收拾擦乾淨，然後去唸書。」

米莫和其他孩子似乎都知道例行公事，前去執行時沒幾個人抱怨。皮諾拿起背包，跟著瑞神父走過兩間寬敞的大通鋪，來到一個狹窄的隔間，這裡的上下鋪嵌於牆內，由隔簾遮蔽。

「床很簡陋，尤其對你這種大個子來說，但目前是我們能做的最好安排。」瑞神父說。

「誰跟我一起睡？」

「米莫。他原本是一個人睡這兒。」

「他一定會很開心。」

「我就讓你們自個兒分配床位了，」神父說：「你的年紀比其他孩子都大，所以我不會叫你遵守他們要遵守的規矩。你要遵守的規矩如下：你每天都必須按照我指定的路線爬山，而且你從週一到週五每天必須至少讀三小時的書。週六和週日是你的個人時間。這樣行嗎？」

聽起來好像要爬一大堆山，但皮諾本來就喜歡往山上跑，所以他說：「沒問題，神父。」

「那你整理行李吧，」瑞神父說：「我的年輕朋友，很高興你再次前來。有你在這兒，應該會給我們帶來很大的幫助。」

皮諾微笑。「我很高興回來這裡，神父，我很想念你和莫塔村。」

瑞神父眨個眼，用拐杖輕敲門框兩次，然後離去。皮諾清出兩層書架的空間，把弟弟的衣物放在上鋪，然後把背包裡的東西拿出來，擺好書本、衣物和他深愛的短波收音機；在來這裡的路上，他把收音機拆成好幾塊，藏在衣服裡，明知道如果被納粹搜查行李就會有大麻煩。皮諾躺在下鋪，聽著英國廣播電臺報導盟軍的進展，沉沉睡去。

「喂，」一小時後，米莫的嗓音傳來：「這是我的床！」

「不再是了，」皮諾醒來：「你現在睡上鋪。」

「是我先來的耶。」米莫抗議。

「誰撿到就歸誰。」

「我又沒弄丟我的床！」米莫喊道，衝向皮諾，試著把他拖下來。

雖然皮諾遠比弟弟強壯，但米莫擁有戰士之心，而且就是不懂得認輸。米莫把皮諾的鼻子打得流鼻血，但最終還是被哥哥壓制在地。

「你輸了。」他說。

「屁啦，」米莫怒吼，拚命掙扎。「那是我的床鋪。」

「這樣吧，我週末不在這兒的時候，這張床隨你用。它每星期四、五天歸我，另外三、四天歸你。」

這個提案似乎讓弟弟冷靜下來。「你週末要去哪？」

「馬德西莫，」皮諾說：「我在那兒有個朋友，他要教我怎樣修車，怎樣像冠軍車手一樣開車。」

「聽你在吐香腸。」

「我說的是實話。就是他從火車站載我來這兒。阿爾貝托·阿斯卡里，我這輩子見過最厲害的車手。他父親曾是歐洲冠軍。」

「他怎麼會願意教你？」

「這是交易。我要教他滑雪。」

「他會不會也願意教我開車？畢竟我滑雪比你強。」

「你很愛作夢，小老弟。這樣吧，我把阿爾貝托・阿斯卡里傳授給我的功力再傳授給你如何？」

米莫思索幾秒。「成交。」

熄燈後，皮諾把身子埋在被單底下，好奇米蘭在這一刻是不是正在遭到轟炸，他的家人是否平安？卡利托是不是睡在山坡草地上，還是清醒地看著城市陷入烈火和濃煙？他又想到安娜走出麵包店、他終於引起她注意的那一刻。

「皮諾？」皮諾正要睡著時，聽見米莫說。

「啥？」皮諾感到不耐煩。

「你覺得我會不會很快就開始發育？」

「隨時都可能。」

「我很慶幸你在這兒。」

皮諾綻放笑容，儘管鼻子腫脹。「我也很慶幸我在這兒。」

第六章

隔天早上，皮諾正夢見賽車時，被瑞神父搖醒。外頭天還沒亮，神父放在小房間外頭地板上的提燈映出自身輪廓。

「神父？」皮諾睡眼惺忪地呻吟：「現在幾點了？」

「四點半。」

「四點半？」

「起床，穿上適合爬山的衣服。你得練練體能。」

皮諾知道爭辯無用。神父雖然不像他母親那種盛氣凌人，但頑固起來也絲毫不輸。皮諾很久以前就做出判斷：碰到這種人，要麼讓路，要麼配合。

他抓起衣服，進了盥洗室更衣，穿上厚重的帆布皮革短褲、粗厚的羊毛長襪，以及父親昨天幫他買的嶄新皮靴。他穿上橄欖綠的薄羊毛襯衫，再套上深色的羊毛背心。

食堂裡幾乎空無一人，只有瑞神父和博爾米奧弟兄，後者幫皮諾準備了雞蛋、火腿和吐司。皮諾用餐時，神父給了他兩瓶裝在玻璃瓶裡的水，要他裝進背包。神父還幫他準備了一份豐盛的午飯，以及防雨的油皮連帽外套。

「我該去哪？」皮諾強忍呵欠。

瑞神父拿出一份地圖。「走簡單路線，從施泰拉峰下方去安傑洛加山隘。去程九公里，回來九公里。」

一**共十八公里？**皮諾已經很久沒走這麼遠的路，但還是點頭。

「直接前往山隘，而且在路上盡量避開其他人的視線，除非避無可避。」

「為什麼？」

瑞神父遲疑幾秒。「附近有些村民認為天使步道是他們的。你如果能避開他們，就最為省事。」

這句話聽得皮諾一頭霧水，但他還是在吃飽後出發，走在破曉前的微弱光線下，從阿爾卑斯屋沿著小徑前往東南方。這條好走的漫長小徑順著高山地形蜿蜒，然後往下傾斜，進入格羅佩拉顛峰的南面。

他接近谷底時，太陽已經升起，照亮他前方和右方的施泰拉峰。這裡的空氣無比芬芳，瀰漫松林和樹脂味，讓他很難想起炸彈的刺鼻惡臭。

皮諾在路上停留，喝了水，把博爾米奧幫他準備的火腿、乳酪和麵包吃掉一半。他稍微伸展身子，環視周圍，想到瑞神父警告他避開那些自以為擁有這條山隘的村民。這種警告也太莫名其妙了吧？

皮諾再次背上背包，走進一條Z字形山路，這條小徑通往安傑洛加山隘、天使步道，以及萊伊湖的南面山隘。在這之前，他是走過一座冗長的山坡，但從這條Z字形山路開始，幾乎每一步都是上坡。他把稀薄的空氣大口吸進肺裡，感覺大腿和小腿灼熱。

不久後，這條小徑脫離森林，樹木漸疏，只剩幾叢被風吹得糾結蓬亂的杜松攀於裸岩。陽光探出山脊，顯示其他灌木、苔蘚和地衣，都是黯淡的橘色、紅色和黃色。

皮諾在山隘上走到四分之三處的時候，雲朵開始掠過天空，懸掛在他前方和左方的格羅佩拉顛峰上。原本凍土般的地形，被山峰下方的岩石和大片碎石地取代。雖然步道依然存在，但他的新皮靴在碎石上滑動，僵硬的皮革開始摩擦他的腳跟和腳趾。

他原本的計畫是，抵達天使步道中途那些天然石碑時脫下鞋襪。但他走了三小時後，雲層變得更大、不祥又灰暗，而且風勢增強。他望向西方，看見一場風暴的煤炭色輪廓。

皮諾穿上連帽外套，繼續走向安傑洛加山隘頂點幾條小徑交會處的石碑，其中一條路通往格羅佩拉顛峰的肩部，另一條通往施泰拉峰。他抵達石碑之前，霧氣飄旋而來。

雨水緊隨而至，一開始只有幾滴，但皮諾來過阿爾卑斯山很多次，知道接下來會發生什麼事。他徹底放棄了檢查雙腳或吃些東西的念頭，而是來到石碑所在，轉身面向山風和醞釀中的風暴。雨滴很快變成彈珠大的冰雹，轟炸他的兜帽，逼得他在沿下坡前進時舉起前臂保護眼睛。

冰雹狂轟步道上的岩石和碎石，地面變得溼滑，皮諾不得不放慢腳步。冰雹攻勢隨著風勢減弱，但大雨持續傾瀉，小徑彷彿成了冰水流竄的溜洗槽。皮諾花了一個多小時才來到第一批樹木所在，渾身溼透發涼，雙腳布滿水泡。

他來到步道分岔處，開始沿下坡返回莫塔村和阿爾卑斯屋，這時聽見前方的索斯村傳來呼喊聲。雖然相隔一段距離，而且被雨聲干擾，但他還是聽得出來那是憤怒的男性嗓音。

皮諾想起瑞神父警告他別被看見，因此轉身就跑，感覺心跳加速。

聽見從後方飄來的男性喊聲轉為怒吼，皮諾在上坡道上加快腳步，跑進樹林，至少過了十五分鐘才放慢步伐，感覺肺臟似乎即將破裂。他停下腳步，彎腰駝背，大口喘氣，因為體力耗盡加上高海拔而覺得頭暈。但他沒再聽見咆哮聲，只聽見樹木滴水，而且下方遙遠處傳來模糊的火車鳴笛。他繼續前進，因為避開了那名男子而感到心情愉快，發出笑聲。

皮諾回到阿爾卑斯屋的時候，雨勢開始減弱。這趟路花了他五小時又十五分鐘。

「你怎麼這麼慢？」瑞神父在前側走廊出現。「我雖然對你有信心，但是博爾米奧弟兄開始擔心你。」

「冰雹。」皮諾渾身顫抖。

「把衣服脫掉，只穿內衣，去爐火前待著。」瑞神父說：「我會叫米莫幫你拿些乾衣服來。」

皮諾脫掉靴子和襪子，對猙獰水泡皺眉，每顆都破裂又通紅。

「我們會給你的傷口抹些碘酒和鹽巴。」瑞神父說。

一臉菜色的皮諾脫得只剩內褲，冷得發抖，雙手抱胸，蹣跚走進食堂。在博爾米奧弟兄的監視下，四十個男孩都安靜地坐在這裡讀書，一看到幾乎全裸的皮諾以誇張又笨拙的步伐走向壁爐，他們不禁哄堂大笑，米莫笑得最大聲。似乎就連博爾米奧弟兄也感到莞爾。

皮諾對他們揮手，沒當一回事，只想盡量靠近爐火。他在溫暖的壁爐前站了幾分鐘，來回挪動身子，直到米莫拿來一些乾衣服。皮諾穿衣後，瑞神父拿來一杯熱茶，連同一盆用來處理腳傷的熱鹽水。皮諾感激地喝茶，把雙腳踩進鹽水時痛得咬牙。

神父叫皮諾仔細說明今早的鍛鍊過程。他向瑞神父說明一切，包括遇到索斯村的憤怒男子。

「你沒看到他長什麼樣子？」

「他離我滿遠的，而且當時在下雨。」皮諾說。

瑞神父思索幾秒。「你在吃過午餐後可以小睡一會兒，然後你得依約讀三小時的書。」

皮諾打呵欠，點個頭。他以秋風掃落葉的速度吃完午飯，瘸拐回房，倒頭就睡。

隔天早上，瑞神父比昨天晚了一小時搖醒他。

「起來，」他說：「你今天也得爬山。五分鐘後吃早餐。」

皮諾照做，感覺渾身痠痛，但腳上的水泡因為泡過鹽水而改善許多。

儘管如此，他在更衣時還是跟昨天一樣感到一頭霧水。他是發育中的少年，想多睡一會兒，穿著襪子慢慢來到食堂的時候呵欠連連。瑞神父正在等他，一旁放著食物和一張地形圖。

「我要你今天從側面前往北邊，」瑞神父敲敲地形圖上的寬廣線條，這些線勾勒出莫塔村的範圍，其中一條是通往馬德西莫鎮的馬車道，一連串的緊密線條象徵陡峭地形。「從高處的步道橫越這裡和這裡的岩面。你會發現幾條狩獵小徑能帶你通過這座深谷。然後你會來到這裡，位於馬德西莫坡地上方這片草原。你到時候能認得出來嗎？」

皮諾盯著地圖。「應該能，可是我何不避開那片岩面，沿雙道小路進入馬德西莫鎮，再一路上坡前往那個地點？這樣走比較快。」

「是比較快，」瑞神父說：「但我不在乎你的速度，只在乎你能不能找到路，而且不被人看見。」

「為什麼？」

「我有我的理由，現在不能告訴你，皮諾，這樣比較安全。」

這只是讓皮諾更感到莫名其妙，但他還是說：「好吧。然後我直接回來？」

「不，」神父說：「我要你爬進北方坳地。找一條上坡，通往萊伊湖的狩獵小徑。但除非你覺得做好準備，否則別爬這條路。你可以先回來，改天再試。」

皮諾嘆口氣，知道今天又是艱辛的爬山之旅。

天氣不是問題。現在在阿爾卑斯山南方這裡，是個美麗的九月末早晨。但是皮諾沿著狹小的岩石步道行進，穿越格羅佩拉顛峰的西側岩面，越過一座塞滿斷木和雪崩碎片的深谷時，渾身肌肉痠痛不已，貼了膠帶的水泡疼痛難耐。他花了兩個多小時，才抵達瑞神父在地圖上指給他看的那片草原。然後他沿上坡道前進，路上茂密草葉的顏色已經變得比棕色更淡。

就像安娜的頭髮，皮諾心想。他打量這些草葉周圍的種莢，看起來已經成熟，準備隨風飄散。他想起安娜走在麵包店外的人行道上，想起自己當時快步追上她。他覺得她的頭髮就像這片草葉，只是更豐厚光亮。他繼續前進時，柔軟的草莖搔過他裸露的腿部，他忍不住發笑。

九十分鐘後，他來到北邊的坳地，這裡看起來就像火山內部，他的左邊和右邊是三百公尺高的峭壁，頂端是崎嶇尖銳的石牙。皮諾找到一條羊道，考慮要不要沿這條路攀爬，但心想既然自己的雙腳感覺就像絞肉，就算爬上去也撐不了多久。所以，他沿下坡直接返回馬德西莫鎮。

在這個星期五下午一點，他來到村子，進了旅店，吃了東西，然後預訂了一個房間。態度親切的旅店老闆和老闆娘有三個孩子，其中之一是七歲大的尼柯。

「我是滑雪專家。」尼柯對狼吞虎嚥的皮諾自誇。

「我也是。」皮諾說。

「你沒我厲害。」

皮諾咧嘴笑。「大概吧。」

「等下雪後，我帶你去滑雪，」男孩說：「讓你看看我有多厲害。」

「我很期待。」皮諾搓搓尼柯的頭髮。

皮諾雖然還是覺得渾身僵硬，但不再那麼飢餓。他接著去找阿爾貝托．阿斯卡里，但是修車廠沒開門營業，所以他留了字條跟阿斯卡里說他打算晚上回來。然後，他步行返回阿爾卑斯屋。

瑞神父仔細聆聽皮諾描述如何橫越格羅佩拉顛峰的險峻岩面，而且為何決定不爬上北邊坳地。

神父點頭。「如果沒準備好，就不該行走於陡峭岩地。你很快就會準備好。」

「神父，我在唸完書後要下山去馬德西莫鎮過夜，見我的朋友阿爾貝托・阿斯卡里。」皮諾說。

看瑞神父眯眼，皮諾提醒對方週末是自己的自由時間。

「我確實說過，」神父說：「去吧，玩得開心，好好休息，但在下週一早上得準備好再次爬山。」

皮諾小睡一會兒，然後讀了古歷史和數學的書籍，接著看了路伊吉・皮藍德羅寫的劇本《山上的巨人們》。傍晚五點後，他穿著便鞋，沿小徑下山來到馬德西莫鎮。他雖然雙腳疼痛，但還是蹣跚地走進旅店，辦好入住手續，花點時間聽小尼柯說滑雪比賽的故事，然後前往阿斯卡里的叔叔住處。

阿爾貝托開了門，歡迎他進屋，並堅持要他留下來共進晚餐。他嬸嬸的廚藝竟然比博爾米奧弟兄更高明。阿斯卡里的叔叔熱愛討論汽車，所以兩人一拍即合。皮諾不停狂吃，因此在吃點心的時候差點睡著。

阿斯卡里和叔叔送皮諾回到旅店。皮諾踢掉鞋子，倒在床上，和衣而睡。

天才剛亮，他的朋友就來敲門。

「你怎麼這麼早起來？」皮諾打著呵欠問道：「我正打算——」

「你究竟想不想學開車？這兩天應該會是晴天，不下雨也不下雪，所以我願意趁這時候教你。但你得付油錢。」

皮諾匆忙穿鞋。兩人在旅店的食堂吃了簡單的早餐，然後坐進阿斯卡里的飛雅特。接下來的四小時，他們行駛於坎波多爾奇諾鎮上方的道路，這條路通往施普呂根山口和瑞士。

在彎曲路段上，阿爾貝托教皮諾如何判讀儀表板上的儀器，如何適應地形、高度和方向變化。他教皮諾如何甩尾通過某些彎道，如何以刀尖之勢切過其他彎道，如何靠引擎和檔位來控制車速而無需倚賴煞車。

他們一路往北行駛，直到前方出現德軍檢查哨和瑞士邊境，於是迴轉掉頭。在返回坎波多爾奇諾鎮的路上，兩隊納粹巡邏兵分別攔下他們，質問他們為何外出。

「我在教他開車。」阿斯卡里解釋，和皮諾都拿出證件。

德軍對這個理由似乎不算滿意，但還是揮手放行。

回到旅店後，皮諾覺得自己已經很久沒這麼興奮。能像那樣開車實在刺激！能跟阿爾貝托・阿斯卡里這位未來的歐洲冠軍學開車，這是多大的禮物！

皮諾今晚也在阿斯卡里那裡吃晚飯，開心地聽著阿爾貝托和他叔叔討論汽車機件。晚餐後，兩名少年進修車廠裡調整阿爾貝托的飛雅特，直到接近午夜。

隔天清晨做完彌撒後，兩人再次上路，行駛於坎波多爾奇諾鎮和瑞士邊境之間。阿斯卡里教皮諾如何利用路緣，並盡可能觀察道路遠方，好讓大腦提前畫出最利於車速的行駛路線。

皮諾最後一次行駛於山路下坡道的時候，在某個盲點彎道過彎太快，結果差點撞上一輛稱作「水桶車」的德國吉普車。兩輛車急忙轉向，驚險避開車禍。阿斯卡里回頭查看。

「他們掉頭過來了！」阿爾貝托說：「快加速！」

「我們不是該停下來嗎？」

「你不是想飆車嗎？」

皮諾把油門踩到底。阿斯卡里這輛車引擎更優秀，也遠比軍車靈巧，駛離伊索拉鎮之前，已經把納粹那輛車甩得老遠。

「老天，剛剛真刺激！」皮諾心臟還在狂跳個不停。

「可不是嗎？」阿斯卡里笑道：「你表現得還不賴。」

這句話對皮諾來說是天大的讚美，他真慶幸自己有來到阿爾卑斯屋，也約好下週五會再來上駕訓班。跟兩天前相比，徒步前往莫塔村的這趟路不再那麼難受。

看到皮諾展示腳上的繭皮，瑞神父說：「很好。」

神父也對他學開車的故事感興趣。

「你在施普呂根山口上看到幾支巡邏隊？」

「三支。」皮諾說。

「可是你只被兩支攔下來？」

「第三支有如此嘗試，但我開著阿爾貝托的車，他們攔不到。」

「別激怒他們，皮諾，我是指德國人。」

「神父？」

「我要你練習當個透明人，」瑞神父說：「開那種車會讓你被看見，引起德軍的注意。明白嗎？」

皮諾不明白，至少不算完全懂，但看見神父眼裡的擔憂，還是開口保證不再犯。

隔天早上，瑞神父在離天亮還很久的時候搖醒皮諾。「今天也是晴天，」他說：

「很適合爬山。」

皮諾呻吟，但還是換了衣服，在食堂裡看到神父和早餐正在等候。瑞神父在地形圖上指出一條剃刀山脊，位於阿爾卑斯屋正上方的幾百公尺處，這條冗長陡峭的蜿蜒小路一路通往格羅佩拉顛峰。

「你一個人去得了嗎？還是需要嚮導？」

「我以前上去過那裡一次，」皮諾說：「真正困難的部分是這裡、這裡，再來是那條『煙囪』，然後是上面那個狹窄處。」

「你到了煙囪那裡，如果覺得還沒準備好繼續爬，就別上去，」瑞神父說：「先掉頭回來。還有，帶支登山杖，棚屋裡有幾支。對上帝保持信心，皮諾，而且提高警覺。」

第七章

皮諾在破曉時出發，直接前往格羅佩拉顛峰。他很慶幸帶了登山杖，在它的幫助下橫渡了一條小溪，然後從東南側前往剃刀山脊。大塊岩石在數千年間從山壁上剝落掉下，使得這塊坳地成了混亂的地形，他前進得十分緩慢，直到來到山脊的尾部。

從這裡開始的上坡路不再有明確的步道，只有石塊和零星草葉或頑強草叢。看到山脊兩旁的陡峭懸崖，皮諾知道自己絕不能犯錯。他上一次走過這條山脊是在兩年前，當時同行的還有四個男孩，以及一名來自馬德西莫鎮的嚮導，那人也是瑞神父的朋友。

皮諾試著回想，當時一行人是如何走過一連串的破碎階梯，如何沿幾條險峻小徑通往上方的高聳尖頂的底部。有那麼幾秒，他感到懷疑和恐懼，擔心自己可能走錯了路，但還是強迫自己冷靜下來、相信本能。他謹慎地走過每個路段，上坡時重新評估這條路線。

他的第一項挑戰，是先爬上那條山脊。山脊的底部是一塊約兩公尺高的石頭，被風雨磨得圓鈍平滑，而且看起來似乎根本爬不上去，但是山脊南側的岩石布滿裂痕。皮諾把登山杖丟到石塊頂端，聽見它喀啦滾動後停定。他把手指和鞋尖插進石縫，爬上石面上的狹小岩架，前往登山杖所在。幾分鐘後，他跪在剃刀山脊上，肺臟起伏。等呼吸恢復正常後，他拿起登山杖，站起身。

皮諾上坡前進，每一步都找到節奏，他判讀眼前的鋸齒狀地形，尋找最好走的路線。一小時後，他又遇到重大挑戰：大塊石板早在萬古前崩塌，擋住去路，只有岩面上一塊鋸齒狀的裂口，寬不到一公尺，深度也不到一公尺，而且像一支歪斜煙囪那般從底部向上延伸大約八公尺，其上方是一塊岩架。

皮諾在原地站了幾分鐘，覺得恐懼重燃。但他在害怕得動彈不得之前，聽見瑞神父要他保持信心、提高警覺。他終於轉動一百八十度，爬進岩壁上的裂口，伸出雙手和雙腳，撐在煙囪的岩壁上，成功地慢慢往上爬，用四肢中的其中三個穩住身子，用第四條肢體——手或腳——向上移動，抓住並摸索更高處。

上升了六公尺後，他聽見一隻獵鷹呼嘯，於是把視線從這條裂口裡移開，沿山脊望向下方的莫塔村。他現在的位置高得令他驚心，他突然感到頭暈目眩，差點在岩壁上鬆手。這把他嚇得半死。他不能掉下去，因為一旦掉下去就鐵定活不成。

保持信心。

這個想法驅使皮諾爬上煙囪，來到岩架上。他安心得喘口氣，感謝上帝協助。等體力恢復後，他回到西南邊的山脊，一路上幾乎未曾逗留。山脊陡峭鋒利，寬度不到一公尺。這條鋸齒狀道路的前方是格羅佩拉的崎嶇尖頂，那一處的高度超過四十公尺，看起來就像扭曲的矛尖，兩旁則是雪崩造成的斜道。

皮諾沒多看那座匕首狀的險崖一眼，而是努力觀察這座山的諸多肩部是如何在尖頂的底部會合。他找到了要找的東西，心跳再次加速。他閉上眼睛，叫自己冷靜下來、保持信心。他在胸前畫了十字架，然後繼續前進，走在兩片雪崩斜道之間，覺得自己就像走鋼絲的藝人。他不敢看左右兩邊，而是專心地慢慢走向前方，這條狹窄小徑的一個加寬處。

皮諾來到這條小道的盡頭，擁抱岩壁上的石塊，彷彿它們是他失散多年的好友。他確認自己還走得下去後，爬上石塊。這些石頭雖然形狀不規則，有點像歪斜的堆疊磚塊，但屹立不搖，他能相對輕鬆地爬上更高處。

離開阿爾卑斯屋的四個半小時後，皮諾來到險崖的底部。他瞥向右邊，看到一條固定於岩石的橫向鋼纜，水平地以齊胸高度繞著尖頂延伸，伸展在一塊大約十八公分寬的岩架上方。

皮諾對接下來要做的舉動感到不安，所以深呼吸幾次，甩掉恐懼，然後伸手抓起鬆垮的鋼纜。他用右腳的鞋尖摸索，找到了狹小的裸岩，感覺幾乎有點像踩在老家臥室窗外那塊平臺上。帶著這個想法，他成功地緊緊抓住鋼纜，在險崖底部橫越移動。

五分鐘後，皮諾來到山上最寬闊的山脊頂端，這一處面向東南偏南的方位，面積寬廣，遍地都是茂密的地衣、苔蘚、雪絨花和高山紫菀。他仰躺在地，大口喘氣，正午陽光灑在他身上。這次爬山的感覺跟上次完全不一樣，上次有個走過這條路三十次的嚮導，那人向他指出每一個能讓手腳施力之處。這次攀爬是他這輩子最重大的體能挑戰，他必須不停地思考判斷，保持信心。他意識到「保持信心」其實非常累人，一點也不容易。

皮諾抓起水瓶狂飲，心想：**可是我做到了。我靠自己辛辛苦苦地爬了上來。**

他覺得開心也更為自信。他做了謝飯禱告，感謝上帝帶領他這一天，然後他三兩口把博爾米奧弟兄為他準備的三明治吞下肚。他開心地發現博爾米奧也準備了果餡卷。他慢慢吃下，細細品嘗每一口。這世上還有比這更美味的美食嗎？

皮諾覺得昏昏欲睡又放鬆，於是閉上眼睛，覺得在這片時間停止流動的山頂和天空下，一切都如此美好。

霧氣喚醒了他。

皮諾查看手錶，驚訝地發現已經快下午兩點了。雲團翻湧而至。他望向下坡，視野頂多只有九十公尺。皮諾穿上連帽外套，走狩獵小徑和羊道前往東北方。一小時後，他來到格羅佩拉顛峰的北面坳地的後側邊緣。

他試了幾次，才找到一條小徑穿越陡峭的坳地內部，蜿蜒地通往他在三天前掉頭折返之處。他停下腳步，回頭望向來時路。面對過今天稍早那些挑戰，現在這條路一點也不覺得難走。

但皮諾下山來到馬德西莫鎮，返回莫塔村的時候，還是精疲力盡。他回到阿爾卑斯屋時，天色已經半暗。瑞神父在食堂旁邊的房間裡等候，食堂裡的男孩們正在讀書，空中瀰漫著博爾米奧弟兄最新佳餚的美妙香氣。

「你遲到了，」瑞神父說：「我並不希望你晚上還在外頭。」

「我也不想在晚上才下山，但路途遙遠，神父，」他說：「而且這趟路比我印象中更難走。」

「但你有信心以後也能完成？」神父問。

皮諾想到那條「煙囪」、雪崩斜道之間的小徑，還有抓著鋼纜橫越山壁。他雖然不太想再來一次，但還是說：「能。」

「很好，」瑞神父說：「非常好。」

「神父，我爬這些山到底是為什麼？」

神父打量他，然後說：「我想讓你變得更強壯。你在接下來的幾個月可能需要體力。」

皮諾想問他為什麼，但是瑞神父已經轉過身去。

兩天後，神父要皮諾沿天使步道前往萊伊湖。隔天，皮諾沿橫貫路線來到北邊坳地，沿著羊道來到離大坑邊緣很近的位置。第三天，他選了困難的路線，但因為信心充沛，抵達雪崩斜道時所花的時間比原本少了一小時。

他在隔週學開車的那兩天裡，天氣還很穩定。他記得瑞神父的警告，所以跟阿斯卡里避開了施普呂根山口，只在馬德西莫鎮周圍的Z字形山路上練習。

週日下午，他們載了阿斯卡里在坎波多爾奇諾鎮認識的兩個女孩。其中一位是阿斯卡里的朋友緹緹雅娜，另一位是緹緹雅娜的朋友芙德芮嘉，這女孩害羞得令人沉悶，而且很少正眼看著皮諾。皮諾想試著喜歡她，但總是想到安娜。他知道瘋子才會想著安娜，他只跟她聊過三分鐘，已經差不多四個月沒見到她，而且她當初放了他鴿子。但他還是相信會再見到安娜。她成了他緊抓不放的幻想，成了他在感到寂寞、對未來感到不安時對自己說的故事。

在一九四三年十月的第二個星期，皮諾連續三天辛苦爬山，回到阿爾卑斯屋時，疲憊不堪又飢腸轆轆。他吃了兩碗「博爾米奧細麵」，喝了幾公升的水，才有力氣抬頭環視食堂。

男孩們都在場。米莫在食堂另一頭指揮著一整桌的男孩子。瑞神父正在招待三位客人——二男一女。年紀較輕、一頭沙色頭髮的男子把一條胳臂搭在女子肩上，她膚色白皙，深邃雙眸裡心事重重。年紀較大的男子身穿西裝，沒打領帶，面帶鬍鬚，抽著香菸。他經常咳嗽，在神父說話時用指尖輕敲桌面。

疲倦的皮諾不禁好奇他們是誰。阿爾卑斯屋有客人，這不算非常稀奇。家長們常常會來探望。很多登山客會在颳風下雨時來此尋求庇護。但這三人不是登山客，身上是一般的服裝。

皮諾只想回房睡覺，但知道瑞神父不會允許。他試著打起精神讀書時，神父來到他面前對他說：「你贏得了明天一整天的休息時間，可以明天再看書，好嗎？」

皮諾微笑點頭，不記得自己是怎麼走回房裡、倒在床上。

他終於醒來的時候已經日上三竿，陽光從走廊盡頭的窗外射入。米莫不見蹤影，其他男孩也不知去向。他來到食堂，發現這裡只有那三位客人，正在盡頭的桌邊激烈地輕聲談話。

「我們沒辦法再等了，」年輕男子說：「一切都在惡化。光是梅伊納就五十個！就在我們談話的這一刻，他們正在進攻羅馬。」

「可是你說過我們很安全。」女子神情焦躁。

「我們在這裡很安全，」他說：「瑞神父是好人。」

「問題是能安全多久？」年長男子又點燃一根菸。

女子注意到皮諾投來的視線，因此要兩名男子住嘴。博爾米奧弟兄給皮諾送上咖啡、麵包和香腸。三位客人離開了食堂。他在接下來的時間裡對他們沒多想，只是在爐火旁看書。

米莫和其他男孩爬了很久的山回來，這時已經差不多是晚餐時間。皮諾不只覺得精力充沛，而且這輩子從沒覺得這麼健康過。大量運動，加上博爾米奧弟兄準備的豐盛食物，皮諾覺得自己每天都在增加體重和肌肉。

米莫和兩個男孩把餐盤和餐具擺在長桌上的時候，瑞神父開口：「皮諾？」

皮諾把書本放在一邊，從椅子站起。「神父？」

「吃過點心後，去禮拜堂見我。」

這令皮諾感到納悶。禮拜堂平時只有在週日做禮拜時才用得到，通常是在天亮。但他放下好奇心，跟米莫和其他男孩有說有笑，訴說自己沿困難路線攀爬格羅佩拉顛峰的刺激故事。

「只要走錯一步就會完蛋。」他說。

「我爬得了。」米莫自誇。

「開始練引體向上、伏地挺身和深蹲，你就一定爬得了。」

任何挑戰都會點燃米莫的鬥志。皮諾知道弟弟一定會成為引體向上、伏地挺身和深蹲的狂熱分子。

收拾餐盤後，米莫問皮諾想不想玩牌。皮諾推辭了，說要去禮拜堂跟瑞神父談話。

「關於什麼事？」米莫問。

「我去了就知道。」皮諾從前門旁邊的鉤子上拿起一頂羊毛帽戴上，走進外頭的黑夜。

氣溫已經降至冰點以下。弦月高掛，繁星如煙火般耀眼。北風刺痛他的臉頰，暗指凜冬已至。他走向禮拜堂，其後方一群高聳冷杉沿著高原的邊緣生長。

他用拇指撥開門鎖，走進禮拜堂。瑞神父屈膝跪在一張跪凳上，低頭祈禱。皮諾輕輕關門坐下。幾分鐘後，神父在胸前畫個十字，用拐杖撐身站起，瘸拐走來，在他旁邊坐下。

「你覺得你有沒有辦法在黑暗中沿北方路線前往萊伊湖？」瑞神父問：「除了月光之外沒有其他光源？」

皮諾思索幾秒，說道：「應該沒辦法進入坳地，但之前的路段應該都沒問題。」

「這樣會增加多少時間？」

「大概一小時。為什麼這麼問？」

瑞神父深吸一口氣，說道：「我最近一直在祈求這個問題的答案，皮諾。我原本有點想繼續瞞著你，讓事情簡化，好讓你能把心思集中在你的任務上。但是上帝從不讓日子簡單，不是嗎？我們無從置喙，也無法改變。」

皮諾聽得一頭霧水。「神父？」

「今晚晚餐時間的那三人，你有跟他們談話嗎？」

「沒有，」他說：「但我有聽見他們提到梅伊納。」

瑞神父顯得嚴肅又難過。「上個月，超過五十個猶太人躲藏在梅伊納和周圍的村落。納粹黨衛軍發現了那些猶太人，將他們處死，棄屍於馬焦雷湖。」

皮諾覺得胃袋劇烈翻攪。「什麼？為什麼？」

「因為他們是猶太人。」

皮諾知道希特勒痛恨猶太人，也甚至知道有些義大利人不僅不喜歡猶太人，還會對猶太人說些貶損之詞。但是冷血殺掉他們？就因為他們的宗教？這根本野蠻至極。

「我實在無法理解。」

「我也是，皮諾。但現在，義大利的猶太人顯然置身於重大危險。我今早在電話上跟舒斯特樞機談了這件事。」

瑞神父表示：樞機告訴他，在梅伊納大屠殺後，納粹勒索了還在羅馬貧民窟的猶太人，要求他們在三十六小時內交出五十公斤的黃金，否則性命難保。猶太人賣掉了持有的股票，而且在許多天主教徒的幫助下，弄到了黃金。但是交出財寶後，德軍攻進了神殿，找到了一份名單，上頭列出在羅馬的每一個猶太人。

神父停頓幾秒，臉色痛苦。「舒斯特樞機說，納粹叫來了一支特殊的黨衛軍團隊，要追捕那份名單上的猶太人。」

「抓到之後要做什麼？」皮諾說。

「殺掉，一個不留。」

在這一秒之前，皮諾這個年輕心靈再怎麼煩惱，也完全無法想像這種事。「這實在……邪惡。」

「確實邪惡。」瑞神父說。

「舒斯特樞機是怎麼知道這些的？」

「教宗，」瑞神父說：「教皇陛下從德國駐梵蒂岡的大使口中得知，然後轉告了舒斯特樞機。」

「教宗沒辦法阻止嗎？讓全世界知道？」

瑞神父低下頭，把指關節捏得發白。「教宗和梵蒂岡被坦克車和納粹黨衛軍包圍，皮諾。教宗如果現在發言反對他們，就等於自殺，也意味著梵蒂岡城遭到入侵和毀滅。但他有私下對樞機們說話，透過他們向義大利所有天主教徒下達了一道口頭命令：為任何需要逃離納粹魔掌的難民敞開大門。我們要藏匿猶太人，而且如果做得到，也要幫助他們逃亡。」

皮諾覺得心跳加速。「逃去哪？」

瑞神父抬頭。「你有沒有去過萊伊湖的盡頭？格羅佩拉顛峰的另一頭，在湖的另一側？」

「沒有。」

「那裡有一片三角形的密林，」神父說：「林中一開始兩百公尺的樹木和土地屬於義大利，但那片領土會持續縮小，逐漸被瑞士那個安全的中立國領土取代。」

皮諾以不同目光看待這幾星期的考驗，感到興奮，心中充滿新的使命感。「你要我當他們的嚮導，神父？」皮諾問：「那三個猶太人？」

「上帝深愛的三個孩子，」瑞神父說：「你願意幫他們嗎？」

「當然願意。」

神父把一手放在皮諾肩上。「我希望你明白，你這麼做將冒生命危險。在德軍訂定的新規矩下，幫助猶太人就是犯下叛國罪，得以處死。你如果被抓，就很可能會被他們處決。」

聽見這番話，皮諾緊張得嚥口水，但還是看著瑞神父。「你讓他們來到阿爾卑斯屋，不也是拿你自己的性命冒險？」

「連同這裡所有孩子的性命。」神父臉色嚴肅。「但我們必須幫助所有想逃離德軍的難民。教宗這麼認為，舒斯特樞機這麼認為，我也這麼認為。」

「我也是，神父。」皮諾感到一種前所未有的情緒，彷彿自己即將伸張正義。

「很好，」瑞神父眼睛閃閃發亮。「我早就相信你會願意幫忙。」

「我願意，」皮諾的決心更為堅定。「我最好先去睡一會兒。」

「我會在凌晨兩點十五分把你叫醒。博爾米奧弟兄會在兩點半幫你們一行人準備好食物。你們在三點整出發。」

皮諾走出禮拜堂的時候，相信自己剛剛進來時是男孩，但現在出來時已經做了讓自己成為男子漢的決定。他確實害怕幫助猶太人可能引來的懲處，但還是要伸出援手。

他在阿爾卑斯屋前停步，凝視東北方的格羅佩拉的側峰，明白現在有三條命成了他的責任。年輕夫妻和老菸槍，他們在最後這段逃亡之旅上需要倚賴他。

皮諾把視線從月光下形成剪影的格羅佩拉險崖上移開，望向天上的黑夜繁星。

「親愛的上帝啊，」他呢喃：「幫助我。」

第八章

瑞神父來叫醒他的十分鐘前，皮諾已經起床更衣。博爾米奧弟兄煮了放有松子和砂糖的燕麥粥，還在桌上擺放了肉乾和乳酪。老菸槍和年輕夫妻正在桌前用餐時，瑞神父走來，把雙手搭在皮諾肩上。

「這位是你們的嚮導皮諾，」神父說：「他知道路。」

「這麼年輕，」老菸槍抱怨：「沒有年紀比較大的人選嗎？」

「皮諾經驗豐富，非常擅長爬山，尤其是這裡的山脈，」瑞神父說：「我完全相信他能帶你們去想去的地方。當然，你們可以另找嚮導，但我得提醒你們：有些人會收你們錢但還是把你們交給納粹。相較之下，我們唯一的目的是你們能找到避風港。」

「我們就跟皮諾走。」年輕男子說，女子點頭。

老菸槍還是顯得不以為然。

「你們叫什麼名字？」皮諾握了年輕男子的手，問道。

「用你們拿到的名字，」瑞神父說：「證件上的名字。」

女子說：「瑪麗雅。」

「里卡多。」她丈夫說。

「路易吉。」老菸槍說。

皮諾坐下，和他們一起用餐。「瑪麗雅」說話輕聲細語但幽默詼諧。「里卡多」原本在熱那亞市當教師。「路易吉」在羅馬做雪茄買賣。皮諾瞥向桌子底下，發現他們雖然都不是穿靴子，但鞋子看起來還算耐操。

「這條路會很危險嗎？」瑪麗雅問。

「只要照我說的做，就不會有事。」皮諾說：「五分鐘後出發？」

他們點頭。

皮諾起身收拾餐盤，來到瑞神父身邊，輕聲道：「神父，我如果帶他們走天使步道去萊伊湖，對他們來說不是比較輕鬆？」

「是比較輕鬆沒錯，」瑞神父說：「但我們幾星期前才用過那條路線，我不想引起注意。」

「我不明白，」皮諾說：「是誰用過？」

「喬凡尼．巴巴拉斯基，那個神學院學生，」瑞神父說：「就在你從米蘭來這兒之前，有另一對夫妻想帶著女兒逃亡。我和巴巴拉斯基想出了一個計畫。他帶著那一家，連同包括米莫在內的所有孩子，進行了一趟全天登山，沿天使步道前往萊伊湖。他們在湖的盡頭和樹林之間野餐。二十四人出發，回來了二十一人。」

「根本不會有人注意到人數差異，」皮諾感到欽佩。「尤其如果從很長一段距離外看到他們。」

瑞神父點頭。「這就是我們當時的盤算，但派出那麼大的團體並不實際，尤其在凜冬將至的時候。」

「人數少一點比較好，」皮諾瞥向身後。「神父，我會盡量隱藏他們的蹤影，但許多路段毫無掩護。」

「包括整段萊伊湖，這會對你造成最大的危險，因為那個區域完全沒地方能躲藏。但只要德軍專注於巡邏山路，而且沒有派飛機在空中觀察邊境，你就應該不用擔心。」

瑞神父擁抱皮諾，這個舉動令後者感到驚訝。「孩子，願上帝與你同行，形影不離。」

博爾米奧弟兄幫皮諾背上背包。四公升的水。四公升的甜茶。食物。繩索。地形圖。連帽外套。羊毛衣和羊毛帽。放在小鐵罐裡的火柴和棉絨。一盞裝了乾燥乙炔的小型採礦燈。一把小刀。一把短柄小斧。

雖然這些東西加起來大概有二十、二十五公斤，但是皮諾來到阿爾卑斯屋、開始爬山以來，每次都是背著重物走動。背負重物對他來說稀鬆平常，他猜這就是瑞神父當初的用意。一定是的，畢竟神父對這些計畫想必已經安排了好幾星期。

「出發吧。」皮諾說。

四人組來到屋外的寒冷秋夜下。天空清澈，月亮依然高掛於南方，投下的微弱光輝掃過格羅佩拉的西峰。皮諾先帶他們走過一條馬車道，以便離開學校外面的煤氣燈照射範圍。然後他要大家停步，好讓眼睛能完全適應暗處。

「從這裡開始，我們只能用呢喃的方式說話，」皮諾輕聲道，指向山坡。「有些地方會讓聲音反彈得很遠，所以我們得跟老鼠一樣安靜，明白嗎？」

他看到他們點頭。路易吉用火柴點燃一支菸。

皮諾怒火中燒，但意識到必須控制這個局面。他朝老菸槍邁出一大步，嘶聲道：「把菸熄掉。任何火光都能從好幾百公尺外被看見，尤其如果用望遠鏡。」

「我非得抽菸不可，」路易吉說：「這樣才能冷靜下來。」

「除非我允許你抽菸，否則你回去另覓嚮導，我只帶他們兩個走。」

路易吉抽最後一口，把菸丟在地上踩熄，不高興地說：「帶路吧。」

皮諾叫他們在行走時倚賴周邊視覺。他帶他們在昏暗光線下橫越高原，走向北方，緊貼山坡底部，直到前方逐漸出現一條寬度約有五十公分的小徑，這條路從側邊橫越幾座陡峭岩面。他拿出繩索，打了四個腰環，每個環節之間相隔大約三公尺。

「就算有繩索，我還是要你們把右手貼在岩壁上，或長在上頭的任何灌木叢，」皮諾說：「如果想抓住什麼東西，像是小小的樹苗，得先測試它夠不夠牢固，然後才用它支撐體重。更好的辦法是，我的手腳擺在哪裡，你們就照做。我知道現在很暗，但只要你們觀察我的輪廓，就大概能知道我在做什麼。」

「我會跟著你，」里卡多說：「瑪麗雅，妳跟在我後面。」

「你確定？」瑪麗雅說：「皮諾？」

「里卡多，你走在後面能給你妻子更大的幫助。瑪麗雅走第三個，路易吉走在我後面。」

這讓里卡多感到惱火。他提高嗓門：「可是我——」

「如果繩索兩端是最強壯的人，這樣對她和大家都更安全，」皮諾堅稱：「還是你比我更熟悉這些山地、更懂爬山？」

「照他說的做，」瑪麗雅說：「最強壯的走在最後面和最前面。」

皮諾看得出來里卡多感到兩難，這個人被十七歲少年發號施令而感到惱火，卻也因為被稱作「最強壯的人」而感到開心。

「好，」他說：「我就當錨點。」

「很好。」皮諾看著大家都套好腰環。

他把戴著手套的右手貼在岩壁上，開始前進。雖然小徑大部分的路段都容得下一般人的腳步，但他刻意在腦海中把左手邊的路面縮短十五公分，緊貼岩壁前進。現在最糟的可能狀況，是某人掉到小徑下方，而如果他們夠幸運，另外三人的體重也許能確保大家繼續待在山坡上。但如果不走運，就是大家接連墜崖。他們腳下的斜坡幾乎有四十度。如果大夥都往下滾落，就會被尖銳的石頭和高山植物傷得血肉模糊。

他帶大夥以貓步慢慢前進，步伐謹慎、緩慢又穩健。一行人順利前進差不多一小時，來到馬德西莫鎮上方的時候，路易吉開始咳嗽吐痰。皮諾不得不停步。

「先生，」他呢喃：「我知道你很難忍，但如果非咳嗽不可，務必用手肘遮住。村子就在下面，我們不能發出任何聲音，以免被不該聽見的人聽見。」

雪茄商人呢喃：「還有多遠？」

「距離不重要，想著你的下一步就好。」

前進五百公尺後，他們橫越的斜坡不再那麼陡峭，路面也加寬。

「最壞的區段已經結束了嗎？」路易吉問。

「剛剛那是最好的區段。」皮諾說。

「什麼？」瑪麗雅輕聲哀號。

「開玩笑的啦，」皮諾說：「那是最壞的區段。」

破曉時分，一行人越過了遠在馬德西莫鎮上方的高山草原。讓皮諾聯想到安娜秀髮的那些草葉已經送走了種籽，如今乾枯瀕死。皮諾回視身後的山谷，看著聳立於另一頭的崎嶇山巒，不禁好奇：德軍士兵是不是正在那片高山上，用望遠鏡觀察格羅佩拉顛峰？皮諾雖然覺得不太可能，但還是帶大家走在草原側邊的樹林陰影下，直到這些樹被難以用來遮身的石塊和零星杜松取代。

「我們得加快腳步，」他說：「太陽現在在山峰後面，坳地上形成的陰影能幫助我們。但太陽很快就會爬到我們上方。」

皮諾走進位於北邊坳地底部的坳處，里卡多和瑪麗雅跟上他的步伐。老菸槍路易吉落在後頭，滿臉是汗，肺臟為了吸進稀薄空氣而不斷起伏。一行人穿越冰川帶來這裡的巨石之間，為了避免被人發現而刻意走在坳地後壁的古老小徑上，皮諾為了確認路易吉的狀況而折返兩次。

皮諾和年輕夫妻停步休息，等雪茄商人跟上。路易吉咳嗽吐痰，動作慢如蝸牛，過了一會兒才終於來到皮諾身旁的扁平石頭，在上面躺下，呻吟連連，渾身散發菸草味。

皮諾從背包裡拿出甜茶、肉乾和麵包。路易吉狼吞虎嚥地吃東西，年輕夫妻也是。等他們都吃完後，皮諾自己才稍微吃喝。他要留一點在回來的路上吃。

「這是哪裡？」路易吉彷彿這才注意到周遭環境。

皮諾指向一條羊道，這條路在岩壁上劃出一連串陡峭的Z字形小徑。

老男人垂頭喪氣。「我爬不了。」

「你當然爬得了，」皮諾說：「跟著我爬就對了。」

路易吉兩手一攤。「不，我爬不了，也不想爬。把我丟這兒吧。反正我遲早會死，不管我採取什麼行動。」

皮諾一開始不知道該怎麼辦，過了幾秒後問道：「是誰說你會死？」

「納粹，」老菸槍劇烈咳嗽，然後指向小徑。「而這條路告訴我，上帝要我早點死。我不想在臨終的時候爬上去，結果摔倒滾過石頭。我要坐在這兒抽菸，等死神來這兒找我。這個地點能湊合。」

「不，你得跟我們走。」皮諾說。

「我要留下。」路易吉態度強悍。

皮諾嚥口水，接著說：「瑞神父要我送你去萊伊湖。他一定不會希望我丟下你，所以你非得跟來，跟我走。」

「你沒辦法逼我跟你走，小子。」路易吉說。

「我當然有辦法，」皮諾氣憤地快步來到男子面前。「我也會這麼做。」他聳立在老菸槍面前，對方瞪大眼睛。皮諾雖然才十七歲，但已經遠比路易吉高大，也從眼前這張充滿恐懼的臉上看得出來對方也心知肚明。

雪茄商人再次瞥向坳地的陡峭岩壁。「你還不懂？」他洩氣道：「我是真的爬不上去，我對自己沒信心——」

「但是我對你有信心。」皮諾試著讓喉嚨裡出現低吼聲。

你。」

「拜託你？」

「不行，」皮諾說：「我跟你保證，你會爬到山上、前往萊伊湖，就算我得背

路易吉似乎被皮諾臉上的決心說服。他嘴唇顫抖：「你保證？」

「我保證。」皮諾握了他的手。

他再次要大家套上繩索，路易吉跟在他後面，然後是瑪麗雅和她丈夫。

「你確定我不會掉下去？」雪茄商人顯然驚恐不安。「我從沒做過這種事。我這輩子……都是住在羅馬。」

皮諾思索幾秒，問道：「那麼，你爬過羅馬廢墟周圍的山？」

「有，不過——」

「有沒有爬過羅馬競技場那些陡峭狹窄的階梯？」

路易吉點頭。「很多次。」

「這座山沒比那裡更糟。」

「沒有才怪。」

「不是的，」皮諾說：「你只需要想像你在羅馬競技場，穿梭於座位和階梯之間。如此一來，你就不會有事。」

路易吉一臉狐疑，但在皮諾開始往上爬的時候，並沒有抗拒繩索。皮諾全程跟老菸槍拌嘴，說等爬到山頂就會讓他抽兩支菸，還建議他在爬山時把靠近內側的手指貼在岩壁上。

「慢慢來，」他說：「看前面，別往下看。」

路段變得難走，岩壁變得幾乎垂直的時候，皮諾轉移路易吉的注意力，說起自己跟弟弟在米蘭遭到轟炸的第一晚逃回家，發現家人彈琴作樂。

「你父親很明智，」雪茄商人說：「音樂、美酒、雪茄，就是這些生活中的小小奢華，讓我們能熬過心靈無法理解的苦難。」

「聽起來，你在你店裡常常沉思嘛。」皮諾擦掉眼前的汗水。

路易吉發笑。「常常沉思，常常說話，常常看書。那裡是……」他的嗓音失去喜悅。「那裡曾經是我的家。」

一行人來到坳地的岩壁上方，最艱難的區段就在前方。小徑先往右急拐兩公尺，然後往左急拐三公尺，進入陡峭斜坡岩面上的裂口。接下來的挑戰是心理層面，因為穿過裂口的小徑其實十分寬敞，但小徑緊鄰三十公尺深的深淵，如果盯著這裡太久，就算是老手也會信心動搖。

皮諾決定不對他們做出警告，而是說：「跟我說說你那間店吧。」

「噢，那間店很美，」路易吉說：「就在西班牙廣場旁邊，西班牙階梯的底部。你知道那裡嗎？」

「我去過西班牙階梯，」皮諾很高興路易吉毫無猶豫地跟著他。「那裡是高級區，有很多精美商家。」

「那裡真的很適合做生意。」路易吉說。

皮諾走過V字形轉角的岩壁前，和雪茄商人現在分別站在裂口的兩端。如果路易吉會在哪個時候往下看，想必就是現在。看到路易吉轉頭打算往下看，皮諾開口：「你的店鋪是什麼模樣？」

路易吉看著皮諾的眼睛。「抹了油的木地板和櫃檯，」他咯咯笑，輕鬆地沿轉角前進。「簇絨皮椅，還有我和亡妻一起設計的八角形雪茄盒。」

「我相信那間店聞起來一定很香。」

「味道好極了。我在那裡收藏了來自世界各地的雪茄和菸草，還有乾燥薰衣草、薄荷、口腔芳香劑，我還為我最喜歡的客人們準備了上好的白蘭地。我有很多忠實的好顧客，他們其實是我的朋友。那間店原本就像俱樂部，直到最近才改變。就連下流的德國人也有去我那兒買東西。」

大夥都通過了裂口，開始以斜角爬向坳地邊緣。

「跟我說說你的妻子。」皮諾說。

皮諾只聽見身後一片沉默，感覺繩索抗拒，但接著聽見路易吉說：「我的露絲是我這輩子見過最美的女人。我們十二歲那年在神殿相遇，我一直搞不懂她為何選我，但她就是選了我。雖然事實證明我們無法生育，但我們一起度過了二十個美好的年頭，直到她在某天突然生病，而且病得一天比一天重。醫師們說她的消化系統出現了逆蠕動，而且他們沒辦法阻止這種病症害她中毒致死。」

皮諾難過地想到貝爾卓米尼太太，不知道她、卡利托和他父親現在是否安好。

「我很遺憾。」皮諾爬過坳地邊緣，先拉路易吉上去，然後拉夫妻倆。

「六年了，」路易吉說：「我無時無刻不想著她。」

皮諾拍拍雪茄商人的背，露齒而笑。「你做到了，我們來到山頂了。」

「什麼？」路易吉驚奇地環視周圍。「就這麼簡單？」

「就這麼簡單。」皮諾說。

「其實不難嘛。」路易吉望向天空，鬆了一口氣。

「早跟你說了吧。我們再走一小段路就可以休息。我想先讓你們看看某個東西。」

他帶他們來到某個位置，能瞭望格羅佩拉顛峰的後側。

「歡迎來到萊伊湖。」他說。

跟正面相比，背面的山谷坡度較為平緩，遍地都是因風吹而矮小的灌木叢，葉子正在轉成鏽色、橘色和黃色。他們望向山谷下方，能看到湖泊名稱的由來。高山湖泊的寬度不到兩百公尺，長度大約八百公尺，呈南北走向，伸向瑞神父描述的三角樹林。

湖面是一般的銀藍色，但在這一天反映並散發了秋季的似火色彩。湖泊另一頭聳立著堡壘般的岩石，伸向南方遙遠的安傑洛加山隘，以及皮諾在特訓第一天折返的石碑所在。四人開始沿一條狩獵小徑下山，這條路旁邊是一條溪，水來自依然攀於最高峰的冰凍融雪。

我做到了，皮諾心想，覺得開心又滿足。**他們有聽我的指示，我帶他們越過了格羅佩拉顛峰。**

「我從沒來過這麼美的地方，」大夥來到湖泊時，瑪麗雅開口：「真不可思議，感覺就像……」

「自由。」里卡多說。

「值得珍惜的一刻。」路易吉說。

「我們已經到瑞士了嗎？」瑪麗雅問。

「快到了，」皮諾說：「進那裡的樹林，走一段路，就能抵達邊境。」

皮諾從沒去過湖泊另一頭，所以走向樹林時覺得有點不安，但他想起瑞神父描述過在哪裡能找到那條小路，也很快找到。

茂密的冷杉和雲杉樹林宛如迷宮。這裡的空氣較為冰涼，地面比較柔軟。他們已經爬了將近六個半小時的山，但沒人顯得疲憊。

想到自己帶著這些人來到瑞士，皮諾的心跳加快一些。他幫助他們逃出了——

前方三公尺處，一名魁梧的鬍鬚男子從一棵樹後面走出來，把手裡的雙管獵槍對準皮諾的臉。

第九章

皮諾嚇得舉起雙手，身旁的三名夥伴也照做。

「拜託——」皮諾開口。

槍管後方的男子低吼道：「誰派你來的？」

「神父，」皮諾結巴道：「瑞神父。」

男子來回掃視皮諾和其他人，過了許久後放下槍。「這年頭小心為上，不是嗎？」

皮諾放下雙手，覺得暈眩腿軟，冷汗流過背脊。這是他第一次被人拿槍指著。

路易吉開口：「接下來是不是由你幫助我們，先生……？」

「我叫伯格斯卓，」男子說：「接下來由我帶你們走。」

「去哪？」瑪麗雅試探地問。

「沿艾莫特山隘往下走，前往瑞士的內費雷拉村，」伯格斯卓說：「你們會很安全，我們會再判斷你們之後的路該怎麼走。」伯格斯卓對皮諾點個頭：「幫我問候瑞神父。」

「我會的，」皮諾承諾，面向三名夥伴。「祝你們好運。」

瑪麗雅擁抱他，里卡多握了他的手。

路易吉從口袋裡掏出一支套著螺旋蓋的金屬小瓶，遞給皮諾。「這是古巴雪茄。」

「我不能收。」

路易吉顯得遭到冒犯。「你以為我不知道你是怎樣幫我爬過那最後一段路？這麼好的雪茄可不容易弄到，我也不想輕易送出去。」

「謝謝你，先生。」皮諾微笑，收下雪茄。

伯格斯卓對皮諾說：「你的人身安全取決於能否避人耳目。你在走出森林之前，務必小心，先好好觀察山坡和山谷。」

「我會的。」

「那咱們走吧。」伯格斯卓轉身離去。

路易吉拍拍皮諾的背，隨即跟上。里卡多對他微笑。瑪麗雅說：「祝你有個美好的人生，皮諾。」

「妳也是。」

「真希望我們不用再爬山。」他聽見路易吉對伯格斯卓說話，那四人消失在樹林裡。

「下坡路可不是上坡路。」伯格斯卓回話。

之後，皮諾只聽見樹枝斷裂、石頭滾動，然後只聽見風吹過冷杉林。他轉身返回義大利領土，雖然覺得開心，卻也感到莫名孤獨。

皮諾遵照伯格斯卓的指示，在林線內側停步，觀察山谷和山峰，盡可能確認附近無人，然後走出樹林。他查看手錶，現在將近中午。他已經走了將近九小時，如今疲憊不堪。

瑞神父已經預見他會精疲力盡，所以吩咐他別試著在同一天裡回去，而是走西南方的山路，前往山上其中一間老舊的牧人小屋，在那裡過夜，隔天早上再經由馬德西莫鎮返回阿爾卑斯屋。

皮諾往南行走，經過萊伊湖的時候，覺得愉快又滿足。瑞神父和其他帶難民去阿爾卑斯屋的人成功了，他們這個團隊從鬼門關前救走了三個人。他們暗中反抗了納粹，而且贏得勝利！

令他驚訝的是，湧入心中的這些情緒讓他覺得更強壯，更精神抖擻。他決定不去牧人小屋，而是加緊前往馬德西莫鎮，在當地的旅店過夜，跟阿爾貝托·阿斯卡里見面。即將抵達山脊時，皮諾停步休息，吃些東西。

他吃完東西後，回頭望向萊伊湖，注意到四個渺小的人影沿湖泊上方的裸岩往南前進。皮諾用手遮住陽光，以便看得更清楚。他一開始無法確認他們的模樣，但接著發現他們都攜帶步槍。

皮諾感覺胃袋往下沉。難道他們有看到他帶著三人進入森林、出來時隻身一人？他們是德國人？來這種荒郊野外做什麼？

皮諾沒有答案，而那四人離開他的視線後，這些問題依然纏著他。他繼續沿羊道前進，穿過高山草原，前往馬德西莫鎮。將近下午四點時，他走進這座村子。一群男孩在旅店附近玩耍，其中一人是旅店老闆的兒子，跟他成了朋友的小尼柯。皮諾正打算走進旅店詢問有沒有房間，這時注意到阿爾貝托·阿斯卡里快步趕來，神情焦慮。

「昨晚這裡來了一支游擊隊，」阿斯卡里說：「他們自稱在對付納粹，卻問起猶太人的事。」

「猶太人？」皮諾把視線移向大約四十公尺外的尼柯，他蹲在長長的草葉之中，拿起一個東西，看起來像一顆大型的蛋。「你怎麼回答他們的？」

「我們跟他們說這裡沒有猶太人。你覺得他們為什麼——」

尼柯拿起蛋，向朋友們展示。蛋突然化為火光，爆發的震波撞上皮諾，就像驢子狠狠踹了他一腳。

他差點被震倒在地，但勉強穩住腳步，頭暈目眩，搞不懂發生什麼事。他雖然耳裡嗡嗡作響，但能聽見孩子們尖叫。皮諾急忙衝上去。原本離尼柯最近的那群男孩倒在地上，其中一人失去了一隻手，另一人的眼睛成了鮮血淋漓的眼窩。尼柯失去了一部分的臉龐，連同大半條右臂，流的血在周身聚成血泊。

皮諾歇斯底里地抱起尼柯。看到這個小男孩翻著白眼，他急忙把尼柯抱回旅店，交給衝出門口的夫妻。小男孩開始抽搐。

「不！」尼柯的母親尖叫，接過兒子。他再次抽搐，然後癱軟在她懷裡，斷氣身亡。「不！尼柯！尼柯！」

皮諾在震驚和驚恐下，看著尼柯啜泣連連的母親屈膝跪地，把兒子的屍體放在地上，用自己的身子蓋住他，彷彿俯視著搖籃裡的嬰孩。在漫長的一段時間裡，皮諾只是站在原地，渾身麻木，看著她哀哭。他低下頭，發現自己滿身是血。他環視周圍，看到村民們趕來為其他孩子急救，旅店老闆悲痛地凝視妻子和亡兒。

「對不起，」皮諾嗚咽：「我沒能救他。」

康特先生黯然道：「這不是你的錯，皮諾。這想必是昨晚那些游擊隊員幹的……但誰會故意把手榴彈留在這兒……？」他甩甩頭，哽咽道：「你能不能把瑞神父找來？我需要他為尼柯的遺體祈禱。」

皮諾雖然大半夜就起了床，在崎嶇地形中走了將近二十三公里，但還是決定用跑的回去瑞神父那裡，彷彿腳步和速度能讓他遠離剛剛目睹的殘酷景象。但來到半路的時候，身上的血腥味，尼柯自誇比他更會滑雪的那道鮮明回憶，以及奪走小男孩性命的烈火閃光，給他造成太大的打擊。皮諾停下腳步，彎下腰，劇烈嘔吐。

他嚎啕大哭，蹣跚地繼續前進，這時白晝逐漸轉為暮光。

皮諾回到阿爾卑斯屋，臉色灰白，精疲力竭。看到皮諾走進無人的食堂，瑞神父感到震驚。

「我明明叫你留在——」瑞神父開口，但看到皮諾滿身是血，於是費勁地站起。「發生什麼事？你還好嗎？」

「不好，神父。」皮諾再次痛哭失聲，對神父說明原委，不再克制情緒。「怎麼會有人做這種事？留下手榴彈？」

「我也毫無頭緒，」瑞神父嚴肅地拿起外套。「我們那幾個由你帶路的朋友呢？」

路易吉、里卡多和瑪麗雅消失在樹林裡的畫面，感覺好像是很久以前的事。「我把他們交給了伯格斯卓先生。」

神父穿上外套，抓起拐杖。「那麼，這算是祝福，值得我們感恩。」

皮諾描述當時看到四名攜帶步槍的男子。

「他們沒看到你吧？」

「應該沒有。」皮諾說。

瑞神父把手放在皮諾肩上。「你做得很好，你做了正確的事。」

神父離去。皮諾在食堂裡一張無人餐桌前坐下，閉眼垂頭，看到尼柯破碎的臉龐和胳臂，看到眼睛受傷的男孩，也看到他在米蘭遭到轟炸那晚遇到的那名失去生命和一臂的女孩。無論他如何嘗試，就是甩不掉這些畫面，它們不斷浮現在他眼前，彷彿他已經精神失常。

「皮諾？」過了一段時間，米莫的聲音傳來：「你還好嗎？」

皮諾睜開眼睛，看到弟弟蹲在一旁。

米莫說：「有人說旅店老闆的兒子死了，而且另外有兩個男孩大概也活不了。」

「我有目睹事發經過，」皮諾又開始哭。「我當時抱著他。」

看到他落淚，弟弟似乎愣住，但接著說：「來吧，皮諾，我帶你去清理一下，送你回房休息。別讓年紀較小的孩子們看到你這副模樣，他們可是把你當榜樣。」

米莫扶他起身，走過走廊，來到浴室。他脫下衣服，在微溫的水裡坐了很長一段時間，茫然地刷掉尼柯在他手上和臉上留下的血跡。這感覺不像真的，但確實發生了。

隔天上午十點左右，瑞神父輕輕搖醒他。一開始的幾秒裡，皮諾根本不知道自己身在何處，接著回憶猛然襲來，強勁得令他再次無法呼吸。

「康特一家狀況如何？」

神父臉色凝重。「無論什麼狀況下，失去孩子對父母都是沉痛打擊。但那種死法……」

「他真的是個有趣的孩子，」皮諾苦悶道：「這不公平。」

「這是悲劇，」瑞神父說：「另外兩個孩子會活下來，但永遠不會跟以前一樣。」

兩人沉默許久。

「我們該怎麼辦，神父？」

「保持信心，皮諾。保持信心，繼續做正確的事。我收到來自馬德西莫鎮的消息，今晚會有兩名旅人來這裡共進晚餐。我要你今天好好休息，我需要你明早為他們帶路。」

接下來的幾星期裡，這種生活成了例行公事。每隔幾天，就會有兩個、三個甚至四個旅人來到阿爾卑斯屋，搖晃門前的鈴鐺。皮諾會在凌晨時分帶他們出發，在月光下爬山，只有在雲層遮住月光時才打開乙炔採礦燈。他把這些人交給伯格斯卓後，就會前往牧人小屋過夜。

這間簡陋小屋豎立在堆石而成的地基上，坐落在鑿坡而建的坳洞中，破爛屋頂由圓木支撐，門板鉸鏈用皮革製成。屋裡有一張稻草床墊、一座放了木柴的柴火爐，還有一把短斧。在那些晚上，皮諾在牧人小屋裡翻攪柴火，感到孤單寂寞。為了安撫情緒，他有幾次試著想起安娜，但每次都只想到那輛擋住她身影的街車。

然後他的思緒會變得抽象：想到女孩和愛情。他真希望能擁有這兩者。他好奇自己未來會擁有的女孩是什麼模樣，會不會跟他一樣喜歡爬山，會不會滑雪，會不會……他心裡有無數個疑問，但答案都無從得知。

十一月初，皮諾協助一名英國皇家空軍飛行員逃亡，這個人是在轟炸熱那亞市時被擊落。一星期後，他把另一名被擊落的飛行員帶到伯格斯卓先生面前。幾乎每天都有更多猶太人來到阿爾卑斯屋。

在一九四三年十二月的黑暗時期，瑞神父感到不安，因為越來越多納粹沿著施普呂根山口來回巡邏。

「他們開始起疑了，」他告訴皮諾：「德軍發現很多猶太人都不知去向。納粹知道有人幫他們。」

「阿爾貝托・阿斯卡里說很多地方發生了暴行，神父，」皮諾說：「一些幫助猶太人的神父慘遭納粹殺害。那些神父在舉行彌撒的時候，直接從聖壇上被拉下來。」

「我們也有所耳聞，」神父說：「但是，皮諾，我們不可以因為害怕就不再愛人如己。我們如果失去愛，就失去了一切。我們只是必須更聰明行事。」

隔天，瑞神父和坎波多爾奇諾鎮的一名神父想出了妙計。他們決定派人觀察納粹巡邏隊在施普呂根山口上的動靜，而且改良了通訊方式。

在阿爾卑斯屋後面的禮拜堂裡，其尖塔內部有一條懸空棧道。從尖塔側面的百葉窗望向外頭，能看到下方一千五百公尺處的坎波多爾奇諾鎮，連同堂區神父的寓所二樓的某扇窗。如果那扇窗被窗簾覆蓋，就表示德軍正在施普呂根巡邏。如果白天窗簾拉開，或晚上點著燈籠，就表示這時候能安全地把難民藏在牛車裡，用乾草堆遮掩，送去莫塔村。

事實證明，皮諾沒辦法親自帶每一個來到阿爾卑斯屋的猶太人、被擊落的飛行員，或政治難民前往自由地帶，所以他開始把路線傳授給幾個年紀較大的男孩，包括米莫。

從一九四三年十二月中旬開始，天氣變冷，而且經常下大雪。輕盈雪粉在斜道和格羅佩拉的頂層堆積，容易發生雪崩，原本最理想的北方路線——從萊伊湖前往艾莫特山隘進入瑞士——因此關閉。

因為很多難民從沒經歷過冰天雪地，也對爬山一無所知，瑞神父只好冒險要皮諾、米莫和另外幾名嚮導走南方的低難度路線，經由天使步道前進。為了加快回程的速度，他們開始攜帶滑雪板，連同能穿著滑雪板走上坡的蒙皮。

在十二月的第三個星期，萊拉兄弟離開了阿爾卑斯屋，前往拉帕洛鎮跟家人共度聖誕，全家人都納悶這場戰爭到底會不會結束。萊拉一家原本都希望盟軍這時候已經解放了義大利，但是德軍以碉堡、戰車陷阱和其他防禦工事組成的古斯塔夫防線，從卡西諾山往東延伸至亞得里亞海。

盟軍攻勢因此停滯不前。

皮諾和米莫搭火車返回阿爾卑斯山時行經米蘭，這座城市有幾個區域被炸得讓他們根本不認得。皮諾這次回到阿爾卑斯屋的時候，非常樂意能在阿爾卑斯山度過冬天。

他和米莫喜愛滑雪，也都是高手。他們踩著裝上蒙皮的滑雪板，爬上學校上方的斜坡，直線滑降而下；在他們離開的這段時間，斜坡上累積了厚厚一層雪粉。兩名少年都熱愛滑雪的速度和刺激感，但這對皮諾來說不只是冒險活動。沿坡道高速滑下，對他來說最接近飛翔的感覺。他踩在滑雪板上，覺得自己成了飛鳥，這讓他的靈魂感到溫暖，以一種前所未有的方式讓他感到自由。皮諾會在倦意、痠痛和喜悅下入睡，隔天希望再來一次。

阿爾貝托・阿斯卡里和他的朋友緹緹雅娜，決定在馬德西莫鎮的康特旅店舉辦一場跨年派對。在這一星期的假期中，難民人數減少許多，瑞神父因此允許皮諾出席。

興奮的皮諾擦亮了登山靴，穿上最好的衣服，下山來到馬德西莫鎮，最近一場小雪讓一切都顯得奇幻又新穎。皮諾來到旅店時，阿斯卡里和緹緹雅娜差不多快完成會場的裝飾。他和康特夫妻談了一陣子，這對夫妻雖然還在為兒子哀悼，但很高興有生意上門，宴會也能讓他們暫時放下悲痛。

這場派對熱鬧非凡。現場年輕姑娘的人數比男性多一倍，皮諾幾乎整晚都在跟女孩兒跳舞。食物美好可口：煙燻火腿、麵疙瘩、灑了新鮮蒙塔修乳酪的玉米糊，還有佐以番茄乾和南瓜籽的歐洲狍鹿肉。葡萄酒和啤酒源源不絕。

跟芙德芮嘉跳著慢舞的時候，皮諾意識到自己完全沒想到安娜。他好奇這個晚上會不會完美收場、芙德芮嘉會不會吻他的時候，旅店大門突然被推開。四名男子走進，攜帶著老舊的步槍和霰彈槍，衣物破舊，脖子上圍著骷髏的紅色圍巾，憔悴臉頰被寒風吹得紅通，凹陷眼窩讓皮諾想到野狗，他在米蘭遭到轟炸後開始看到野狗在路上尋找零碎食物。

「我們是游擊隊，為了從德國人手裡解救義大利而戰，」其中一人宣布，舔舔嘴脣左側。「我們需要有人捐錢，才能繼續戰鬥。」這人比另外三人高大，他拿下頭上的針織羊毛帽，朝與會者們揮手。

沒人動。

「你們這些王八蛋！」康特先生咆哮：「是你們殺了我兒子！」

他衝向頭目，但被對方用步槍槍托打倒在地。

「我們沒做這種事。」他說。

「你有，堤托，」康特倒在地上，頭部流血。「不是你就是你的手下留下了一枚手榴彈。我兒子撿起它，以為是玩具，結果被炸死了。另一個孩子被炸得失明，還有一個失去一隻手。」

「我剛剛說了，」堤托說：「我們跟這件事無關。接下來，麻煩捐錢。」

他舉起步槍，朝天花板開了一槍，嚇得在場的男子們急忙從口袋掏錢出來，年輕女士們打開手提包。

皮諾從口袋裡抽出一張十里拉鈔票，遞出去。

堤托一把搶走，接著把對方從頭到腳打量一番。「衣服不錯，」他說：「把口袋掀開來。」

皮諾絲毫沒動。

堤托說：「照做，否則等著被扒光衣服。」

皮諾很想揮拳，但還是掏出阿爾伯特舅舅親自設計的皮革磁鐵鈔票夾，拿出一疊鈔票，遞給堤托。

堤托吹聲口哨，搶走鈔票，然後走得更近，打量皮諾，散發的威脅感跟身上的體臭和口臭一樣濃烈。「我見過你。」

「不可能。」

「不，我見過你，」堤托重複，把臉湊在皮諾面前。「我用望遠鏡見過你。我見過你帶很多陌生人爬過安傑洛加山隘，穿越艾莫特山隘。」

皮諾一言不發。

堤托微笑，舔舔嘴角。「納粹一定會很想知道你是誰。」

「我以為你在對付德國人？」皮諾說：「還是那只是你洗劫錢財的藉口？」

堤托用槍托狠打皮諾的腹部，把對方撂倒在地。

「離那些山路遠一點，小子，」堤托說：「把這句話轉告給神父。天使步道、艾莫特山隘，它們是我們的，明白嗎？」

皮諾呼吸困難，拒絕答話。

堤托踹他一腳。「明白嗎？」

皮諾點頭，這讓堤托面露喜色。

「你的靴子很不錯，」他接著開口：「什麼尺寸？」

皮諾呻吟答覆。

「搭配溫暖的襪子，穿起來一定很舒服。把靴子脫掉。」

「我只有這雙靴子。」

「你可以活著自己脫，不然老子宰了你再幫你脫，你自個兒選。」

遭到羞辱的皮諾雖然痛恨此人，但並不想死，於是解開鞋帶，脫下靴子。他瞥向芙德芮嘉，她紅著臉移開視線，這讓他在把靴子遞給堤托的時候，覺得自己做了懦夫的舉動。

「鈔票夾也交出來。」堤托彈兩次響指。

「這是我舅舅幫我做的。」皮諾抱怨。

「叫他再做一個給你，跟他說這是為了大業著想。」

皮諾悶悶不樂地從口袋裡掏出鈔票夾，丟給堤托。

堤托在半空中接住。「聰明人。」

他對手下們點頭。他們從桌上抓起食物，塞進口袋和背包，轉身離去。

「離艾莫特山隘遠一點。」堤托重複，一行人揚長而去。

前門關上後，皮諾只想捶牆壁。康特太太急忙來到丈夫身旁，用布壓在他的傷口上。

「你還好嗎？」皮諾問。

「我死不了，」旅店老闆說：「我當時真該去拿槍，把他們全斃了。」

「那個游擊隊員究竟是誰？你叫他『堤托』？」

「嗯，堤托，來自索斯村，但他才不是什麼游擊隊，只是個流氓兼走私犯，來自一個流氓兼走私犯的家族。他現在成了殺人犯。」

「我要拿回我的靴子和鈔票夾。」

康特太太搖頭：「堤托這個人既狡猾又危險。你如果懂得自保，就會離他遠一點，皮諾。」

皮諾因為沒有挺身反抗堤托而瞧不起自己，也再也沒辦法在這場派對待下去。對他來說，宴會已經結束了。他試著借靴子或鞋子，但對他來說都太小。到頭來，他跟旅店老闆借了羊毛襪和橡膠鞋套，頂著大雪回到阿爾卑斯屋。

他向瑞神父說明堤托做了什麼、那人或手下殺了尼柯並造成其他孩子重傷。神父說：「你有為大局著想，皮諾。」

「那我為什麼並不覺得高興？」皮諾依然忿忿不平。「而且他要我轉告你，我們不能走天使步道和艾莫特山隘。」

「他是這麼說的？」瑞神父臉色嚴肅。「這個嘛，很抱歉，但我們恕難從命。」

第十章

一月一日，阿爾卑斯屋上方的山脈被一公尺深的新雪覆蓋。隔天沒下雪，但第三天又下了一公尺。雪勢太大，帶路服務因此到了這個月的第二個星期才重啟。

皮諾弄到替代的靴子後，開始和弟弟再次帶領猶太人、落難飛行員和其他難民逃亡，每次的人數最多有八個人。雖然堤托警告他們不准走安傑洛加山隘，但他們還是沿坡度較緩的南方路線前往萊伊湖，並經常改變出發的日期和時間，然後兄弟倆沿北方路線滑雪返回馬德西莫鎮。

這套系統在二月初之前一直順利運作。只要坎波多爾奇諾鎮的神父寓所二樓窗戶綻放燈籠之光，就會有難民躲在牛車裡的乾草堆底下，經由馬德西莫鎮被送去阿爾卑斯屋，然後由皮諾或其他男孩帶路，爬過格羅佩拉顛峰進入瑞士。

二月某天早上，皮諾疲憊地來到牧人小屋，發現牆上釘著一張字條，上頭寫著：**最後一次警告**。

皮諾把字條丟進柴火爐，點燃裡頭的木柴，調整了火爐的節流閥，然後來到屋外砍些木柴。他希望堤托就在這片寬廣的高山某處，正在用望遠鏡看到他拒絕——

一陣如雷巨響炸開了小屋的門扉。皮諾撲倒在雪地上，驚恐得在原地發抖，幾分鐘後才鼓起勇氣查看屋內。柴火爐被炸得面目全非，藏在爐子裡的炸彈、手榴彈或某種爆裂物炸開了爐箱，無數高溫金屬碎片削過石質地基，如小刀般插在木梁上。還在燃燒的木柴餘燼把他的背包燒出了破洞，引燃了稻草床墊。他把背包和床墊拖進雪地，熄滅了火苗，覺得自己毫無掩護。既然堤托願意在小屋的柴火爐埋設炸彈，也一定願意開槍斃了他。

皮諾強忍可能正在被人用槍瞄準的恐懼，裝上滑雪板，背上背包，拿起滑雪杖。這間小屋已經不再是避風港，南方路線也不再可行。

「現在只剩一條路。」皮諾當晚在壁爐前對瑞神父說，這時男孩們和幾個新客人正在享用博爾米奧弟兄的最新創作。

「雪持續積累，你也遲早必須使用那條路線，」神父回話：「山脊顛峰上的雪會被風吹掉，在山上也能站得更穩。你後天跟米莫去一趟，教他怎麼走。」

皮諾想起岩壁煙囪、棧道，以及格羅佩拉險崖下方的鋼纜，立刻充滿懷疑。在那種環境下走錯一步，就意味著喪命。

瑞神父指向訪客們：「你帶那個年輕家庭，還有那位帶著小提琴盒的女士。她以前在斯卡拉大劇院演奏。」

皮諾轉過身，困惑地認出那名小提琴手，他在米蘭第一次遭到轟炸的那晚在家裡見過她。他知道她年齡介於三十好幾和四十初之間，但她現在顯得蒼老許多。她叫什麼名字？

他不再想著格羅佩拉顛峰，而是叫上米莫，一起走向她。

「還記得我們嗎？」皮諾說。

小提琴手似乎不認得他們。

「我們的爸媽是波爾吉雅和米歇爾．萊拉，」皮諾說：「妳去過我們以前在蒙特拿破崙大街的公寓。」

米莫說：「而且妳在斯卡拉大劇院門口罵過我，說我是搞不清楚狀況的小鬼。妳說得沒錯。」

她慢慢綻放微笑。「那感覺是很久以前的事。」

「妳還好嗎？」皮諾問。

「只是有點反胃，」她說：「因為海拔的關係。我好像是第一次來到這麼高的地方。瑞神父說我在一、兩天裡就會習慣。」

「我們該怎麼稱呼妳？」米莫問：「妳文件上的名字是什麼？」

「艾琳娜……艾琳娜．納波利塔諾。」

皮諾注意到她手上的婚戒。「妳丈夫在這兒嗎，納波利塔諾太太？」

她抱著腹部，哽咽道：「我們逃出公寓的時候，他故意誘導德軍追捕他。他們……他們把他帶去二十一號月臺。」

「什麼地方？」米莫問。

「在米蘭被抓的每個猶太人都會被送去那裡，中央車站的二十一號月臺。他們會被送進運送牛隻的車廂，至於被送去哪裡……沒人知道。他們不會回來。」她滿臉是淚，激動得嘴脣顫抖。

皮諾想起梅伊納大屠殺：納粹用機槍掃射猶太人，把屍體丟在湖裡。他覺得反胃又無助。「妳的丈夫……一定是很勇敢的人。」

納波利塔諾太太哭泣點頭。「勇敢得不得了。」她恢復冷靜，用手帕輕輕擦拭眼睛，沙啞道：「瑞神父說你們倆會送我去瑞士。」

「是的，但在這種大雪下會有難度。」

「在人生當中，每一件值得做的事都有難度。」小提琴手說。

皮諾低頭查看她的鞋子，是淺口的黑色船型高跟鞋。「妳是穿這雙鞋子爬上山來？」

「我有用嬰兒毛毯的碎塊裹住鞋子，那些碎塊我還留著。」

「不行，」皮諾說：「這樣不夠應付我們要走的路。」

「我只有這雙鞋。」她說。

「我們會在這些男孩當中找雙適合妳的靴子。妳穿幾號的？」

納波利塔諾太太告訴他。米莫在下午幫她找到了一雙，還在皮革上抹了松焦油，好讓靴子能防水。他也幫她弄到了能穿在連衣裙底下的羊毛長褲，還有大衣、羊毛帽和羊毛手套。

「來，」瑞神父遞來白色枕頭套，開了能容納頭部和肩部的洞口。「套上這個。」

「為什麼？」納波利塔諾太太問。

「你們要走的路有幾處缺乏掩護。谷地的人也許能看到妳身上的深色衣物，但只要套上這個，妳就能融入雪地。」

這次和納波利塔諾太太同行的還有迪安吉洛一家：身為父母的彼得和莉莎、七歲的安東尼，以及九歲的茱蒂絲。這一家來自阿布魯佐區，以務農維生，再加上經常在羅馬南邊的山地爬山，因此身強體壯。

相較之下，納波利塔諾太太平時都坐在室內拉小提琴。雖然她說她在米蘭活動都是靠走路、很少搭乘街車，但皮諾看她在阿爾卑斯屋呼吸沉重的模樣，知道這場登山對彼此都將是一大考驗。

皮諾沒滿腦子想著哪裡可能會出錯，而是試著判斷會需要哪些裝備。他從博爾米奧弟兄那裡弄到九公尺長的繩索，要米莫斜背在肩上，連同背包、冰鎬、登山杖和滑雪板。皮諾也給自己已經十分沉重的背包多添加一些裝備：登山扣、冰鎬、冰錐、增加滑雪板抓地力的蒙皮、登山杖，還有幾支冰錐。

一行人在凌晨兩點出發，上弦月把還算充足的光線反射在雪地上，所以他們不需要燈籠。一開始的路原本會更加辛苦，因為第一座山積了很多雪，得撐著登山杖才能爬到山脊上，幸好瑞神父在前一天下午已經派出阿爾卑斯屋每個孩子，他們走過一百二十二公尺高的上坡和下坡，用腳把雪粉踩踏成堅硬的雪地。神父雖然長年髖部疼痛，但也親自上陣，花了很多時間在山路上踩出一條路。

這番努力的成果是一條很好走的山路，直達格羅佩拉顛峰的西側。這項措施很可能救了納波利塔諾太太的命。她雖然唯一的行李就是裝在琴盒裡的小提琴，但走過第一座山坡時還是氣喘吁吁，經常停步喘氣，甩甩頭，然後用雙手抱著小提琴，繼續前進。

她爬這段路花了將近一小時，皮諾只有偶爾開口鼓勵她，對她說「妳做得很好」、「妳表現得很好」，或是「只要再走一段路，我們就能稍微休息」。

他感覺得出來，再多說什麼只會造成反效果。這次不同於他之前轉移雪茄商人的注意力、打破了對方的心理障礙，納波利塔諾太太是單純地缺乏爬高山所需的體能。他跟在她後面一同上山時，只能祈禱她的鬥志和意志力足以彌補體能不足。

深雪和隙縫讓坳地的巨石陣變得更加難行，但在皮諾的幫助下，小提琴手順利通過。然而，來到剃刀山脊的尾端時，納波利塔諾太太開始發抖。

「我恐怕爬不上去，」她說：「我應該跟你弟弟回去，否則我會拖累其他人。」

「妳不能待在阿爾卑斯屋，」皮諾說：「任何人在那裡待太久都會很危險。」

小提琴手一言不發，接著轉身，摀著腹部嘔吐。

「納波利塔諾太太？」皮諾說。

「別擔心，」她說：「這只是暫時的。」

「妳有身孕？」迪安吉洛太太在黑夜下開口。

「女人果然看得出來。」納波利塔諾太太喘道。

她懷孕了？皮諾感覺肩膀被鉛塊壓垮。**我的天啊！嬰兒？如果……？**

「妳應該為妳孩子爬山，」迪安吉洛太太對納波利塔諾太太說：「妳真的不該折返，妳知道回去會有什麼下場。」

「皮諾？」現場一陣漫長沉默後，弟弟輕聲道：「我可以帶她回去，讓她更習慣這種海拔。」

皮諾正打算同意，但納波利塔諾太太說：「我繼續爬。」

可是如果高山症影響她和她的胎兒……？

皮諾逼自己別再胡思亂想。他不能讓恐懼控制大腦。這裡容不下恐懼。他必須思考，而且必須想清楚。

皮諾不斷在心裡這樣提醒自己，同時從米莫那裡拿來第二條繩索，打了個環節，套在納波利塔諾太太的腋下，然後他走上山脊的尾端。米莫走在她身後，皮諾拉扯繩索，把小提琴手拉上山脊。讓這件差事難上加難的是，她抱著小提琴盒，而且不願意交給米莫。

「妳得丟下小提琴。」皮諾放下繩索。

「不可能，」她說：「琴在人在。」

「那讓我來扛。我會在我的背包上騰出空間，到了瑞士再還給妳。」

在月光照映下，他看得出來納波利塔諾太太對這項提議感到兩難。

「想到達目的地，我就需要騰出手腳，」他說：「妳如果抱著小提琴，就會害妳的孩子有危險。」

她遲疑片刻後把琴遞交他，說道：「這可是史特拉迪瓦里琴，是我現在唯一的財產。」

「我會像我父親那樣好好照顧這把琴。」他把小提琴盒綁在背包的上蓋底下。

皮諾很快地把迪安吉洛家的孩子們（他們把這趟旅行當成大冒險）和他們的爸媽（他們鼓勵孩子們抱持這種想法）拉上山脊。和帶領其他難民時一樣，皮諾也給他們套上繩索，納波利塔諾太太走在他身後，然後是迪安吉洛太太、孩子們、迪安吉洛先生，最後面是米莫。

一行人正要沿山脊往上走之前，小男孩發出哀怨呻吟，開始責罵姊姊。

「住嘴。」皮諾嚴厲地輕聲制止。

「這裡又沒有其他人聽得見我們說話。」安東尼說。

「這座山聽得見，」皮諾堅稱：「你如果太大聲，它就會醒來，在毛毯底下挪動身子，引發雪崩，把我們全埋了。」

「這座山是怪物嗎？」安東尼問。

「就像惡龍，」皮諾說：「所以我們必須小心又安靜，因為我們正爬在牠布滿鱗片的背脊上。」

「牠的腦袋在哪裡？」茱蒂絲問。

「在我們上方，」米莫說：「雲團裡。」

這個解釋似乎讓孩子們滿意，一行人重新上路。上次那條路只花了他不到一小時，但這條困難路線花了他們將近兩小時。他們抵達煙囪時，已經是凌晨四點半。皮諾能看見垂直岩面之中的裂口，但如果想往上爬，就需要比月光更亮的照明。

他把水倒進乙炔燈裡，緊緊擰上蓋子，水蒸氣在燈具裡迅速瀰漫。他等了一分鐘，然後鬆開蒸氣閥，扳動點火器。他第二次嘗試後，反射板後面燃起一道薄弱藍焰，光線勉強照亮煙囪，讓大夥能看到前方的挑戰。

「我的天啊，」納波利塔諾太太呻吟：「我的老天爺。」

他把一手放在她肩上。「其實不會很難。」

「明明就難如登天。」

「不，不會的。在九月的時候，這裡的石面裸露，所以更難爬。但有沒有看到兩邊的冰層？冰塊讓這道煙囪變窄了，所以更好爬。」

皮諾瞥向弟弟。「這可能會花點時間，但我要在上頭挖些梯道出來。你帶他們活動身子保暖，聽見我吹口哨就表示我要放冰鎬下來。然後你讓迪安吉洛先生套上繩索，讓他先上去。我會需要他在上頭幫忙出力、拉人上去。你最後一個上去。」

這是米莫第一次沒抗議自己為何墊底。皮諾鬆開身上的繩索套環，丟下背包，給靴子裝上冰爪。他把米莫身上的繩索拿來斜背在自己身上，抓起自己和米莫的冰鎬，做個禱告，然後開始攀爬。皮諾把背脊貼在岩壁上，提醒自己別往下看，接著他用腳下冰爪撐在冰面上，舉起手，把冰鎬插進冰層。

皮諾每上升半公尺都會停下來，小心翼翼地為夥伴鑿出能讓手腳施力的平臺。這項工程緩慢得令他抓狂，他爬得越高，也越注意到坎波多爾奇諾鎮燃起越來越多燈火。他知道如果有人用望遠鏡就可能看到冰煙囪裡的採礦燈光芒，但他覺得別無選擇。

四十分鐘後，滿身大汗的皮諾爬到頂端。他暫時繼續開著採礦燈，把登山扣勾在他上次來這裡打進的一支冰錐上，接著把繩索穿進登山扣裡，然後用自身體重測試，確認錨點穩固。

皮諾用繩索綁住冰鎬和脫下的冰爪，吹聲口哨，然後把這些裝備沿煙囪垂降下去。幾分鐘後，他聽見弟弟吹口哨，然後他開始拉扯繩索。十五分鐘後，迪安吉洛先生爬到頂端。兩人很快地把他的兒子、女兒和妻子拉上來。

納波利塔諾太太進入冰煙囪之前，皮諾已經聽見她害怕得呻吟。他把採礦燈送下去給她用，但這個額外光源似乎只是讓懷孕的小提琴手更感到驚恐。她渾身顫抖，抓住冰鎬，把套上冰爪的靴子踩在煙囪上。

「先用右手，」米莫說：「用力把冰鎬敲進皮諾挖出的凹槽裡。」

納波利塔諾太太照做，但動作心不在焉，她還來不及把體重撐在冰鎬上，鎬尖已經從冰面上滑開。

「我做不到，」她說：「真的做不到。」

米莫說：「妳唯一要做的，就是攀爬皮諾挖出來的梯道，用力把冰鎬和冰爪插進去，慢慢往上爬。」

「可是我可能會滑下來。」

皮諾的嗓音沿煙囪傳來：「不會的，因為有我們拉住繩索，而且只要妳用力把冰爪踹進冰層裡，用力揮動冰鎬……就像妳在演奏時運弓那樣『熱情洋溢』。」

最後這句話似乎說進她心坎裡，因為她高舉右手，用力把冰鎬敲進冰層。皮諾從上方能聽見鎬尖牢牢地刺進冰層裡頭。他站起身，和迪安吉洛先生一起拉動繩索。迪安吉洛太太則趴在邊緣，觀察煙囪下方，向他們倆說明懷孕的小提琴手什麼時候要挪動體重往上爬。其他人每次上升的幅度大約有半公尺，但她每次只有幾公分。

納波利塔諾太太上升將近四公尺後，突然腳下一滑，她尖叫下墜。皮諾和迪安吉洛先生急忙拉住她，她在半空中搖晃，呻吟哭泣，直到他們成功地說服她再次嘗試。經過令人緊張得咬指甲的三十五分鐘後，他們終於把她拉到頂端。在採礦燈的搖晃火光照映下，她的衣服上布滿冰霜，臉上黏著凍結的鼻涕，整個人看起來就像去寒冰地獄走了一遭。

「我恨死了這段攀爬，」她癱軟在地。「恨死了每一秒。」

子。」

「可是妳上來了，」皮諾露齒而笑：「沒多少人做得到，但妳做到了，為了妳的孩子。」

小提琴手把戴著手套的手貼在大衣的腹部上，閉上眼睛。他們花了二十分鐘把所有背包拉上去，此舉因為背包上綁著登山杖和滑雪板而難度提高，接著再花十五分鐘把米莫拉上煙囪。

「這段路其實不會很難嘛。」米莫說。

「你小時候一定被折磨成受虐狂。」納波利塔諾太太說。

皮諾查看手錶，現在將近六點，天很快就會亮。

他希望大家能在天亮前離開格羅佩拉顛峰的岩面。

他再次給大夥套上繩索，繼續上坡。

六點三十分，東方的天空並沒有射下第一道陽光，而是突然變得比之前更加陰暗。

月亮消失了，皮諾也感覺到風向改變，如今從北方吹來，而且勁道增強。

「我們得加快腳步，」他說：「有一場風暴逼近。」

「什麼？」納波利塔諾太太哀號：「山上也有？」

「山上最常出現風暴，」米莫說：「但別擔心，我哥知道路。」

皮諾確實知道路。在接下來的一小時裡，飄雪中混雜天光的時候，一行人持續前進。皮諾做出判斷：這場雪來得好，能避免他們被外人看見。

七點三十分左右，風暴加劇，皮諾拿出父親在聖誕節送給他的雪地護目鏡，鏡框兩邊裝了擋雪的皮革片。烏雲籠罩格羅佩拉顛峰，被下方的冰凍險崖降低了溫度，因此開始降下鵝毛大雪。皮諾強忍驚慌，用滑雪杖試探前路，清楚地意識到爬得越高就越可能踩到被雪遮住的空洞。風開始打轉，使得大夥眼前一片雪盲。能見度變得極低，他幾乎是盲目前進，而這令他驚恐不安。皮諾試著保持信心，但感覺懷疑和不安鑽進心裡。如果他在這條路上走錯一步？在關鍵的時間點失足？在他的體重拉扯下，可能害得全員墜崖，跌斷脖子。他感覺繩索拉扯、要他停步。

「我什麼也看不見。」茱蒂絲喊道。

「我也是。」她母親說。

「那我們在原地等候，」皮諾逼自己語調鎮定。「大家背對風。」

大雪持續降下。風勢如果再不減弱，他們就永遠到不了那條棧道，但風是狂吹幾分鐘然後減弱幾分鐘。風暫時減弱的時候，皮諾能看清楚路線，大夥勉強往上爬，直到他感覺山脊線變得水平而狹窄。在前方十五公尺處，他看見那條棧道，連同兩邊被雪覆蓋的雪崩斜道。

「從這裡開始，我們一個一個輪流過去，」他說：「看到山脊旁邊那些小小的凹陷雪地沒有？別踩進去。看我把腳踩在哪，你們就踩在哪，這樣就不會有事。」

「那片雪底下是什麼？」納波利塔諾太太問。

皮諾不想告訴她，但米莫說：「空氣，一大堆空氣。」

「噢，」她說：「噢……」

皮諾很想給弟弟一拳。

「來吧，納太太，」皮諾盡可能表示鼓勵。「妳已經走了這麼遠的路，通過了更大的挑戰，而且繩索另一頭在我身上。」

小提琴手悶哼一聲，神情猶豫，但終究無力地點個頭。皮諾解開大夥身上的繩索，接在米莫那條上，形成一條更長的纜繩。他在忙碌的同時對弟弟輕聲說：「從現在開始，你給我把嘴巴閉上。」

「什麼？」米莫說：「為什麼？」

「有時候知道得越少越好。」

「我老家教我，知道得越多越好。」

皮諾看得出來再吵下去也只是浪費時間，於是把繩索綁在自己的腰上。他把自己想像成走鋼索藝人，把兩支滑雪杖水平舉起，以便保持平衡。

步步令他驚心。他每一步都先用冰爪的尖端試探前路，輕踹地面，直到聽見冰爪撞到岩石或冰層，然後直接把腳跟踩在那一處。他有兩次覺得失去平衡，但兩次都在墜崖之前及時恢復平衡。他暫停腳步，把額頭靠在岩壁上，等鎮定下來後把一支冰錐打進岩面。

他把繩索穿進冰錐裡。米莫把繩索的鬆弛端往後拉，整條纜繩為之緊繃，看似欄杆。風勢加劇，雪盲重來，大夥有那麼一分鐘看不見彼此的身影。風勢減弱後，他看到棧道另一頭上的其他人，看起來蒼白得宛如幽靈。

皮諾用力嚥口水。「讓安東尼先過去。」

安東尼用右手抓住繃緊的繩索，穩穩地把腳踩在皮諾留下的腳印上，在一分鐘內就走完了棧道。接著輪到茱蒂絲，她抓住繩索，踩著皮諾的腳印前進。姊弟倆走這條路走得相對輕鬆。

接下來輪到迪安吉洛太太。她在兩邊的雪崩斜道之間僵住，神情茫然。然後她的小兒子喊道：「加油，媽媽，妳一定做得到。」她鼓起勇氣前進，終於抵達棧道盡頭的岩架，她擁抱兩個孩子，痛哭失聲。迪安吉洛先生接著上場，在幾秒內就完成這項艱難任務。他告訴大家，他小時候練過體操。

納波利塔諾太太開始走這趟路之前，強風再次來襲。皮諾不禁咒罵。他知道穿越這種狹窄棧道的心理技巧，就是在出發前別想著這條路。但她現在忍不住想著這條路。

然而，先前成功爬上煙囪的成就似乎激勵了納波利塔諾太太，因為風勢減弱、視野改善的時候，她無需皮諾催促就開始走過棧道。她走到棧道上四分之三處的時候，風勢再次增強，她消失在一團飛雪當中。

「千萬別動，」皮諾朝那團白濁虛空呼喊：「等風過去！」

納波利塔諾太太沒做出答覆。他輕拉繩索，確認她的體重還在。風終於平息後，他看到她站在原地，渾身白雪，如雕像般靜止。

她來到岩架，緊擁皮諾片刻，說道：「剛剛應該是我這輩子最害怕的時候。我知道那是我這輩子禱告得最迫切的一刻。」

「妳的祈禱獲得了回應。」他拍拍她的背，然後吹口哨要弟弟過來。

弟弟把長繩索的另一端緊緊地纏在腰上後，皮諾準備好幫忙拉住繩索。他問弟弟：「準備好了嗎？」

「我生下來就為萬事做好了準備。」米莫回嘴，踏出敏捷又穩健的步伐。

「走慢一點。」皮諾盡快拉扯穿在冰錐和登山扣裡的鬆弛繩索。

米莫已經差不多來到兩片雪崩斜道之間。「幹麼慢一點？」他說：「瑞神父說我是半隻山羊。」

這句話才剛出口，米莫就稍微踉蹌一步。他的右腳跨得太出去，結果踩到空氣，發出的聲響就像拍打枕頭。斜道上的積雪如排水管裡的流水般旋轉滑動，皮諾驚恐地看著弟弟跟著雪一起往下滑，消失於一團白雪漩渦。

第十一章

「米莫！」皮諾呼喊，拉扯繩索。弟弟的體重在半空中震動，差點把皮諾往下拉。

「快來幫忙！」皮諾朝迪安吉洛先生喊道。

納波利塔諾太太率先趕來，用戴著手套的雙手抓住皮諾身後的繩索，整個人往後傾斜。繩索穩住了，繩索另一頭的體重也穩住了。

「米莫！」皮諾咆哮：「米莫！」

沒有回應。狂風呼嘯而來，斜道上方再次陷入雪盲狀態。

「米莫！」他尖叫。

周遭一陣沉默，接著傳來一個顫抖的虛弱嗓音：「我在這兒。看在耶穌的份上，快把我拉上去。我底下什麼也沒有，只有一大堆空氣。我好像快吐了。」

皮諾拉扯繩索，但繩索絲毫不動。

「我的背包卡到某個東西。」米莫說：「稍微把我放下去一點。」

迪安吉洛先生這時取代了納波利塔諾太太的位置。皮諾雖然非常不願意在這種時候稍微放鬆繩索，但還是勉強讓繩索在自己戴著皮手套的雙手之間滑動。

「搞定了。」米莫說。

皮諾和迪安吉洛先生用力拉扯繩索，把米莫帶回棧道邊緣。皮諾給繩索打了個結，要迪安吉洛先生站穩雙腳，好讓自己能抓住弟弟的背包。皮諾看到米莫丟了帽子而且頭被割傷，也看到下方的陡峭斜道，體內因此湧出腎上腺素。他把弟弟拉到岩架上。

兄弟倆背靠岩面坐著，氣喘吁吁。

「以後別再搞這種事，」皮諾終於開口：「否則爸媽永遠不會原諒我，我永遠不會原諒我自己。」

米莫喘道：「這應該是你對我說過最溫馨的話。」

皮諾一把摟住弟弟的脖子，用力抱對方一下。

「好啦好啦，」米莫抗議：「謝謝你救了我的命。」

「換作你也會救我。」

「當然，皮諾。我們是兄弟，直到永遠。」

皮諾點個頭，覺得自己這輩子就屬這一刻特別愛弟弟。

迪安吉洛太太略懂急救，用雪粉幫米莫清理了頭皮傷口，止了血。他們把一條圍巾撕開，做成繃帶包紮傷口，然後用剩餘的布料在米莫頭上纏成帽子，一旁的兩個小孩說他這樣看起來像算命師。

皮諾帶大夥沿著險崖爬上岩架的時候，風勢雖然減緩，但雪勢增強。

「我們不可能爬得上去。」迪安吉洛先生仰頭望向高峰，看起來就像寒冰矛尖。

「我們要繞過它。」皮諾把腹部貼在岩壁上，開始側向挪步。

他在拐過轉角——這裡的岩架寬度減少十九、二十公分——之前，回頭望向納波利塔諾太太和其他人。

「這裡有條鋼纜，雖然結了冰，但還是抓得住。我要妳抓住它，右手手背朝上，左手手背朝下，明白嗎？妳在走到另一頭之前，無論如何千萬別鬆手。」

「什麼的另一頭？」納波利塔諾太太問。

皮諾瞥向岩壁下方，發現雪阻礙了視線，他們因此看不見旁邊的萬丈懸崖，掉下去必死無疑。

「這段岩壁會在妳的鼻子前面，」皮諾說：「我要妳看著前面和側面，但別看後面或下面。」

「我一定會很討厭這段路，是不是？」小提琴手問。

「我敢打賭，妳一定不喜歡妳在斯卡拉大劇院首次登臺的那晚，但妳做到了，妳現在也做得到。」

她雖然臉上結霜，但還是舔舔嘴脣，打個顫，點個頭。

經歷過之前的艱難路段，此刻走在岩架上、拉著鋼纜橫越岩面，其實比皮諾預料的更容易，不過這是因為山峰這一面是朝向東南方，背對風暴。五名難民和米莫都順利通過。

皮諾在雪地上屈膝禱告，感謝上帝看顧，並希望最辛苦的時光已經結束。但風勢再次增強，這次不是斷斷續續，而是源源不絕，吹到他們臉上的雪花宛如冰針。他們越是深入東北方，風暴就越激烈，直到皮諾已經不太確定自己究竟在什麼方位。出發至今面對的所有障礙中，最危險的莫過於在暴雪下盲目走過敞開的山脊，至少皮諾是這麼認為。在這個季節，格羅佩拉顛峰布滿隙縫，深度至少有六公尺，如果掉進去就要等到春天才會被人發現。他就算能避開高山的直接威脅，溼冷環境也可能造成失溫致死。

「我看不見！」納波利塔諾太太說。

迪安吉洛的兩個孩子開始哭泣。茱蒂絲的手腳失去知覺。皮諾瀕臨驚慌失措之際，在暴雪下看到前方出現一座石碑。看到那些層層堆疊的石塊，皮諾立刻確認了方位。萊伊湖就在前方，但至少還要走四、五公里才能抵達那片森林。然後他想起：從石碑往北走的路上，還有一間牧人小屋。

「我們必須等風暴減弱才能繼續前進！」皮諾對他們喊道：「但我知道有個地方能讓我們棲身取暖，熬過這段時間！」難民們都安心得點頭。三十分鐘後，皮諾和米莫跪在雪地上，打開小屋的門扉。皮諾最先鑽進去，打開採礦燈。米莫確保柴火爐裡沒裝設陷阱，然後生了火。點燃爐火前，皮諾回到屋外，邀請大家進屋，然後他爬上屋頂，確保煙囪暢通。

他把門牢牢關上，然後叫弟弟點燃柴火爐。火柴引燃了乾燥的火絨，引火物和木柴很快燃起熊熊烈火，火光映射出每個人臉上的疲憊。

皮諾知道自己做了正確決定：在這裡避風，等風暴減弱再繼續前進。但是伯格斯卓先生會在萊伊湖另一頭的樹林裡等候嗎？那名瑞士男子應該猜到這場風暴拖慢了他們的腳步，他會在風暴過後回來吧？

幾分鐘後，皮諾把這些疑問擱置一旁。小型柴火爐滾燙得通紅，散發的舒適熱氣在這間天花板低矮的泥土地小屋裡擴散。迪安吉洛太太脫下茱蒂絲的靴子，按摩女兒凍僵的雙腳。

「感覺刺刺的。」茱蒂絲說。

「表示血液循環恢復正常。」皮諾說：「妳該坐得更靠近爐火，脫掉襪子。」

不久後，大家都脫下溼衣服。皮諾確認米莫的頭部傷口已經止血，然後拿出食物和飲料。他把茶放在柴火爐上加熱，然後大家吃了乳酪、麵包和香腸。納波利塔諾太太說這是她這輩子吃過最美味的一餐。

安東尼靠在父親的膝上睡著。皮諾關掉採礦燈，也陷入深沉無夢的瞌睡。他醒來時看到其他人都在睡覺，然後他檢查火爐，看到裡頭的柴火只剩餘燼。

幾小時後，一陣類似火車頭的聲響驚醒了皮諾。火車朝他們隆隆駛來，撼動大地，掃過此地，接著周圍只剩深沉寂靜，持續了漫長的幾秒，然後只聽見支撐屋頂的柱子吱嘎呻吟。皮諾打從心底知道他們再一次有了麻煩。

「剛剛那是什麼聲音，皮諾？」納波利塔諾太太喊道。

「雪崩，」皮諾試著控制嗓音裡的顫意，抓起採礦燈。「從我們上方掃過。」

他點燃採礦燈，來到門前，拉開門，被眼前所見撼動心靈。被雪崩壓成硬塊的雪粉和碎片徹底擋住了小屋唯一的出入口。

米莫來到他身旁，看到密實的冰雪之牆，驚恐地輕聲道：「看在聖母瑪利亞的份上，皮諾，我們被活埋了。」

小屋裡爆發哭聲和擔憂，但皮諾幾乎沒聽見，只是盯著雪牆，覺得聖母和上帝背叛了他以及小屋裡每個人。**信仰現在還有什麼用？這些人只是想要安全，想避開**

暴雪，如今卻落得——

米莫拉扯他的胳臂，問道：「我們該怎麼辦？」

皮諾凝視弟弟，聽見迪安吉洛和納波利塔諾太太在恐懼下對他提出的連串質問，他完全不知所措，畢竟他才十七歲。他有點想靠著雪牆坐下，垂頭哭泣。

但他逐漸看清楚在採礦燈照射下看著他的諸多臉孔，這些人需要他，他們是他的責任。他們如果死了，就是他的錯，而這讓他想到某件事。他查看手錶，現在是上午九點四十五分。

空氣，他想到這兩個字，大腦為之清醒，他有了目標。

「大家安靜，別動。」他來到冰涼的柴火爐前，轉動節流閥。令他慶幸的是，節流閥能順利轉動。雪並沒有徹底堵住煙囪。

「米莫、迪安吉洛先生，來幫我一把。」皮諾戴上手套，試著從柴火爐上拔下煙囪。

「你要做什麼？」納波利塔諾太太問。

「避免大家窒息而死。」

「我的天啊，」小提琴手說：「我經歷了那麼多苦難，現在卻要跟我的孩子一起在這裡窒息而亡。」

「我會努力避免這種事發生。」

皮諾把柴火爐推到一邊，然後他們拆下靠近天花板、沾滿黑漬的板金煙囪，也放在一邊。

皮諾試著用採礦燈照亮管道，但看不清楚裡頭。他把手湊向管口，試著感覺到微風，能證明空氣從外頭進來，但沒感覺到。他強忍驚慌，拿出一支竹製滑雪杖，用小刀削掉杖端的皮革和金屬片，露出鋼鐵尖端。

皮諾把滑雪杖插進煙囪的洞口，進了半截後卡住。他刺向阻塞處，雪從中掉落，撒在泥土地上。他開始用滑雪杖戳刺、轉動、試探，雪持續從管道裡掉落。五分鐘過去了，十分鐘過去了，他能把滑雪杖和胳臂伸進煙囪裡，但管道似乎還是塞住。

「沒有空氣，我們在這裡能撐多久？」米莫問。

「我不知道。」皮諾抽回滑雪杖。

他拿出另一支滑雪杖，把末端削得更尖，然後用條狀皮革和腰帶把兩支滑雪杖接在一起。這樣接在一起的兩支棍子實在不算牢固，皮諾也沒辦法像之前那樣用力戳刺囪管。

米莫、迪安吉洛先生和皮諾輪流清理煙囪裡的積雪，納波利塔諾太太、迪安吉洛太太和孩子們蜷縮在角落旁觀。他們的體力勞動和吐息使得小屋裡變得溫暖，幾乎炎熱。皮諾滿頭大汗，繼續用滑雪杖往上刺，慢慢鑿開積雪。

他開始動工的兩小時後，滑雪杖的握把幾乎得以消失於天花板，這時他感覺杖尖刺到某個絲毫不動的物體。他繼續戳刺，但只有少量碎冰從囪管裡掉下來，看來上頭一定有一大塊冰。

「沒辦法刺得更深了。」米莫洩氣地說。

「你繼續挖。」皮諾站到一旁。

小屋裡灼熱難耐。皮諾脫掉上衣，感覺呼吸困難。**死期來了？窒息而亡會不會**

感到痛苦？他想起曾在拉帕洛鎮看到一條魚在海灘上垂死，牠張著嘴和鰓找水，每個動作越來越小，直到靜止不動。**我們就是會這樣死？像魚一樣？**

皮諾盡可能控制胃袋裡的驚慌情緒，弟弟和迪安吉洛先生輪流挖鑿管道。**上帝啊，求求祢**，他祈禱。**不要讓我們大家以這種方式死在這裡。我和米莫只是試著幫助這些人。我們不應該落得這種死法。我們有資格離開這裡，繼續幫助人們逃離——**

某個東西喀啷作響地沿煙囪掉落，砸在米莫的手上。

「啊啊啊，」他痛得哀號。「我靠，痛死了。什麼鬼東西？」

皮諾把採礦燈對準地面，看到一塊冰掉在泥土上，體積大約是兩顆拳頭，然後他注意到牆上和冰塊周圍的泥土上的影子搖晃。他來到煙囪管口，把手湊過去，感到一陣寒風，雖然微弱但源源不絕。

「我們有空氣了！」他擁抱弟弟。

迪安吉洛先生說：「然後我們挖出一條生路？」

「然後我們挖出一條生路。」皮諾同意。

「你覺得辦得到？」納波利塔諾太太問。

「別無選擇。」皮諾窺視囪管，看到微弱光線，想起煙囪離屋頂有多高。然後他望向敞開的門口，連同堵住門外的白雪厚牆。門框頂端十分低矮，高度大概一點五公尺？他想像一條向上傾斜的隧道。但長度該有多長？

米莫顯然也想著同一個問題，因為他說：「我們至少得挖三公尺。」

「不只，」皮諾說：「我們沒辦法垂直地往上挖，而是必須從門口挖出斜角隧道，這樣才能爬出去。」

他們使用冰鎬、短斧，以及放在柴火爐旁邊的金屬小鏟，對雪崩碎片發動攻勢，從門框開始挖掘一條以七十度角向上傾斜的隧道，試著讓洞口大得能讓人爬過其中。最初的一公尺還算容易，這裡的雪比較鬆垮。每次揮動冰鎬，小塊碎冰和其他碎片就應聲落下。

「我們在天黑後應該就能爬出去。」米莫邊說邊用鏟子把雪堆去小屋的最深處。皮諾的乙炔燈熄滅了，周身一片漆黑。

「媽的。」米莫說。

「媽咪。」安東尼呻吟。

納波利塔諾太太說：「看不見要怎麼挖？」

皮諾點燃一支火柴，從背包裡摸出兩支祈願蠟燭。他有三支蠟燭，米莫也是。他點燃蠟燭，豎立在門口的上方和旁邊。他們雖然不再有頭燈提供的明亮光源，但眼睛很快地適應了微弱光線。他們再次挖掘雪崩碎片，現在感覺挖到結塊的雪和冰。因為雪崩造成的摩擦生熱，這些碎片在某些部位變得跟混凝土一樣堅硬。

雖然挖洞的進度因此變得非常緩慢，但每一塊挖出來的碎片都值得慶祝。隧道逐漸開始成形，比皮諾的肩膀還寬，原本寬一公尺，後來將近兩公尺。他們輪流動工，最前面的人挖掘冰雪，後面兩人把雪堆進小屋深處。迪安吉洛家的妻小和納波利塔諾太太蜷縮在角落裡，看著雪越堆越高。

「我們有空間塞得下所有的雪嗎？」懷孕小提琴手問道。

「如果有必要，我們會燃起柴火爐，融掉一些雪。」皮諾說。

當晚十點鐘，皮諾估計目前已經挖了四公尺長的隧道，這時他必須宣布停工。他再也揮不動冰鎬，他必須進食，必須睡覺。大家都必須進食，必須睡覺。

他分配了剩下的糧食，米莫和迪安吉洛先生重新裝好柴火爐。他把其中一半的糧食分成六份，大夥吃了肉乾、水果乾、堅果和乳酪。他們再喝了一些茶，蜷縮在一起，然後皮諾點燃柴火爐，吹熄了最後三支蠟燭。

他晚上有兩次夢見被活埋在棺材裡，他因而驚醒，聽著其他人呼吸，聽見柴火爐冷卻時喀啦作響。融化的雪水滲進泥土地，他知道自己很快就會躺在冰涼的泥濘當中，但他實在累壞了，加上肌肉痠痛抽搐，所以他不在乎，而是第三次入睡。

幾小時後，米莫搖醒他。他點燃最後兩支蠟燭。

「現在是早上六點，」弟弟說：「該離開這裡了。」

屋裡再次變得冰冷。皮諾覺得骨頭疼痛，每個關節都在痠痛，但他還是分配剩下的食物，連同他昨晚用柴火爐融化的雪水。

迪安吉洛先生率先爬進隧道挖鑿，撐了二十分鐘。米莫撐了三十分鐘，然後滑出隧道，渾身被汗水和融冰浸溼。

「我把冰鎬和蠟燭留在那裡，」他說：「你得重新點燃蠟燭。」

皮諾爬進隧道，估計目前有五公尺長。他來到冰壁前，翻轉身子，點燃最後四支火柴的其中一支。蠟燭持續縮短。

他帶著怒氣破壞冰牆，拚命挖鑿，敲下一塊塊冰雪，把掉下來的碎片踢向身後。

「慢一點！」挖鑿進行三十分鐘後，米莫喊道：「我們跟不上你的速度。」

皮諾停下來喘口氣，彷彿剛跑完一場漫長的賽跑，然後瞥向如今只剩短短一截的蠟燭。隧道天花板三不五時滴水，掉在蠟燭上，造成燭火閃爍。

他伸手拿起蠟燭，改放在他用冰鎬挖出來的一塊平臺上，然後他再次敲冰，節奏比之前慢一些，而且採用策略。他在冰面上尋找裂痕，試著從這裡下手。三角形和其他奇形怪狀的冰塊掉落，每一塊大約有十、十二公分厚。

這一處的雪不一樣，他用指尖揉搓雪塊，發現很容易弄碎，而且結晶幾乎就像他母親的高級首飾那樣閃閃發亮。他坐在原地，懷疑這種雪可能會從上面崩塌下來。他們在挖鑿堅硬的冰雪時，他從沒考慮過天花板可能塌陷。他現在滿腦子只有這個擔憂，這令他動彈不得。

「怎麼了？」米莫喊道，爬進他身後的隧道。

皮諾還來不及回話，這時燭火搖擺熄滅，他再次陷入全然黑暗。他雙手掩面，終於屈服於某種感受：他就跟蠟燭一樣即將死亡、墜入闇黑。怒濤般的情緒襲來，恐懼、被拋棄的感受，還有難以置信。

「為什麼？」他喃喃自語：「我們究竟做了什——？」

「皮諾！」米莫喊道：「皮諾，看上面！」

皮諾抬起頭，發現隧道並沒有陷入黑暗。微弱銀光隔著隧道的天花板傳來，他的絕望之淚轉為喜悅。

他們就快抵達地面了，但正如皮諾所擔心的，灰白冰雪有兩次崩塌、壓在他身上，他不得不後退，接著繼續挖，然後把冰鎬往前一推，感覺它突破了最後的阻力。

他把冰鎬往後拉的時候，明亮陽光從洞口湧入。

「我挖到地面了，」他喊道：「我挖出去了！」

他把頭部擠出雪層，然後是肩膀，納波利塔諾太太、迪安吉洛太太和孩子們發出歡呼。風暴早已過去，留下的凜冽高山空氣聞起來比之前更甜美，清澈天空一片鈷藍，太陽才剛爬到東邊的一條山脊線上方。碎片地帶被十五公分的新雪覆蓋，他判斷這個地帶大概五十公尺寬，一千五百公尺長。他望向高聳的格羅佩拉險崖，看到雪峰中有一條崎嶇裂痕。

這場雪崩幾乎使得上頭幾處露出裸岩。地上的新雪裡混雜著岩石、泥土和小樹。看到這場大破壞，看到雪崩的強大威力，他相信他們能活下來絕對是奇蹟。

迪安吉洛太太最先爬出洞口，兩個孩子接著爬出來，然後是她的丈夫，這對夫妻也認為能保住一命確實是奇蹟。米莫跟在納波利塔諾太太後面爬出隧道。皮諾回到小屋裡，抓出滑雪板和背包，塞進隧道裡往上推。

他再次爬出隧道時，覺得精疲力竭，但也充滿感恩。**我們能逃出生天，這確實是奇蹟，不然還能怎麼解釋？**

「那是什麼？」安東尼指向山谷前方。

「我的朋友，那是萊伊湖，」皮諾說：「看到那兩座山沒有？那是艾莫特峰和帕呂峰。在那些山峰下面，那片樹林那裡，就是義大利變成瑞士的地方。」

「看起來很遠。」茱蒂絲說。

「大概五公里。」皮諾說。

「我們做得到，」迪安吉洛先生說：「只要大家互相幫忙。」

「我做不到。」納波利塔諾太太說。

皮諾轉身，看到懷孕的小提琴手坐在一塊覆雪大石上，一手摀住腹部，衣物沾滿冰霜。

「妳當然做得到。」皮諾說。

她搖頭，開始哭泣。「這一切……真的把我累壞了，結果我出血了。」

皮諾聽不懂這句話的意思，直到迪安吉洛太太開口：「嬰兒，皮諾。」

他覺得胃袋下沉。她會流產？在這種地方流產？

天啊，不會吧，拜託不要。

「妳沒辦法動？」米莫問。

「我根本不該動。」納波利塔諾太太說。

「可是妳不能待在這兒，」米莫說：「否則妳會死。」

「我如果移動，我的孩子就可能會死。」

「這只是妳的猜測。」

「我能感覺我的身體這樣告訴我。」

「可是妳如果留在這裡，妳跟妳孩子都會死。」米莫堅持。

「這樣也好，」小提琴手說：「如果我孩子死了，我也不想活了，所以你們快走吧！」

「不行，」皮諾說：「我們會履行跟瑞神父的約定，把妳送去瑞士。」

「我一步也不動！」納波利塔諾太太歇斯底里地尖叫。

皮諾決定跟她一起留在這裡，讓米莫帶其他人走，但他掃視周圍，思索片刻，然後說：「也許妳確實一步也不用動。」

他丟下背包，穿上細長的滑雪板，調整以皮革和鋼線製成的固定器，確認緊緊地固定在靴子上。

「準備好了嗎？」他問納波利塔諾太太。

「準備好什麼？」

「騎在我背上，」皮諾說：「我背妳。」

「然後滑雪？」她驚恐道：「我這輩子從沒滑過雪。」

「妳也是這輩子第一次被雪崩活埋吧，」皮諾說：「而且滑雪的不是妳，是我。」

她狐疑地瞪著他。「如果我們倒下呢？」

「我不會讓這種事發生。」他自信滿滿，因為這名十七歲少年幾乎從會走路開始就會滑雪。

她沒動。

「我這麼做是給妳一個機會，讓妳能保住妳的孩子，而且獲得自由，」皮諾從背包裡抽出琴盒。

「你要拿我的史特拉迪瓦里琴做什麼用？」她問。

「拿來保持平衡。」皮諾把琴盒舉在身前，彷彿握著汽車的方向盤。「就跟妳在交響樂團的時候一樣，妳的小提琴會負責打頭陣。」

納波利塔諾太太望向天空，然後起身站在雪地上，驚恐得打顫。

「抱住我的肩膀，別勾住我的脖子，」皮諾再次背對她。「然後用妳的兩條腿緊緊地纏住我的腰。」

納波利塔諾太太抓住他的肩膀。他蹲低身子，把雙臂繞到她的膝後，然後扶她爬上他的腰背部。她用兩條腿纏住他，然後他放開她的腿。她其實沒比他的背包重多少。

「把自己想像成馬背上的騎師，」皮諾把小提琴盒橫舉在身前。「而且別放手。」

「放手？不，我不會放手，打死也不放。」

皮諾有點懷疑，但還是放下這個思緒，挪動雙腳，把滑雪板對準下坡的雪崩地帶的邊緣，距離大約三十公尺，然後開始滑動。這層新雪上有些突起處和崎嶇冰塊，他在加速時盡量避開，但有一塊擋住去路，避無可避。他們滑到這塊突起物上，飛過半空中。

「啊啊啊啊！」納波利塔諾太太尖叫。

皮諾以彆扭姿態著陸，滑雪板歪斜，他以為板子會從腳下脫落，他和懷孕的小提琴手將扭轉身子、重重地摔在冰凍碎片上。

但他接著看到他們會撞上另一塊突起物。他本能地跳向左邊避開，然後避開另一個障礙。這兩個動作恢復了他的平衡，滑雪板持續加速。皮諾和納波利塔諾太太衝出碎片地帶，滑到蓬鬆雪粉上。

皮諾把琴盒舉在身前，咧嘴而笑，同時轉動雙腿以便更深入雪地，然後放鬆腿部，讓腿在髖部下方抬起，這是瑞神父教過他的技巧。這個動作讓他在過彎時能暫時擺脫負重，改變身體重心，輕而易舉地轉動滑雪板。滑雪板劃出兩條彼此串聯的弧線，左轉再右轉，持續加速，激起的雪花灑在兩人臉上。

納波利塔諾太太一直沒說話，皮諾以為她閉上了眼睛、為了保命而緊緊抱住他。「哇呼！」但她在他耳邊歡呼：「我們好像成了鳥兒，皮諾！我們在飛！」

納波利塔諾太太咯咯笑，每次飛過一座小丘，她就興奮地發出呼聲。他感覺她把下巴緊緊壓在他的右肩上，他知道她看得見前方道路。他沿著下坡劃出大幅度的S形弧線，滑向結冰的湖泊、樹林和自由國度。

皮諾意識到這條路的坡度很快就會變得平緩，前方會變成平地。他雖然大腿灼熱，但還是把滑雪板對準最後一道陡坡，對準與瑞士接壤的義大利三角森林。

皮諾不再轉彎，這裡不是障礙滑雪賽，而是直線下坡。他舉著小提琴保持平衡，蹲低身子。滑雪板嘶嘶作響，來到雪丘頂端。他們沿最後一道下坡滑動，時速大約三十……四十……甚至五十公里，只要膝蓋稍微扭一下就會造成災難。他看到山丘和平地交接處，於是把雙腿再次移到身子正下方，吸收地形變化造成的衝擊力。

他們高速滑過湖邊。皮諾繼續壓低身子，鑽過風中，離林線越來越近。他們終於停下時，離林線只有擲雪球之遙。

有那麼幾秒，兩人都沒出聲。

然後納波利塔諾太太發出笑聲。她從皮諾的腰上鬆開雙腿，從他肩上鬆手。她在柔軟的雪地上屈膝跪地，捧腹大笑，彷彿這輩子從沒這麼愉快過。皮諾被她的歡笑聲感染，也跪在她身旁放聲大笑，直到笑聲轉為哭聲。

我們做了多麼瘋狂的舉動。是誰會——？

「皮諾！」一個男性嗓音傳來，語調尖銳。

皮諾嚇一跳，抬頭發現伯格斯卓先生站在林線內側。他拿著霰彈槍，神情擔憂。

「我們成功了，伯格斯卓先生！」皮諾喊道。

「你們遲了一天，」伯格斯卓說：「別待在空地上。帶她進林子裡，免得她被看見。」

皮諾清醒過來，脫下滑雪板，把小提琴交給納波利塔諾太太。她坐起身，把琴抱在懷裡。「我認為接下來一切都會很順利，皮諾，我感覺得到。」

「妳走得動嗎？」皮諾問。

「我可以試試。」她說。

他拉她站起，抓住她的手和肘部，扶她走過雪地，來到小徑上。

「她怎麼了？」看他們倆蹣跚走進樹林，伯格斯卓詢問。

納波利塔諾太太說明自己懷有身孕而且現在出了血，說話時臉上散發光輝。「但我現在應該多遠都走得動。」

「不會很遠，只有幾百公尺，」伯格斯卓說：「妳一旦進入瑞士，我就能幫妳生團營火。我會下山幫妳弄個雪橇回來。」

「我應該走得了幾百公尺，」她說：「而且營火聽起來宛如天賜。你滑過雪嗎，伯格斯卓先生？」

瑞士男子看著她，彷彿她有點精神錯亂，但還是點頭。

「滑雪超棒的吧？」小提琴手說：「一定是你體驗過最棒的活動吧？」

皮諾第一次看到伯格斯卓先生露出微笑。

他們倆在林線內側等候時，向瑞士男子描述了風暴與雪崩，然後看著米莫和迪安吉洛一家慢慢沿下坡路走來。迪安吉洛太太背著女兒，迪安吉洛先生背著皮諾的背包和滑雪杖，他兒子走在後頭。他們在深雪中走了將近一小時，才抵達湖邊上方的平地。

皮諾踩著滑雪板去迎接他們，接著把茱蒂絲背在背上，帶她進入林中。不久後，每個人都順利地進了樹林。

「這裡是瑞士？」安東尼問。

「快到了。」伯格斯卓說。

大夥稍作歇息，接著前往邊境，皮諾扶納波利塔諾太太走過林子裡多次走過的步道。來到義大利與瑞士接壤的小樹林時，一行人停步。

「到了，」伯格斯卓先生說：「你們現在遠離了納粹的威脅。」

淚水滑過迪安吉洛太太的臉頰。

她丈夫擁抱她，吻掉她的淚珠。「我們安全了，親愛的，」他說：「我們多麼幸運，而相較之下有那麼多人……」

他激動得呼吸困難，妻子撫摸他的臉頰。

「我們該怎麼報答你們？」納波利塔諾太太對皮諾和米莫說。

「為什麼？」皮諾說。

「為什麼！你們帶領我們走過那場夢魘般的風暴，帶我們逃出那間小屋。你滑雪帶我下山！」

「不然我們能怎麼辦？失去信心？放棄？」

「你們？你們永遠不可能做出這種事！」迪安吉洛先生用力握著皮諾的手。「你們就像猛牛，永不放棄。」

然後他擁抱米莫。迪安吉洛太太也擁抱了兄弟倆，她的孩子們也照做。納波利塔諾太太抱皮諾抱得最久。

「年輕人，你向我展示了何謂翱翔，願上帝給你數不盡的祝福。」她說：「只要我活著的一天，必將永不遺忘。」

皮諾露齒而笑，覺得眼眶溼潤。「我也是。」

「有沒有什麼是我能為你做的？」她問。

皮諾正打算婉拒，但注意到她的琴盒。「我和我弟回義大利的路上，為我們演奏幾曲吧。妳的琴聲會在我們慢慢爬上坡再滑雪下山的路上激勵我們。」

這項提議令她欣喜，她看著伯格斯卓。「可以嗎？」

他說：「這裡不會有人阻止妳。」

在瑞士阿爾卑斯山的白雪樹林中，納波利塔諾太太打開琴盒，給琴弓抹上松香。「你想聽什麼？」

也不知道為什麼，皮諾想到那個八月晚上，他、父親、圖里歐和貝爾卓米尼一家為了逃離米蘭轟炸，而搭火車去鄉下過夜。

「《Nessun Dorma》，」皮諾說：「《無人得以成眠》。」

「這首曲子我在睡夢中也會拉，但我願意為你演奏，而且熱情洋溢，」她噙著淚：「你們走吧。老友之間不說再見。」

納波利塔諾太太完美地拉奏這首詠嘆調的哀戚開頭。皮諾很想留下來聽完，但他和弟弟還有幾小時的漫漫長路，而且誰知道接下來還有什麼挑戰？

兩名少年背上行囊，走出樹林。納波利塔諾太太和其他人的身影很快地消失了，但他們倆能聽見她熱情洋溢的演奏，每一道音符都在凜冽的高山空氣中飄揚。他們倆來到林線，穿上滑雪板，這時她再次加快節奏，凱旋詠嘆調的旋律如無線電波般刺進皮諾的心，撼動他的靈魂。

他在湖泊邊緣停下腳步，聆聽遙遠的高音，在小提琴聲平息時深受感動。

那聽起來像愛，皮諾心想。**等我墜入愛河的時候，出現的感受應該就像那些旋律**。

帶著無比愉悅的心，皮諾給滑雪板套上蒙皮，開始跟著米莫走上山，在燦爛冬陽下前往格羅佩拉顛峰的北邊坳地。

第十二章

一九四四年四月二十六日

皮諾被一陣敲擊聲吵醒。他帶領納波利塔諾太太和迪安吉洛一家前往瑞士後，已經過了兩個半月。他坐起身，慶幸瑞神父讓他在又完成一趟萊伊湖之旅後讓他睡懶覺。他下了床，注意到全身毫無疼痛。他再也不覺得痠痛，而是精神抖擻，體力充沛，這輩子從沒這麼強壯過。這也很合理吧？納波利塔諾太太為他和米莫演奏的那天後，他又去了瑞士十幾次。

他再次聽見敲擊聲，於是望向窗外，只見幾頭脖子掛著鈴鐺的公牛正在彼此推擠，爭食放在牠們面前的大捆乾草。

看膩牠們後，皮諾穿上衣服，走進無人的食堂，聽見外頭有幾個男性嗓音咆哮呼喊、做出威脅。被驚動的博爾米奧弟兄走出廚房，兩人一起打開阿爾卑斯屋的前門。瑞神父站在門外的小門廊外面，平靜地看著一支步槍的槍管。

用步槍瞄準神父的是提托，脖子上纏著一條新的紅色領巾。提托身後站著三人，就是曾在跨年派對上出現的那三個嘍囉。

「我整個冬天都警告過你那幾個小鬼，別再走艾莫特山隘，除非你拿錢出來，為解放義大利做點貢獻，」堤托說：「我是來收錢的。」

「連神父也敢勒索，」瑞神父說：「你成了大人物啊，堤托。」

男子冷冷瞪著他，把步槍上的保險栓撥到射擊位置，說道：「這是為了抵抗德國人。」

「我支持游擊隊，」神父說：「加里波第旅，我也知道你不是他們的人，堤托，你們跟他們毫無關係。我覺得你們繫著領巾，純粹因為這能滿足你們的目的。」

「交出我要的東西，老頭，否則我向上帝發誓，我一定會燒了你的學校，再把你和你那些兔崽子全宰了。」

瑞神父遲疑片刻。「我會給你錢，還有食物。把槍收起來。」

堤托打量神父一秒，右眼抽搐，用舌頭舔舔嘴角。然後他面露微笑，把槍放低，「就這麼辦，而且大方點，否則我會親自進去看看你究竟有什麼東西。」

瑞神父說：「在這兒等著。」

神父轉身，看到博爾米奧及其身後的皮諾。

瑞神父走進屋裡。「給他們三天份的糧食。」

「神父？」廚子問。

「照做，弟兄，麻煩你。」瑞神父走進屋裡。

博爾米奧弟兄不甘願地轉身，跟在神父後面，留皮諾在門口。堤托注意到他，面露冷笑：「哎呀，看看是誰，我在新年派對的老朋友。你怎麼不出來，跟我和我的夥伴們打個招呼？」

「免了。」皮諾聽見自己嗓音裡的怒火，但不在乎。

「免了？」堤托把槍對準他。「你以為你有得選？」

皮諾怒火中燒，他真的恨死這傢伙。他走出屋外，走過小小的門廊，站在這裡面對堤托，冷漠地瞪著對方手上的槍。「看來你還穿著從我這裡搶走的靴子，」他說：「你這次要什麼？我的內褲？」

堤托舔拭嘴角，低頭瞥向自己腳上的靴子，面露冷笑，然後往前一步，用槍托狠狠往上揮。皮諾被打中襠部，痛得倒地。

「我想要什麼，小鬼？」堤托說：「我為義大利剷除納粹雜碎，你對我尊敬點如何？」

皮諾在雪泥上蜷縮身子，逼自己別嘔吐。

「說出來。」堤托聳立在他身旁。

「說什麼？」皮諾勉強開口。

「說你尊敬堤托，說堤托是游擊隊的領袖、施普呂根周圍都歸他管，而你，小子，你聽命於堤托。」

皮諾雖然疼痛，但還是搖頭，咬牙道：「這裡只歸一個人管，那個人是瑞神父，我只聽命於他和上帝。」

堤托舉起步槍，把槍托對準皮諾的腦袋。皮諾確信對方想砸爛他的顱骨。他放開襠部，皺眉保護頭部，等著迎接未曾到來的一擊。

「住手！」瑞神父隆隆道：「住手，否則我向上帝發誓，我會把德軍叫來這裡，告訴他們上哪找得到你！」

提托把槍托壓在肩上，瞄準走下門廊的瑞神父。

「把我們供出去？我有沒有聽錯？」提托說。

皮諾用力踢出一腳，正中提托的膝蓋。提托一個站不穩，步槍走火，子彈從瑞神父身旁飛過，擊中阿爾卑斯屋的牆壁。

皮諾撲向提托，一記重拳打在對方的鼻梁上，聽見鼻骨斷裂，看見鼻部噴血。然後他奪走步槍，站起身，拉動槍栓，把槍口對準提托的腦袋。

「該死的，住手！」瑞神父喊道，站到被提托的手下瞄準的皮諾身前。「我說了我會給你錢，連同三天份的糧食。放聰明點，拿了東西走人，免得這裡發生憾事。」

「開槍斃了他！」提托咆哮，用袖子擦血，怒瞪皮諾和神父。「把他們兩個都殺了！」

現場一片寂靜，氣氛緊張。但在片刻後，提托的手下一一放低槍口。皮諾安心得吐口氣，因襠部疼痛而皺眉，他接著把槍口從提托臉上移開，拔掉步槍上的彈匣，然後拉動槍栓，槍膛裡的子彈應聲彈出。

皮諾看著提托的手下拿走食物和金錢。其中兩人攙扶提托，沒理會頭目投來的咒罵。皮諾把提托的步槍遞給第三個手下。

「給槍裝上子彈！老子現在就宰了他們！」提托咆哮，血流過嘴唇和下巴。

「算了吧，提托，」其中一個手下說：「看在基督的份上，人家可是神父。」

兩名男子各把提托的一臂搭在自己肩上，盡力把他拖離阿爾卑斯屋。幫派頭目依然拚命扭脖子瞪向身後。

「這件事還沒完，」提托怒吼：「尤其是你，小子，咱們走著瞧！」

皮諾站在瑞神父身旁，驚魂未定。

「你還好嗎？」神父問。

皮諾沉默許久，然後問道：「神父，我現在懷疑自己沒殺了那人是錯的，我這種懷疑算是犯罪嗎？」

神父說：「不，這不算犯罪，而且你沒殺他確實是對的。」

皮諾點頭，但嘴唇顫抖，他動用所有意志力才吞下洶湧情緒。一切都發生得這麼快，這麼——

瑞神父拍拍皮諾的背。「保持信心。你做了正確的決定。」

皮諾再次點頭，但不敢看著神父的眼睛，深怕這麼做就會哭出來。

「你在哪學會操作槍械？」瑞神父問。

皮諾擦擦眼睛，清清喉嚨，沙啞道：「我舅舅阿爾伯特，他有支毛瑟獵槍，有點像剛剛那把，是他教我的。」

「我不確定你究竟算是勇敢還是愚蠢。」

「我剛才不可能讓堤托殺了你，神父。」

神父面露微笑：「我為此祝福你，我也沒準備好死在今天。」

皮諾發笑，皺眉道：「我也是。」

兩人回到屋內。瑞神父幫皮諾弄來冰塊，博爾米奧弟兄幫他做了早餐，他狼吞虎嚥地吃下。

「你如果再繼續長高，我們就跟不上了。」博爾米奧咕噥。

「其他人呢？」皮諾問。

「跟米莫滑雪去了，」瑞神父說：「他們會回來吃午餐。」

他吃著第二份雞蛋、香腸和黑麵包的時候，兩名女子和四個孩童羞怯地走進食堂，後面跟著一名三十幾歲的男子，還有兩個年紀很小的男孩。皮諾立刻就看出他們是新來的難民，他現在能一眼認出逃命之人的表情。

「你有沒有辦法明天早上再次出發？」瑞神父問。

皮諾挪動身子，覺得襠部悶痛，但還是說：「能。」

「很好。還有，你能不能幫我一個忙？」

「儘管說，神父。」皮諾說。

「去禮拜堂的塔樓，等著來自坎波多爾奇諾鎮的信號，」他說：「你可以帶幾本書上去讀。」

二十分鐘後，皮諾小心翼翼地爬梯子進入禮拜堂塔樓。他背著書袋，而且睪丸依然隱隱作痛。太陽直晒塔樓，所以這裡意外地溫暖，對他身上的厚重衣物來說過於炎熱。

他站在懸於尖頂內部的狹窄棧道上，瞥向銅鐘原本應該占據的空洞——瑞神父還沒裝上銅鐘。皮諾打開百葉窗，從隙縫中窺視懸崖下方，能看到一公里下的坎波多爾奇諾鎮，連同那棟神父寓所的二樓窗戶。

皮諾拿起書袋，掏出瑞神父提供的望遠鏡，湊在眼前，再一次感到驚訝：神父寓所看起來彷彿近在眼前。他觀察那兩扇窗，窗戶被窗簾覆蓋，表示德軍正在施普呂根山口上巡邏。他們似乎會在中午左右，從上午十一點到下午一點之間，沿山路開車來回巡視。

皮諾查看手錶，現在是十點四十五分。

他站在原地，享受著溫暖的春季空氣，看著鳥兒在雲杉樹之間竄動。他打個呵欠，搖頭甩掉睡意，再次拿起望遠鏡觀察。

三十分鐘後，他看到窗簾被掀開，這令他鬆了一口氣。巡邏隊已經下了山，沿山谷前往基亞文納鎮。皮諾打個呵欠，好奇今晚還有多少難民會來到莫塔村。如果來太多，就必須分批出發。他帶一團，米莫帶另一團。

最近這幾個月裡，米莫成長了許多，比較沒那麼……好吧，沒以前那麼任性，但在山上的表現不輸給任何人。這是皮諾第一次意識到，弟弟就是他最好的朋友，甚至超過卡利托跟他的交情。

但他很好奇，卡利托及其父母現在是否安好。他望向棧道下方，覺得昏昏欲睡。他其實可以躺在棧道上，只要確保不會掉下去，然後在這溫暖的空氣中打個盹——

不行，他做出決定，躺在這裡很可能會掉下去、摔斷脖子。他要爬梯子下去，躺在長椅上睡覺。那裡雖然比較冷，但他有帶著大衣和帽子。他只想睡個二十分鐘。

皮諾不知道自己是怎麼入睡，也不知道睡了多久，只知道自己被弄醒。他睡眼惺忪地睜開眼睛，試著查清楚自己為何醒來。他掃視禮拜堂，抬頭查看塔樓，然後——

他聽見來自遠方的咚聲。那是什麼聲音？從哪來的？

皮諾起身，打個呵欠，注意到咚聲停止。然後聲響再次傳來，聽起來就像鐵錘敲擊金屬，接著再次停止。他意識到自己把書袋、望遠鏡和手電筒都留在棧道上。他爬上梯子，拿起書袋，伸手想闔起百葉窗的時候，聽見咚聲再次傳來。皮諾意識到，這陣聲響來自坎波多爾奇諾鎮的教堂鐘樓。

他查看手錶，想確認自己睡了多久。十一點二十分？銅鐘通常是在整點的時候敲響，現在卻不斷發出聲響——？

皮諾抓起望遠鏡，查看窗外，發現二樓左邊那扇窗被窗簾遮蔽，右邊那扇閃爍著燈火。皮諾瞪著那裡，搞不懂這是怎麼回事，然後意識到燈光閃爍半秒，下一道光芒維持了比較長的時間。它忽明忽滅，皮諾意識到那是信號。摩斯密碼？

他抓起手電筒閃了兩次。下方那道光閃爍兩次，然後熄滅。銅鐘也不再發出聲音。然後光芒再次出現，閃爍的時間長短不一。燈光熄滅後，他從書袋裡找出紙筆，等燈光再次出現。它出現後，他開始記下燈光閃爍的長度，直到燈光就此消失。

皮諾不懂摩斯密碼，也不知道坎波多爾奇諾鎮那名觀察員想表達什麼，只知道這不會是好消息。他閃了手電筒兩次，然後收起，爬下梯子，飛快跑回學校。

「皮諾！」他聽見米莫喊道。

弟弟正沿著學校上方的坡道滑雪而下，瘋狂地揮動滑雪杖。皮諾沒理他，而是跑進阿爾卑斯屋，發現瑞神父和博爾米奧弟兄在走廊裡跟難民們談話。

「神父，」皮諾喘道：「有事情不對勁。」

他描述了鐘聲、窗簾和閃光，接著把紙交給神父。瑞神父查看，一臉困惑。「他們為什麼會以為我懂摩斯密碼？」

「你不需要懂，」博爾米奧弟兄說：「因為我懂。」

瑞神父把紙遞給他，問道：「你怎麼會的？」

「我是在──」廚子話說到一半，臉上徹底失去血色。

米莫跑來這裡，滿身是汗，這時博爾米奧弟兄說：「納粹來到莫塔村。」

「我有在山上看到他們！」米莫喊道：「四、五輛卡車進了馬德西莫鎮，士兵們挨家挨戶搜查，所以我們盡快滑回來。」

瑞神父看著難民們。「我們必須把他們藏起來。」

「他們會到處搜查。」博爾米奧弟兄說。

難民當中一名母親站起身，渾身顫抖。「我們該逃跑嗎，神父？」

「他們會找到你們。」瑞神父說。

也不知道為什麼，皮諾想到今早吵醒他的牛群。

「神父，」他緩緩道：「我有個主意。」

一小時後，皮諾在鐘樓裡緊張兮兮地拿著望遠鏡觀察，這時一輛德軍吉普車從馬德西莫鎮的馬車道的樹林裡出現，輪胎激起雪泥，後面跟著一輛緩慢行駛的大型德軍卡車，但皮諾對它視而不見，而是試著看見吉普車沾染泥濘的擋風玻璃內側。

吉普車幾乎側滑，皮諾清楚看見副駕駛座上那名軍官的制服和臉孔。雖然相隔很遠的距離，皮諾還是認出那人，他曾經近距離見過那名男子。

皮諾驚恐地爬下梯子，衝出聖壇後面的門扉，無視周圍的牛群鈴鐺聲，飛快跑進阿爾卑斯屋的後門，穿越廚房，來到食堂。

「神父，是勞夫上校！」他喘道：「北義大利的蓋世太保首長！」

「你是怎麼——？」

「我在我舅舅的皮具店見過他，」皮諾說：「是他沒錯。」

皮諾強忍逃跑的衝動。就是勞夫上校下令大規模屠殺這個地區的猶太人。那人既然願意下令處死無辜的猶太人，又怎麼可能不願意處死挽救猶太人的神父和一群男孩？

瑞神父走去門廊。皮諾在走廊逗留，不知道該怎麼辦。他的計畫能成功嗎？還是納粹會找到這裡的猶太人，把阿爾卑斯屋的人全殺光？

勞夫的座車在雪泥上滑動停定，離堤托做出威脅的那個位置不遠。蓋世太保上校的模樣跟皮諾印象中一樣：頭髮稀疏，體型中等，滿臉橫肉，鼻梁尖銳，嘴唇扁薄，深邃雙眼不洩漏任何想法。他穿著高筒黑靴，長版的雙排扣黑色大衣上沾染泥濘，軍帽上是骷髏標誌。

勞夫盯著神父，下車時幾乎面帶微笑。

「想找到你總是這麼困難嗎，瑞神父？」蓋世太保上校問道。

「在春天是有點難度，」神父說：「您知道我是誰，但我——」

「黨衛軍旗隊領袖瓦爾特·勞夫，」勞夫自我介紹，這時兩輛卡車在他身後停定。「駐紮於米蘭的蓋世太保首長。」

「勞您遠道而來，上校。」瑞神父說。

「就算遠在米蘭，我們也聽聞了關於你的一些謠傳，神父。」

「關於我的謠傳？來自誰？什麼內容？」

「你記不記得一個神學院學生？喬凡尼·巴巴拉斯基？他曾經為舒斯特樞機工

作，似乎也為你工作過？」

「巴巴拉斯基曾經在這裡短暫服侍，」瑞神父說：「他怎麼了？」

「我們上星期逮捕了他，」勞夫說：「他現在在聖維托雷監獄。」

皮諾強忍顫意。聖維托雷監獄在米蘭，早在被納粹接管前就是個惡名昭彰的人間地獄。

「什麼罪名？」瑞神父問。

「偽造文書，」勞夫說：「他製作了假證件。他很擅長此道。」

「我對此一無所知，」瑞神父說：「巴巴拉斯基在這裡的時候，有帶學生爬山，在廚房幫忙。」

蓋世太保首長似乎又露出笑意。「其實，我們到處都有耳目，神父。蓋世太保就像上帝，無所不知。」

瑞神父渾身僵硬。「無論您怎麼想，上校，你們並不像上帝，雖然你們確實是按照祂的尊貴形象所造。」

勞夫走近一步，冷冷地瞪著神父的眼睛。「給我聽清楚，神父，我可以當你的救主，也可以當你的定罪者。」

「這依然不代表您是上帝。」瑞神父毫無懼色。

蓋世太保首長瞪著神父許久，然後轉身看著一名軍官。「全員散開，仔細搜索這片高原。我親自進屋查看。」

士兵們紛紛跳下卡車。

「您在找什麼，上校？」瑞神父問：「也許我能幫忙。」

「你有沒有私藏猶太人，神父？」勞夫沒多說廢話：「有沒有協助他們逃往瑞士？」

皮諾在喉間嘗到胃酸，覺得雙腿發軟。

勞夫知道，皮諾驚慌地心想。我們都死定了！

瑞神父回話：「上校，我遵循天主教的信念，任何面臨傷害之人都該獲得愛與庇護，這也是阿爾卑斯山的生活方式，登山者一定會幫助需要幫助的人，不管是義大利人、瑞士人還是德國人，對我來說不重要。」

勞夫似乎又覺得莞爾。「你今天有幫助任何人嗎，神父？」

「只有您，上校。」

皮諾用力嚥口水，逼自己別發抖。**他們是怎麼知道的**？在腦海裡尋找答案。**巴拉斯基有供出來？不**。不，皮諾不認為有這個可能。**但怎麼——？**

「那就幫幫我，神父，」蓋世太保首長說：「帶我參觀你的學校，我想盡收眼底。」

「樂意之至。」神父站到一旁。

勞夫上校走上門廊，踢掉鞋底的雪泥，然後拔出腰間的魯格手槍。

「拔槍做什麼？」瑞神父說。

「以便當場處決惡人。」說完，勞夫進入走廊。

皮諾沒料到勞夫會進去。被蓋世太保首長冷眼瞪著的時候，他覺得膽顫心驚。

「我見過你，」勞夫說：「我從不忘記任何一張臉孔。」

皮諾結巴道：「在聖巴比亞，我舅舅舅媽那間皮具店裡？」

上校歪起頭，還在打量他。「你叫什麼名字？」

「約瑟．萊拉，」他說：「我舅舅叫阿爾伯特．阿爾巴尼斯，他太太，也就是我的葛芮塔舅媽，是奧地利人。我記得您有跟她說過話，我以前有時候會在那裡工作。」

「的確，」勞夫說：「沒錯。你在這兒做什麼？」

「家父送我來這裡，為了讓我避開轟炸，也為了讀書，就跟這裡所有男孩一樣。」

「啊。」勞夫遲疑幾秒，然後繼續前進。

瑞神父以嚴肅眼神瞥向皮諾，然後走在蓋世太保首長身後。

勞夫在無人食堂的寬廣門口停步，掃視周圍。「這裡很乾淨，神父，我喜歡。其他男孩呢？現在這裡有多少孩子？」

「四十個，」瑞神父說：「其中三個得了流感而臥病在床，兩個在廚房幫忙，十五個在外頭滑雪，其他的正在努力把一群逃出馬德西莫鎮的牛群趕回農場。如果不在融雪前把牠們抓回去，牠們就會在山上到處亂跑。」

「牛群。」勞夫上校觀察周圍：桌椅，還有為了晚餐時間而已經擺放好的餐具。他推門進入廚房，博爾米奧弟兄正在和兩個男孩削馬鈴薯皮。

「一塵不染。」勞夫讚許，關上門。

「我們這所學校的優良名聲傳遍松德里奧省，」瑞神父說：「而且我們很多學生是來自米蘭最良好的家庭。」

蓋世太保首長再次瞥向皮諾。「我看得出來。」

上校查看宿舍，連同皮諾和米莫的房間。勞夫踩到一塊鬆動的木板——底下藏著短波收音機——的時候，皮諾嚇得差點心臟停止跳動。但經過緊張的幾秒後，上校繼續邁步，查看每一間儲藏室，還有博爾米奧弟兄睡覺的地方。他終於來到一扇上鎖的門前。

「裡頭是什麼？」他問。

「我的房間。」瑞神父說。

「打開。」勞夫說。

瑞神父從口袋裡掏出鑰匙，解開門鎖。皮諾從沒看過瑞神父睡覺的房間，沒有任何人見過，這個房間總是牢牢上鎖。勞夫推開門，皮諾看見裡頭空間很小，只有一張窄床、一座很小的衣櫃、一盞燈籠、粗劣的桌椅、一本聖經，牆上有支十字架，旁邊是聖母瑪利亞的畫像。

「你睡在這兒？」勞夫問：「你所有的家當就這些？」

「上帝的僕人還需要什麼？」瑞神父反問。

上校沉思片刻，然後轉身。「過著禁慾生活，擁有使命，揚棄世俗享受，何等高貴，你是個榜樣，瑞神父。我底下很多軍官該跟你學學，薩羅軍隊都該跟你學習。」

「這我可就不敢說了。」神父說。

「不，你過的這種斯巴達式的簡樸日子，」勞夫誠懇道：「我非常欣賞。這種刻苦生活總是造就出最偉大的戰士。你在內心裡是戰士嗎，神父？」

「我為耶穌基督而戰，上校。」

「我看得出來，」勞夫把門關上。「卻有人對你和這所學校造謠。」

「我無法想像為什麼，」瑞神父說：「您已經檢查了各處，如果願意，甚至可以檢查地窖。」

蓋世太保首長沉默片刻，然後說：「我會派手下去檢查。」

「我可以為他帶路，」神父說：「他不需要挖很久。」

「挖？」

「艙門上頭還有至少一公尺的積雪。」

「帶我去看看。」勞夫說。

他們走去外頭，皮諾跟在後面。瑞神父剛拐過轉角時，禮拜堂後面的雲杉林傳來男孩們的呼喊聲。四名黨衛軍士兵已經前去查看。

「這是怎麼回事？」勞夫上校質問的半秒後，一頭牛衝出林線，發出叫聲，笨重地走過雪地。

在四名黨衛軍士兵的注視下，米莫和另一個男孩拿鞭子追趕牠，把牠趕進學校對面的圍欄區。

米莫喘著氣，咧嘴而笑，喊道：「其他的牛都在懸崖旁邊那個樹林裡，瑞神父。我們包圍了牠們，但沒辦法把牠們像那頭牛那樣趕進牛圈裡。」

神父還來不及回話，勞夫上校開口：「你必須組成V字陣形，把第一頭牛趕去你要牠去的地方，剩下的就會跟上。」

瑞神父看著蓋世太保首長，對方接著說：「我從小在農場長大。」

米莫遲疑地看著瑞神父。

「我來示範給你看。」聽見勞夫這麼說，皮諾覺得頭暈目眩。

「不敢勞煩您。」神父急忙道。

「不，這會很有趣，」上校說：「我已經好幾年沒趕過牛了。」勞夫看著士兵們。

「你們四個跟我來。」然後他看著米莫。「多少孩子在林子裡？」

「二十個吧？」

「夠多了。」說完，上校走向雲杉林。

「快幫他，皮諾！」瑞神父低語。

皮諾不想這麼做，但還是跑步跟上德軍。

「你要那些孩子如何排列，上校？」皮諾希望自己的嗓音沒打顫。

「牛群現在在哪？」勞夫說。

米莫說：「呃，被困在懸崖那裡。」

他們接近樹林，看不見的牛群低聲發出呻吟。皮諾只想逃命，但還是繼續前進。趕牛的挑戰似乎使得蓋世太保首長精神抖擻，眼睛從茫然陰暗變得閃閃發亮，而且他興奮得露齒而笑。皮諾掃視周圍，試著判斷情勢急轉直下時能逃去哪。

勞夫上校走進植林地，這片弦月形土地從懸崖伸向高原。

「牛群在右邊那裡。」米莫說。

勞夫把佩槍收進槍套，跟著米莫走過雪地，這裡的雪遠不如林地外頭那麼深。牛群走過這裡各處，踏平了雪地，而且四處排泄。

米莫和蓋世太保首長先後彎腰，鑽過幾條樹枝底下，從最大的一棵雲杉樹底下走過，這令皮諾緊張得胃袋翻攪。黨衛軍士兵們走在勞夫後面，皮諾殿後。他從最大那棵樹的樹枝底下彎腰走過時，注意到在半空中飄旋的松針。他瞥向上方，完全看不見躲在樹上的猶太人，他們的腳印已經被牛群踩亂。

感謝上帝，皮諾心想，這時勞夫繼續走向四散於林中的學生們。這些孩子圍住了剩下的六頭牛，牠們搖頭晃腦，發出叫聲，想找條出路，遠離身後的懸崖。

「我下令的時候，中間六個孩子後退，分成兩個小組，每組三人。」勞夫把雙手合在身前，攤開手指。「我要大家像我的手這樣排成V字形。牛群移動的時候，其他孩子跑去前面，誘導牛群繼續前往我們要牠們去的地方。兩邊的孩子都必須維持V字形。母牛、公牛，其實就跟猶太人一樣只會盲從，一定會跟著你們走。」

皮諾沒理會最後這句話，但還是扯開嗓門，把勞夫的指示傳達給陣形中間的兩個孩子。六個孩子迅速後退，然後向兩側擴散。第一頭牛穿越這條陣線後，其他牛隻急忙跟上。牛群衝過林中，低聲咆哮，撞斷擦肩樹枝。男孩們從側面包圍，連聲呼喊，跟牛群拉近距離，牛群因此開始呈縱隊奔跑。

「很好！好極了！」勞夫上校喊道，跑在最後一頭離開懸崖的牛後面。「你們就該像這樣趕牛！」

皮諾跟著蓋世太保首長穿越林中，但跟對方保持距離。牛群跟著兩邊的孩子們跑出小樹林，納粹全員跟上，其中的勞夫完全沒回頭瞥身後一眼。皮諾這時候才停下腳步，抬頭仰望一棵較大的冷杉樹，在上方十二公尺處的樹枝之間，勉強看到有個人緊抱樹幹。

他慢慢走出樹林，看到牛群已經回到牛圈，吃著大捆乾草。

「啊，」勞夫上校喘著大氣，眉飛色舞地看著瑞神父，這時皮諾走來。「剛剛真是有趣。我小時候常常趕牛。」

「您看起來樂在其中。」神父說。

蓋世太保首長咳嗽幾聲，發出歡笑，點個頭，然後瞥向副手，以德文呼喊下令。副手高聲轉達命令，吹聲口哨。搜索了莫塔村的建築和少許房屋的士兵們跑回卡車。

「我依然抱持懷疑態度，神父。」勞夫上校伸來一手。

皮諾屏住呼吸。

神父跟對方握手。「這裡隨時歡迎您回來檢查，上校。」

勞夫回到吉普車上。瑞神父、博爾米奧弟兄、皮諾、米莫和其他男孩站在原地，默默看著德軍卡車掉頭。勞夫和士兵們沿泥濘小路朝馬德西莫鎮行進了五百公尺後，阿爾卑斯屋的成員們才興奮歡呼。

「我還以為他一定知道我們安排你們躲在樹林裡。」幾小時後，皮諾開口，和瑞神父跟難民們一起坐在桌前用餐。

兩個男孩的父親說：「我那時候看得到上校一路走來，他就從我們那棵樹底下走過去，兩次！」

他們發出逃過鬼門關的那種笑聲，混雜著驚訝、感恩和充滿感染力的喜悅。

「非常聰明的辦法。」瑞神父拍拍皮諾的肩膀，舉起酒杯。「敬皮諾・萊拉。」

難民們都舉杯致意。皮諾為自己成了焦點而感到害羞。他面露微笑：「是米莫讓這個辦法成功。」

但他確實對計畫奏效感到開心，而且是開心到不行。像那樣耍弄納粹，讓他覺得自己充滿能力。他確實用自己的辦法做出了反擊。他們都在反擊，都屬於一個持續增長的抵抗勢力。義大利不是德國，也永遠不會變成德國。

阿爾貝托·阿斯卡里來到阿爾卑斯屋，沒先在門口搖晃鈴鐺，而是直接來到食堂門口，把帽子拿在手上。「打擾一下，瑞神父，我有個重要訊息要轉告皮諾。他父親打電話去我叔叔的住處，要我找到皮諾，轉達訊息。」

皮諾覺得胃袋下沉。發生什麼事了？誰死了？

「怎麼了？」他問。

「你爸爸要你盡快回家，」阿斯卡里說：「回去米蘭。他說這事關生死。」

「誰的生死？」皮諾站起身。

「聽起來像是你的，皮諾。」

第三部　人的大教堂

第十三章

十二小時後，皮諾坐在阿斯卡里的改裝飛雅特的副駕駛座上，沿著馬德西莫鎮的蜿蜒道路前往坎波多爾奇諾鎮。他幾乎沒注意到路邊的陡峭懸崖，沒看著萊姆綠的樹葉，也沒聞到空中的花香，而是還想著阿爾卑斯屋，想著自己多麼不願離開。

「我想留下來幫忙。」他昨晚對瑞神父說。

「我也確實需要你幫忙，」神父說：「但令尊的訊息聽起來事關重大，皮諾。你該聽你父親的話，回家去。」

皮諾示意一旁的難民們。「那誰帶他們去萊伊湖？」

「米莫，」瑞神父說：「你把他和其他孩子都訓練得很好。」

皮諾沮喪得睡不好。阿斯卡里來接他，送他去基亞文納鎮的火車站時，他感到洩氣。他在阿爾卑斯屋待了將近七個月，但感覺像是過了好幾年。

「你會盡量抽空來見我？」瑞神父問。

「當然，神父。」說完，皮諾跟神父互擁。

「相信上帝為你做的安排，」神父說：「而且保持安全。」

博爾米奧弟兄給了他路上吃的食物，也擁抱了他。

汽車行經谷地之前，皮諾說不到十個字。

「好歹有發生一件好事，」阿斯卡里說：「你有教我滑雪。」

皮諾勉強露出笑容。「你學得很快。可惜我沒能把你的駕訓班上完。」

「你的技術已經非常好了，皮諾，」阿斯卡里說：「你擁有很罕見的駕駛天分。」

皮諾沉浸在這番讚美當中。阿斯卡里是個不可思議的賽車手，其駕駛技術總是讓他感到驚奇。彷彿為了再次證明自己的能耐，阿斯卡里沿谷地一路飆往基亞文納鎮，速度快得令皮諾停止呼吸。

「我根本不敢想像你駕駛真正的賽車會發生什麼事，阿爾貝托。」皮諾說，這時車子在車站停靠。

阿斯卡里咧嘴而笑。「我叔叔總是說『耐心等候』。你今年夏天會回來嗎？完成你的賽車特訓？」

「我當然樂意。」皮諾握了對方的手。「多保重，吾友，別翻車掉進水溝裡。」

「我向來小心。」說完，阿斯卡里駕車離去。

這裡的海拔降低許多，氣溫因此比莫塔村高了將近三十度。基亞文納鎮到處都以鮮花點綴，花香與花粉瀰漫空中。南阿爾卑斯山的春天很少如此宜人，皮諾因此更不願離開此地，但還是買了車票，向一名德軍士兵出示證件，登上火車，南行前往科莫湖和米蘭。

他進入的第一節車廂裡擠滿法西斯士兵，所以他轉身往前走，找到一節乘客稀少的車廂。他因為沒睡好而腦袋昏沉，於是放好行李，用背包充當枕頭，進入夢鄉。

三小時後，火車在米蘭的中央車站停靠，這座車站曾遭到幾枚炸彈直接命中，但依然完整，就跟皮諾印象中差不多，只不過車站不再由義大利士兵看守，而是完全由納粹掌控。他走過月臺，穿過車站，跟下車的法西斯士兵們保持距離，看到德軍部隊鄙視地斜眼瞥墨索里尼的手下。

「皮諾！」

他父親和阿爾伯特舅舅快步前來迎接。跟聖誕節的時候相比，這兩名男子顯得蒼老許多，太陽穴的頭髮灰白，臉頰比他印象中更為凹陷蠟黃。

米歇爾呼喊：「阿爾伯特，你敢相信他長這麼大了嗎？」

舅舅盯著皮諾。「七個月不見，你從男孩子長成了高大魁梧的男子漢！瑞神父究竟餵你吃了什麼？」

「博爾米奧弟兄是一流廚師。」皮諾傻笑，開心地接受他們的評論。他很高興看到這兩人，差點忘了自己還在悶悶不樂。

「我為什麼要回家，爸爸？」三人走出車站時，他問道：「我們在阿爾卑斯屋做了好事，很重要的事。」

舅舅表情莫測難辨，只是搖頭，低聲說：「別在這裡討論好事、壞事。我們等會兒再說話，好嗎？」

他們搭上計程車。經過十個半月的轟炸，米蘭如今看起來不太像城市，而是比較像戰場。有些地區將近百分之七十的建築被炸成廢墟，但街道依然能夠通行，皮諾很快明白為什麼：數十名身穿灰色制服、眼神茫然、彎腰駝背的男子正在清理街道，徒手移除每塊磚頭和石頭。

「他們是誰？」他問：「那些灰衣人？」

阿爾伯特舅舅把手放在皮諾的腿上，指向司機，搖搖頭。皮諾注意到計程車司機不時查看後照鏡，因此沒再開口。

他們越接近米蘭大教堂和聖巴比亞，就看到更多建築依然矗立，其中很多毫無損傷。他們經過大使館，一輛納粹公務車停在館前，從引擎蓋的旗幟來看，這輛車屬於一名將軍。

的確，大教堂周圍的街道到處都是德國高階將領及其座車。他們三人在這裡下車，經過一座堆了沙袋、戒備森嚴的檢查哨，進入聖巴比亞。

他們出示證件，默默走過米蘭這個受損最輕的區域。商店、餐廳和酒館都在營業，裡頭擠滿納粹軍官和他們的女人。父親帶皮諾來到利托里奧大道，這裡離舊家大約有四條街，也屬於時尚區，但離斯卡拉大劇院、拱廊街和主教座堂廣場更近。

「再把證件拿出來。」父親邊說邊拿出自己的證件。

他們走進一棟建築，立刻被兩名黨衛軍衛兵攔住，這嚇了皮諾一跳。納粹現在看守聖巴比亞每一棟建築？

衛兵們認識米歇爾和皮諾的舅舅，因此只有瞥他們的證件一眼，但仔細研究了皮諾的證件才予以放行。三人搭乘一部鳥籠式電梯，經過五樓時，皮諾看到門外也有兩名黨衛軍衛兵站崗。

他們三人在六樓走出電梯，來到短走廊的盡頭，進入萊拉家的新公寓。雖然這裡遠不如蒙特拿破崙大街那間公寓寬敞，但裝潢得十分舒適，他在每一處都看見母親的審美觀。

父親和舅舅默默做個手勢，要皮諾放下行李、跟上他們。三人走出落地窗，來到屋頂上的露臺，能看到大教堂的尖頂刺向東方的天空。阿爾伯特舅舅開口：「現在可以放心說話了。」

皮諾說：「為什麼大廳和樓下都有納粹？」

父親指向露臺上一段距離外的天線。「那支天線是接在樓下公寓的一臺短波發報機上。德軍在二月的時候趕走了那裡的房客，那人是個牙醫。他們找來工人，徹底改建了裡頭。就我們所知，納粹大人物來到米蘭的時候，就是住在那裡。希特勒如果哪天親自跑來，也會住在那裡。」

「就在我們樓下？」皮諾深感不安。

「這是個危險的新世界，皮諾，」阿爾伯特舅舅說：「尤其對你來說。」

「這就是為什麼我們帶你回家，」父親搶先皮諾開口：「不到二十天後，你就要滿十八歲了，符合徵兵的年齡。」

皮諾瞇眼。「所以？」

舅舅說：「你如果在這裡等著被徵召，就會被送去法西斯軍隊。」

「義大利所有新兵都會被德國送去俄國前線，」米歇爾扭擰雙手。「你不能當砲灰，皮諾，你會死，我們不能讓這種事發生在你身上，尤其在戰爭即將結束的時候。」

這場戰爭確實即將結束。皮諾知道這是事實，他昨天才在短波收音機——這東西送給了瑞神父——上聽見消息：盟軍再次在卡西諾山上作戰，德軍在當地懸崖邊的一座修道院裡裝設了強大砲臺，而那座修道院和當地的德軍終於被盟軍轟炸機炸成灰，山下的城鎮也慘遭波及。位於羅馬南邊的盟軍部隊即將突破古斯塔夫防線。

「那你們要我怎麼做？」皮諾問：「躲起來？既然如此，我應該繼續待在阿爾卑斯屋，等盟軍趕走納粹。」

父親搖頭。「兵役處的人已經來這裡找過你，他們知道你這段時間都在山上。等你過完生日的幾天後，就會有人去阿爾卑斯屋帶你走。」

「那你們要我怎麼做？」皮諾再次追問。

「我們要你自願入伍，」阿爾伯特舅舅說：「你如果這麼做，我們就能確保你得到一份能遠離危險的軍職。」

「去薩羅？」

兩名男子四目交會，然後父親說：「不，我們要你加入德軍。」

皮諾覺得胃袋疼痛。「加入納粹？戴上卐字符？不，絕不。」

「皮諾，」父親開口：「這——」

「你知不知道我這幾個月都在做些什麼？」皮諾發火道：「我帶領猶太人和難民翻越格羅佩拉顛峰，進入瑞士，逃離那些樂意用機槍掃射無辜民眾的納粹！我不能也不願意照你說的做。」

兩名男子打量他，現場一陣沉默。

阿爾伯特舅舅終於開口：「你變了，皮諾。你不只看起來像個男子漢，說話也像個真男人。所以我要告訴你，除非你也逃去瑞士、在那裡等戰爭結束，否則你遲早會被捲入其中。第一種方式，就是你等著被徵召入伍。你會被訓練三星期，然後被送去北方跟蘇聯人交戰，義大利士兵在第一年的陣亡率將近百分之五十。意思就是，你只有百分之五十的機率能過十九歲生日。」

皮諾正想打岔，但舅舅伸手阻止。「我還沒說完。另一個辦法是，我認識某人能讓你進入德軍某個部門，叫做『托特組織』。他們不打仗，而是建造東西。如此一來，你就能保平安，說不定還能學些技能。」

「我想對付德國佬，不是加入他們。」

「這是預防措施，」父親說：「你自己也知道，這場戰爭很快就會結束，可能在你還在接受新兵訓練的時候就打完了。」

「我該跟其他人怎麼說？」

「他們不會知道，」阿爾伯特舅舅說：「如果有人問起，我們會說你還在阿爾卑斯山的瑞神父那裡。」

皮諾沒吭聲。他雖然能看出這個辦法的道理，但還是覺得不是滋味。這麼做不是抵抗，而是逃避職責，是懦夫的出路。

「我必須現在就答覆嗎？」皮諾問。

「不用，」父親說：「但也只有一、兩天可以考慮。」

阿爾伯特舅舅說：「與此同時，跟我去我店裡。你可以幫圖里歐一個忙。」

皮諾露齒而笑。圖里歐．加林貝堤！他已經多久沒見到對方？七個月了？他不禁好奇，圖里歐是不是還在米蘭各處跟蹤勞夫上校，也好奇圖里歐最新的女伴是什麼模樣。

「我跟你走，」皮諾說：「除非你還有別的事要跟我說，爸爸？」

「不，你去吧，」米歐爾說：「我得處理一些帳本。」

皮諾和舅舅走出公寓，搭電梯下樓，看到五樓公寓外頭的衛兵們。他們走出大廳時，衛兵們對他們點個頭。

他們拐過大街，走向阿爾巴尼斯行李店，阿爾伯特舅舅在路上問皮諾關於阿爾卑斯山的事。他對瑞神父發明的信號系統，以及皮諾如何憑著冷靜又聰明的腦袋度過令人寒毛倒豎的恐怖難關，都深感佩服。

幸好皮具店裡沒客人。阿爾伯特舅舅放上「打烊」的告示牌，放下百葉窗。葛芮塔舅媽和圖里歐．加林貝提從後門走來。

「看看他多大的個子！」葛芮塔舅媽對圖里歐說。

「好一個猛男，」圖里歐開口：「也看看那張臉，跟以前不一樣了。搞不好有些女孩會說他算帥呢，除非我站在他旁邊，把他比了下來。」

圖里歐還是一樣愛耍嘴皮，但以前那種堪稱自大的自信顯然被苦難磨平了稜角。他看起來好像瘦了許多，而且經常發呆，菸不離手。

「我昨天有見到你之前跟蹤的那個納粹，勞夫上校。」

圖里歐臉上失去不少血色。「你昨天見到勞夫？」

「我有跟他說話，」皮諾說：「你知不知道他是在農場長大？」

「一無所知。」圖里歐瞟向阿爾伯特舅舅。

皮諾的舅舅遲疑片刻，然後開口：「你應該能保密吧？」

皮諾點頭。

「勞夫上校想把圖里歐抓去問話。圖里歐如果被抓，就會被送去女王酒店逼供，然後被關進聖維托雷監獄。」

「跟巴巴拉斯基關在一起？」皮諾說：「那個偽造文書犯？」

每個人都驚訝地瞪著他。

「你怎麼知道他是誰？」圖里歐追問。

皮諾說明原委，接著表示：「勞夫說他在聖維托雷監獄。」

圖里歐第一次綻放微笑。「他原本是在那裡，直到昨天晚上。巴巴拉斯基逃走了！」

這令皮諾大感驚奇。他還記得在轟炸第一天見到的那名神學院學生，他試著想像那人成了偽造文書大師，後來成了逃獄大師。聖維托雷監獄，看在老天的份上！

「這是好消息，」皮諾說：「所以你是躲在這兒，圖里歐？這麼做明智嗎？」

「我會換地方，」圖里歐又點燃一支菸。「每天晚上。」

「而這給我們造成了難題，」阿爾伯特舅舅說：「圖里歐在引起勞夫注意之前，能在城中四處走動，為抵抗組織完成各種任務，但現在沒辦法這麼做。我剛剛說過，你也許能幫我們一個忙。」

皮諾感到興奮。「我願意為抵抗組織做任何事。」

「我們有些文件，必須在今晚宵禁開始前送交出去，」阿爾伯特舅舅說：「我們會給你一個地址，你把文件帶去那裡，交出去。你做得到嗎？」

「文件是什麼內容？」

「這不是你需要擔心的問題。」舅舅說。

圖里歐實話實說：「不過，如果納粹逮到你身上有那些文件，而且看懂上頭寫了什麼，就會處決你。不知道多少人因為更輕的罪名而死在他們手上。」

皮諾看著舅舅遞來的包裹。除了昨天，以及尼柯被手榴彈炸死那天之外，他其實沒感受到多少來自納粹的實質威脅。但現在，米蘭到處都是德軍，他們當中任何一人都可能攔下、搜查他。

「但這些文件很重要？」

「是的。」

「那我絕不會被他們抓到。」皮諾接過包裹。

一小時後，他騎著舅舅的腳踏車離開皮具店。他先後在聖巴比亞檢查哨和大教堂西側的另一座檢查哨出示了證件，但都沒被搜身，似乎沒人對他感興趣。

下午五點左右，他騎車穿過城中，前往米蘭東南區的某個地址。他離市中心越遠，就看到更多慘狀。皮諾騎車穿越滿目瘡痍、淒涼陰鬱的街道，來到一個炸彈坑，減慢車速，在坑洞邊緣停定。這裡昨晚下過雨，坑裡殘留著髒水，散發刺鼻惡臭。孩童們嘻嘻哈哈。四、五個渾身髒汙的孩子，在一棟被燒成廢墟的建築殘骸上攀爬玩耍。

這裡被轟炸時，他們也在場？他們有感覺到炸彈嗎？有看到大火？他們有父母嗎？難道他們是街頭流浪兒？他們住在哪？這裡？

看到這些孩子住在廢墟裡，他覺得難過，但還是遵照圖里歐提供的路線繼續前進。皮諾離開焦土區，進入一個受損較輕的街坊，這裡讓他聯想到殘破的鋼琴，有些琴鍵斷裂，有些失蹤，有些在焦黑背景前呈現黃色和紅色。

他看到兩棟並排的公寓建築，便遵照圖里歐的指示走進右邊那棟，裡頭熙來攘往，滿身灰塵的孩童們在走廊裡走動。好幾間公寓的前門開著，擠在裡頭的人們看起來歷經風霜。其中一間正在播放唱片，是歌劇《蝴蝶夫人》的詠嘆調，他意識到演唱者是他的表姊莉西亞．阿爾巴尼斯。

「你找誰？」一個髒兮兮的男孩問道。

「16B。」皮諾說。

男孩低下頭，指向走廊某處。

皮諾敲了門，門扉打開一條縫，裡頭懸著門鏈。

一名男子以口音濃厚的義大利語開口：「啥事？」

「你是巴卡？圖里歐派我來的。」皮諾說。

「他還活著？」

「至少兩小時前還活著。」

這個答覆似乎讓男子滿意。他解開門鏈，把門打開一半，勉強能讓皮諾走進這間單身公寓。巴卡是斯拉夫族裔，身形矮小強壯，濃密的黑髮黑眉，扁平的鼻梁，粗壯的胳臂和肩膀。皮諾雖然比對方高，但覺得氣勢輸人家一大截。

巴卡打量他片刻，問道：「你有沒有帶什麼東西來？」

皮諾從褲子裡掏出信封，遞給對方。巴卡默默接過，轉身走離。

「你要喝水嗎？」他問：「水在那裡，喝完就走吧，在宵禁前回到家。」

皮諾因為騎了很久的車而口乾舌燥，他喝了幾大口水，然後環視周圍，明白巴卡是什麼樣的人。小床上放著一口打開的皮箱，皮革是深棕色，裝有粗扣環和皮帶，箱子裡鋪了客製化的軟墊，裡頭放著一臺袖珍型短波無線電發報機、一臺手搖發電機、兩支天線、一些工具，還有幾顆替換用的電晶體。

皮諾指向發報機。「你用那東西跟誰說話？」

「倫敦，」他低聲說道，讀著文件。「全新的，我們三天前才拿到。舊的那臺壞了，我們有兩星期沒辦法通訊。」

「你在這裡多久了？」

「我在十六個星期前跳傘來到城外，然後走進來。」

「你這段時間一直都待在這間公寓？」

發報機操作員嗤之以鼻。「如果是這樣，巴卡在十五個星期前就成了死人。納粹有機器能追蹤無線電訊號。他們會用三臺機器來進行……那叫什麼來著……『三角定位』，找出我們發報的位置，殺掉我們，摧毀無線電發報機。你知不知道現在被發現持有無線電發報機，會有什麼下場？」

皮諾搖頭。

「他們會當場宰了你，根本不會先問問題。」巴卡做個割喉的音效，用手指劃過脖子，面帶微笑。

「所以你常常移動？」

「每兩天就移動一次，在白天行動。巴卡會冒險拎著手提箱走很遠的路，去另一間無人公寓。」

皮諾還有一大堆問題想問，但覺得已經在這裡待太久。「我以後會再見到你？」

巴卡挑起一眉，聳個肩。「誰知道呢？」

皮諾快步離開公寓，走出這棟建築，在溫暖的春季下午的天光下騎上腳踏車。

他再次經過焦土區的時候，覺得自己又成了有用的人。剛剛雖然只是個小任務，但他知道自己做了正確的事，他有冒險做出反擊，也為此感到自豪。他絕不加入德軍，而是要加入抵抗軍。這個決定就是這麼簡單。

皮諾轉往北方，前往洛雷托廣場。他來到那間蔬果攤的時候，貝爾卓米尼先生正在收起遮棚。跟上一次見面時相比，卡利托的父親蒼老了許多，臉上滿是擔憂和壓力。

「嗨，貝爾卓米尼先生，」他說：「是我，皮諾。」

貝爾卓米尼先生瞇眼看著他，把他上下打量一番，然後仰頭大笑。「皮諾・萊拉？你看起來好像把皮諾・萊拉吃進肚子裡啦！」

皮諾發笑。「很好笑。」

「這個嘛，我的年輕朋友，如果不靠笑聲和關愛，我們要怎麼熬過人生的苦難，而且笑聲和關愛不就是同一個東西嗎？」

皮諾思索片刻。「好像有道理。卡利托在家嗎？」

「在樓上，正在幫他母親。」

「她狀況如何？」

貝爾卓米尼先生收起開心的笑容，搖搖頭。「不好。醫生說也許還剩六個月，也許更短。」

「我很遺憾，先生。」

「我為能跟她共度的每一刻感恩，」店老闆說：「我上去叫卡利托下來。」

「謝謝，」皮諾說：「請幫我問候她。」

貝爾卓米尼先生走向門口，但停下腳步。「我兒子很想念你，他說你是他有過最棒的朋友。」

「我也很想念他，」皮諾說：「我這幾個月應該寫信給他，但……因為我們在山上做的事而有困難。」

「他會理解，可是你會照顧他，是嗎？」

「我保證過一定會這麼做，」皮諾說：「我從不違背諾言。」

貝爾卓米尼先生摸摸皮諾的二頭肌和肩膀。「老天，你跟賽馬一樣壯！」

四、五分鐘後，卡利托走出門口。「嘿。」

「嘿，」皮諾輕捶對方的胳臂。「很高興見到你。」

「是嗎？你也是。」

「你聽起來沒什麼誠意耶。」

「我媽今天很不舒服。」

皮諾覺得心痛。他上一次見到自己的母親是聖誕節，他突然很想媽媽，甚至也很想琪琪。

「我無法想像。」皮諾說。

兩人談笑了十五分鐘，直到他們注意到天色開始變暗。皮諾以前從沒經歷過宵禁，他想在天黑前回到新公寓。他們倆約好之後什麼時候見面，然後握手道別。

皮諾騎車離開卡利托的時候感到難過。他的老友顯得茫然失落，只剩空殼。在米蘭遭到轟炸之前，卡利托就跟其父一樣機智幽默，但現在顯得黯淡，彷彿在心裡已經變成皮諾見過的那些掃街灰衣人。皮諾經過聖巴比亞的檢查哨時，衛兵認出他，揮手放行。**我搞不好身上有槍呢**，皮諾開始踩踏板，聽見身後傳來咆哮聲。他回頭查看。檢查哨的士兵們朝他追來，把衝鋒槍拿在腰處。他嚇得停車，舉起雙手。

他們跑過皮諾身旁，拐過轉角。他因為心臟狂跳而頭暈，過了幾秒才回過神。發生了什麼事？

他們跑去哪？

然後他聽見汽車喇叭聲。救護車？警車？

他牽著腳踏車來到轉角窺視，看到三名納粹搜查一名將近四十歲的男子。男子舉起雙手，面向牆壁趴在上頭，張開兩條腿。

他神情焦慮，尤其當一名德軍從他的腰帶搜出一把左輪手槍。

「求求你們！」他呼喊：「我只是拿這東西來保護我的商店，還有在我去銀行的時候護身！」

一名士兵用德文咆哮幾字。士兵們全都後退幾步，其中一人舉起步槍，朝男子的後腦開槍。男子如斷了線的傀儡般沿牆壁癱倒而下。

皮諾嚇得後退，滿心驚恐。

一名士兵看到他，呼喊幾字。皮諾跳上腳踏車拚命踩踏板，經過一個圓環，回到利托里奧大道上的公寓，沒被抓到。

大廳的黨衛軍哨兵是另一批人，比昨天更嚴格地檢查他的身分。其中一人搜了他的身，把他的證件查看了兩次，才允許他進電梯。鳥籠式電梯上升時，街上那名男子被爆頭的畫面在他腦海中不斷重播。

他渾身麻木又想吐，舉手敲門時，才注意到新公寓裡飄出香氣。舅舅開門讓他進去。

「我們正在擔心你，」阿爾伯特舅舅關上門。「你離開太久了。」

「我去見了我的朋友卡利托。」皮諾說。

「感謝上帝。所以你沒碰上問題？」

「我有看到某個男子因為帶著手槍而被德軍殺掉，」皮諾黯淡道：「他們就那樣斃了他，彷彿他毫無價值、根本不是人。」

舅舅還來不及回話，這時波爾吉雅出現在走廊，張開雙臂，喊道：「皮諾！」

「媽媽？」

皮諾激動得衝向母親。他把波爾吉雅整個人抱離地板，轉動她的身子，然後吻她，這引發母親混雜恐懼和欣喜的尖叫聲。然後他又把她整個人轉一圈。

「好啦好啦，夠了！放我下來！」

皮諾輕輕把她放在地毯上。波爾吉雅撫平衣裙，看著他，搖搖頭。「你父親說你長得又高又大，可是我……那我的多米尼克呢？他也跟你一樣魁梧嗎？」

「沒比我高，但比我更強壯，媽媽，」皮諾說：「米莫現在成了堅強的男子漢。」

「這個嘛。」波爾吉雅眉開眼笑，眼眶泛淚。「能和我的大兒子一起在這個新家，我真的很開心。」

父親走出廚房。

「你還喜歡這個驚喜嗎？」米歇爾問：「你媽特地搭火車從拉帕洛鎮回來見你。」

「我很喜歡。琪琪呢？」

「生病了，」波爾吉雅說：「我的朋友們正在照顧她。她要我問候你。」

「葛芮塔呢？」米歇爾問：「晚餐快好了。」

「她正在關店，」阿爾伯特舅舅說：「很快就來。」

敲門聲傳來，皮諾的父親開門。

葛芮塔舅媽衝進來，顯得心煩意亂，但還是等關門上鎖後才啜泣道：「蓋世太保抓走了圖里歐！」

「什麼？」阿爾伯特舅舅喊道：「怎麼會？」

「他決定提早離開店裡，今晚打算去他母親那裡過夜。我猜他走出店鋪不久後就被逮捕，送去女王酒店。賣時髦鈕扣的那個桑尼．馬斯科洛目睹了一切，在我關店的時候告訴我。」

現場一片愁雲慘霧。圖里歐被抓去蓋世太保總部。皮諾無法想像他在這一刻遭遇什麼樣的折磨。

「他們是在圖里歐走出店鋪後跟蹤他？」阿爾伯特舅舅問。

「他是從巷子出去的，所以應該不是。」葛芮塔舅媽說。

她丈夫搖頭。「我們必須認定就是這個狀況，就算不一定是事實。我們很可能都遭到黨衛軍監視。」

皮諾覺得呼吸困難。他看到旁人出現類似的反應。

「就這麼決定，」波爾吉雅彷彿下達聖旨：「皮諾，你明天早上就去兵役處申請自願役，加入德軍，避開危險，直到戰爭結束。」

「然後我該怎麼做，媽媽？」皮諾喊道：「等著盟軍殺了我，因為他們看到我身上的卐字符制服？」

「盟軍出現的時候，你就脫掉制服，」母親怒瞪他。「我已經決定了。你還未成年，你的人生依然由我說了算。」

「媽媽，」皮諾抱怨：「妳不能——」

「我能，而且我已經決定這麼做，」她厲聲道：「這個話題到此為止。」

第十四章

一九四四年七月二十七日
義大利，摩德納市

被爸媽命令加入德軍的十一個星期後，皮諾扛著一把格威亞四三型半自動步槍，大步走向摩德納市的火車站。他穿著托特組織的夏季制服：黑色的高筒戰鬥皮靴；橄欖色的長褲、襯衫和軍帽；黑色皮帶；裝著瓦爾特手槍的槍套。他的左臂上纏著一條紅白相間的臂環，表明了他的身分。

臂環頂端的白條上寫著「ORG.TODT」，其下方的紅條上是一個大型的黑色卐字符。右肩的肩章表明他的軍階：一等兵。

在這時候，萊拉一等兵對上帝為他安排的計畫實在沒什麼信心。他走進車站時還在為自己的困境——他母親強迫他進入的困境——生著悶氣。他在阿爾卑斯屋的時候做了一些重要的事，那些是好事、正確的事，他冒著生命危險當個勇敢的嚮導。但從那之後，他的日子就是體能訓練營、數不完的齊步走、體操、學習德文，連同其他毫無用處的技能。他每次看著身上的卐字符，就只想扯掉它，跑去山上加入游擊隊。

「萊拉，」排長喊道，打斷他的思緒。「帶上普利托尼，看守三號月臺。」

皮諾冷漠地點個頭，跟普利托尼一起前往站崗處，普利托尼是個體重過重的孩子，第一次離開土生土長的熱那亞市。他們在架高的月臺上站崗，這裡位於兩條最繁忙的鐵軌之間，上頭是高聳的拱形天花板。德軍士兵們正在把一箱箱軍火搬上其中一條鐵軌上的篷車，另一條鐵軌空無一物。

「我超討厭在這兒站一整個晚上。」普利托尼點燃一支菸，抽了一口。「我的腳和腳踝又腫又痛。」

「斜靠在屋頂支柱上，而且輪流用一隻腳支撐體重。」

「我試過了，但腳還是會痛。」

普利托尼吐出一長串抱怨，直到皮諾充耳不聞。阿爾卑斯山教導他，不要在困境中焦慮抱怨，這麼做是浪費體力。

他轉移注意力，開始想著戰爭。他在體能訓練營的時候沒聽說任何消息，但在被派來火車站站崗的這星期中，得知馬克・克拉克中將的美國第五軍團在六月五日解放了羅馬。但在那之後，盟軍只有從北邊朝米蘭推進了十六公里。皮諾還是認為戰爭會在十月結束，最晚十一月。午夜左右，他打呵欠，好奇該在戰爭結束後做什麼。回學校去？去阿爾卑斯山？而且他什麼時候才能交到女朋──？

空襲警報開始呻吟哭號，高射砲紛紛開火。炸彈墜落，宛如憤怒的成群黃蜂，灑落於摩德納市中心。炸彈一開始是在一段距離外引爆，然後有一枚在機廠外頭爆炸。接下來三枚在幾秒間接連擊中火車站。

皮諾先看到一團閃光，然後被衝擊波擊飛出去。背著背包的他重重落在鐵軌上，眼前發黑幾秒。又一道震波撼動他，破玻璃和碎片朝他灑落，他本能地蜷縮成一團。

空襲結束後，皮諾試著爬起來，聞到煙味，看到火光。他頭暈目眩，耳鳴宛如怒濤。眼前一切都像破碎的萬花筒畫面，直到他在身後的鐵軌上看到普利托尼的屍體。來自熱那亞市的孩子被爆炸直接命中，被一大塊彈片削掉了半顆腦袋。

皮諾爬離此處，嘔吐不已，頭痛欲裂。他撿回佩槍，拚命爬上月臺後再次嘔吐，耳鳴變得更為吵雜。看到士兵們死的死、傷的傷，他覺得暈眩又虛弱，差點失去意識。皮諾伸出雙手，抓住一根依然支撐著火車站屋頂的柱子。

右臂傳來火燒般的劇痛，他這才意識到右手食指和中指幾乎被碎片徹底斬斷，如今只靠韌帶和皮膚吊在原處，食指骨頭外露，傷口湧血。

他再次昏厥。

皮諾被送去野地醫院，德軍外科醫師接好了他的手指，治療了他的腦震盪。他在醫院裡躺了九天。

皮諾在八月六日出院後，被判定暫時無法執勤，奉命回家休養十天。在一個潮溼多雨的夏日，他坐在一輛送報卡車的貨斗上，搭便車回到米蘭，覺得自己一點也不像當初離開阿爾卑斯山的那個有使命感的開心大孩子，只覺得虛弱又幻滅。

話雖如此，托特組織的制服確實有些用處，讓皮諾迅速通過了幾個檢查哨。不久後，他走在深愛的聖巴比亞馬路上，遇到爸媽幾個老朋友，對他們打招呼，上次見面是好幾年的事。但他們瞪著他的制服和臂環上的卐字符，表現得好像不認識他，或是不想認識他。

在這裡，阿爾巴尼斯行李店比家裡離他更近，所以他決定先去店裡。他走在蒙特拿破崙大街的人行道上，注意到皮具店門口停著一輛納粹公務車，是六輪驅動的戴姆勒賓士G4越野車。引擎蓋掀著，司機正在雨中檢查引擎。

一名披著戰壕大衣的納粹軍官走出店鋪，以嚴厲口氣說了一句德文。司機急忙立正，搖搖頭。軍官一臉鄙視，又走進皮具店。

皮諾對汽車向來感興趣，所以停步問道：「出了什麼問題？」

「關你屁事。」司機說。

「是跟我沒關係，」皮諾說：「不過我略懂引擎。」

「我算是什麼也不懂。」司機坦承。「它今天就是發不動，就算發動也會拚命放砲。怠速運轉得非常糟糕，而且換檔時會劇烈跳動。」

皮諾思索片刻，查看引擎室，避免碰到尚未痊癒的右手。G4的引擎是八汽缸，他檢查火星塞和配線，確認沒問題，然後檢查空氣濾芯，發現十分骯髒，於是清理一番。燃油濾清器也有堵塞的問題。他接著檢查化油器，看到上頭的螺絲閃閃發亮，看來最近有人調整了這一處。

他跟司機要了螺絲起子，用沒受傷的左手調整了幾個螺絲。「試試看。」

司機鑽進車裡，轉動鑰匙。引擎發動後放砲幾聲，排氣管吐出黑煙。

「看到沒？」

皮諾點個頭，判斷阿爾貝托・阿斯卡里會怎麼做，然後再次調整化油器。聽見舅舅的店鋪前門打開，他說：「再試試看。」

這一次，引擎順利發出該有的怒吼聲。皮諾露齒而笑，放下工具，蓋上引擎蓋。他這時看到那名德國軍官站在人行道上，一旁是他的阿爾伯特舅舅和葛芮塔舅媽。軍官已經脫下戰壕大衣，皮諾看到他身上的徽章，發現是個少將。

葛芮塔舅媽用德文對將軍說了幾字。他做出回應。

「皮諾，」舅媽說：「雷爾斯將軍想跟你談談。」

皮諾嚥口水，從車子前面繞過，用一句缺乏熱忱的「希特勒萬歲」向將軍致敬，這時他意識到自己和將軍身上的制服和臂環都是同樣造型。

葛芮塔舅媽說：「皮諾，他想看看你的調動令，想知道托特組織把你駐紮在什麼地方。」

「摩德納市。」皮諾從口袋掏出文件，向將軍展示。

雷爾斯讀了文件，然後用德文開口。

「他想知道你目前的狀況能不能開車。」葛芮塔舅媽說。

皮諾抬起下巴，扭動手指。「完全沒問題，長官。」

舅媽翻譯。將軍做出回覆。葛芮塔再次翻譯。

雷爾斯看著皮諾，用義大利語問道：「你會說德文嗎？」

「一點點，」他說：「我說得不是很好，比較擅長聆聽。」

「Vous parlez français, Vorarbeiter?」（你會說法文嗎，一等兵？）

皮諾說：「Oui, mon général。Très bien。」（會的，將軍大人，我的法文很流利。）

「那好，你從今天起就是我的司機，」將軍用法文接著說：「原本那個是對汽車一竅不通的白痴。你確定你的手傷成那樣還能開車？」

「是的。」皮諾說。

「那麼，明天早上六點四十分，到『德軍之屋』的德意志國防軍總部報到。你會在那裡的汽車調度場看到這輛車，我會在手套箱裡留下一個地址，你去那個地點接我。明白嗎？」

皮諾點頭。「遵命，將軍大人。」

雷爾斯將軍僵硬地點個頭，鑽進公務車後座，以尖銳口吻說了幾個字。司機惡狠狠地瞪皮諾一眼，駕車駛離路邊。

「快進去店裡，皮諾！」阿爾伯特舅舅喊道：「看在老天的份上！快進去！」

「他對司機說了什麼？」皮諾問舅媽，兩人跟著他走進店鋪。

葛芮塔舅媽說：「他罵司機是個只配得上掃廁所的廢物。」

舅舅關上門，把告示牌翻到寫著「打烊」的那一面，然後以勝利姿態揮舞雙拳。「皮諾，你有沒有意識到你做了什麼？」

「沒有，」皮諾說：「不算很清楚。」

「那可是漢斯・雷爾斯少將！」阿爾伯特舅舅興奮難耐。

葛芮塔舅媽說：「他的正式頭銜是 General bevollmächtigter fur Reichsminister fur Rustung und Kriegsproduktion fur Italien，意思是『全權負責義大利軍備與軍工生產的帝國議員』。」

看皮諾有聽沒有懂，她接著說明：「『全權負責』的意思就是『擁有絕對的權力』。這種頭銜能讓一個人擁有帝國議員的所有權力，能做出任何有利於納粹戰爭機器的行動。」

阿爾伯特舅舅說：「雷爾斯將軍是義大利權力最大的德國人，僅次於凱塞林元帥。他獲得阿爾伯特．斯佩爾的全權委任，而斯佩爾是希特勒底下負責軍備與軍工生產的帝國議員，只比德國元首低兩階！雷爾斯想做什麼都能心想事成。德意志國防軍在義大利需要什麼，雷爾斯就會弄到，不然就是強迫我們的工廠生產，再不然就是直接搶走我們的。他負責生產納粹所有的槍砲彈藥和炸彈、所有戰車、所有卡車。」

舅舅停頓片刻，似乎恍然大悟，接著說：「我的天啊，皮諾，雷爾斯一定知道從這裡到羅馬之間的每個戰車陷阱、碉堡、地雷和防禦工事，畢竟都是他建造的，不是嗎？他當然知道。你還不明白嗎，皮諾？你現在成了那個大將軍的私人司機。雷爾斯去哪，你就去哪。你會看到他看到的，會聽見他聽見的。你將成為我們在德軍統帥部裡的間諜！」

第十五章

一九四四年八月八日，皮諾早早起了床，還搞不懂自己的命運怎麼改變得這麼快。他燙了制服，吃了早餐，這時父親還沒起床。他啜飲咖啡，吃著吐司的時候，想起阿爾伯特舅舅做出的決定：只有舅舅和舅媽可以知道皮諾擔任漢斯・雷爾斯少將的司機，但實為間諜。

「別告訴任何人，」阿爾伯特舅舅說：「別告訴你父親、母親、米莫、卡利托……任何人都不行。你如果說出去，就一定會有越來越多人知道，而蓋世太保很快就會去找你，把你抓去逼供。你明白嗎？」

「你得務必小心，」葛芮塔舅媽叮嚀：「當間諜可不是普通的危險。」

「去問圖里歐就知道了。」阿爾伯特舅舅說。

「他現在狀況如何？」皮諾盡量別想著自己被逮捕折磨。

「納粹上星期有讓他姊去探望他，」舅媽說：「她說他有遭到毆打，但他什麼也沒供出來。他瘦了很多，胃出了毛病，但她說他依然鬥志激昂，還說要逃出去、加入游擊隊。」

圖里歐一定會逃出去、加入游擊隊，皮諾心想，快步走過街道，這時聖巴比亞逐漸甦醒。**而我是間諜，所以我也算是抵抗勢力的一分子吧？**

清晨六點二十五分，皮諾來到羅馬門公寓附近的德軍之屋，問了路，來到汽車調度場，看到一名技工埋首於雷爾斯那輛戴姆勒賓士公務車的引擎蓋底下。

「你在做什麼？」皮諾質問。

技工是個四十多歲的義大利人，對他板起臉。「做我的工作。」

「我是雷爾斯將軍的新司機，」皮諾查看化油器上頭的螺絲，其中兩顆被動過。「別再亂搞化油器。」

技工愣住，厲聲道：「我才沒亂搞。」

「你有。」皮諾從技工的工具箱裡拿起一支螺絲起子，重新調整了幾次。「好了，它現在會像母獅那樣打呼嚕。」

在技工的瞪視下，皮諾打開左前座的車門，踩上腳踏板，爬上駕駛座，掃視周圍。敞篷式車頂、皮椅；前座是桶狀座椅，後座是長椅。這輛G4絕對是皮諾嘗試駕駛的車輛中體積最大的。這輛車擁有六個車輪，而且離地間隙很大，幾乎什麼地形都能克服，皮諾猜想這就是這款車的功用。

負責軍工生產的全權將軍會去什麼地方？有這種車，加上絕對的權力，想去什麼地方都行。

皮諾想起命令，於是查看手套箱，看到一張紙條，上頭寫著一個很好找的地址，就在但丁大街上。他不想碰到右手的傷口，所以試了幾個辦法換檔，確認左手也能牢牢握住排檔桿。然後他檢查了離合器，確認能切換到每個檔位。他用右手的無名指和拇指轉動鑰匙，引擎的龐然力量傳來，方向盤為之震顫。

皮諾放離合器放得太快，手因此從排檔桿上滑開。戴姆勒往前一晃，然後熄火。他瞥向技工，對方投來譏諷的咧嘴笑容。

皮諾沒理他，只是再次發動引擎，這次慢慢放開離合器。他用一檔緩緩開出調度場，然後換二檔。米蘭市中心的道路是規劃於馬車時代，因此十分狹窄。皮諾操控著戴姆勒的方向盤，覺得彷彿開著一輛迷你坦克穿越蜿蜒巷弄。

他在路上遇到兩輛車，那兩名駕駛人一看到戴姆勒擋泥板兩側的納粹將軍紅旗，便立刻讓路。皮諾把公務車停在人行道上，就在雷爾斯指明的但丁大街地址後面。

幾個行人斜眼看著皮諾，但看到納粹將軍旗幟飄揚而不敢抱怨。他拔下鑰匙，爬下車，走進一間小公寓的大廳。樓梯附近一道緊閉門扉旁的凳子上，坐著一名戴厚重眼鏡的老婦，她望向他，彷彿看得不是很清楚。

「我要去3B室。」皮諾說。

老婦沒說話，只是點個頭，隔著鏡片對他眨眼。他爬樓梯去三樓的時候，心想那個老太婆實在有夠怪。他查看手錶，準時於清晨六點四十分在門板上俐落敲幾下。

他聽見腳步聲。門扉往內打開的瞬間，他的人生徹底為之改變。

擁有一雙藍灰明眸的女僕對他微笑，問道：「你是將軍的新司機？」

皮諾很想做出回應，但震驚無語，心臟狂跳。他試著開口，卻發不出聲音。他覺得臉龐灼熱，用手指拉拉領口，最後只是點個頭。

「希望你開車的本領比你說話的本領好一點。」她笑道，一手勾轉黃褐髮辮，用另一手示意他進去。

皮諾從她身旁走過，聞到她的香氣，暈眩得懷疑自己隨時可能昏倒。

「我是桃莉的女僕，」她在他身後說：「你可以叫我——」

「安娜。」皮諾說。

他轉身看著她的時候，門已經關上，她收起了笑意，眼神彷彿把他當成某種威脅。

「你怎麼知道我叫什麼名字？」她說：「你是誰？」

「皮諾，」他結巴道：「皮諾・萊拉。我爸媽在聖巴比亞有一間手提包店。我去年在斯卡拉大劇院附近邀請妳跟我一起看電影，妳問我我幾歲。」

安娜眼神茫然，彷彿試著找回某個被埋藏已久的模糊回憶，然後摀嘴大笑，以全新的眼光打量他。「你看起來不像那個瘋小子。」

「十四個月能改變很多事。」

「我看得出來，」她說：「已經過了這麼久嗎？」

「就像上輩子的事，」皮諾說：「《可愛之極》。」

安娜挑眉，神情不悅。「你說什麼？」

「那部電影，」他說：「佛雷・亞斯坦、麗塔・海華斯。妳放了我鴿子。」

她的下巴和肩膀都往下垂。「我確實有那麼做。」

現場一陣尷尬沉默，然後皮諾說：「幸好妳有放我鴿子。那家戲院在那天晚上遭到轟炸，我和我弟當時在裡頭，幸好有逃出來。」

安娜抬頭看著他。「真的嗎？」

「百分之百。」

「你的手怎麼了？」她問。

他看著自己裹著繃帶的手。「只是縫了幾針。」

某個腔調濃厚的女性嗓音傳來：「安娜！安娜，我需要妳，拜託！」

「馬上來，桃莉。」安娜喊道，隨即指向走廊一張長椅。「你可以坐在那兒，等雷爾斯將軍準備好見你。」

他站到一旁。在狹窄的走廊上，女僕貼著他身邊走過，這令他屏住呼吸，他盯著她搖擺的臀部，看著她消失在公寓深處。他坐下來，恢復呼吸，聞到安娜混雜茉莉花香的女性芬芳殘留於空中。他有點想在公寓四處走動，就為了再次見到她、聞到她。他決定冒這個險的時候，心臟再次瘋狂跳動。

然後皮諾聽見幾個說話聲逼近，是一男一女用德文談笑。皮諾急忙立正站好。一名年紀四十出頭的女子在短走廊的盡頭出現，踏著輕快步伐走來，身上是象牙白的蕾絲緞面長袍，腳上是金色的串珠涼鞋。她漂亮得像個模特兒，綠眸巨乳，雙腿修長，狂亂紅髮以充滿美感的方式垂於肩膀和臉旁。現在雖然是大清早，她卻已經上了妝。她抽著菸，看皮諾一眼。

「以司機來說，你的個子和顏值都挺高的，」她的義大利語帶有濃厚的德國腔。「真可惜。高個兒總是第一個死在戰場上，因為很容易瞄準。」

「看來我得懂得低頭。」

「嗯……」她抽口菸。「我是桃莉，桃莉．斯托特邁爾。」

「我是萊拉一等兵，皮諾．萊拉。」他說話不再像先前那樣結巴。

桃莉似乎不覺得他有什麼特別，而是喊道：「安娜？妳幫將軍準備好咖啡沒有？」

「馬上來，桃莉。」安娜喊道。

女僕和雷爾斯將軍同時從走廊出現。皮諾立即立正敬禮，瞟向安娜。她來到他面前，遞來一個保溫瓶，她的香氣包圍他。他看著她的纖纖玉手，這雙手多麼完美，多麼——

「拿著保溫瓶。」安娜輕聲道。

皮諾驚醒過來，接過瓶子。

「還有將軍的手提箱。」她咕噥。

皮諾紅著臉，笨拙地向雷爾斯鞠躬，然後拿起大型的手提皮箱，感覺裡頭裝滿了東西。

「車在哪？」將軍用法文詢問。

「就停在門口，將軍大人。」皮諾答覆。

桃莉用德文對將軍說些什麼，他點頭回話。

然後雷爾斯盯著皮諾，咬牙道：「你幹麼像個蠢蛋一樣杵在這兒瞪著我？把我的箱子拿去車上，放在後座上，中間的位置。我很快就下去。」

皮諾急忙說：「遵命，將軍大人。後座中間。」

他在離開前偷看安娜最後一眼，洩氣地發現她投來的眼神彷彿把他當成精神病患。他走出公寓，拎著將軍的手提箱走下樓梯，試著想起自己上一次想到安娜是什麼時候。五、六個月前？其實，他原本已經相信不會再見到她，但她今天出現在他眼前。

他經過大廳的眨眼老婦，走出外面的時候，滿腦子只有安娜。女僕的體香、微笑和笑聲。

安娜，皮諾心想。**多美的名字。多麼順口**。

雷爾斯將軍每晚都跟桃莉相處？他迫切希望是這樣。還是只是偶爾？每星期一次之類的？他迫切希望不是。

然後皮諾意識到，如果想再見到安娜，就最好集中精神。他做出決定：他必須當個完美的司機，雷爾斯絕對不會解雇的司機。

他來到戴姆勒旁邊，把手提箱放在後座上，這才好奇裡頭裝著什麼。他很想當場打開，但意識到周圍越來越多人，其中有些是德軍士兵。

皮諾放下手提箱，關上門，走到駕駛座旁，以便望向公寓。他打開後車門，把手提箱移得更靠近中間的位置，看著箱子上的搭扣，其中有個鎖孔。他抬頭望向四樓，好奇將軍吃早餐要花多少時間。

每經過一秒鐘，就是少了一秒鐘，皮諾心想，然後試著撥弄搭扣，發現上了鎖。

他望向四樓窗戶，好像看到窗簾飄動，彷彿有人掀起又放下。皮諾關上後車門。片刻後，桃莉的公寓大門打開，雷爾斯將軍從中走出。皮諾立刻繞到車子另一頭，打開車門。

負責軍工生產的全權納粹將軍只瞥了他一眼，隨即鑽進後座，在手提箱旁邊坐下，而且立刻檢查搭扣。

皮諾幫將軍關上門，心臟狂跳。如果這名納粹出來的時候，逮到他偷看手提箱裡頭？這令他心跳得更厲害。他坐進駕駛座，查看後照鏡。雷爾斯把軍帽放在一邊，從領子裡拉出一條銀色細鏈，上頭串著一把鑰匙。

「我們要去哪，將軍大人？」皮諾問。

「除非我要你說話，否則給我閉嘴。」雷爾斯厲聲道，用鑰匙打開手提箱。「明白嗎，一等兵？」

「是的，將軍大人，」皮諾說：「再明白不過。」

「你會看地圖嗎？」

「會的。」

「很好。往科莫湖的方向開。你開出米蘭後，停下車，把我的旗幟拔下來，收進手套箱。這段時間你都別說話，我得集中精神。」

車子上路後，雷爾斯將軍戴上老花眼鏡，開始專心地處理放在大腿上的一大疊文件。昨天在阿爾巴尼斯行李店，還有今早在桃莉・斯托特邁爾的公寓，皮諾都緊張得不敢仔細打量雷爾斯。此刻，他在開車時不斷瞥向將軍，仔細觀察這名男子。

皮諾判斷，雷爾斯應該五十五歲左右。此人體格強壯，尤其是肩膀，頸部粗厚，把潔白的襯衫和外套撐得緊繃。他的額頭比一般人更寬，稀疏灰髮因抹了髮油而閃閃發亮，粗黑眉毛似乎在眼睛上投下陰影。他查看報告，在上頭飛快寫字，然後放在後座上的另一疊文件上。

雷爾斯似乎全然專心。皮諾把戴姆勒開出米蘭市區的一路上，從沒看到將軍把視線從工作上移開。皮諾停下車，收起將軍旗幟的時候，雷爾斯也依然專心工作。將軍把一張藍圖攤在膝上研究的時候，皮諾說：「科莫湖到了，將軍大人。」

雷爾斯調整眼鏡。「去球場。在湖旁邊。」

幾分鐘後，皮諾駕車來到足球場西側，這座球場稱作朱塞佩·西尼加利亞體育場。看到這輛公務車出現，球場入口的四名武裝衛兵急忙立正。

「把車停在陰影下，」雷爾斯將軍說：「你在車上等。」

「遵命，將軍大人。」

皮諾停車，匆忙下車，在幾秒內打開後門。雷爾斯似乎沒注意到司機的努力，只是拿著手提箱下車，從皮諾身旁走過，彷彿對方根本不存在。雷爾斯消失在球場裡之前，也把衛兵當空氣。

雖然現在還是早上，但八月熱氣已經開始累積。皮諾能聞到球場另一頭的科莫湖，很想去那裡仰望西邊的阿爾卑斯山和阿爾卑斯屋，很想知道瑞神父和米莫的狀況。

他想到母親，好奇她最新設計的手提包是什麼模樣、她知不知道他最近的遭遇。他意識到自己很想念母親，尤其她那種勇敢面對人生所有挑戰的態度，這令他充滿愁思。在他印象中，什麼事都嚇不倒母親，直到炸彈墜落。米蘭遭到轟炸後，她和琪琪搬去拉帕洛鎮，在收音機上聆聽關於戰爭的消息，祈禱戰爭能早日結束。

那樣躲藏是消極態度，皮諾因此慶幸自己不是跟母親一起住。他沒躲藏，而是成了間諜，置身於義大利的納粹勢力中心。他感到興奮，現在第一次認真思索何謂間諜，這不是小男孩玩的情報員遊戲，而是戰爭行為。

他試著找到或看見什麼情報？而且他試著在什麼地方找到或看見情報？手提箱

和裡頭的東西絕對是情報來源。皮諾猜想，雷爾斯將軍在米蘭和科莫湖這裡都有辦公室。但他有沒有可能獲准進入？

他認為這種可能性很低，也意識到現在除了等將軍之外沒別的事可做，所以他又想著安娜。他原本確信不會再見到她，她卻出現了，她是將軍的情婦的女僕！這也未免太巧了吧？這一切難道不是上帝的安──？

十幾輛德軍卡車隆隆駛過，吐出柴油黑煙，在街道北側停定。托特武裝組織的士兵們跳下車後散開，把武器對準其他卡車的後側。

「出來！」他們用德文咆哮，放下貨斗的擋板，掀開帆布，顯示車上四十名神情困惑的男子。「出來！」

這些人憔悴骯髒，鬍鬚長髮凌亂。許多人眼神茫然，身穿破爛的灰色長褲和上衣，胸前寫著皮諾看不清楚的字母。他們被上了腳鐐，只能拖著腳走路，直到衛兵用槍托毆打其中幾人。卡車紛紛清空後，三百多名男子一同走向球場的北側。

皮諾想起類似的男子們在米蘭中央車站的機廠清理路上的轟炸碎片。他們是猶太人？從哪來的？

他稱作「灰衣人」的男子們拐過球場的西北角，往東走向湖邊，從他眼前消失。他想到雷爾斯將軍命令他別離開車子，也想到阿爾伯特舅舅希望他能當間諜。皮諾開始快步走過入口旁的四名衛兵旁邊，其中一人用德文說了幾字，但他聽不懂，所以他只是點頭發笑，繼續往前走，心想「表現得自信」應該就跟「真的充滿自信」差不多。

他拐過轉角。灰衣人已經不見蹤影。這怎麼可能？

然後皮諾看到球場北側的門扉已經往上打開，兩名武裝衛兵出現在門外。他想到圖里歐・加林貝堤常常說過：想完成任何一件難事，訣竅在於表現得像別人，像個屬於所在環境的人。

皮諾向兩名衛兵行禮，走過隧道後右轉，靠近球場。他認為他們如果要攔住他，應該就是現在，但他的賭博成功了，衛兵們對他毫無反應，他也很快明白為什麼。隧道裡有幾條側廊，許多也穿著托特制服的男子正在堆疊貨箱。衛兵們顯然以為皮諾是其中之一。

他來到隧道口，躲在陰暗處窺視，看到灰衣人們在靠近他的那一側排成一排。在他們後面，球場的南側，張起了幾面偽裝網，網子底下有幾輛架設著榴彈砲的拖車，皮諾看到六座砲臺、幾十挺重型機搶，還有大量木箱。這裡是補給站，也許是彈藥庫。

皮諾把注意力放在托特士兵身上。他們把最後幾個灰衣人趕進隊伍後，雷爾斯將軍在另一條隧道出現，大約五十公尺外，身後跟著托特組織的上尉和中士。

皮諾緊貼隧道牆壁，這才認真考慮某個問題：如果被他們逮到在這裡偷看，他會有什麼下場？他一定會遭到質疑，也許挨揍，也許更慘。他考慮自信地循原路走回去，等雷爾斯回到車上，然後過完這一天。

散發納粹帝國議員威嚴的雷爾斯將軍昂首來到灰衣人面前。灰衣人排成十排、三十列，每個人之間相隔將近一公尺，每一列之間相隔三公尺。雷爾斯打量第一個男子片刻，然後做出某種宣言，皮諾聽不清楚。

上尉在筆記簿上飛快寫下。中士用步槍瞄準那名灰衣人，那人走出隊伍，慢慢走過場地，轉過身，站在原地看著雷爾斯，雷爾斯查看第二人，第三人……他一一打量面前的男子，然後做出宣言，上尉寫下，中士舉槍。有些人走去第一個灰衣人那裡，其他人被送去另外兩個隊伍之一。

他在給他們評分，分類他們。

的確，較為強壯的囚犯們聚成了一個比另外兩個隊伍都小的團體。第二個隊伍人數比較多，這些人看起來更憔悴，但依然維持著自己的尊嚴。第三個隊伍人數最多，這些人看起來瘦如枯骨，隨時可能在現場的高溫下倒地暴斃。

在分類過程上，雷爾斯堪稱德軍效率的典範。他評估花不到五秒鐘就做出判定，然後走向下一個人。他只花不到十五分鐘就來到第三百人面前，對上尉和中士說些什麼，他們倆做出「勝利萬歲」的納粹禮。雷爾斯將軍以充滿力量的姿態回以納粹禮，然後大步走向出口。

他要回車上了！

皮諾轉身，吞下在舌頭上嘗到的胃酸，很想拔腿就跑，但還是逼自己模仿將軍，踏出散發威嚴和使命感的步伐。他走出北側大門時，一名衛兵用德文對他問話。他還來不及回應，這時衛兵們的注意力移向別處：灰衣人們慢慢走進皮諾身後的隧道。皮諾因此繼續前進，彷彿隔著一段距離帶領這支隊伍。

他拐過轉角。看到雷爾斯這時離開球場、朝戴姆勒走去，皮諾急忙拔腿飛奔。

雷爾斯走出球場大門時，兩人相隔七十五公尺。將軍離公務車只剩十二步的時候，皮諾終於追上對方，從旁經過，匆忙停步，向將軍行禮，試著讓呼吸放慢，然後打開車門。他的髮際線滲出汗水，流過雙眼之間，來到鼻梁上。

雷爾斯將軍想必注意到了，因為他在上車前停下腳步，端詳皮諾。皮諾頭上冒出更多汗珠。

「我明明叫你在車上等。」雷爾斯說。

「是的，將軍大人，」皮諾喘道：「可是我得小便。」

將軍神情有點不屑，但還是上了車。皮諾幫將軍關上門，覺得彷彿洗了蒸氣浴。他用袖子擦擦臉，坐進駕駛座。

「瓦倫納鎮，」雷爾斯將軍說：「你知道那裡嗎？」

「在湖泊東側的東岸，將軍大人。」皮諾切換檔位。

他們在前往瓦倫納鎮的路上經過四座檢查哨，但哨兵一看到後座上的雷爾斯，便立刻揮手放行。將軍要皮諾在萊科市一間小咖啡館買了濃縮咖啡和糕點，然後在車上吃喝。

來到瓦倫納鎮的郊區時，雷爾斯將軍做出更多指示，車子於是駛離小鎮，沿山麓的上坡路來到南阿爾卑斯山。不久後，這條路變成一條雙道小路，來到一片由大門擋住的牧場。雷爾斯要皮諾開進去，駛過田園。

「您確定這輛車開得過去？」皮諾問。

將軍的眼神似乎把他當成弱智。「這輛車是六輪驅動。我要它去哪，它就會去哪。」

皮諾切換成低速檔，車子開進大門，像小型戰車般駛過起伏地形，意外地輕鬆簡單。車子來到一片空地，附近有六輛無人卡車，由兩名托特士兵看守。雷爾斯將軍要他在空地的遠側角落停車。

皮諾停定，將引擎熄火。

他正要下車時，將軍問道：「你會不會記筆記？」

「會的，將軍大人。」

雷爾斯從手提箱裡拿出速記員使用的筆記簿，連同一支筆，然後從衣服底下拉出鑰匙，打開箱子。

「跟我來，」他說：「我叫你寫下什麼，你就照做。」

皮諾急忙抓起筆記簿和筆，下了車，打開後車門。雷爾斯下車，迅速走過卡車旁，進入一條通往樹林的小徑。

現在差不多上午十一點。蟋蟀在高溫下鳴叫不休，森林空氣聞起來清新，皮諾想到在逃離轟炸的晚上跟卡利托睡在那座綠意盎然的山丘上。小徑開始往下急遽傾斜，兩旁有許多裸露的樹根和岩架。

幾分鐘後，兩人走出樹林，來到一條伸進隧道的弧形鐵軌上。雷爾斯將軍大步走進隧道，皮諾這才聽見鋼鐵敲打石頭的聲響，隧道裡有無數鐵鎚敲擊岩石，燒完的炸藥味瀰漫空中。

雷爾斯從旁經過時，隧道外頭的哨兵們急忙立正行禮。皮諾跟在將軍身後，覺得自己被他們盯著。越是深入隧道，光線就越昏暗。隨著往前走的每一步，鐵鎚聲就更為接近，震得耳朵疼痛。

將軍停步，從口袋裡找出棉花團，遞了一塊給皮諾，以手勢要對方把它拆成兩半、塞進耳裡。皮諾照做，這項措施確實有幫助——將軍得在他身旁喊話，他才聽得清楚對方說什麼。

兩人拐過隧道裡一條弧形走道。前方的天花板懸掛著明亮的電燈泡，投下的刺眼光芒顯示了一小群灰衣人的身影，他們正在用十字鎬和大錘敲打隧道兩旁的岩壁，裡頭瀰漫著炸藥的刺鼻氣味。被敲下的大塊岩石落在他們腳邊，他們把碎石踢到身後，由其他人搬上鐵軌上的礦車。

皮諾覺得這裡宛如地獄，只想趕緊離開，但是雷爾斯將軍繼續前進，未曾停步，直到一名托特衛兵攔下他，遞來一支手電筒。將軍把手電筒的光芒對準鐵軌兩邊的挖鑿處。灰衣人在幾處挖出了至少一公尺深的洞，皮諾判斷這個被挖空的空間高度有二點五公尺，長度有二十四公尺。

兩人繼續前進，離開挖鑿區。走了十五公尺後，皮諾看到鐵軌兩邊的岩壁已經被挖空四點五公尺深，二點五公尺高，三十公尺長。鐵軌兩邊的空間大多被大型木箱占據，其中幾個敞開著，裡頭裝著大量軍火。

雷爾斯將軍檢查每個木箱裡的樣品，用德文問了中士幾個問題。中士把一塊文件板夾遞給雷爾斯。雷爾斯查看幾頁，然後抬頭看著皮諾。

「一等兵，寫下來，」他下令：「七點九二乘五七公釐毛瑟彈，有六百四十萬發準備好運往南方。」

皮諾抄寫，抬起頭。

「九乘十九公釐帕拉貝倫彈，」雷爾斯接著說：「有二十二萬五千發，要交給米蘭的黨衛軍。四十萬發要送去南摩德納市。二十五萬發要交給熱那亞市的黨衛軍。」

皮諾盡快寫下，勉強跟上。他抬頭時，將軍說：「複誦給我聽。」

皮諾照做，雷爾斯點個頭。將軍繼續前進，看著一些木箱上的文字，大聲說出抄寫內容和命令。

「Panzerfaust（註1），」雷爾斯說：「六——」

「抱歉，將軍大人，」皮諾說：「我聽不懂什麼是Panzer——」

「一百公釐火箭榴彈，」雷爾斯將軍不耐煩地說：「遵照凱塞林元帥的要求，七十五箱要送去哥德防線。八十八公釐反戰車彈。四十支發射器，連同一千枚火箭，要送去哥德防線，也是依據凱塞林的要求。」

這件差事又進行了二十分鐘，將軍大聲說出每種軍火要送去哪，包括衝鋒槍、德意志國防軍標準配備的毛瑟一八九八年型短卡賓槍、索洛圖恩長距離步槍，連同這種槍械所使用的二〇乘一三八公釐大型子彈。

一名軍官在一段距離外出現，行了禮，然後對雷爾斯說話。將軍轉身，開始循原路返回。這名軍官是個上校，他跑步跟上將軍，繼續以清脆嗓音說話。皮諾跟在一小段距離後面。

上校終於停止說話。雷爾斯將軍稍微低下頭，以軍人的俐落動作轉身，開始用德文大罵這名階級較低的軍官。上校試著辯解，但雷爾斯繼續長篇怒罵。上校後退一步，這個舉動似乎讓雷爾斯更為惱火。

他環視周圍，看到皮諾站在那裡，因此板起臉。

註1 Panzerfaust的意思是「鐵拳」。

「你，一等兵，」他說：「去石堆那兒等著。」

皮諾低下頭，快步從旁走過，聽見將軍再次咆哮。前方傳來鐵鎚敲石聲，他因此想在那裡等雷爾斯。他剛動了這個念頭，鐵鎚敲石聲突然平息，被工具落地聲取代。他來到挖鑿區，看到手持十字鎬和鏟子的男子們背靠岩壁坐著，當中很多人用手抱著頭，有些人茫然地看著隧道的天花板。

皮諾覺得這是自己第一次見到有人這種模樣。他們幾乎各個慘不忍睹：喘著氣，滿身大汗，用舌頭舔拭乾燥的嘴唇內側。皮諾查看周圍，看到一旁的岩壁放著一個大型的牛奶桶，旁邊放著一個木桶，裡頭放著一支杓子。

看守這些人的衛兵完全沒打算給他們水喝。皮諾愈加惱火，因為不管這些人是誰、因為做過什麼而被送來這裡做苦工，都至少該有水喝。他來到牛奶桶前，把它推得傾斜，倒了一些水在木桶裡。

一名衛兵抗議，但皮諾只是說聲「雷爾斯將軍」，對方立刻住嘴。

他拿著木桶來到最近的一名男子身旁，用杓子舀了一些水餵對方。男子顴骨嚴重凹陷，下顎突出，臉看起來就像骷髏頭。但他仰起頭，張開嘴，讓皮諾把水倒進喉嚨。男子喝了水後，皮諾來到第二個人面前，然後第三個……

沒幾個人看著他。皮諾舀水的時候，第七個男子瞪著腳邊的石塊，用義大利文咒罵皮諾，用很難聽的字眼羞辱他。

「我是義大利人，你這笨蛋，」皮諾說：「你到底想不想喝水？」

男子抬頭。皮諾發現這個人很年輕，彼此可能年紀相仿，只不過此人樣貌憔悴，未老先衰。

「你的口音像米蘭人，你卻穿著納粹制服。」他沙啞道。

「說來話長，」皮諾說：「喝水吧。」

男子啜飲一口，然後像另外六人那樣貪婪地大口吞下。

「你是誰？」男子喝完後，皮諾問道：「其他人又是誰？」

男子看著皮諾，彷彿在研究一隻昆蟲。「我叫安東尼奧，」他說：「我們是奴隸，每個都是。」

第十六章

奴隸？皮諾心中充滿對德軍的反感，還有對奴隸們的同情。

「你怎麼會被送來這兒？」他問：「你是猶太人？」

「這裡有些是猶太人，但我不是，」安東尼奧說：「我是抵抗軍的人，原本在杜林市作戰，被納粹抓到，他們沒槍斃我，而是把我送來這裡。這裡有人來自波蘭、斯拉夫、俄國、法國、比利時、挪威和丹麥。繡在他們胸前的文字寫明他們從哪來。他們把納粹每次入侵、征服了哪個國家，就會把所有四肢健全的男丁送去當奴隸。他們把這稱作『強制勞動』之類的狗屁，但明明就是奴役。不然你以為納粹怎麼有辦法在短時間裡建造一大堆東西？在法國建造那麼多海岸防禦工事？在南方建造那麼多大型防線？因為希特勒有一支奴隸大軍，就像埃及的歷代法老，看在約瑟之子耶穌的份上，希特勒根本就是奴隸主！」

安東尼奧說最後一句話的時候壓低嗓門，驚恐地望向皮諾身後的隧道深處。皮諾轉身。雷爾斯將軍朝他們走來，盯著皮諾手裡的木桶和杓子，接著用德文朝衛兵們咆哮，其中一人急忙拿回水桶。

「你是我的司機，」他大步走過皮諾身旁。「你的職責不是服侍勞工。」

「對不起，將軍大人。」皮諾匆忙跟上。「他們看起來口渴，而且沒人給他們水。

我覺得那樣……很愚蠢。」

雷爾斯轉身，湊到皮諾面前。「什麼很愚蠢？」

「不讓工人喝水，這會讓他們虛弱，」皮諾結巴道：「想讓他們工作得更快，就應該給他們更多水和食物。」

將軍站在原地，跟皮諾鼻尖碰鼻尖，瞪著他的眼睛，彷彿試著看穿他的靈魂。皮諾動用所有意志力才沒移開視線。

「我們本來就有關於勞工的規定，」雷爾斯終於簡短地開口：「而且現在不容易取得食物。不過我會在水的事情上想點辦法。」

皮諾還來不及眨眼，將軍已經轉身，大步前進。皮諾跟上，來到明亮的炎熱夏空下，覺得兩腿發軟。兩人回到戴姆勒所在，將軍要他交出筆記簿。他撕下皮諾寫了字的幾頁，放進公事包。

「去加爾尼亞諾鎮的加爾達湖，在薩羅北邊。」說完，雷爾斯再次開始處理手提箱裡看似數不盡的文件夾和報告。

皮諾去過薩羅一次，但不記得怎麼走，所以拿出將軍放在手套箱裡的北義大利地圖。他看到加爾尼亞諾鎮大約在薩羅北方二十公里處，在湖的西岸，於是安排路線。

他發動引擎，車子隆隆駛過牧場。抵達貝加莫市的時候，這裡空氣悶熱，剛過中午左右，他們在一座德意志國防軍營地停車，取得汽油、食物和飲水。

雷爾斯坐在後座上邊辦公邊吃東西，居然有辦法不讓任何食物碎屑掉到身上。

皮諾駛離公路，沿加爾達湖的西岸北上。半空中連一絲微風也沒有，鏡面般的湖水反映並放大了聳立於湖泊北側的阿爾卑斯山。

車子經過一片金花原野，以及一間有一千年歷史的教堂。他瞥向後照鏡中的將軍，意識到自己很討厭雷爾斯。這個人是納粹的奴隸主。**他想讓義大利遭到毀滅，然後按希特勒的形象重建。看在上帝的份上，這傢伙是按照希特勒的計畫行事。**

皮諾有點想找個偏僻的地點下車，掏出佩槍，斃了這人。然後他要逃去山上，加入加里波第旅的游擊隊。如果殺掉握有大權的雷爾斯將軍，這應該是很大的貢獻吧？會改變戰況吧？至少某種程度？

但皮諾也知道自己根本不是當刺客的料。他沒有殺人的能力，就算是雷爾斯這種——

「進入薩羅之前，豎起我的旗幟。」雷爾斯的嗓音從後座傳來。

皮諾在路邊停車，把旗幟插回擋泥板兩側，然後繼續開車，穿梭於薩羅，旗幟在風中劈啪作響。天氣酷熱難耐，皮諾很想停車，直接跳進湖裡降溫，就算身上是制服和繃帶。

雷爾斯似乎不受高溫影響。他有脫掉大衣，但沒鬆開領帶。抵達加爾尼亞諾鎮之後，雷爾斯指示他離開湖邊，開過一連串狹窄街道，來到山丘上一座由大門阻擋的莊園，這裡由法西斯黑衫軍的突擊隊員看守，各個持有衝鋒槍。他們看了戴姆勒和納粹紅旗一眼，打開大門。

車子順著一條蜿蜒車道前進，來到一座覆以藤蔓與花朵的莊園。這裡有更多黑衫軍，其中一人示意皮諾停車。他照做，下了車，打開後車門。看到雷爾斯將軍下車，法西斯士兵們彷彿慘遭鞭打，立正站好，不敢看著將軍。

「我待在車上，將軍大人？」皮諾問。

「不，你跟我來，」他說：「我沒事先安排口譯員，而且這件差事很快就會結束。」

皮諾完全聽不懂雷爾斯在說什麼，但還是跟上，從黑衫軍身旁走過，來到一道拱門前。石階梯沿上坡通往一座莊園，兩旁是百花盛開的花圃。兩人來到莊園前側的一條柱廊，行走其中，前往一座石砌露臺。

雷爾斯將軍拐過轉角，來到露臺，立即停步，兩隻腳跟喀啦一聲併攏，摘下帽子，恭敬地鞠躬。

「領袖。」

皮諾來到納粹身後，震驚得瞪大眼睛。

不到五公尺外，站著貝尼托·墨索里尼。

義大利獨裁者穿著棕色馬褲、及膝的黑亮長靴和開襟白袍，一頭灰髮，老人的鮪魚肚把襯衫鈕扣撐得緊繃。領袖的大光頭和招牌下巴的皮膚充血，手裡拿著一杯紅酒。獨裁者身後的桌上，放著一只半空的醒酒瓶。

「雷爾斯將軍，」墨索里尼點頭，然後把混濁的眼珠對準皮諾。「你他媽的是誰？」

皮諾結巴道：「小的今天擔任將軍的口譯員，領袖。」

「問他狀況如何，」雷爾斯用法文對皮諾說：「問他我今天能提供什麼樣的幫助。」

皮諾用義大利文轉達。墨索里尼仰頭大笑，嗤之以鼻：「領袖狀況如何？」

一名穿著無袖白色襯衣的黑髮巨乳女郎來到露臺，臉上戴著墨鏡，手裡也拿著一杯葡萄酒，紅寶石般的脣間叼著一支悶燒香菸。

墨索里尼說：「告訴他們，克拉拉，墨索里尼狀況如何？」

她抽口菸，吐出煙霧，然後說：「貝尼托最近覺得爛透了。」

皮諾逼自己別瞪大眼睛。他知道這女人是誰，義大利每個人都知道。克拉拉・貝塔奇是獨裁者惡名昭彰的情婦，她的肖像總是出現在報紙上。他不敢相信她就在眼前。

墨索里尼收起笑聲，一臉嚴肅地看著皮諾：「就這麼告訴將軍。告訴他，領袖最近覺得爛透了。也問他，他能不能處理掉那些讓領袖覺得爛透的爛事。」

皮諾翻譯。雷爾斯惱火地說：「告訴他，也許我們能互相幫忙。告訴他，他如果解決掉米蘭和杜林市的罷工問題，我就會盡我所能幫他。」

皮諾逐字翻譯給墨索里尼聽。

獨裁者嗤笑。「我能終結罷工，只要你們用真金白銀付錢給我的工人，而且保障他們的安全。」

「我會付給他們瑞士法郎，但我沒辦法控制轟炸機，」雷爾斯說：「我們已經把很多工廠轉移到地下，但地道數量有限，沒辦法保護每個人。總之，以義大利來說，我們已經來到戰爭的轉折點。最新的情報指出，同盟國在進攻了法國後，把七個師的軍力從義大利轉移去那裡，意思就是我的哥德防線能撐過冬天，只要我能持續提供補給，但想確保這點，我就需要可靠的機械師製造武器和零件。所以，您能不能幫我終結罷工，領袖？我相信元首一定會對您的支持感到滿意。」

「我打通電話就能搞定。」墨索里尼彈個響指，又斟了一些酒。

「好極了，」雷爾斯將軍說：「還有什麼是我能幫您的？」

「我對這個國家的控制權怎麼辦？」獨裁者苦悶道，舉杯一口氣喝光。

皮諾翻譯後，將軍深吸一口氣，說：「您的控制權很穩定，領袖，這就是為什麼我來拜託您終結罷工。」

「領袖的控制權很穩定？」墨索里尼的口氣滿是諷刺，他瞥向情婦，對方點頭鼓勵。「那為什麼我的士兵在德國挖壕溝，不然就是在東部陣線送死？我為什麼見不到凱塞林？你們在做出關於義大利的決策時，為什麼義大利的總統不在場？希特勒為什麼他媽的就是不接電話？」

獨裁者以咆哮嗓門說出最後一個問題。皮諾翻譯時，雷爾斯似乎不為所動。

雷爾斯說：「領袖，我當然不知道元首為何沒接您的電話，但是三線作戰本來就很忙。」

「我知道希特勒為什麼他媽的不接老子的電話！」墨索里尼咆哮，把酒杯砸在桌上，怒瞪將軍和皮諾，眼神讓皮諾懷疑自己是不是該後退一、兩步。「全義大利最被唾棄的人是誰？」墨索里尼對皮諾提問。

皮諾慌亂地不知道該說什麼，但還是開始翻譯。

墨索里尼打斷他，繼續對他說話，拍胸脯說道：「義大利人最唾棄領袖，正如德國人最唾棄希特勒。但問題是，希特勒並不在乎。我這個領袖在乎人民的愛戴，但是希特勒根本不在乎人民的愛戴，只在乎恐懼。」

皮諾盡量跟上的時候，獨裁者似乎領悟了什麼。「克拉拉，妳知不知道為什麼義大利最被唾棄的人沒辦法控制自己的國家？」

他的情婦按熄香菸，吐出煙霧，答覆：「因為阿道夫．希特勒。」

「一點也沒錯！」領袖呼喊：「因為德國最被唾棄的人唾棄義大利最被唾棄的人！因為希特勒對待他那些納粹牧羊犬好過他對待義大利總統！他把我關在——」

「我沒空應付他發神經，」雷爾斯將軍朝皮諾厲聲道：「告訴他，我過幾天就要跟凱塞林元帥開會，而且他這星期應該會收到來自元首的電話。這是我目前能做的最好安排。」

皮諾翻譯，以為墨索里尼又會發飆。

但這番讓步行為似乎讓獨裁者感到滿意，他開始扣起外袍鈕扣，問道：「你多久會見到凱塞林？」

「我現在就要去見他，領袖。」雷爾斯說：「我會請他的助手在天黑前打電話給您。想引起希特勒元首的注意，可能需要更長的時間。」

墨索里尼以政治家姿態點個頭，彷彿重新獲得了一些幻覺般的權力，如今打算拿來扭轉乾坤。

「很好，雷爾斯將軍，」墨索里尼檢查袖口。「我會在天黑前終結罷工。」

雷爾斯喀啦一聲併攏腳跟，低頭致意。「我相信元帥和元首會很滿意。再次感謝您撥空接見在下、處理此事，領袖。」

將軍轉過身，大步離去。皮諾遲疑幾秒，不確定該怎麼辦，接著向墨索里尼和克拉拉·貝塔奇迅速鞠個躬，然後急忙跟上雷爾斯。將軍已經拐過轉角，走進柱廊。他追上將軍，走在對方的右肩處，接近公務車時加快腳步，上前打開後車門。

雷爾斯將軍停下腳步，打量皮諾幾秒。「你剛剛表現得很好，一等兵。」

「謝謝您，將軍大人。」皮諾結巴道。

「那麼，帶我離開這座瘋人院吧，」雷爾斯鑽進車裡。「帶我去米蘭的電話交換局。你知道在哪嗎？」

「是的，當然，將軍大人。」皮諾說。

雷爾斯打開手提箱，繼續忙於工作。皮諾默默開車，瞥向後照鏡，在心裡跟自己爭論。將軍的稱讚令他感到自豪，但他搞不懂自己為何出現這種情緒。雷爾斯是納粹、奴隸主、戰爭的首席工程師之一，被這種人稱讚，皮諾怎麼會感到自豪？他不能也不該出現這種感受，但它確實出現了，而這令他心煩意亂。

然而，來到米蘭郊區時，皮諾決定為另一件事感到自豪：他為雷爾斯將軍開車才不過半天，就獲得了大量情報。他舅舅一定不會相信。他居然跟墨索里尼和克拉拉·貝塔奇說了話！義大利有多少間諜能拿這種事說嘴？

皮諾沿著漢尼拔當年騎著戰象行經的路線，在破紀錄的時間內迅速抵達洛雷托廣場。他開過圓環，看到貝爾卓米尼先生在蔬果攤前面協助一名老婦。皮諾經過時想朝對方揮手致意，但打算右轉時被一輛德軍卡車擋住，雙方差點發生碰撞，他在千鈞一髮之際及時轉向避開。

他不敢相信那輛卡車的司機竟然擋他路，難道他們沒看到——？

旗幟。他在進入米蘭之前忘了插起將軍的旗幟。他不得不繞著圓環再開一圈，這時看到卡利托走在人行道上，前往他最喜歡的一家咖啡館。

皮諾加速，順利來到阿布魯茲街，不久後在戒備森嚴的電話交換局門口停車。他搞不懂這裡為什麼有一大堆納粹，直到他明白一個道理：控制電話交換局，就能控制所有通訊。

「我在這裡要忙兩小時，」雷爾斯將軍說：「你不用等我。不會有人敢碰這裡的車子。你傍晚五點整再回來。」

「遵命，將軍大人。」皮諾下車，打開後車門。

雷爾斯走進電話交換局後，皮諾前往洛雷托廣場和貝爾卓米尼新鮮蔬果店。他走不到一條街就引來許多惡毒目光，於是意識到最好把卐字符臂環拿下來、塞進後口袋。

這改善了狀況，沒幾個人看他一眼。他穿著制服，而且不是納粹黨衛軍或德意志國防軍的制服，人們只在乎這點。

他開始小跑。他看見貝爾卓米尼先生就在前方，正在把幾串葡萄放進一口布袋裡。但他真正想見的人是卡利托。兩人已經四個月沒見面，他有很多話想對老友說。

皮諾從一串德軍卡車前面橫越馬路，然後右轉。他掃視前方的人行道，看到卡利托坐在那裡，背對著他。

皮諾咧嘴而笑，走上前，看到卡利托正在讀書。他拉張椅子坐下，開口：「希望你不是正在等哪個黃花閨女赴約。」

卡利托抬頭。一開始的幾秒，這個老友的臉色比皮諾在四月末見到時更疲憊又驚恐。但是卡利托終於認出他，驚呼：「我的天啊，皮諾！我還以為你死了！」他跳起身，用力抱緊皮諾，然後把對方推開一小段距離，淚眼以對。「我真的以為你死了。」

「是誰說我死了？」

「有人跟我爸說，你在看守摩德納火車站的時候遭到轟炸。他們說你被炸掉半顆腦袋！害我難過得要死。」

「不不！」皮諾說：「少了半顆腦袋的是我的夥伴，我是差點失去這個部位。」他舉起纏著繃帶的手，扭扭重新接上的手指。

卡利托用力捏捏他的肩膀，露齒而笑。「我只知道你活著就好，」他說：「我這輩子好像從沒這麼開心過！」

「我也很高興能從鬼門關前回來。」皮諾微笑。「你點了東西沒有？」

「我只點了濃縮咖啡。」卡利托坐下。

「我們吃點東西吧，」皮諾說：「我在出院前拿到薪水，所以這頓我請。」

這句話讓老友更為開心。兩人點了火腿裹甜瓜球、香腸、麵包、蒜香橄欖油，以及最適合在酷暑享用的番茄冷湯。等著餐點送上時，皮諾聆聽卡利托這四個月的人生。

因為貝爾卓米尼先生認識的一些城外人，他的蔬果生意持續興旺。他的店鋪是全米蘭市能穩定提供蔬果的少數商店之一，常常打烊之前就銷售一空。至於卡利托的母親……

「她有時候狀況稍微好一些，但整體來說一直很虛弱。」卡利托說。皮諾看得見老友臉上的壓力。「她上個月病得很重，是肺炎。我爸很難過，以為她要離開我們了，但她終究戰勝了病魔。」

「那就好。」皮諾說，這時侍者把餐點一一送上桌。他瞟向卡利托身後，望向蔬果攤的方位，在德軍卡車隊的縫隙間瞥見貝爾卓米尼先生正在招呼一個客人。

「所以這是新的法西斯制服，皮諾？」卡利托問：「我以前好像沒看過這款。」

皮諾不安得咬住口腔內側。他為自己成了德軍一員而深感羞愧，所以未曾讓老友知道自己加入了托特組織。

卡利托說下去：「而且你怎麼會跑去摩德納市？我知道的每個人都在北方。」

「說來話長。」皮諾很想改變話題。

「什麼意思？」老友把一顆甜瓜球塞進嘴裡。

「你能保密嗎？」皮諾說。

「我們的交情是假的嗎？」

「有道理。」皮諾俯身向前，壓低嗓門：「卡利托，就在今天下午，不到兩小時前，我跟墨索里尼和克拉拉．貝塔奇說了話。」

卡利托靠向椅背，一臉狐疑。「你在唬爛吧。」

「不，我說的是實話，我發誓。」

圓環上有輛車按喇叭。

一個背著斜背包的單車騎士從旁掠過，離兩人的餐桌只有幾公分，皮諾以為卡利托一定會被撞到，但卡利托傾斜身子避開。

「那個白痴！」卡利托在椅子上轉身。「他在人行道上逆向騎車，遲早會撞到人！」

皮諾看著單車騎士的背影，注意到那人的深色襯衫的後領口露出一小塊紅布。他在擁擠的人行道上穿梭於行人之間，這時德軍車隊中的三輛卡車開始慢慢拐進阻塞的阿布魯茲街。單車騎士從肩上扯下斜背包，用左手操控把手，用右手抓住背包肩帶，拐進阿布魯茲街，來到其中一輛卡車後面。

皮諾意識到接下來會發生什麼事，不禁跳起身喊道：「不！」

單車騎士把背包丟進卡車後車箱的帆布隔簾裡，然後高速離去。

貝爾卓米尼先生也看到那人投擲東西。他站在那裡，離卡車不到六公尺，正要舉起雙手時，卡車炸成一團火球。

來自一條街外的衝擊波撞上皮諾和卡利托。皮諾撲倒在地，以免頭部被碎片和彈片所傷。

「爸爸！」卡利托尖叫。

卡利托無視自己遭到碎片割傷，也無視碎片撒落於洛雷托廣場，而是匆忙跑向起火處，跑向被燒得只剩骨架的運兵車，跑向他父親所在。他父親倒在人行道上，其上方的蔬果攤遮棚被碎片割得破破爛爛。

卡利托來到父親身邊時，德意志國防軍的士兵們從其他卡車跳下散開，控制這個區域。其中兩人擋住皮諾的去路，直到他掏出紅色臂環戴上，讓他們看到上頭的卐字符。

「我是雷爾斯將軍的助手，」他用很破的德文說：「我必須過去。」

兩名士兵放行。皮諾從仍在燃燒的卡車旁邊跑過，聽見人們尖叫呻吟，但他只在乎卡利托。老友跪在人行道上，把父親被燒傷的染血頭部枕在自己的大腿上。貝爾卓米尼先生的工作服沾染黑汙和血漬，但他還活著。他睜著眼睛，呼吸困難。

卡利托強忍淚水，抬起頭，看到皮諾，對他說：「快叫救護車。」

皮諾聽見四面八方傳來警笛聲，朝洛雷托廣場逼近。

「他們就在路上。」說完，他蹲下身子。貝爾卓米尼先生大口喘氣，渾身抽搐。

「別動，爸爸。」卡利托說。

「你的母親，」貝爾卓米尼先生的眼睛變得茫然。「你必須照顧……」

「別說話，爸爸。」兒子啜泣，撫摸父親被燒焦的頭髮。

貝爾卓米尼先生猛烈咳嗽，想必正在承受劇痛，皮諾因此試著用一些愉快往事來轉移他的注意力。

「貝爾卓米尼先生，你還記不記得那天晚上在山坡上，我父親拉小提琴，你唱歌給你夫人聽？」皮諾問。

「《無人得以成眠》。」他呢喃，陷入遙遠回憶，露出微笑。

「你唱得熱情洋溢，而且我從沒聽過你唱得那麼好。」皮諾說。

三人彷彿置身於一個專屬的宇宙，遠離所有痛苦與恐懼，回到那座鄉間山丘上，共享一個較為純真的時光。然後皮諾聽見救護車更為接近。他想站起來找個醫護人員，但他試著起身時，被貝爾卓米尼先生緊緊拉住袖子。

卡利托的父親震驚地瞪著皮諾所戴的猙獰臂環。

「納粹？」他窒息道。

「不，貝爾卓米尼先生——」

「叛徒？」蔬果販情緒激動。「皮諾？」

「不，貝——」

貝爾卓米尼先生再次劇烈咳嗽，這次吐出深色鮮血，流過下巴。他轉頭看著卡利托，凝視兒子，挪動嘴脣卻說不出話。然後他慢慢離去，彷彿他的靈魂已經接受死亡，但徘徊不去，雖然沒做出反抗，但也不急著離開。

卡利托痛哭失聲。皮諾也哭了。

老友搖晃父親的身子，悲痛不已。卡利托每次呼吸，喪父之痛為之攀升，直到似乎扭曲了他渾身每一條肌肉和每一根骨頭。

「我很遺憾，」皮諾哭著說：「噢，卡利托，我真的很遺憾。我也很愛他。」

卡利托不再搖晃父親的身子，而是抬頭看著皮諾，被恨意蒙眼。「不准說這種話！」他咆哮：「永遠不准！你這個納粹！你這個叛徒！」

皮諾覺得下顎彷彿有二十處斷裂。

「不，」他說：「我其實是——」

「離我遠一點！」卡利托尖叫。「我父親看到了，他知道你是什麼人，他讓我看清楚了！」

「卡利托，這只是一條臂環。」

「離我遠一點！我再也不想見到你！永遠不想！」

卡利托低下頭，趴在父親的遺體上嚎啕大哭，肩膀顫抖，呼吸困難。皮諾震驚無語，最終起身後退。

「讓開，」一名德軍軍官說：「清空人行道，讓路給救護車。」

皮諾看貝爾卓米尼父子最後一眼，然後往南走向電話交換局，覺得這場爆炸把他的心挖出一個洞。

七小時後，皮諾把戴姆勒停在桃莉．斯托特邁爾的公寓大樓前，依然深受失落感所苦。雷爾斯將軍下了車，把手提箱遞給皮諾，說：「你今天第一天上班就經歷了不少事。」

「的確，將軍大人。」

「你確定看到炸彈客脖子上纏著紅色圍巾？」

「他把圍巾藏在衣服底下，但我確實看到了。」

將軍臉色變得嚴肅，走進公寓大樓，皮諾拿著比今早沉重許多的手提箱。老婦依然坐在凳子上，隔著厚重眼鏡對他們眨眼。雷爾斯沒看她一眼，只是快步上樓，來到桃莉的公寓前，敲了門。

安娜開了門。一看到她，皮諾的心靈就恢復少許。

「將軍，桃莉為您準備了晚餐。」安娜說。將軍從旁走過。

雖然皮諾今天經歷了很多事，但再次看到安娜，還是跟前兩次一樣讓他覺得神魂顛倒。目睹貝爾卓米尼先生身亡以及失去摯友所帶來的痛苦雖然強烈，但他相信只要把這些事告訴安娜，她就一定能安撫他。

「你到底要不要進來，一等兵？」安娜不耐煩地問：「還是你打算繼續杵在那兒盯著我？」

皮諾回過神，從她身旁走過。「我沒盯著妳。」

「沒有才怪。」

「不，我剛剛在想別的事。」

她一言不發地關上門。

桃莉從走廊盡頭出現。將軍的情婦穿著黑色緞面高跟鞋、緊身黑裙，以及珍珠色的短袖上衣，頭髮看起來才剛去美髮店做過。

「將軍說你目睹了爆炸案？」桃莉點燃一支菸。

他點頭，把手提箱放在長椅上，感覺安娜也投來目光。

「死了多少人？」桃莉抽口菸。

「很多德軍，還有……幾個米蘭人。」他說。

「場面一定很恐怖。」桃莉說。

雷爾斯將軍再次出現，脖子上少了領帶。他用德文對桃莉說些什麼，對方點頭、瞟向安娜。「將軍現在要用餐。」

「沒問題，桃莉。」說完，安娜又瞥皮諾一眼，然後沿走廊匆忙離去。

雷爾斯走向皮諾，打量他，然後拿起手提箱。「明早七點準時出現。」

「遵命，將軍大人。」說完，他站在原地。

「你可以回去了，一等兵。」

皮諾很想逗留，想看看安娜會不會再出來，但還是敬禮離去。

他把戴姆勒開回汽車調度場，試著回想今天發生的事，但只想到貝爾卓米尼先生奄奄一息的模樣、卡利托的悲痛怒火，還有安娜在離開前廳之前投給他的眼神。

他把車鑰匙交給值夜班的哨兵，走過聖巴比亞的街道回家時，不禁懷疑今天遇到墨索里尼及其情婦是不是只是出自他的幻想。

八月的夜晚空氣潮溼溫暖，高級料理的香氣瀰漫空中，許多納粹軍官坐在戶外咖啡館喝著飲料談笑。

皮諾來到阿爾巴尼斯行李店，從後側的裁縫室進去，敲了門。看到舅舅前來應門，他覺得心中五味雜陳。

「所以？」他進門後，阿爾伯特舅舅問道：「還順利嗎？」

皮諾心中爆發強烈悲痛。「我根本不知道該從何說起。」他哭出聲。

「看在上帝的份上，究竟發生了什麼事？」

「能不能讓我吃點東西？我從早上到現在什麼也沒吃。」

「當然，當然。葛芮塔幫你準備了番紅花燉飯，等你吃過後，想對我們說什麼都行，從頭說起。」

皮諾擦掉眼淚。他很討厭自己在舅舅面前哭，但情緒淹過他的心靈，也像從他心中湧出，就像水管破裂。他默默吃了兩份舅媽做的燉飯，然後描述自己跟雷爾斯將軍共處時經歷的一切。

夫妻倆震驚地聽他描述奴隸在鐵軌隧道裡工作，不過舅舅說他們之前已經聽說德軍將工廠和彈藥庫地下化。

「你真的去了墨索里尼的家？」葛芮塔舅媽說。

「他的莊園，」皮諾說：「他和克拉拉．貝塔奇在那裡。」

「不可能吧。」

「是真的。」皮諾堅持，再次描述在那裡聽聞了什麼：墨索里尼為了爭取跟凱塞林見面，還有能接到阿道夫・希特勒的電話，而保證會終結工廠罷工。然後他描述今天最慘的遭遇：貝爾卓米尼先生臨死前認定皮諾是叛徒，摯友因為把他當成納粹和人渣而再也不想見到他。

「這不是事實，」阿爾伯特舅舅從抄寫筆記的本子上抬頭。「你能取得這些情報，是個了不起的英雄。我會把這些情報轉交給巴卡，他會把你的所見所聞傳達給同盟國。」

「可是我不能告訴卡利托，」皮諾說：「而他父親——」

「我只好跟你說清楚，皮諾，我不在乎他們怎麼想。你的職務太寶貴也太敏感，絕不能讓任何人知道真相。你現在只能把那一切全都往心裡吞，只能相信當你能說出真相的時候，你們倆的友誼會恢復。我說真的，皮諾，你現在是深入敵營的間諜，你必須無視任何人可能對你做出的批評，而盡可能待在雷爾斯身邊。」

皮諾點頭，但缺乏熱忱。「所以你認為我取得的情報有幫助？」

阿爾伯特舅舅悶哼一聲。「我們現在知道科莫湖附近一座地道裡是個大型彈藥庫。我們知道納粹使用奴隸。我們也知道墨索里尼就像個太監，他缺乏實權而且感到洩氣，就因為希特勒不接他的電話。你第一天上班就有這麼多收穫，我怎麼可能還不滿意？」

這令皮諾感到開心，他打個呵欠。「我得睡覺了。他要我明天一大早就去報到。」

他擁抱了舅舅和舅媽，然後下樓走過小工廠。通往巷道的門開著。發報機操作員巴卡走來，看著皮諾，打量他身上的制服。

「說來話長。」說完，皮諾離去。

皮諾回到新公寓，在大廳接受了短暫的檢查，進了家門，發現父親已經就寢。他設定了鬧鐘，換下衣服，倒在床上。駭人的畫面、思緒和情緒在他腦海中形成龍捲風，他以為自己不可能睡得著。

但他終於成功地把回憶鎖定在安娜身上，覺得平靜下來。那名女僕牢牢地在他的腦海裡，讓他沉進黑暗。

第十七章

一九四四年八月九日
清晨六點四十五分

皮諾把戴姆勒停在但丁大街上，跳下車，走進桃莉的公寓大樓，快步走過愛眨眼的老太婆身邊，爬上樓梯，急著往將軍情婦的門板上敲門。

看到桃莉應門，他感到失望。雷爾斯將軍已經在走廊，拿著一只陶瓷杯喝著咖啡，看起來急著出發。

皮諾上前接過手提箱，還是沒看到女僕的蹤影。他轉身走向門口時更感到失望。

桃莉喊道：「安娜？把幫將軍準備好的食物拿來。」

幾秒後，在皮諾的緊張喜悅下，女僕出現，拿著保溫瓶和一個棕色紙袋。將軍走向門口的時候，皮諾走向安娜，說道：「我來拿。」

安娜竟然對他微笑。她遞出保溫瓶，他夾在一條胳臂底下，然後接過紙袋。

「祝你有個美好的一天，」她說：「而且保持安全。」

他咧嘴笑道：「我盡量。」

「一等兵！」雷爾斯將軍咆哮。

皮諾嚇一跳，急忙轉身，抓起手提箱，匆忙跟上雷爾斯，經過拉著門板的桃莉身旁，她在他離去時給他一個心照不宣的眼神。

這個上午，雷爾斯在德軍之屋跟凱塞林元帥開了四小時的會，皮諾沒獲准進入。中午過後，將軍再次出現，一臉惱火洩氣，叫皮諾載他去電話交換局。

皮諾等候時不是坐在車上就是在附近走動，煩悶得快發瘋。他很想找個地方用餐，但不想離車太遠。他離洛雷托廣場只有幾條街，很想去那裡找卡利托、稍微透露真相，免得老友還把他當叛徒。這會讓皮諾心情比較好，但——？

他聽見用擴音器傳來的說話聲持續逼近。

一輛黨衛軍的汽車沿阿布魯茲街駛來，車上裝有五支喇叭。

「警告所有米蘭公民，」一名男子粗聲粗氣地用義大利文說：「昨天對德軍做出的卑鄙爆炸行為不會被容忍。今天就交出那個炸彈客，否則明天將面對懲處。重複：警告所有米蘭公民……」

皮諾餓得無力又焦躁，他看著車輛沿洛雷托廣場周圍每一條街駛過，聽見喇叭聲迴響。下午時分，德軍士兵們從他身旁走過，把一張張關於炸彈客的警語釘在電話柱上，或黏在建築物的牆上。

三小時後，雷爾斯將軍氣沖沖地走出電話交換局，爬上戴姆勒的後座，顯得火冒三丈。皮諾從今早六點之後就沒吃過東西，坐進駕駛座時覺得頭暈又緊張。

「該死的蠢蛋，」雷爾斯用語調尖銳的德文咒罵：「該死的蠢蛋。」

皮諾聽不懂這句德文。他瞥向後照鏡，看到雷爾斯將軍用拳頭捶打座椅三次。將軍面紅耳赤，滿臉是汗，皮諾急忙移開視線，深怕將軍會找自己出氣。

後座上的雷爾斯深吸幾口氣。皮諾終於再次瞥向後照鏡，看到將軍閉著眼睛，雙臂抱胸，呼吸緩慢均勻。他在睡覺？

除了繼續等候、強忍飢餓，皮諾不知道還能怎麼辦。

十分鐘後，雷爾斯將軍開口：「去大使館。你知道在哪嗎？」

皮諾看著後照鏡，看到雷爾斯再次換上莫測難辨的表情。「是的，將軍大人。」

他原本想問能不能中途買點東西吃，但還是決定閉嘴。

「把我的旗幟收起來。這次不是正式造訪。」

皮諾照做，發動引擎，切入檔位，好奇將軍要去大使館做什麼。他穿梭於城中，開往帕塔利大街，一路上在後照鏡上瞥向雷爾斯。但將軍似乎陷入沉思，臉上沒有透露任何情緒。

車子來到大使館的柵門前，這時太陽已經下沉。門前沒有衛兵，雷爾斯叫他開進去停車。皮諾把車開進鵝卵石中庭，周圍是兩層樓高的柱廊。他熄火下車。中庭中央有一座汩汩作響的噴水池，暮色垂降，高溫令人昏昏欲睡。

皮諾打開後車門，雷爾斯將軍下車。「我可能需要你幫忙。」

皮諾好奇今晚會見到誰，接著猜到顯而易見的答案，心跳因此加速。他們會見到舒斯特。米蘭樞機主教擁有過目不忘的記憶力，一定會像勞夫上校那樣想起皮諾是誰，但不同於蓋世太保首長，樞機會記得他的名字，也會看到他身上的卐字符，因而嚴厲批評他，搞不好會詛咒他下地獄。

雷爾斯將軍在樓梯頂端左轉，走向一扇厚重的木門，敲了門。一名年長神父開了門，認出雷爾斯時似乎有點不高興，但還是站到一旁，讓對方進去。皮諾從旁走過時，被臭臉神父狠狠瞪了一眼。

三人沿著一條鑲板走廊來到一間令人印象深刻的華麗客廳，十五世紀掛毯和十三世紀十字架上都展示著天主教聖像，到處金光閃閃。房間裡只有辦公桌不是義大利風格，一名矮小的禿頭男子坐在桌前寫字，身穿樸素的乳白色法衣，頭戴紅色小瓜帽，背對著皮諾和雷爾斯。舒斯特樞機似乎沒注意到他們到來，直到臭臉神父敲敲門框。舒斯特暫時停筆，但接著又寫了四、五秒，然後放下思緒，抬頭轉身。

雷爾斯脫下帽子，皮諾不甘願地照做。將軍走向舒斯特，但回頭對皮諾說道：「告訴樞機，我很感激他願意臨時接見，但今天這件事真的很重要。」

皮諾把雷爾斯的話語翻成義大利文的時候，盡量站在將軍身後，以免被樞機看清楚。

舒斯特傾斜身子，試著看見皮諾。「問將軍我能怎樣幫他。」

皮諾低頭看著地毯，把這句話翻成法文，但樞機立即打斷。「他如果希望溝通更方便些，我可以找個會說德文的神父過來。」

皮諾轉告雷爾斯。

將軍搖頭。「我不想浪費彼此更多的時間。」

皮諾告訴舒斯特，雷爾斯對目前這樣的翻譯方式感到滿意。

樞機聳個肩。

雷爾斯說：「樞機閣下，我相信您已經聽說了，昨天有十五名德軍士兵在洛雷托廣場被游擊隊炸死。我相信您也知道，勞夫上校和蓋世太保希望那名炸彈客在明天天亮前被交出來，否則這座城市將面對嚴重後果。」

「我確實知道。」舒斯特樞機說：「有多嚴重？」

「游擊隊對德軍士兵做出任何暴力行為，其下場就是我們對當地男性做出等量的暴力行為，」將軍說：「這並不是我做出的決定，我向您保證。這份不光彩的榮譽要歸給沃爾夫將軍。」

皮諾翻譯時大感震驚，看到所謂的「嚴重後果」也在舒斯特臉上造成了同樣的影響。

樞機說：「納粹如果走這條路，只會讓民眾更討厭你們，加重抗拒心態。到最後，他們會對你們毫不留情。」

「我同意，樞機閣下，我也對他們提出了這個看法，」雷爾斯將軍說：「但這裡和柏林都不採納我的意見。」

樞機問：「那你希望我怎麼做？」

「樞機閣下，您除了要求那名炸彈客在我們做出懲罰前自首之外，我不知道您還能幫什麼忙。」

舒斯特陷入沉思，片刻後開口：「期限是什麼時候？」

「明天。」

「謝謝你親自來通知我，雷爾斯將軍。」樞機說。

「樞機閣下。」雷爾斯低頭致意，併攏兩隻腳跟，轉身走向門口，皮諾和舒斯特之間因此毫無阻礙。

樞機凝視皮諾，似乎認出對方。

「樞機大人，」皮諾用義大利文說：「請不要讓雷爾斯將軍知道您認識我。我不是您以為的那種人。求求您，寬貸我的靈魂。」

神職人員一臉困惑，但還是點點頭。皮諾低頭鞠躬，轉身離去，跟著雷爾斯回到大使館的中庭，回想剛剛在裡頭聽見什麼。

明天早上會出現報復性的懲罰？這可不妙。德軍打算做什麼？對成年男性做出等量的暴力行為？他不就是這麼說的嗎？

回到座車所在時，雷爾斯開口：「你跟樞機在最後說了什麼？」

皮諾說：「我祝他有個美好的夜晚，將軍大人。」

雷爾斯打量他幾秒，然後說：「那麼，接下來去桃莉那兒。我能做的都做了。」

皮諾雖然對即將到來的懲罰感到難過，但一想到安娜，他還是飆車鑽過大教堂周圍的蜿蜒街道，來到桃莉・斯托特邁爾的公寓大樓。他停下車，打開後車門，想拿走手提箱。

「我自己拿上去，」將軍說：「你在車上等。我們可能晚點還要出門。」

這令皮諾難受得窒息。

雷爾斯就算有注意到他多麼失望，也沒做出反應，只是走進公寓大樓。皮諾的飢餓感這時加倍歸來。他該怎麼辦？永遠不吃不喝？

皮諾難過地仰望公寓，看到桃莉的窗簾透出少數燈火。安娜會不會也覺得失望？這個嘛，她今天早上絕對有對他微笑，而且那不是普通的客套笑容，不是嗎？在皮諾的心裡，安娜的笑臉表示她有被他吸引，而且他搞不好能贏得她的芳心。她有叫他注意安全，還叫了他的名字，不是嗎？

總之，皮諾見不到她，至少今晚見不到。今晚他得睡在車上挨餓。聽見雷聲時，他的心情變得更為沉重。大雨滂沱而下之前，他蓋好戴姆勒的帆布車頂，然後癱坐在駕駛座上，忍受震耳雷鳴，自艾自憐。他真的得整晚睡在車上？沒飯吃？沒水喝？

半小時過去了，然後一小時過去了。雨勢雖然減弱，但還是敲得車頂啪噠作響。皮諾餓得胃痛，有點想開車去舅舅那裡轉達情報，順便要些食物。可是如果雷爾斯下來發現他跑掉了？如果——？

右前座突然打開。

安娜鑽進車上，捧著一籃散發香氣的食物。

「桃莉覺得你應該會肚子餓，」她關上車門。「所以我奉命送餐給你，在你吃東西的時候陪陪你。」

皮諾微笑。「將軍的命令？」

「桃莉的命令，」安娜掃視周圍。「我覺得在後座吃東西會比較方便。」

「那裡是將軍專屬的空間。」

「他正在桃莉的臥室裡忙著呢。」她開門下車，打開後車門鑽進去。「他應該會在裡頭待很長一段時間，搞不好整晚。」

皮諾發笑，一把推開車門，彎腰走過雨下，鑽進後座。安娜把籃子放在將軍平時放置手提箱的位置上，然後點燃一支小蠟燭，豎在一個餐盤上。燭光閃爍，給公務車裡灑上金光。她掀開籃子上的毛巾，露出兩隻烤雞腿、新鮮麵包、真正的奶油，還有一杯紅酒。

「我獲救了。」皮諾這句話逗得安娜哈哈大笑。

換作其他晚上，他應該會深情款款地看著她笑，但現在的他餓壞了，只是咯笑幾聲便開始用餐。他邊吃東西邊問她問題，得知她來自迪里雅斯特市，為桃莉工作了十四個月，一個朋友在報紙上看到桃莉登的廣告而介紹這份工作給她。

「妳不知道我多麼需要這頓飯，」他吃完後說道：「我剛剛真的餓壞了，就像一頭餓狼。」

安娜發笑。「難怪我下來之前好像聽見外頭有狼在叫。」

「妳的名字就叫安娜？」他問。

「也可以叫我安娜瑪塔。」

「沒有姓氏？」

「不再有了，」女僕態度變得冰冷，收拾籃子。「而且我得走了。」

「等等，」皮諾說：「妳能不能再待一會兒？我這輩子好像沒見過比妳更美麗優雅的人。」

她揮手表示不以為然，但還是面露微笑。「聽你在胡說。」

「我是實話實說。」

「你現在多大了，皮諾？」

「大得能穿制服，能帶槍。」他不高興地說：「能做一些我不能說出來的事。」

「例如？」她顯得感興趣。

「我不能說。」皮諾堅持。

安娜吹熄蠟燭，兩人被黑暗包圍。「那我得走了。」皮諾還來不及抗議，她已經下了車，關上車門。皮諾急忙爬出後座，看到她的影子飄過門梯，進入公寓大樓的前門。

「晚安，安娜瑪塔小姐。」皮諾說。

「晚安，萊拉一等兵。」說完，安娜走進門裡。

雨已停，他在原地站了很長一段時間，看著她消失之處，重溫剛剛在後座上被她的香氣包圍的每一秒。他在吃完東西後才注意到她的芬芳，她那時候笑他說他就像一頭餓狼。世上還有比那更美妙的香味嗎？世上還有比她更美的女人嗎？她真美，真神祕。

他終於回到駕駛座上，拉下帽簷遮住眼睛，想著她，質疑自己對她說過的每句話，分析她說過的每個字，彷彿這些都是解開安娜之謎的線索。貝爾卓米尼先生的慘死、給他打上叛徒的標籤……這些事都從他的意識裡消失。他在睡著之前，滿腦子只有那名女僕。

尖銳的敲窗聲驚醒了皮諾。天色只有微微發亮。聽見後門打開，他開心地以為安娜又下來送餐給他，但回頭看到雷爾斯將軍的身影。

「豎起我的旗幟，」雷爾斯說：「載我去聖維托雷監獄。我們沒有多少時間。」

皮諾強忍呵欠，從手套箱裡抓出旗幟，問道：「現在幾點了，將軍大人？」

「早上五點，」他咆哮：「所以別磨蹭！」

皮諾急忙跳下公務車，插起旗幟，接著高速穿越城中，憑著旗幟迅速通過檢查哨，抵達惡名昭彰的聖維托雷監獄。這座監獄建於一八七〇年代，造型是一棟中央建築延伸出六棟三層樓的側翼結構。聖維托雷監獄剛啟用時是最先進的設施，但經過了七十四年的疏於維護，現在成了環境惡劣的海星形牢房和走道，囚犯們每一天的每一刻都拚命求生存。這裡現在由蓋世太保掌管，皮諾想不出除了女王酒店之外還有哪個地方更令他害怕。

車子來到平行於監獄東側高牆的維克大街，前面是兩輛被一道敞開的柵門攔下的卡車。第一輛卡車正在倒退開出柵門，另一輛在街上怠速空轉，擋住皮諾的去路。

雷爾斯將軍下車，甩上車門，這時黎明降臨城市。皮諾跳下車，跟上雷爾斯，走過馬路，進入柵門，衛兵們向將軍行禮。他們進入一片大型的三角形場地，兩棟側翼與中央建築交會處的地面變得狹窄。

皮諾走過柵門四步後停下來觀察。八名黨衛軍士兵站在他的十點鐘方向，離他大約二十五公尺。士兵們前方是一名黨衛軍上尉，其身旁是蓋世太保上校瓦爾特・勞夫，他把一根短馬鞭拿在身後，眼神充滿期待。雷爾斯走向勞夫和上尉。

皮諾留在原地，不想被勞夫注意到。

卡車後側的隔簾掀開，一支小隊下了車，這些人來自「黑色旅」的穆蒂軍團，這支法西斯菁英部隊一心效忠墨索里尼，在大熱天還穿著黑色高圓領毛衣，帽子和胸前是少了顎骨的骷髏頭標誌。

「準備好了嗎？」黨衛軍上尉用義大利文問道。

一名黑衫軍士兵從皮諾身旁走過，喊道：「帶他們出來。」

衛兵們分成兩個四人小組，打開監獄側翼的門扉。囚犯們拖著腳從中走出來。

皮諾移動位置，以便看得更清楚。其中一些憔悴得好像連一步也走不動，看起來比較強壯的那些有著長鬚長髮，皮諾覺得就算其中有他認識的人，他應該也認不出來。

接著，一名氣勢非凡的高大年輕人從左手邊的門扉出現，來到空地上。皮諾認出他是巴巴拉斯基，神學院學生，舒斯特樞機的助手，抵抗勢力的偽造文書犯。巴巴拉斯基想必在逃獄後又被抓了回來。其他男子以鬆散隊形行走，不安地看著黑衫軍，巴巴拉斯基則是以叛逆姿態走向前排。

「多少人？」勞夫上校說。

「一百四十八人。」一名衛兵喊道。

「再加兩個。」勞夫說。

最後一個男子從右手邊的門扉走出來，仰頭甩開遮眼的頭髮。「圖里歐！」皮諾輕聲驚呼。

圖里歐．加林貝堤沒聽見他。在最後一批男子腳步聲的干擾下，沒人聽見他說話。圖里歐慢慢走到卡車後面，消失於皮諾的視野。黑衫軍指揮官走上前。雷爾斯將軍質問勞夫上校和黨衛軍上尉，皮諾看見也聽見他們爭論。勞夫終於用短馬鞭指向黑衫軍，說些什麼，雷爾斯因而閉嘴。

法西斯指揮官指向左方的某人，喊道：「你，從你開始報數，每數到十的人就站出來。」

幾秒沉默後，最左邊的男子開口：「一。」

「二。」第二個人喊道。

囚犯們一一報數，直到一名看似較為憔悴的男子說「十」，然後遲疑地站出來。

「一一。」第十一個人說。

「一二。」第十二個人說。

片刻後，巴巴拉斯基開口：「八。」

第二個數到十的男子站出來，不久後輪到第三個人。這個過程重複不斷，直到又有十二個人站出來，這些人並肩站在其他囚犯前方。報數持續進行，皮諾踮腳站著，回想雷爾斯將軍跟舒斯特樞機的對話內容。

他驚恐地聽見圖里歐說聲「十」，成了第十五人。

「你們十五個上卡車，」一名黑衫軍隊員說：「其他人回牢房去。」

皮諾不知道該怎麼辦。他很想走向雷爾斯將軍和圖里歐，但如果跟雷爾斯坦承圖里歐是他的摯友，而圖里歐是因為抵抗軍擔任探子而被關進聖維托雷監獄，那將軍會不會懷疑——？

「你在這兒做什麼，一等兵？」雷爾斯質問。

皮諾一直專心地看著眼前景象而沒注意到雷爾斯，將軍此刻站在一旁怒瞪他。

「抱歉，將軍大人，」皮諾說：「我以為您可能需要我幫忙翻譯？」

「你現在就回車上，」雷爾斯說：「這輛卡車出去後，你把車開進來。」

皮諾敬禮，然後跑出監獄柵門，鑽進戴姆勒。停在聖維托雷監獄外頭的卡車開始移動。皮諾發動引擎時，第一道陽光灑上監獄的高端圍牆和拱門周圍，在其下方的陰影中，載著圖里歐和另外十四人的卡車開出柵門，跟上前面那輛。

皮諾把車開過柵門。將軍沒等他下來開門，而是自行開門爬上後座，因為按捺強烈怒火而面容扭曲。

「將軍大人？」兩人在車上坐了片刻後，皮諾開口。

「管他呢，」雷爾斯說：「跟上他們，一等兵。」

戴姆勒很快跟上慢慢開過城中的兩輛卡車。皮諾很想問將軍這究竟怎麼回事，很想跟將軍說出關於圖里歐的事，但不敢這麼做。

他開車繞過米蘭大教堂前的廣場時，瞥向大教堂最高處的尖頂，看到它被陽光包圍，較低處的石像鬼雕像則依然置身於最深沉的陰影，這幅景象令他深感不安。

「將軍大人？」皮諾說：「我知道您說過我不可以開口，但您能不能告訴我，那輛卡車裡那些人會發生什麼事？」

雷爾斯沒答話。皮諾瞥向後照鏡，很怕挨罵，但發現將軍回以冰冷視線。

雷爾斯說：「接下來會發生的事，是你的祖先發明的。」

「將軍大人？」

「一等兵，古羅馬人把這種懲罰稱作『十一抽殺律』，帝國各地都有施行。但十一抽殺律的問題是，這種策略根本不是長久之計。」

「我不明白。」

「十一抽殺律的作用是造成心理影響，」雷爾斯解釋：「透過淒厲恐懼來消弭造反的可能。但在歷史上，對平民施加報復性的酷刑，只會引來更多恨意而非順服。」

酷刑？皮諾心想。**報復？雷爾斯跟樞機提到的暴力行為？**他們究竟要對圖里歐和其他人做什麼？如果讓雷爾斯將軍知道圖里歐是他的摯友，這會有幫助嗎，還是——？

他聽見旁邊的街道傳來震耳的廣播聲。一名男子用義大利文呼籲所有「擔心的公民」來到洛雷托廣場。

兩個連隊的法西斯黑衫軍封鎖了圓環，但揮手讓卡車和雷爾斯將軍的座車通過。卡車朝貝爾卓米尼新鮮蔬果店的方位開去，在店旁邊停車，然後倒退轉向，讓後側對準幾棟建築共用的一堵牆壁。

「你繞著圓環開。」雷爾斯說。

皮諾經過蔬果攤，看到依然破爛的遮棚，想起這裡發生的爆炸案。他震驚地看到卡利托從店裡走出來瞪著卡車，接著開始望向他所在。

皮諾急忙踩油門，立刻遠離卡利托的視野。車子在圓環上開到四分之三處的時候，雷爾斯叫皮諾開進埃索加油站，這裡的加油機上方懸著大型的鐵梁結構。一名店員緊張兮兮地來到車旁。

「叫他加滿汽油，也告訴他我們要在這兒停車。」雷爾斯說。

皮諾轉告男子，對方看了將軍的旗幟一眼後匆忙離去。

在擴音器的持續呼喚下，米蘭的民眾一開始只是幾個人在好奇心驅使下聚在這裡，但越來越多行人從四面八方來到洛雷托廣場。

黑衫軍在蔬果攤西側三十公尺處，以及卡車北側四十五公尺處架設了木製屏障。如此一來，卡車周圍形成了一片大型空地，群眾在圍籬旁聚集。

皮諾很快意識到這裡聚了大約一千人，可能更多。戴姆勒和圖里歐的卡車相隔大約一百五十公尺，另一輛納粹公務車從中出現，來到圓環邊緣停定。因為相隔一段距離，加上角度不對，皮諾看不清楚誰在車上。更多人湧入廣場，不久後擋住了皮諾的視線。

「我看不見。」雷爾斯將軍說。

「我也是，將軍大人。」皮諾說。

雷爾斯沉默片刻，望向窗外，問道：「你有辦法爬上去嗎？」

一分鐘後，皮諾從加油機頂端跳到一條較為低矮的鐵梁上，緊抓一支鐵柱，連同另一根在他頭部高度的鐵梁。

「你看得見嗎？」雷爾斯將軍站在公務車旁邊問道。

「是的，將軍大人。」皮諾的視線越過廣場一千五百人的頭頂。卡車還在原處，後車箱被簾布遮蔽。

「拉我上去。」雷爾斯說。

皮諾低頭，看到將軍已經爬到一臺加油機上、伸來一手。皮諾拉他上去。雷爾斯抓住上方的十字梁，皮諾則是抱著柱子。

米蘭大教堂整點報時的鐘聲從遠方傳來，敲了九下。皮諾先前在監獄空地見到的那名法西斯黑衫軍指揮官，這時從一輛較近的卡車駕駛室裡跳下，走到載著囚犯的那輛卡車後面，從皮諾的視野消失。

不久後，十五名囚犯一一下車，並肩走向蔬果攤右邊的牆壁，面向神情愈加不安的人群。圖里歐第七個下車。皮諾這時已經猜到接下來會發生什麼事，就算不確定他們會怎麼死。他不得不用雙臂抱住鐵柱，以免腿軟墜地。

清空的卡車離去，在人群讓路下很快地開進圓環。戴著頭套的黑衫軍槍手們從另一輛卡車湧出，這輛車在清空後也駛離此地。這些配備衝鋒槍的法西斯突擊隊員排成一列，離囚犯們不超過十五公尺。

一名黑衫軍喊道：「只要共產黨游擊隊殺害一名德軍士兵或薩羅軍隊的士兵，我們就會毫不留情地迅速嚴懲。」

廣場陷入沉默，只聽見人們震驚得交頭接耳。

一名囚犯朝法西斯和行刑隊咆哮。

是圖里歐。

「你們這些懦夫！」圖里歐朝他們怒吼：「叛徒！你們幫納粹幹骯髒勾當，卻不敢露臉。你們是一群——」

衝鋒槍紛紛開火，率先擊斃圖里歐。皮諾的朋友被子彈的勁道擊飛，癱倒在人行道上。

第十八章

槍擊繼續進行，更多囚犯倒下。皮諾用胳臂摀嘴，不停尖叫。群眾情緒失控，驚恐哭喊，你推我擠地想逃離此地。在槍手們的開火下，現場鮮血飛濺，灑得滿牆都是。射擊停止許久後，十五名烈士身上的彈孔依然持續出血，聚成血泊。

皮諾閉著眼睛，沿柱子滑落，坐在高度較低的鐵梁上，聽著洛雷托廣場的尖叫聲，聽來遙遠又模糊。**這個世界不該像這樣**，他試著告訴自己，**這個世界不該這麼邪惡病態**。

他想起瑞神父為了某個大業而呼召他，然後他不自覺地開始背誦《聖母經》，這是為死者或臨終者說出的祈禱文。他說出最後一句：「天主聖母瑪利亞，為我等罪人，今祈天主，及我等死候——」

「一等兵！媽的！」雷爾斯將軍咆哮：「你有沒有聽見我說什麼？」

皮諾茫然地環視周圍，抬頭望向納粹，對方依然站在鐵梁上，臉色冰冷如石。

「快下去，」雷爾斯說：「我們要離開這裡。」

皮諾的第一個念頭是猛拉將軍的雙腳，讓對方掉落在下方四公尺的水泥地上。然後他要跳下去，親手掐住對方的喉嚨，確保這傢伙死透。是雷爾斯造成了這場慘劇，這個人袖手旁觀，看著——

「我叫你下去。」

皮諾照做，覺得一部分的心靈被永久燒傷。雷爾斯跟著爬下，回到戴姆勒的後座。皮諾幫將軍關上車門，然後鑽進駕駛座。

「去哪裡，將軍大人？」皮諾麻木地詢問。

「那些人當中有你認識的人？」雷爾斯問道：「我聽見你尖叫。」

皮諾遲疑幾秒，眼眶泛淚。「沒有，」他終於答覆：「我只是以前沒見過那種場面。」

將軍在後照鏡上打量他片刻。「開車吧。我們在這裡已經做不了什麼了。」

皮諾發動引擎時，另一輛德軍公務車正在掉頭、開往檢查哨。那輛車的後車窗敞開，皮諾能看到裡頭的勞夫上校投來的視線。皮諾很想把油門踩到底、攔腰衝撞蓋世太保首長的座車。勞夫那輛車的硬度絕對比不上皮諾這輛戴姆勒。他搞不好能撞死勞夫，讓這個世界變得更美好。

雷爾斯將軍說：「讓他們先走。」

皮諾看著勞夫上校那輛車進城，然後踩下油門。

「去哪裡，將軍大人？」他再次問道，在腦海中一直看到圖里歐朝劊子手們怒吼、被子彈打得渾身顫抖。

「女王酒店。」雷爾斯說。

皮諾朝那個方向前進。「恕小的多問，將軍大人，那些屍體會被如何處理？」

「他們會一直躺在那裡，他們的家人要等天黑後才能去收屍。」

「躺一整天？」

「勞夫上校想讓整個米蘭，尤其是游擊隊，看到殺害德軍士兵的下場。」雷爾斯說明，這時車子通過檢查哨。「野蠻的蠢蛋。他們為什麼就是搞不懂，這麼做只會讓更多義大利人想殺掉德軍士兵？你，一等兵，你想不想宰了德國人？你想不想宰了我？」

這個疑問令皮諾震驚，懷疑自己已經被將軍看穿，但只是搖頭道：「不，將軍大人。我跟其他人一樣，只想過著安穩又富庶的日子。」

納粹負責軍工生產的全權將軍陷入沉默。皮諾駕車抵達蓋世太保總部後，雷爾斯下車，對他說：「你三小時後回來。」

皮諾對接下來要做的事感到不安，但還是下了車，扯掉卐字符臂環。他走進新開張的手提包店，但在這裡工作的女孩說他父親去了阿爾巴尼斯行李店。

皮諾走進皮具店，看到店裡只有父親、阿爾伯特舅舅和葛芮塔舅媽。

舅舅看到他，立刻從櫃檯後面走來。「你他媽的究竟跑哪去了？我們擔心得要死！」

「你一直沒回家，」父親說：「唉，謝天謝地，你回來了。」

葛芮塔舅媽把皮諾端詳一番，問道：「發生了什麼事？」

皮諾一開始說不出話，接著強忍淚水，開口道：「納粹和法西斯，他們在聖維托雷監獄施行了十一抽殺律，為了對爆炸案做出報復。他們叫囚犯報數，數到第十的人會被抓出來，直到湊齊十五個，然後把這些人送去洛雷托廣場，用機關槍掃射。我看到……」他愴然淚下。「圖里歐是其中一個。」

父親和阿爾伯特舅舅的反應彷彿挨了一拳。

葛芮塔舅媽說：「不可能！你一定看錯了。」

皮諾哭道：「是他沒錯。圖里歐真的很勇敢。那些人開槍前，他罵他們是懦夫……然後……天啊，那真的……好悽慘。」

他走去擁抱父親，阿爾伯特舅舅則是抱著歇斯底里的葛芮塔舅媽。「我恨死他們，」她說：「他們雖然是我的同胞，但我恨死他們。」

她冷靜下來後，阿爾伯特舅舅說：「我必須去通知他母親。」

「她必須等太陽下山才能取回圖里歐的遺體，」皮諾說：「他們要展示那些屍體，警告游擊隊殺害德軍會有什麼後果。」

「那些臭豬，」舅舅說：「這不會改變什麼，只會讓我們變得更堅定。」

「雷爾斯將軍也這麼說。」

中午時分，皮諾坐在斯卡拉大劇院的門階上，能看到女王酒店正面和停在旁邊的戴姆勒。他悲痛得渾身麻木。他凝視對面那尊紀念偉大的李奧納多的雕像，聽著匆忙走過的民眾談話聲，只想再次哭泣。每個人都在討論這場慘劇，有幾個人說洛雷托廣場現在成了詛咒之地。他在腦海中不斷看到那一幕，也同意這種看法。

下午三點鐘，雷爾斯終於從蓋世太保總部走出來，上車後叫皮諾再次前往電話交換局。之後，皮諾在車上等候時，又想著圖里歐。慈悲的夜晚開始降臨，皮諾知道朋友的遺體現在能被取回、準備下葬，這讓他心情稍微好轉。

晚上七點，將軍走出電話交換局，鑽進後座。「去桃莉那裡。」

皮諾把車停在她位於但丁大街的公寓門口。雷爾斯叫他拿著上鎖的手提箱。大廳的老婦隔著眼鏡對他們眨眼，他們從旁走過時似乎聽見她悶哼一聲。他們上樓來到桃莉的公寓前。安娜開門的時候，他看得出她心情不好。

「您會在這裡過夜嗎，將軍？」安娜問道。

「不，」他說：「我想帶桃莉出去吃晚餐。」

桃莉來到走廊，身穿睡袍，手裡拿著一只雞尾酒杯。「非常好的主意。漢斯，我在家等你等了一整天，快發瘋了。我們要去哪？」

「路口那間，」雷爾斯說：「我們可以走路過去。我想走走。」他停頓幾秒，看著皮諾。「一等兵，你可以留在這兒，吃點東西。我回來後，會告訴你我今晚還需不需要你開車。」

皮諾點頭，在長椅上坐下。安娜一臉不悅地快步走過飯廳，經過皮諾時沒理他，而是問道：「桃莉，我該幫妳準備什麼衣服？」

雷爾斯將軍跟上，三人都消失在公寓深處。皮諾對這一切都缺乏真實感，只覺得將軍真的跟蜥蜴一樣冷血，態度自然得好像今天上午沒有十五人慘遭謀殺。這個人竟然有辦法以平常心看著人們被子彈打成蜂窩、抽搐斷氣，然後現在要帶情婦出去用餐。

安娜回來，態度彷彿處理雜務。「你餓不餓，一等兵？」

「如果太麻煩妳就不用了，小姐。」皮諾沒看著她。

片刻沉默後，女僕嘆口氣，換了語氣：「不會麻煩，皮諾。我能幫你熱點食物。」

「謝了。」他還是沒看著安娜，因為他注意到將軍的手提箱就在腳邊，他真希望自己懂得撬鎖。

去。

他聽見模糊的大嗓門，雷爾斯和情婦似乎正在吵架。他抬頭，發現女僕已經離某扇門砰然打開。桃莉沿走廊而來，經過皮諾所在，喊道：「安娜？」

安娜匆忙來到飯廳和客廳的區域。「是的，桃莉？」

桃莉用德文說些什麼，女僕似乎聽得懂，因為她迅速離去。將軍再次出現，身穿制服長褲、鞋子和無袖內衣。

皮諾急忙站起。雷爾斯沒理他，只是來到客廳，用德文對桃莉說幾字。她簡短回應，然後他又離去幾分鐘。這時他的情婦給自己倒了一杯威士忌，在窗前抽菸。

皮諾總覺得怪怪的，彷彿注意到雷爾斯哪裡不一樣，卻又說不出是什麼。究竟哪裡怪？

將軍再次出現，穿著剛熨過的襯衫，繫了領帶，外套甩在一肩上。

「我們大概兩小時後回來。」雷爾斯告訴皮諾，跟他擦身而過。

皮諾目送將軍和桃莉離去，又出現一種怪異感，然後試著想起幾分鐘前的雷爾斯，將軍當時沒穿襯衫，而且……

我的天啊，他心想。

門扉關上。皮諾聽見木板吱嘎作響，轉頭看到安娜站在那裡。

「我聽一個雜貨店員說，今早有十五個抵抗軍成員在洛雷托廣場被槍斃，」她扭擰雙手。「這是真的嗎？」

他又覺得作嘔。「我有目睹。其中一人是我的朋友。」

安娜搗嘴。「噢，你好可憐……來，跟我進廚房，裡頭有炸肉排、麵疙瘩和大蒜奶油。我幫你開一瓶將軍的好酒，反正他根本不會發現。」

不久後，在一塵不染的狹長形廚房裡，盡頭的小桌上準備了餐飲，還豎著燃燒的蠟燭。安娜坐在他對面，啜飲葡萄酒。

小牛肉？皮諾坐下，聞到從餐盤飄來的美妙香氣。他上次吃過小牛肉是什麼時候？在轟炸之前？他咬了一口。

「噢……」他呻吟：「真好吃。」

安娜面露微笑。「我的祖母，願她在天主懷裡安息，是她教了我這道食譜。」

他繼續吃東西，邊吃邊談。聽他描述洛雷托廣場的景況時，她用雙手抱頭；再次抬頭看著皮諾時，她雙眼充血，眼神朦朧。

「男人為什麼想得出那麼惡毒的舉動？」安娜問，這時融化的蠟液沿燭身滴落，聚在燭臺周圍。「他們不怕死後下地獄？」

皮諾想起勞夫，以及戴著頭套的黑衫軍。

「我覺得那種人不會在乎死後去哪裡。」皮諾吃完小牛肉。「他們比較像是……既然要當壞人，還不如當個響叮噹的大壞蛋。」

安娜的目光投向皮諾身後，發呆幾秒，然後看著他。「那麼，你這個義大利男孩怎麼會成為納粹大將軍的司機？」

這個疑問讓皮諾不太高興。「我不是男孩。我十八歲了。」

「十八。」

「妳幾歲？」

「快二十四了。你要不要再吃點什麼？葡萄酒？」

「我能不能先去廁所？」皮諾說。

「沿走廊過去，右手邊第一扇門。」她邊說邊拿起酒瓶。

皮諾走過客廳，來到鋪著地毯的走廊，這裡由兩顆低亮度燈泡提供微弱照明。他打開右手邊第一扇門，開了燈。這裡是浴室，裝有一座能淋浴的浴缸，地面鋪了瓷磚，梳妝臺擺滿化妝品，遠側是另一扇門。他來到這扇門前，遲疑幾秒，然後輕輕轉動門把，發現門沒鎖。

門打開後，裡頭的陰暗空間傳來雷爾斯及其情婦的鮮明氣味，皮諾因此駐足不前。他的大腦警告他別進去，而是應該回去廚房，回去安娜那裡。

他扳動開關，打開電燈。

皮諾迅速掃視，看出將軍平時是使用遠側左邊的空間，那裡乾淨整齊。比較靠近皮諾的這一側是桃莉的空間，看起來很像凌亂的劇場服裝間。兩座衣架掛滿高級的洋裝、裙子和襯衫。好幾件喀什米爾羊毛衣從抽屜裡爆滿而出。衣櫃門板內側掛著各式各樣的絲織圍巾、幾件束腹和吊襪帶。好幾雙鞋子擺在床邊，這些是桃莉唯一整齊擺放的東西。再過去，在幾疊書本和帽盒之間，是一張邊桌，上頭放著一個打開的大型珠寶盒。

皮諾先來到比較整齊的區域，掃視一座抽屜櫃的頂端，看到放在小盤上的幾顆袖扣、一把衣刷、一支鞋拔，以及一套刮鬍用具，沒看到想找的東西，床頭櫃頂端和抽屜裡也沒有。

也許我猜錯了，他心想，然後搖頭。**我沒猜錯**。

但是雷爾斯那種人會把東西藏在什麼地方？皮諾查看床墊以及床架底下，接著想檢查刮鬍用具，這時在鏡子上注意到某個東西，就在桃莉那一側的混沌當中。

皮諾繞過床鋪，踮腳避免踩到桃莉的東西，來到珠寶盒前。珍珠項鍊、黃金貼頸項鍊和其他大批項鍊掛在盒蓋內側的鉤子上。

他推開它們，尋找某個很樸素的東西，然後……

找到了！皮諾興奮地從鉤子上拿下這條細鏈，上頭串著將軍的手提箱鑰匙。他把鏈子塞進褲子口袋。

「你在做什麼？」

皮諾急忙轉身，心臟撞上胸骨。安娜站在浴室門口，雙臂抱胸，一手拿著酒杯，滿臉狐疑。

「只是看看。」皮諾說。

「挑桃莉的珠寶盒看看？」

他聳個肩。「只是看看。」

「不只是看看，」安娜惱火道：「我有看到你把某個東西塞進口袋裡。」

皮諾不知道該說什麼或做什麼。

「原來你是小偷，」安娜一臉鄙視。「我早該知道。」

「我不是小偷。」皮諾走向她。

「不是？」她後退一步。「那你是什麼？」

「我……我不能告訴妳。」

「告訴我，否則我要跟桃莉說我看到你做了什麼。」

皮諾不知道該怎麼辦。他可以把她打暈後逃跑，或者……

「我是間諜……同盟國那邊的。」

安娜不以為然地哈哈大笑。「間諜？你？」

這令他火大。

「還有誰比我更適合？」皮諾問道：「他去哪我就去哪。」

安娜沉默不語，臉上依然充滿懷疑。「告訴我，你是怎麼成為間諜。」

皮諾遲疑片刻，但還是迅速說明一切：他去了阿爾卑斯屋，在那裡做了什麼，他爸媽因為擔心他的安危而強迫他加入托特組織，他在摩德納火車站值勤時遭到轟炸，進了德軍醫院，結果在舅舅的行李店門口成了雷爾斯將軍的新司機。

「我不在乎妳相不相信，」他做出總結：「但我等於把命交在妳手上。如果雷爾斯發現這件事，我就死定了。」

安娜打量他。「你把什麼東西塞進口袋？」

「他手提箱的鑰匙。」皮諾說。

這把鑰匙彷彿解開了安娜的心防，她突然改變態度，收起懷疑，慢慢綻放柔和微笑。「咱們一起打開手提箱！」

皮諾安心得吐口氣。她相信他，而且她不會告訴雷爾斯。如果她也參與此事，而將軍發現，她也會死。

他說：「我今晚有別的計畫。」

「什麼計畫？」

「我示範給妳看。」他帶她回到廚房。

蠟燭還在桌上閃爍。他拿起蠟燭，把少許融蠟滴在桌上。

「別這麼做。」安娜說。

「很容易清理的。」皮諾從口袋裡摸出鑰匙。

他從鏈子上拿下鑰匙，等桌上的蠟液半凝固，然後輕輕地把鑰匙壓在上面。「如此一來，我就能複製鑰匙，隨時能打開手提箱，」他說：「妳有沒有牙籤和鍋鏟？」

安娜以帶有驚奇的全新目光看著他，隨即從櫥櫃裡拿來一支牙籤給他。皮諾輕輕地清除了鑰匙上的蠟渣，然後用熱水沖洗鑰匙。她把鍋鏟放在桌上，他用它從桌面剷起冷卻的蠟塊，用紙巾包住，塞進襯衫口袋。

「接下來呢？」安娜的眼睛閃閃發光。「這好刺激喔！」

皮諾對她露齒而笑。這確實刺激。「我現在打開手提箱看看，然後把鑰匙放回桃莉的珠寶盒。」

他以為她會贊成，但女僕只是噘起嘴脣。

「怎麼了？」皮諾問道。

「這個嘛，」她聳肩。「就像你說的，等你打了鑰匙，就隨時能偷窺手提箱裡頭。我在想，把鑰匙放回去之後，然後……」

「然後什麼？」

「你可以吻我，」安娜的口氣就事論事。「你不是想吻我嗎？」

皮諾原本想否認，但終究說：「想，超過妳所能想像。」

他把鑰匙放回原處，然後關上桃莉的臥室門。安娜在廚房等他，臉上帶著淘氣的微笑。她指向椅子。皮諾坐下。她把酒杯放在一邊，坐在他膝上，用雙臂勾住他的肩膀，吻了他。

皮諾抱著安娜，第一次感覺到她無比柔軟的朱唇，嗅到她身上完美的香氣，覺得彷彿有一把小提琴正在演奏一首美妙旋律的第一串音符。樂聲對他的身體造成無比舒適的共振，他不禁打冷顫。

安娜中斷這個吻，把額頭靠在他的額頭上。

「我原本也猜到我們會這樣發展。」她呢喃。

「我一直祈禱會這樣發展，」他窒息道：「打從我第一眼見到妳。」

「我可真幸運。」說完，安娜再次吻他。

皮諾把她抱得更緊，驚奇於這一切感覺多麼自然，彷彿幾把大提琴加入了小提琴的演奏，彷彿她的接觸、她嘴唇的甜味，還有她眼裡的溫柔，不僅讓他變得完整，更讓他超越了完整。他唯一想要的，就是在上帝允許的時間裡一直抱著她。他們吻了第三次。皮諾廝磨她的頸項，這似乎令她感到愉悅。

「我想知道關於妳的一切，」他呢喃：「妳從哪來，還有——」

安娜稍微後退。「我跟你說過了，我來自迪里雅斯特。」

「妳小時候是什麼樣的人？」

「怪人。」

「不可能。」

「我媽就是這麼說的。」

「她是什麼樣的人？」

安娜用一根手指撫過皮諾的嘴唇，凝視他的眼睛。「有個智者跟我說過，我們如果敞開心房，自曝傷疤，就會露出自己的凡人面、缺點和一切。」

他皺眉。「所以？」

「我還沒準備好向你展示我的傷疤，我不想讓你看到我的凡人面、缺點和一切。我希望這段……我們之間……是我們能分享的幻想，能讓我們暫時忘了戰爭。」

皮諾伸手撫摸她的臉龐。「美麗的幻想，美好的暫忘。」

安娜第四次吻他。

皮諾彷彿聽見木管樂器加入在他胸中震顫的弦樂，他的身心靈完全化為安娜瑪塔之歌。

第十九章

雷爾斯將軍和桃莉回到公寓，看到皮諾眉開眼笑地坐在走廊的長椅上。

「你在這兒坐了兩小時？」雷爾斯問道。

喝醉的桃莉帶著笑意看著皮諾。「如果是這樣，對安娜來說可就悲劇了。」

皮諾紅著臉，避開桃莉的視線。桃莉咯咯笑，從他身旁輕輕走過。

「你可以回去了，一等兵，」雷爾斯說：「把戴姆勒開回去調度場，明早六點整來這裡報到。」

「遵命，將軍大人。」

宵禁將至時，皮諾開著戴姆勒駛過街道，覺得在這輩子最慘的一天的尾聲得到了這輩子最美好的夜晚。他在十二小時內體驗了酸甜苦辣：驚恐、悲痛、擁吻安娜。沒錯，她幾乎比他大六歲，但他一點也不在乎，而且年齡差距反而讓她更有吸引力。

皮諾把公務車留在汽車調度場，然後走路回到位於利托里奧大道的萊拉公寓時，再次想到目睹圖里歐喪命時出現的情緒，以及親吻安娜時感受到的天籟。他從納粹哨兵身旁走過，搭乘鳥籠式電梯上樓時，心想：**賞賜的是耶和華，收取的也是耶和華。有時候在同一天。**

皮諾的父親如果沒跟一群朋友彈琴作樂，通常會早早就寢，因此皮諾開門時以為裡頭會靜謐無聲，只會看見為他開著的一盞燈。但他發現窗戶被厚窗簾遮蔽，室內燈火通明，而且地板上放著他認得的行李箱。

「米莫！」他輕聲呼喊：「米莫，你在這兒？」

弟弟從廚房出現，露齒而笑，跑來給皮諾一個熊抱。皮諾離開阿爾卑斯屋的這十五個星期，弟弟大概長高了一吋，但肌肉的增長幅度遠不只如此。皮諾能感覺到米莫胳臂和背上如電纜般的粗壯肌肉。

「很高興見到你，皮諾，」米莫說：「真的很高興。」

「你怎麼回來了？」

米莫壓低嗓門。「我跟爸爸說我想回來住幾天，但事實是，我們雖然在阿爾卑斯屋做了很多好事，但我實在受不了了。真正的戰鬥是在這裡進行，我不想繼續躲在山上。」

「你有什麼打算？加入游擊隊？」

「沒錯。」

「你年紀太小了，爸爸不會允許你。」

「爸爸不會知道，除非你告訴他。」

皮諾打量弟弟，對他的膽量感到驚奇。弟弟才十五歲，卻似乎天不怕地不怕，面對任何情況都毫無遲疑。但是加入游擊隊、對抗納粹，這無異於挑釁死神。

他看著米莫臉上失去血色，然後看到弟弟用顫抖的手指指向從自己口袋裡冒出來的卐字符：「這是什麼？」

「噢，」皮諾說：「這是我的制服配件，但不是你想的那樣。」

「不是我想的那樣？」米莫惱火道，後退一步，看清楚哥哥身上整套制服。「你在幫納粹打仗，皮諾？」

「打仗？不，」他說：「我是司機，只是這樣而已。」

「幫德軍開車。」

「是的。」

米莫看著他，表情似乎很想吐口水。「你為什麼不為義大利的抵抗勢力奮戰？」

皮諾遲疑幾秒，然後說：「因為我如果這麼做就必須叛逃，成為逃兵。納粹這年頭逮到逃兵就槍斃，難道你沒聽說？」

「所以你的意思是，你是納粹，你背叛了義大利？」

「事情不是這樣非黑即白。」

「不是才怪。」米莫對他咆哮。

「這是阿爾伯特舅舅和媽媽的主意，」皮諾反駁：「他們不希望我死在俄國前線，所以我加入了所謂的托特組織，他們的職責是建造東西。我只是幫一個軍官開車，等戰爭結束。」

「小聲點！」父親來到客廳。「否則樓下的哨兵會聽見！」

「這是真的嗎，爸爸？」米莫壓低嗓門。「其他人挺身而出、為解放義大利而戰的時候，皮諾居然穿著納粹制服等戰爭結束？」

「我覺得這種說法不算準確，」米歇爾說：「不過，沒錯，你的母親、阿爾伯特舅舅，還有我都覺得這麼做最好。」

這番話沒能安撫他次子的情緒。米莫譏諷哥哥：「還真令人意外呢。皮諾・萊拉，選了膽小鬼的出路。」

皮諾給了米莫一拳，又快又狠，打斷了弟弟的鼻梁，將他撂倒在地。「你根本一無所知，」皮諾說：「就別在那裡胡說八道。」

「住手！」米歇爾擋在兩人之間。「別打了！」

米莫看著手上的血，然後鄙視地看著皮諾。「再對我動手試試看，我的納粹老哥。你們德國佬只會動粗。」

皮諾很想打凹弟弟的臉龐，很想說出自己目睹了什麼、為義大利做出了哪些貢獻，但還是做不到。

「你想信什麼都隨你。」說完，皮諾轉身離去。

「德國佬，」米莫朝他的背影喊道：「阿道夫的小寶貝一定能長命百歲吧？」

皮諾關上房門，鎖了門，氣得發抖。他脫下衣服，上了床，設定了鬧鐘，關了燈，摸摸瘀青的拳頭，躺在床上心想：老天爺又開了他一個玩笑。這就是上帝給他的安排？他在一天裡失去了自己崇拜的英雄，得到了愛情，然後承受弟弟的冷嘲熱諷？

這是他連續第三個晚上把腦子裡的混亂思緒慢慢鎖定在安娜身上，然後進入夢鄉。

十五天後，在一名黨衛軍士兵的鞭策下，六頭驢子把兩門重砲拖上一座陡峭的乾枯山坡。皮鞭把驢子的側身打得皮開肉綻，馱獸在疼痛和恐懼下發出哀號，踢踏地面，激起塵埃。隊伍爬向亞平寧山脈的山崗，位於義大利中部的阿雷佐鎮的北方。

「繞過他們，而且速度快一點，一等兵。」後座的雷爾斯將軍從文件上抬起頭。

「他們正在澆灌水泥。」

「遵命，將軍大人。」皮諾繞過驢子，加快車速。他不斷打呵欠，覺得疲憊不堪，很想躺在泥濘上睡覺。

雷爾斯工作和出差的節奏快得令人目瞪口呆。洛雷托廣場處決結束後，他和皮諾每天在路上奔波十四、十五，有時候十六個小時。雷爾斯喜歡挑晚上出門，而且要求用開了一條縫隙的帆布遮住車頭燈。因為車燈少了一大半，皮諾必須連續幾小時集中精神駕駛。

他從可憐的驢子身旁經過時，這時是下午兩點多，他從天亮前就一直開車到現在。更令他惱火的是，一直這樣東奔西跑，就意味著他幾乎沒辦法和安娜獨處，上一次獨處就是在廚房接吻那次。他一直想著她，想著把她抱在懷裡、四脣相接的感覺。他打個呵欠，但想到美好往事，還是忍不住微笑。

「去上面那裡。」雷爾斯將軍指向擋風玻璃外一片崎嶇乾枯的地形。

皮諾繼續往前行駛，直到被大型岩石擋住去路。

「我們從這裡用走的。」雷爾斯說。

皮諾下車，打開後門。將軍下車後吩咐：「把你的筆記簿和筆帶上。」

皮諾瞥向後座上的手提箱。阿爾伯特舅舅某個朋友在一個多星期前就幫他打好了鑰匙，但他一直沒機會試。他打開手套箱，從地圖底下拿出筆記簿和筆。

兩人爬上岩石和碎石坡，來到頂端，在這裡能俯視一座山谷和兩條彼此相連的冗長山脊，在地圖上看起來就像一隻螃蟹張開爪子。南邊是一片寬廣平原，布滿農田和葡萄園。在北邊，蟹爪的高處，一群男子正在酷熱高溫下工作。

雷爾斯以堅定步伐沿山脊走去。皮諾跟著將軍，對山坡上的工人數量感到震驚，這裡擠得水洩不通，人多得看起來就像蟻丘被挖開的螞蟻。

離那片山坡越近，那些螞蟻看起來就越像人類，臉色凝重，滿身灰色。大約一萬五千名奴隸正在攪拌、運送並澆灌水泥，建造機槍掩體和火砲平臺。他們在谷地各處挖掘、設置戰車陷阱。他們沿著山坡張起鐵絲網，用鋤頭和鏟子挖掘用來掩護德軍步兵的坑洞。

每一群奴隸都由一名黨衛軍士兵看守、催促他們更努力工作。皮諾聽見尖叫，看到奴隸遭到毆打鞭笞。在高溫下倒地的奴隸被其他奴隸拖到一邊，躺在石頭上，在毒辣太陽下奄奄一息。

皮諾覺得這種場面就跟歷史一樣古老，正如古埃及法老奴役幾世代的人為他們建造陵寢。雷爾斯在某個高處停下腳步，俯視聽命於他的大批奴隸。從他的表情來看，他似乎對他們的困境無動於衷。

法老的奴隸主，皮諾心想。

安東尼奧，來自杜林的游擊隊戰士，就是這樣稱呼雷爾斯。

奴隸主。

皮諾心裡湧出針對雷爾斯將軍的全新恨意。他實在無法理解，雷爾斯在聖維托雷監獄反對野蠻的十一抽殺律，但在控制大批奴隸這方面毫無罪惡感。雷爾斯臉上毫無情緒，只是看著推土機把倒樹和大石堆在陡峭山坡上。

將軍瞥皮諾一眼，然後指向下方。「同盟國的士兵進攻此地時，會被這些障礙物引導到我們的機槍前。」

皮諾點頭，假裝充滿熱忱。「是的，將軍大人。」

他們走過一連串彼此相連的機槍掩體和砲臺，皮諾跟在雷爾斯身邊抄筆記。他們走得越久就看到越多，將軍的話語變得愈加簡短又惱火。

「把這寫下來，」他說：「好幾處的混凝土品質都很差，很可能是義大利供應商刻意搞鬼。山谷上段的防禦工事並不完善。通知凱塞林，我還需要一萬個勞工。」

一萬個奴隸，皮諾寫下，心中滿是鄙視。**而且他根本不把他們當人看**。

接下來，將軍跟高階托特組織和德軍陸軍軍官見面，皮諾能聽見他在指揮碉堡裡咆哮、做出威脅。會議結束後，他看見那些軍官對各自的部下咆哮，而那些部下對自己的手下咆哮。這種感覺就像看著一道大浪越漲越高，砸在黨衛軍士兵頭上，這些人把雷爾斯的命令拋到奴隸的肩上，對他們鞭笞踹踢，不擇手段地逼他們工作得更努力也更迅速。皮諾清楚明白為什麼：德軍認為同盟國軍隊很快就會到來。

雷爾斯將軍觀察現場，似乎對加快的工作節奏感到滿意，然後對皮諾說：「我們在這兒忙完了。」

他們循原路走過山坡。將軍三不五時停步，觀察某處的進度，然後繼續大步前進，就像一臺無人能擋的機器。這個人是不是沒心沒肺？皮諾不禁好奇。這個人到底有沒有靈魂？

接近通往座車的小徑時，皮諾看到七個灰衣人揮動鋤頭，在黨衛軍的監視下敲開岩石。其中一些人眼神瘋狂，很像皮諾見過的一條瘋狗。

最靠近皮諾的一名奴隸站在上坡路上，無力地挖掘，然後停止動作，把雙手搭在握柄頂端，彷彿已經受夠了。一名黨衛軍士兵開始朝他咆哮，沿坡地走來。

奴隸移開視線，看到站在那裡的皮諾，將他打量一番。這個人的皮膚被太陽晒得像菸草汁的顏色，鬍鬚比皮諾上次見到時更凌亂，而且體型遠比上次瘦弱，但皮諾確定這個人就是安東尼奧，他第一天幫雷爾斯開車時在隧道裡餵對方喝水的那名奴隸。兩人四目交會，皮諾覺得憐憫又羞愧。黨衛軍士兵用槍托毆打奴隸的太陽穴，奴隸倒下，滾過陡峭坡地。

「一等兵！」

皮諾轉身查看身後，看到雷爾斯將軍站在五十公尺外怒瞪他。

皮諾回過頭，看動也不動的奴隸最後一眼，然後小跑來到將軍身旁，把這筆帳算在雷爾斯頭上。雖然並不是將軍把男子打倒在地，但在皮諾看來，雷爾斯還是得負責。

天黑後，皮諾走進阿爾伯特舅舅的裁縫室。

「我今天目睹了壞事，」皮諾又變得情緒化。「也聽見了壞事。」

「告訴我。」阿爾伯特舅舅說。

皮諾盡力說明，描述雷爾斯做了什麼、黨衛軍士兵因為安東尼奧休息而殺了他。

「黨衛軍那些人全是屠夫，」阿爾伯特舅舅從筆記簿上抬頭。「因為那次報復行動，現在暴行天天都在上演。在斯塔澤馬市的聖安娜村，黨衛軍用機槍、酷刑和火刑屠殺了五百六十個無辜民眾。在卡薩利亞村，他們在一場彌撒中槍殺了聖壇上的神父和三個老人，把剩下的一百四十七名教區居民帶去教堂墓地，用機槍掃射。」

「什麼？」皮諾大感震驚。

葛芮塔舅媽說：「還多著呢。就在幾天前，在聖特倫佐村，五十多個年紀跟你差不多的義大利青年被他們用鐵絲纏住脖子，吊死在樹上。」

皮諾痛恨每一個納粹。「不能再讓他們為所欲為。」

「每天都有越來越多人加入對抗他們的陣容，」阿爾伯特舅舅說：「這就是為什麼你提供的情報至關重要。你能不能用地圖指出你去了哪裡？」

「我已經準備好了。」皮諾掏出從座車手套箱裡拿來的地圖。

他把地圖攤在裁縫桌上，向舅舅展示他用鉛筆輕輕畫下的記號，標出他今天見到的火砲、機槍掩體、軍械庫和彈藥庫的大略位置。他指出雷爾斯在哪裡堆放了障礙物、迫使同盟國改道前往機槍的射擊區。

「在這整個地區，雷爾斯說這裡的水泥硬度很差，」皮諾指向地圖。「雷爾斯很擔心這個問題。所以同盟國在開始地面作戰前，應該先轟炸這一處，摧毀這個據點。」

「很明智。」阿爾伯特舅舅記下這個地區的座標。「我會轉達這筆情報。說起來，你和雷爾斯去過的那條隧道，你第一次見到奴隸那次？那裡在昨天被破壞了。游擊隊等到裡頭只有德軍的時候，用炸藥炸毀了隧道兩端。」

這讓皮諾心情好轉。他真的有做出貢獻。

「我如果能打開那個手提箱，就能幫上更大的忙。」皮諾說。

舅舅說：「你說得沒錯。我們會看看能不能幫你弄到一臺小型相機。」

皮諾喜歡這個主意。「有誰知道我是間諜？」

「你、我，還有你的舅媽。」

還有安娜，他心想，但只是說：「同盟國不知道？游擊隊也不知道？」

「他們只知道我給你的代號。」

皮諾更喜歡這個主意。「是嗎？我的代號叫什麼？」

「觀察員，」阿爾伯特舅舅答覆：「例如『觀察員發現哪裡和哪裡有機槍掩體』，『觀察員發現部隊物資運往南方』。我們是故意說得越簡單越好，如此一來，就算德軍攔截了我們的報告，也根本不知道你究竟是誰。」

「觀察員，」皮諾說：「直截了當。」

「這就是我的用意。」阿爾伯特舅舅從地圖前站起。「你現在可以把地圖收起來了，但我建議你先擦掉上頭的鉛筆痕。」

皮諾照做，不久後離開了這裡。他又累又餓，原本想回家去，但因為好幾天沒見到安娜，所以走向桃莉的公寓。

他一來到這裡，就對自己提出質疑。宵禁即將開始，而且他也不能直接上樓敲門說想見她吧？將軍已經命令他回家睡覺去。

他正打算離開時，想起安娜說過，她的房間就在廚房旁邊，而公寓有一條後梯。他繞到大樓後面，慶幸月光提供照明，然後判斷安娜的房門窗戶在三樓哪個位置。她會在房間裡嗎？還是她正在幫桃莉洗碗洗衣服？

他抓起一把小石子，仰起身子，一次丟出一顆，想確認她在不在房間裡。十秒鐘過去了，然後又過了十秒鐘。他正打算離去時，聽見窗戶向上打開。

「安娜！」他輕聲喊道。

「皮諾？」她也輕聲呼喊。

「讓我從後面進去。」

「將軍和桃莉還在這裡。」她遲疑道。

「我會很安靜。」

她沉默許久，然後說：「等我一下。」

她打開後門，兩人悄悄爬上後側樓梯，安娜帶路，每走幾步就停下來聆聽周圍。兩人終於進入她的臥室。

「我肚子好餓。」皮諾呢喃。

她打開房門，推他進去，然後輕聲說：「我幫你弄點東西吃，但你得待在裡頭，而且不能發出聲音。」

不久後，她帶來吃剩的豬腳，還有將軍非常喜歡的炒麵。安娜點起一支蠟燭，他在燭光下用餐。她坐在床上喝酒，看著他吃東西。

「我的肚子覺得幸福多了。」他吃完後說道。

「很好，」安娜說：「其實，我信奉的就是追求幸福。我唯一想要的就是幸福，天天幸福，直到人生結束。有時候幸福會降臨在我們身上，但一般來說，我們得主動去尋找。我是在某本書上看到這句話。」

「妳只想要這個？只想要幸福？」

「還有什麼比幸福更好？」

「人要怎麼找到幸福？」

安娜停頓片刻，然後說：「第一步，就是先看看周圍，看看自己領受了哪些祝福。看到的時候，懂得感恩。」

「瑞神父也說過同樣的話，」皮諾說：「他說要感謝每一天，不管日子多麼難過。而且要對上帝保持信心，相信明天會更好。」

安娜微笑。「第一個部分很正確，第二個部分我就不確定了。」

「怎麼說？」

「在明天會更好這方面，我失望過太多次，」說完，她吻他。他把她抱進懷裡，回應她的吻。

然後他們聽見吵架聲從牆板傳來——雷爾斯和桃莉。

「他們在吵什麼？」皮諾輕聲問。

「他們總是在吵同一件事，他老婆在柏林。而現在，皮諾，你得走了。」

「我非走不可？」

「快走吧。」說完，她又吻他，綻放微笑。

一九四四年九月一日，英國第八軍團突破了阿雷佐鎮北邊蟹爪山脊上較為薄弱的哥德防線區段，然後前往東邊的亞得里亞海岸。戰事加劇，這是自卡西諾山和安濟奧戰役之後最激烈的義大利戰役。同盟國發射了九百多萬發迫擊砲和火砲，轟炸擋在濱海城市里米尼前方的防禦工事。

經過九天的慘烈作戰，美國第五軍團把納粹趕去吉歐格山隘的高地，英軍則強化了對哥德防線東端的進攻。同盟國以鉗形之勢揮軍北上，試著逼迫德軍第十軍團在重整旗鼓前投降。

皮諾和雷爾斯來到托拉斯亞鎮附近的高地，看著科里亞諾鎮及其周圍的嚴密德軍防線遭到轟炸。該鎮先是承受七百多枚重型砲彈洗禮，然後遭到地面部隊進攻。經過兩天的殘酷肉搏戰，科里亞諾鎮落入同盟國之手。

在兩星期的戰役中，大約一萬四千名同盟國士兵和一萬六千名德軍在這個地區陣亡。德軍雖然遭受了重大傷亡，但諸多戰車和步兵還是成功撤退，在西北北的位置組成了新的戰線。雷爾斯的哥德防線其他區段也守住了攻勢。皮諾雖然提供了一些情報，但盟軍在義大利的攻勢再次停滯不前，原因是折損太多軍力，加上不少物資必須送去法國和西方戰線。

不久後，在同一個月裡，米蘭的機械操作員們發動罷工。有些人在離開工廠時蓄意破壞了設備，戰車生產因此暫停。

雷爾斯將軍花了好幾天讓戰車生產線重啟，卻在十月初聽聞飛雅特的米拉菲優工廠即將發動罷工，因此立刻和皮諾來到位於杜林郊外的米拉菲優區。將軍和飛雅特的管理階層在生產線樓上的房間裡開會，皮諾擔任翻譯，現場氣氛凝重。樓下的生產線雖然在運作，但速度緩慢。

「我需要更多卡車，」雷爾斯將軍說：「更多裝甲車，更多戰地機器所需要的零件。」

工廠經理名叫卡拉布里斯，是個體型肥胖、滿身是汗、身穿商務西裝的男子，但不怕反抗雷爾斯。

「我的同胞可不是奴隸，將軍，」卡拉布里斯說：「他們得工作賺錢才能生活，所以他們應該拿到工資。」

「他們會拿到工資，」雷爾斯說：「我向你保證。」

卡拉布里斯慢慢露出微笑，顯然沒被說服。「事情要是真這麼簡單就好了。」

「我難道沒在十七號工廠的事情上幫你？」將軍問：「我當時收到的命令，是把那裡所有的機械設備送去德國。」

「現在也無所謂了吧？十七號工廠已經被同盟國炸毀了。」

雷爾斯對卡拉布里斯搖頭。「你明知道遊戲規則。我們彼此幫忙，才能生存下來。」

「隨你怎麼說，將軍。」卡拉布里斯說。

雷爾斯向飛雅特經理走近一步，看著皮諾說：「提醒他：我有權力強迫生產線的每個人加入托特組織，不然就是被送去德國。」

卡拉布里斯臉色變得嚴肅。「你是說奴役？」

皮諾遲疑幾秒，但還是如實翻譯。

「如果有必要。」雷爾斯說：「你想繼續保住這座工廠，還是讓它落入我手裡，由你選擇。」

「我需要你以外的人保證我們會拿到酬勞。」

「你到底知不知道我的職稱和工作意味著什麼？我決定製造多少輛坦克，我決定縫製多少條內褲，我——」

「你的頂頭上司是阿爾伯特·斯佩爾，」飛雅特經理說：「你代表他。讓我跟斯佩爾通電話。如果你的上司能給我保證，那我們還有得商量。」

「斯佩爾？你以為那個廢物是我的上司？」將軍像是遭到冒犯，然後要求使用飛雅特經理的電話。他用德文通話幾分鐘，有幾次似乎惱火爭論，然後點個頭說：「遵命，元首大人。」

皮諾和在場每個人立刻把注意力放在將軍身上。雷爾斯繼續用德文通電話，講到第三分鐘的時候把耳機從耳朵旁邊拿開。

阿道夫・希特勒的激烈責罵聲四處迴響。

雷爾斯看著皮諾，冷冷一笑。「告訴卡拉布里斯先生，元首想親自保證他會拿到酬勞。」

卡拉布里斯看起來寧可去抓裸露的電線也不想接電話，但還是接過耳機，拿在耳邊幾公分處。希特勒繼續咆哮不停，聽起來彷彿從體內被撕成兩半，而且搞不好正口吐白沫。飛雅特經理額頭冒汗，雙手開始發抖，鬥志蕩然無存。

他把電話遞給雷爾斯，對皮諾說：「叫他告訴希特勒元首，我們接受他的保證。」

「明智選擇，」說完，雷爾斯接聽電話，以安撫的語調說：「是的，元首大人。是的。是的。是的。」

片刻後，他掛了電話。

卡拉布里斯癱坐在椅子上，西裝吸飽汗水。

雷爾斯將軍放下電話，看著經理。「你現在知道我是誰了嗎？」

飛雅特經理沒看著雷爾斯，也沒做出回應，只是無力又臣服地點個頭。

「那就好，」將軍說：「我等著每星期看到兩次產量報告。」

雷爾斯把手提箱遞給皮諾，兩人離開這裡。

雖然天快黑了，但氣溫溫暖舒適。

「去桃莉那裡，」將軍爬上戴姆勒。「你在路上別說話，我得想些事情。」

「遵命，將軍大人，」皮諾說：「要不要我蓋上車頂？」

「就維持現在這樣吧，」他說：「我想透透氣。」

皮諾再次用粗麻布蓋住車頭燈，然後發動引擎，往東邊行駛，前往米蘭，在遮蔽大半的微弱車燈指引下前進。不到一小時後，東方的天空升起碩大渾圓的月亮，灑下朦朧光輝，讓皮諾更方便看路。

「那是藍月，」雷爾斯說：「如果在一個月裡出現兩次滿月，藍月就是其中的第一次……好像是第二次？我總是記不住。」

這是將軍在離開杜林市後第一次開口。

「我覺得月亮看起來是黃色的，將軍大人。」皮諾說。

「藍月指的不是顏色，一等兵。一般來說，在任何一個季節，例如現在是秋季，會有三個月份和三次滿月。但在今年今晚的這一刻，三個月的週期裡有四次滿月，也就是一個月裡出現兩次。天文學家之所以把這稱作『藍月』，是因為這難得一見。」

「原來如此，將軍大人。」皮諾沿筆直的漫漫長路行駛，看著從地平線升起的月亮，覺得這就像某種不祥之兆。

車子來到某個路段，兩邊是稀疏的高聳樹木和原野，皮諾不再想著月亮，而是想著阿道夫．希特勒。在電話上的那人真的是德國元首？那個人聽起來就像個瘋子，確實很像希特勒。還有雷爾斯對飛雅特經理提出的問句：**你現在知道我是誰了嗎？**

皮諾偷瞄後座上的雷爾斯，在心裡做出答覆：我不知道你是誰，但我現在確實知道你替誰賣命。

就在這時候，後方的西側傳來某種聲響，他覺得好像是某種大型引擎的運轉聲。他查看後照鏡和側照鏡，但沒看到車輛接近時應該會有的車燈。聲響越來越大。

皮諾再次查看後照鏡，看到雷爾斯將軍轉身，然後看到樹林上方有個大型物體出現。月光照亮一架戰機的機翼和機鼻，戰機引擎發出怒吼，朝車子直追而來。

皮諾猛踩煞車踏板，戴姆勒的六個煞車做出反應，車子打滑停定。戰機如夜行鳥類的飛影般從上方掠過，飛行員扣下扳機，機槍子彈嚼碎公務車前方的路面。

射擊停止。戰機提升高度，往皮諾的左方傾斜轉向，消失在樹冠後面。

「坐穩了，將軍大人！」皮諾喊道，換成倒車檔。車子後退時，他把方向盤往右打，同時降至一檔，關掉車頭燈，然後把油門踩到底。

戴姆勒開過向下傾斜的邊坡，爬上另一頭，鑽進樹林的縫隙，來到一片看似剛犁過的農田。皮諾把車開進一片密集樹林，停下車，熄掉引擎。

「你是怎麼——？」雷爾斯口氣驚恐。「你究竟是——？」

「聽，」皮諾呢喃：「他回來了。」

戰機從西邊回到剛剛那條路上方，行進方向也跟第一次開火時一樣，似乎想從後方追擊公務車。在樹枝阻礙下，皮諾一開始看不到戰機，但在幾秒後，那架龐大銀鳥從旁掠過，沿公路飛過，被罕見的藍月映成剪影。

皮諾看到機身上的黑點白圈，說道：「他是英軍。」

「既然如此，應該是噴火式戰機，」雷爾斯說：「配備點三零三白朗寧機槍。」

皮諾發動引擎，靜心等候，側耳聆聽，觀察周圍。戰機正在以更小的迴轉幅度掉頭，從前方大約六百公尺的林線上方回來。

「他知道我們躲在這裡的某處。」說完，皮諾意識到這輛公務車的引擎蓋和擋風玻璃很可能反映了月光。

他切換檔位，試著把戴姆勒的左前車輪罩藏在灌木叢裡。戰機離他只有兩百公尺時，他停止移動車身，低下頭。感覺戰機從上方掠過後，他立即踩下油門，離開這裡。

戴姆勒飛快前進，持續加速，輾過農田上的泥塊和車轍。皮諾不斷回頭，擔心戰機會不會第三次回來。來到農田的遠側角落時，他把車開進樹林的另一條縫隙，把車頭對準一條渠道的邊坡。

他再次熄火，豎耳聆聽動靜。戰機嗡嗚持續遠去，逐漸消失。雷爾斯將軍不禁哈哈大笑，捏捏皮諾的肩膀。

「你是捉迷藏的天生好手！」他說：「就算沒人對我開槍，我也根本不會想到做出你剛剛做出的那些行動。」

「謝謝誇獎，將軍大人！」皮諾露齒而笑，發動引擎，再次往東行駛。

但他很快就感到矛盾，也有點驚駭，因為他竟然再次因為被將軍讚美而感到開心。但話說回來，他確實表現得足智多謀，不是嗎？他確實智取了那名英國飛行員，而且樂在其中。

二十分鐘後，車子越過丘頂，滿月掛於前方。噴火式戰機突然從夜空中俯衝而下，橫越月面，朝車子直衝而來。皮諾猛踩煞車，戴姆勒再一次六輪急煞。

「快逃啊，將軍大人！」

公務車尚未停定前，皮諾已經跳下車，跨出歪斜的一大步，撲向渠道，這時噴火式戰機的機槍開火，子彈掃過碎石路。

皮諾倒在渠道裡，覺得肺臟無氣，這時子彈擊中鋼鐵，打碎車窗，碎片撒在他背上，他蜷縮身子，保護頭部，呼吸困難。

噴火式戰機停止射擊，往西邊飛去。

第二十章

戰機的聲響化為模糊嗡鳴後，皮諾恢復呼吸，在黑暗中輕聲呼喚：「將軍大人？」

沒有回應。

「將軍大人？」

無人答話。將軍死了？皮諾原以為自己會對此感到開心，但立刻看出問題：如果雷爾斯死了，他就沒辦法繼續當間諜，沒辦法再幫同盟國取得情報——

他聽見動靜，然後聽見呻吟。

「將軍大人？」

「嗯，」雷爾斯聽來有氣無力。「我在這兒。」他在皮諾後面，勉強坐起。「我顯然昏過去了。我只記得我撲倒在渠道裡，然後……發生什麼事了？」

皮諾扶將軍爬上邊坡，說明狀況。戴姆勒排氣管放砲，引擎顫抖，但還在運轉。皮諾轉動鑰匙，引擎乖乖熄火。他從後車箱拿出手電筒和工具箱，用手電筒的光芒掃過車子，雷爾斯將軍在他旁邊目不轉睛地旁觀。子彈從車頭到車尾打爛了戴姆勒，貫穿了引擎蓋，煙霧從中飄出。機槍也炸開了擋風玻璃，前座和後座被打成蜂窩，後車箱被打出更多洞口，右前輪和左後輪洩氣。

「能不能麻煩您拿著這個，將軍大人？」皮諾問道，遞出手電筒。

雷爾斯茫然地看著手電筒幾秒，然後接過。

皮諾掀開引擎蓋，發現汽缸體挨了五發子彈，但是點三零三算是輕型子彈，穿過引擎蓋後的動能不足以造成嚴重損壞。一條火星塞線嚴重受損，另一條看起來也形同報廢，水箱上端有個彈孔。但除此之外，阿爾貝托．阿斯卡里戲稱為「發電廠」的引擎看起來還能動。

皮諾用小刀把斷裂的火星塞線削皮、纏接，然後用醫療膠帶固定。他拿出換胎工具，找出補胎片和補胎膠，補好了水箱彈孔。接著，他拆下洩氣的右前輪，把外側的右後輪拆下來遞補此處。之後，他拆下洩氣的左後輪，丟在一旁。他發動引擎，雖然運轉得並不順暢，但不再像老菸槍那樣拚命咳嗽。

「我覺得這輛車應該能帶我們回米蘭，將軍大人，但之後就很難說了。」

「能回到米蘭就行，」雷爾斯爬上後座，似乎腦袋已經恢復清晰。「這輛戴姆勒太引人注目，我們之後會換車。」

「遵命，將軍大人。」皮諾邊說邊試著換檔。

引擎抖動熄火。他再次嘗試，多踩一點油門，車子終於移動。但戴姆勒如今不再以六輪前進，而是只剩四輪，因此欠缺平衡，在路上起伏顫抖。二檔已毀，他必須盡量拉高引擎轉速，以便切入三檔，但車速夠高後，顫抖程度稍微降低。

車子行駛八公里後，雷爾斯將軍跟他要了手電筒，從手提箱裡找出一支酒瓶。他打開瓶蓋，灌了一大口，然後遞向前座。「來，」他說：「蘇格蘭威士忌，你應得的，你救了我的命。」

皮諾並不這麼認為，因此說道：「我只是做了其他人也會做的事。」

「不，」雷爾斯嗤之以鼻。「其他人會僵住，繼續開車，朝機槍自投羅網，丟掉性命。但是你——你不害怕，你保持了冷靜。你是我所謂的『行動派的年輕人』。」

「您過獎了，將軍大人。」皮諾再次沉浸於雷爾斯的讚美，接過酒瓶，大灌一口，烈酒流進胃袋，感覺灼熱。

雷爾斯拿回酒瓶。「你現在喝這點就夠了，剩下的等回到米蘭再喝。」

將軍咯咯笑。在汽車的顫抖聲干擾下，皮諾聽見雷爾斯又對嘴灌了幾大口。

雷爾斯發出苦笑。「萊拉一等兵，你在某些方面讓我聯想到某人，嚴格來說是兩個人。」

「是嗎，將軍大人？」皮諾說：「他們是誰？」

納粹沉默不語，啜飲一口酒，然後說：「我的兒子和外甥。」

這個答覆出乎皮諾的意料。

「我不知道您有兒子，將軍大人。」皮諾回話，瞥向後照鏡，在陰暗的後座上只看見一個人的輪廓。

「漢斯尤爾根。他快十七歲了，很聰明，跟你一樣足智多謀。」

皮諾不知道該說什麼好，於是說：「您的外甥呢？」

雷爾斯沉默一陣子，然後嘆道：「威廉，我們叫他威利。他是我姊姊的兒子，效命於隆美爾元帥，死在阿萊曼。」他停頓。「出於某種原因，他母親把獨生子之死怪在我頭上。」

皮諾聽得出雷爾斯語調裡的悲痛，因此說：「我很遺憾得知此事，將軍大人。不過您外甥效命的是鼎鼎大名的『沙漠之狐』隆美爾。」

「威利是行動派的年輕人，」將軍以沙啞嗓音表示同意，然後喝了一口酒。「他是個天生領袖，喜歡冒險犯難，也因此在二十八歲那年死在一片跳蚤為患的埃及沙漠。」

「威利是開坦克的嗎？」

雷爾斯清清喉嚨：「第七裝甲師。」

「『幽靈師』。」

雷爾斯將軍歪起頭。「你是怎麼知道這些？」

英國廣播電臺，皮諾心想，但覺得這個答案不會換來好下場，所以只是說：「我什麼報紙都看，而且電影院會播放新聞。」

「看報紙，」雷爾斯說：「這對你這麼年輕的人來說很罕見。漢斯尤爾根和威利每天都看報紙，尤其是運動專欄。我們以前常常去看體育比賽。我和威利有親眼看到傑西·歐文斯在柏林奧運賽跑，那真是不可思議。在那一天，一個黑人打敗了我們的菁英，這可把元首氣炸了。說真的，傑西·歐文斯？一等兵，那個黑人真的是體能方面的天才。威利一直這麼說，而且他說得沒錯。」

將軍陷入沉默、回想和悼念。

「您還有其他孩子嗎？」皮諾終於問道。

「我有個年輕的女兒，英格麗。」他的語氣再次變得開朗。

「他們在哪？我是說漢斯尤爾根和英格麗？」

「在柏林，跟我太太漢娜莉絲在一起。」

皮諾點頭，專心開車。雷爾斯將軍繼續喝著威士忌，但節奏放慢。

「桃莉是我的摯友，」過了一陣子，雷爾斯少將宣布：「我認識她很久了，一等兵，我很喜歡她，我欠她很多，我在乎她的福祉，向來如此。但我這種男人，不會為了娶桃莉那種女人而拋棄元配，否則這就像一頭老山羊試著關住一頭正值盛年的母老虎。」

他發出帶有愛意和少許苦悶的笑聲，然後繼續喝酒。

這八星期來，雷爾斯總是維持冷漠態度，再加上軍階和年齡的差距，如今卻對他敞開心房，這令他大感震驚。但他確實希望將軍繼續說下去，因為誰知道將軍接下來會不小心吐露什麼？

雷爾斯一言不發，再次啜飲烈酒。

「將軍大人？」皮諾說：「我能不能問您一個問題？」

雷爾斯以帶有醉意的語調說：「什麼事？」

皮諾在路口放慢車速，聽見戴姆勒放砲而皺眉，接著瞥向後照鏡，問道：「您的頂頭上司真的是阿道夫・希特勒？」

雷爾斯一直沒吭聲，這段時間漫長得宛如永恆，然後他有點口齒不清地答道：「一等兵，我有很多、很多次坐在元首的左手邊。人們說我和他之間有某種默契，因為我們倆的父親都是海關官員，這是原因之一，但我也確實是個能完成工作的可靠男人。希特勒尊重這種人。他雖然尊重這種人，不過……」

皮諾瞥向後照鏡，看到將軍又啜飲一口威士忌。

「不過？」皮諾說。

「不過幸好我在義大利。你如果離希特勒那種人太近，就遲早會被燒傷，所以我保持距離。我履行職責，贏得他的尊重，僅此而已。你明白嗎？」

「明白，將軍大人。」

四、五分鐘後，雷爾斯將軍又灌一口酒，說道：「我是工程師出身，一等兵，我有博士學位。我年輕時替政府處理軍工生產，招攬承包商，金額都是天文數字。我學會怎樣跟大人物打交道，例如弗利克和克虜伯那種實業家。也因此，弗利克和克虜伯那種實業家欠我人情。」

雷爾斯停頓幾秒，然後說：「我給你一些建議，一等兵，能改變你的一生。」

「請說，將軍大人。」

「做人情，」雷爾斯說：「人情能發揮一輩子的功效。你如果有恩於人，協助他們繁榮茁壯，他們就會欠你人情。你每次做個人情，你自己就變得更強大，獲得更多支持。這是自然律。」

「是嗎？」皮諾說。

「是的，」雷爾斯說：「你這麼做絕對不會出差錯，因為你遲早也會需要有人幫你，而你到時候就能透過人情債獲得救援。這種做法救了我不只一次。」

「我會牢記於心。」

「你是個聰明的孩子，就跟漢斯尤爾根一樣。」將軍發笑。「做人情是再簡單不過的事，但我就是憑著做人情，而能在希特勒掌權之前和期間過著好日子，我知道我在希特勒下臺後也能過著好日子。」

皮諾瞥向後照鏡，看著雷爾斯的陰暗輪廓，酒瓶已經喝得一乾二淨。「能不能讓我這個老人給你最後一則忠告？」

「請說，將軍大人。」

「在人生這個遊戲裡，千萬別當個鋒芒畢露的領袖，別當站在最前面、眾所矚目的那個人，」雷爾斯說：「我那可憐的威利就是犯了這種錯，他站到最前面，站在光芒之下。其實，一等兵，在人生的遊戲裡，最好站在陰影下，如有必要甚至站在黑暗中。如此一來，你還是大權在握，但根本沒人看得見你。你就像……歌劇魅影，你就像……」

威士忌酒瓶掉到地板上，將軍輕聲咒罵。不久後，他像抱著枕頭一樣用雙臂抱著手提箱，開始抽鼻子，清喉嚨，打鼾加放屁。

車子來到桃莉的公寓大樓前，這時已經接近午夜。皮諾把昏睡的將軍留在車上，但沒熄掉引擎，深怕一關掉就再也發不動。他跑過大廳，經過老婦平時所坐的那張無人凳子，上樓來到桃莉的公寓前。他敲了第三次門，安娜才開門。

安娜穿著睡衣睡袍，睡眼惺忪又楚楚動人。

「我需要桃莉。」他說。

「發生什麼事了？」穿著黑金雙色睡袍的桃莉從走廊出現。

「將軍，」皮諾說：「他喝——」

「喝醉了？」雷爾斯將軍從開著的門走來，拿著手提箱。「沒這回事，一等兵。我要再來一杯，你也是。妳要不要跟我們一起喝，桃莉？」

皮諾瞪著雷爾斯，彷彿這個人是聖經裡死而復生的拉撒路。將軍從皮諾身旁走過，酒氣沖天，眼球紅得彷彿出血，但他說話並沒有口齒不清，走路也沒搖晃。

「我們要慶祝什麼，漢斯？」桃莉眉飛色舞。安娜則表示自己向來喜歡派對。

「藍月。」將軍放下手提箱，以充滿情慾的方式吻了桃莉，然後摟住她的肩，看著皮諾。「我們也要慶祝萊拉一等兵救了我的命，這絕對值得咱們喝一杯！」

他帶桃莉拐過轉角，走去客廳區域。

安娜看著皮諾，露出困惑的微笑。「你真的救了他？」

「我是救了我自己，」皮諾壓低嗓門：「他算是搭了順風車。」

「一等兵！」雷爾斯的喊聲從客廳傳來：「快來喝酒！美麗的安娜也來！」

皮諾和安娜來到客廳，將軍開心地遞來幾大杯威士忌，桃莉正在大口喝酒。皮諾搞不懂雷爾斯怎麼還有辦法站著，總之將軍啜飲著烈酒，開始詳述所謂的「狡猾的噴火式戰機飛行員和駕駛戴姆勒的勇敢一等兵在藍月下的決鬥」。

桃莉和安娜坐在椅子上俯身向前，著迷地聆聽雷爾斯描述噴火式戰機最後一次追擊，皮諾猛踩煞車、喊著要他逃命；機槍開火，戴姆勒差點全毀。

雷爾斯將軍說完故事，舉起酒杯。「敬萊拉一等兵，我欠你一、兩個人情債。」

桃莉和安娜鼓掌。皮諾因備受關注而害羞臉紅，但還是微笑舉杯。「謝謝您，將軍大人。」

公寓門扉傳來響亮的敲門聲。安娜放下酒杯，前去查看。皮諾跟著她。

女僕開門，看到那個老太婆——這棟公寓的管理員——穿著破爛的睡衣，拿著蠟燭提燈。

「鄰居被你們吵得沒法睡覺，」她責備，隔著眼鏡不斷眨眼。「馬路上有卡車之類的車子拚命放砲，已經夠吵了，再加上你們在半夜發酒瘋！」

「我忘了，」皮諾說：「我現在就下去關掉引擎。」

桃莉和雷爾斯出現在走廊。

「發生什麼事？」桃莉問。

安娜說明狀況。

桃莉說：「我們現在都要去睡了，普拉斯提諾女士，抱歉吵到妳了。」

老婦悶哼一聲，怒氣未消，轉身離去，高舉蠟燭提燈，骯髒的睡袍下襬拖在身後。她抓著欄杆走下樓梯，皮諾跟在她後面，但保持安全距離。

他關掉公務車的引擎，回到公寓。酩酊大醉的雷爾斯將軍和桃莉回到臥室後，皮諾終於在廚房跟安娜獨處。

她熱了香腸、青花菜和一盤大蒜料理，給彼此倒了葡萄酒，然後坐在他對面，用手撐著下巴，問他問題，關於那架戰機，還有閃躲彈雨是什麼感覺。

「感覺很可怕，」他嚼著美味的食物，思索片刻，然後說：「不過，我是在事後有時間回想的時候才更覺得害怕。當時事情發生得太快了，妳懂的。」

「不，我不懂也不想懂。我不喜歡槍砲。」

「為什麼？」

「因為槍砲就是拿來殺人的，而我是人。」

「很多事物都能要人命。妳怕不怕爬山？」

「怕，」她說：「難道你不怕？」

「我不怕，」皮諾喝酒。「我超愛爬山，還有滑雪。」

「也超愛跟飛機決鬥？」

「如果有必要。」他咧嘴笑。「順道一提，這些菜真好吃，妳的手藝真的很棒。」

「多謝稱讚，這是我家的祖傳食譜。」安娜拱肩向前，打量他的臉孔。「說真的，你真是充滿驚喜。」

「是嗎？」皮諾把餐盤推到一邊。

「我認為人們低估了你。」

「很好。」

「我說真的。我也低估了你。」

「是嗎？」

「是的。我只是想告訴你，我以你為傲。」

這令他臉紅。「謝謝。」

安娜繼續凝視他許久一刻。他覺得自己墜入她的眸子裡，這雙眼睛彷彿自成一個世界。

「我覺得……我這輩子好像從沒遇過跟你一樣的人。」她終於開口。

「我確實希望妳沒遇過。我的意思是，這是好事吧？」

安娜靠向椅背。「說真的，這種感覺既美好又可怕。」

「我讓妳覺得害怕？」他皺眉。

「這個嘛，沒錯，從某方面來說。」

「哪方面？」

她移開視線，聳個肩。「你讓我希望我自己也能變得不一樣，我會希望自己是個更好的人，至少比現在更年輕幾歲。」

「我就喜歡妳現在的模樣。」

安娜狐疑地看著他。皮諾朝她伸手。安娜看著他的手很長一段時間，然後綻放微笑，伸手握住。

「妳很特別，」皮諾說：「我的意思是，以美夢來說。」

安娜笑得更燦爛。她站起身，來到他身旁，在他膝上坐下。

「那就用實際行動告訴我，我是真的很特別。」說完，她吻他。

兩人分開後，額頭互觸，手指相扣。皮諾說：「妳知道一些能害死我的祕密，我對妳卻幾乎一無所知。」

安娜沉默一段時間，然後似乎做出某種決定，撫摸自己制服上的心口處。「我告訴你我心裡某一條傷痕的由來，是很久以前留下的疤痕。」

安娜說自己的幼兒時期美好得宛如魔法。她父親是個商業漁夫，在迪里雅斯特土生土長，有自己的漁船。她母親來自西西里島，對一切都抱持迷信態度，但確實是個慈祥的好母親。他們在碼頭附近有一棟好房子，每天桌上都有好食物。因為母親多次流產，安娜成了獨生女，深受父母寵愛。她喜歡跟母親一起在廚房忙碌，也喜歡跟父親乘船出海，尤其在她生日當天。

「我和爸爸會在天亮前乘船來到亞得里亞海上，」安娜說：「在黑夜下往西行駛幾公里，然後他會轉向東方，讓我掌舵。我會把船開向日出的太陽，我很喜歡那麼做。」

「妳那時候幾歲？」

「噢，大概五歲吧。」

安娜在九歲生日那天和父親早早起了床。那天風雨交加，不適合乘船開向旭日，但她還是想出海。

「所以我們出發了。」她的音量變小，然後清清喉嚨。「風暴加劇，變得非常惡劣。我父親給我套上救生圈。我們的船被連番巨浪打得歪斜，然後被一道大浪狠狠擊中，船翻了，我們掉進海裡。來自迪里雅斯特的其他漁夫在同一天裡救起我，但我父親一直沒被找到。」

「天啊，」皮諾說：「好悲慘。」

安娜點頭，淚水從眼眶流下，滴到他的胸口上。「我母親更慘，但她是我心中另一道傷痕，以後再說給你聽。我得去睡覺了，而且你得走了。」

「又要趕我走？」

「沒錯。」她微笑，再次吻他。

皮諾雖然實在很想留下，但在凌晨兩點左右離開桃莉的公寓時，還是覺得開心。安娜關門的時候，他雖然不願看到她的臉龐消失，但很高興她期望再次見到他。

他來到樓下，大廳裡和老婦的凳子上都空無一人。他走出大門，看著戴姆勒車身上的彈孔，對自己和將軍能活下來感到驚奇。他要回家睡覺去，起床後去找舅舅，他有很多事要說。

早上，葛芮塔舅媽把排隊好幾小時才買到的麵包切開，送進烤箱，阿爾伯特舅舅則是用筆記簿記下皮諾描述這幾天的遭遇。皮諾用雷爾斯將軍喝醉這件事給故事收尾。

阿爾伯特舅舅默默坐著一陣子，然後問：「你剛說飛雅特生產線每天做出多少輛卡車和裝甲車？」

「七十輛，」皮諾說：「要不是因為遭到惡意破壞，否則產量會更多。」

「這算是好消息。」他在筆記簿上飛快寫下。

葛芮塔舅媽把麵包、奶油和一小罐果醬放在桌上。

「奶油和果醬！」阿爾伯特舅舅說：「妳從哪弄到的？」

「每個人都有祕密。」她綻放微笑。

「看來就連雷爾斯將軍也有祕密。」阿爾伯特舅舅說。

「雷爾斯將軍的祕密特別重大，」皮諾說：「你知道嗎？他其實直接向希特勒報備，而且他在開會的時候是坐在德國元首的左手邊。」

舅舅搖頭。「雷爾斯比我們預料得更有權勢，我真的很想看看他那個手提箱裡有什麼東西。」

「但他跟手提箱總是形影不離，如果手提箱失蹤，他一定會注意到。」

「但他有留下線索。他每星期有好幾天要處理罷工和蓄意破壞，我覺得這表示罷工和蓄意破壞有發揮效果。意思就是，我們需要更多工廠遭到蓄意破壞。我們要繼續這樣一點一滴地破壞納粹的齒輪。」

「德國人在付錢方面也出了問題，」皮諾說：「飛雅特現在願意繼續工作，是因為希特勒保證會付錢，不是因為真的有拿到現金。」

阿爾伯特舅舅打量皮諾，陷入沉思。「匱乏。」他終於開口。

「什麼？」葛芮塔舅媽說。

「買食物的隊伍越來越多人了，是不是？」

她點頭。「隊伍一天比一天更長，幾乎什麼東西都缺。」

「情況只會越來越嚴重，」她丈夫說：「如果納粹付不出錢來，他們的經濟就會開始分崩離析。不久後，他們將查封我們更多商店，而這會對米蘭的每個人造成更多匱乏和痛苦。」

「你這麼認為？」葛芮塔舅媽反覆撥弄身上的圍裙。

「匱乏未必是壞事，我是說從長遠來看。更多悲慘和痛苦，意味著更多同胞願意挺身反抗，直到最後一個德國人被殺掉或被趕出義大利。」

一九四四年十月中旬，局勢開始證明阿爾伯特舅舅判斷正確。

在某個美麗的秋天早上，皮諾開著雷爾斯將軍的新公務車，一輛飛雅特四門轎車，駛過米蘭的東南方。波河谷地這時候是收割期，男丁們拿著鐮刀收割穀物，採集菜圃、小樹林和果園裡的作物。雷爾斯跟平時一樣坐在後座上，手提箱開著，膝上放著報告。

兩人在那晚的戰機掃射下保住一命後，雷爾斯雖然對皮諾更為友善，但很少再出現那晚的同理心和坦率。但話說回來，皮諾從那之後也沒見過雷爾斯喝酒。他遵照將軍的指示駕車，在一小時內抵達鄉下一片大型草原。這裡停了五十輛德軍卡車，連同戰車、裝甲車，還有一整營的士兵，人數約有七、八百，大多是托特組織，但他們後面有一整連的黨衛軍士兵。

雷爾斯將軍下了車，神情嚴肅。看到將軍駕到，一整營的士兵立正站好。一名中校上前迎接雷爾斯，帶他來到一堆軍火箱前面。雷爾斯爬到軍火箱頂端，開始用德文說話，速度快，口氣硬。

皮諾只聽得懂幾個單字和片語，像是祖國、需要德國兄弟……但不管將軍說了什麼，顯然振奮了部隊的士氣。他們各個抬頭挺胸，對將軍的激勵聽得如痴如醉。

雷爾斯將軍做完演說，喊了一些跟希特勒有關的話語，然後斜上舉起一臂，做出納粹禮，吼道：「勝利萬歲！」

「勝利萬歲！」士兵們喊聲如雷。

皮諾站在原地，被心中持續攀升的恐懼搞得困惑不已。雷爾斯對他們說了什麼？究竟發生了什麼事？

將軍跟幾名軍官進入一座帳篷。

八百名士兵爬進半數的卡車，另一半則無人上車。

柴油引擎紛紛發動，車輛如長蛇般開出草原，一輛載滿士兵的卡車後面會跟著一輛沒載人的卡車，組成雙車車隊，有些沿鄉村道路開往北方，其他則前往南方，慢慢遠去，就像閱兵式的戰象。

雷爾斯走出帳篷，臉上沒透露任何情緒，只是鑽進飛雅特的後座，叫皮諾往南行駛，穿過波河山谷，那裡是一片極為肥沃的土地。

皮諾行駛三公里後，看到一名女孩坐在一個擁有穀倉塔的小農場的車道上，啜泣連連。

她的母親坐在門階上，雙手掩面。

在一小段距離外，皮諾看到一具男屍趴在渠道裡，身上的白色T恤沾染半凝固的血汙而呈紫色。皮諾瞥向後照鏡。雷爾斯就算有注意到這一幕，也沒出現任何反應，而是繼續低頭閱讀。

這條路橫越一條小溪，進入一大片平地，兩邊都是已經收割的農田。前方不到一公里處是一座由諸多房屋組成的小型聚落，旁邊有一座石製的大型穀倉。

幾輛德軍卡車停在路上和農家庭院裡。幾十名黨衛軍士兵把大約二十五名民眾趕進前院，叫他們跪下、雙手扣於腦後。

「將軍大人？」皮諾開口。

後座的雷爾斯抬起頭，咒罵一聲，叫他停車。將軍下車後朝黨衛軍呼喊。一名托特士兵出現，肩上扛著幾大袋穀物。其他士兵從後面走來，大約二十多人，身上都背著穀袋。

黨衛軍對雷爾斯的話語做出反應，士兵們叫民眾起身，允許他們成群坐在一起，讓他們眼睜睜看著自己賴以為生的穀物被奪走、丟進納粹卡車。

一名農夫拒絕坐下，並對雷爾斯咆哮：「你們至少該留下我們需要的份吧，否則太過分了。」

將軍還來不及回應，農夫已經被一名黨衛軍士兵用槍托毆打腦袋，癱倒在地。

「他對我說了什麼？」雷爾斯問皮諾。

皮諾告訴他。

將軍聆聽，思索，然後對一名托特軍官喊道：「Nehmen sie alles！」

說完，他走向座車。皮諾難過地跟上，因為他聽得懂雷爾斯這句德文。Nehmen

sie alles，意思是「全拿光」。

皮諾很想殺了將軍，但做不到，而是必須吞下怒火，整理心情。雷爾斯真的有必要拿走一**切**嗎？

皮諾鑽進飛雅特，在心裡不斷發誓：一定要記住這些所見所聞，納粹如何奴役、掠奪民眾。

等戰爭結束後，他要把這一切都告訴同盟國。

他繼續開車到下午兩點左右，看到雷爾斯指揮的德軍掠奪更多農場，奪走應該送去磨坊的穀物、應該送去市集的蔬菜、應該送去屠宰場的牲畜。

牛隻被士兵開槍爆頭，挖掉內臟，整頭送上卡車，屍體冒出的熱氣在冰涼空氣中凝結成霧。

將軍三不五時叫皮諾停車，他下車跟托特軍官談話，然後命令皮諾繼續開車，他繼續閱讀報告。皮諾不斷瞥向後照鏡，覺得雷爾斯似乎每一刻都在改變。**他竟然有辦法對我們目睹的一切無動於衷？他竟然——？**

「你覺得我是惡人，一等兵？」雷爾斯的嗓音從後座傳來。

皮諾看著後照鏡，發現將軍看著他。

「不，將軍大人。」皮諾試著擠出笑臉。

「你一定覺得我是惡人，」雷爾斯說：「你如果沒因為我今天必須做的舉動而恨我，我反而會很驚訝。我其實也有點恨我自己，但我是奉命行事。凜冬將至，我的國家遭到圍攻。如果沒有這些食物，我的同胞就會挨餓。所以在義大利，在你的眼裡，我是罪犯。但在我的祖國，我是無名英雄。善良、邪惡，這都取決於觀點，不是嗎？」

皮諾凝視後照鏡上的將軍，覺得雷爾斯似乎什麼壞事都幹得出來，這種人為了達成目標而幾乎能將任何手段合理化。

「了解，將軍大人，」皮諾忍無可忍。「但現在，我的同胞會挨餓。」

「有些人可能會，」雷爾斯說：「但我聽命於一個地位更高的人。我如果在這件任務上欠缺熱忱……總之，我不會讓這種事發生。送我回米蘭，去中央火車站。」

第二十一章

火車站周圍停滿大量卡車，車上堆滿納粹從義大利農田、果園和葡萄園掠奪而來的物資。皮諾跟著雷爾斯將軍走進火車站，來到月臺上，看到德軍士兵把穀袋、酒桶和好幾桶蔬菜水果搬上一節節篷車。

雷爾斯似乎明白這整套系統如何運作，對部下們連番提問，沿月臺來回走動，叫皮諾抄寫筆記。

「今晚會有九班火車北上，途徑布倫內羅鎮，」將軍說：「將於早上七點抵達因斯布魯克，於下午一點抵達慕尼黑，於下午五點抵達柏林。一共三百六十節車廂的糧食將……」

雷爾斯停止說話，皮諾抬頭。

七名黨衛軍士兵擋住去路。在他們後面，遠側月臺的鐵軌上，停著七節破舊的牲畜車廂。這些車廂原本應該是穀倉那種紅色，但油漆早已剝落，木板裂開，車廂看起來早該報廢。

雷爾斯以威脅的口吻對黨衛軍士兵說些什麼，他們站到一旁。將軍走向那幾節老舊篷車。皮諾跟上，抬頭看到一塊告示牌寫著「二十一號月臺」。

他覺得困惑，知道以前有在哪聽過，但想不起來。在士兵搬運糧食的聲響干擾下，皮諾來到最後一節車廂時，才聽見裡頭有孩童哭泣。

這個聲音似乎令將軍愣住。雷爾斯站在原地，瞪著牲畜車廂的破爛牆板，以及從縫隙裡看著他和皮諾的許多絕望眼睛，皮諾現在想起來納波利塔諾太太說過，猶太人會被送來二十一號月臺，搭上開往北方的火車。

「求求你們，」牲畜車廂裡一名女子啜泣，用義大利文開口：「你們要把我們送去哪裡？我們待過監獄那種環境，你們不能再叫我們待在這種地方！這裡擠得要命，這裡……」

雷爾斯看著皮諾，神情痛苦。「她說什麼？」

皮諾告訴他。

將軍額頭冒出汗珠。「告訴她，她要被送去波蘭一個托特組織勞動營工作。那裡——」

火車頭的引擎發出嘆息。火車往後滑動一呎，這引發篷車裡發出哭嚎，數以百計的男女和兒童發出尖叫，要求下車，要求知道究竟要被送去哪，哀求任何一點小小慈悲。

「妳會被送去波蘭一個勞動營。」皮諾告訴哭泣的女子。

「為我們禱告。」她說。

車輪在鐵軌上吱嘎作響，火車開始駛離二十一號月臺。

三隻小小的手指從最後一節牲畜車廂的牆板縫隙裡伸出來，似乎在火車持續加速時對皮諾揮手道別。他瞪著火車，而火車早已遠去後，他還是在腦海中看到那幾根指頭。他很想去追那班火車，放那些人下車，送他們去安全地帶。但他只是站在原地，心中充滿挫敗和無力感，逼自己別因為腦海中久久不去的那幾根手指而哭出聲。

「雷爾斯將軍！」

皮諾轉身，臉色蒼白的將軍也照做。將軍也看到那幾根指頭？

月臺上的一段距離外，蓋世太保上校瓦爾特・勞夫大步走來，氣得滿臉漲紅。

「勞夫上校。」雷爾斯說。

皮諾從將軍身旁後退一步，垂頭看地。他不想被勞夫認出來，以免勞夫懷疑阿爾卑斯屋那個義大利少年為什麼會成為雷爾斯將軍的司機。

蓋世太保上校開始朝雷爾斯咆哮，雷爾斯也立刻吼回去。皮諾只聽得懂片段，但確實聽見勞夫提到約瑟夫・戈培爾。雷爾斯的反應是搬出阿道夫・希特勒的大名。從這兩人的肢體動作來看，皮諾明白怎麼回事。勞夫的頂頭上司是帝國議員戈培爾，但雷爾斯的頂頭上司是德國元首。

幾分鐘的激烈威脅和冰冷對話後，惱火的勞夫後退一步，行個納粹禮。「希特勒萬歲！」

雷爾斯也行了納粹禮，但熱情程度較低。勞夫正打算離去，但打量皮諾幾秒。皮諾能感覺到對方的注意力在自己身上遊走。

「一等兵，」雷爾斯將軍喊道：「我們要走了。把車開過來。」

「遵命，將軍大人。」皮諾改用不擅長的德文做出答覆，然後快步走過兩名納粹軍官之間，從頭到尾沒看勞夫一眼，但能感覺到自己被對方的深邃眼眸冷冷盯著。

皮諾每走一步都以為會被勞夫喊住，但對方未曾開口。皮諾離開了二十一號月臺，只希望再也不用回來這裡。

雷爾斯將軍鑽進公務車，臉上是平時那副無法判讀的表情。

「去桃莉那兒。」他說。

皮諾瞥向後照鏡，看到雷爾斯凝視窗外的地平線。他雖然知道最好把嘴巴閉上，但還是控制不住自己。「將軍大人？」

「什麼事，一等兵？」將軍依然看著窗外。

「篷車裡那些人真的是被送去波蘭的托特勞動營？」

「是的，」將軍說：「那個地方叫做奧斯威辛。」

「為什麼在波蘭？」

聽見這句話，雷爾斯把視線移回車內，惱火得以近乎咆哮的口吻說：「你問這麼多做什麼，一等兵？你不懂分寸？你不知道我是誰？」

皮諾覺得彷彿後腦杓挨了一巴掌。「小的知道，將軍大人。」

「那就給我閉上嘴，不准再對我或任何人提出疑問，而且我說什麼你就做什麼。聽懂沒有？」

「遵命，將軍大人，」皮諾發抖。「萬分抱歉，將軍大人。」

來到桃莉的公寓大樓後，雷爾斯說他會自己拿手提箱上去，並命令皮諾把飛雅特開回汽車調度場。

皮諾很想跟著將軍上樓，不然就是叫安娜從後門讓他進去，但現在還是白天，他擔心這麼做會被抓到。他依依不捨地看桃莉的公寓窗戶最後一眼，然後駕車離去，滿腦子想著把今天的所見所聞，他見到的暴力、侵略和絕望，說給安娜聽。

當晚，連同之後的許多夜晚，那班紅色火車和二十一號月臺都侵入皮諾的夢境。他不斷聽見那名女子哀求他、要他為她祈禱。他不斷看見那幾根可憐的小手指朝他扭動，他夢見那些指頭屬於一個擁有無數臉孔的孩子，一個沒能保命的兒童。

在之後的幾星期，皮諾開車載雷爾斯將軍跑遍北義大利，兩人的睡眠時間都很短。皮諾在操作方向盤的時候，常常想到那個沒有臉孔的孩子，還有他在二十一號月臺上交換了字句的那名女子。那些人是被送去波蘭、工作到死為止？還是納粹只是把他們送去某個地方接受機槍洗禮，就像梅伊納和義大利多個地點的慘烈遭遇？

皮諾沒在開車的時候，以無力又疲憊的心情看著雷爾斯掠奪各地工廠的工具機，搶走數量驚人的建築物資、車輛和糧食。好幾座城鎮被奪走了民生必需品，這些資源將由火車送去德國，或分發給哥德防線的士兵。雷爾斯從頭到尾臉色嚴肅，冷血無情，而且下定決心完成任務。

「我跟你說了好幾次，同盟國必須轟炸布倫內羅隘口上方的鐵路，」一九四四年十月下旬的某天晚上，皮諾對舅舅說：「他們必須切斷這條路線，否則我們的食物會被搶光光，而且冬天已經不遠。」

「我已經叫巴卡把這條訊息傳出去兩次，」阿爾伯特舅舅洩氣地說：「但是全世界都聚焦於法國，忘了義大利。」

一九四四年十月二十七日，皮諾再次載著雷爾斯將軍，來到貝尼托・墨索里尼位於加爾尼亞諾鎮的莊園。這是個溫暖的秋日，阿爾卑斯山上的硬木樹樹葉轉為火紅色。天空宛如藍晶，在加爾達湖的反映下形成水天一碧。皮諾不禁心想，北義大利會不會就是這世上最美麗的地方。

他跟著雷爾斯穿過莊園的柱廊，來到露臺，這裡空無一人，遍地落葉。通往墨索里尼書房的落地窗開著，他們看到領袖在裡頭，站在辦公桌旁，馬術褲上的吊帶垂於兩旁，外袍敞開。獨裁者把電話貼在耳邊，一臉惱火。

「克拉拉，我覺得蕾切爾發瘋了，」領袖說：「她要去找妳麻煩。別跟她說話。她說她要殺了妳，所以妳務必關好大門，還有……好吧，好吧，晚點再打給我。」

墨索里尼掛了電話，搖搖頭，然後注意到雷爾斯將軍和皮諾站在那裡。領袖開口：「幫我問將軍，他老婆是不是也被桃莉氣到發瘋。」

皮諾照做。雷爾斯顯得驚訝，沒想到領袖知道自己的情婦是誰，但只是說：「很多事都能把我內人氣到發瘋，但她不知道桃莉的存在。我能如何為您效勞，領袖？」

「凱塞林元帥為什麼老是派你來見我，雷爾斯將軍？」

「因為他信賴我，您也信賴我。」

「我信賴你嗎？」

「我有做過哪件事讓您質疑我的可信度嗎？」

墨索里尼給自己倒了一些葡萄酒，又搖搖頭。「將軍，為什麼凱塞林就是對我的軍隊那麼沒信心，不願意讓他們上戰場？我有一大堆忠心耿耿、訓練有素的手下，他們是真正的法西斯信徒，願意為薩羅而戰，卻只能坐在兵營裡。」

「我也無法理解，領袖，但是元帥的軍事頭腦遠勝於我。我只是個工程師。」

電話響起。墨索里尼抓起話筒聆聽，說：「蕾切爾？」

幾秒後，獨裁者皺著眉，把腦袋從話筒旁邊移開。他太太的淒厲咆哮傳遍現場，無比清晰。「游擊隊！他們寄了詩句給我，貝尼托！他們重複其中一句：『我們要把你們全抓去洛雷托廣場！』他們責怪我，責怪你，責怪你那個下賤情婦！因為這個原因，她罪該萬死！」

獨裁者把話筒砸回電話機上，態度激動，然後瞪著皮諾，判斷對方聽見了多少。皮諾嚥口水，低下頭，假裝對地毯的刺繡圖案非常感興趣。

雷爾斯說：「領袖，我的行程很忙。」

「忙著撤退？」墨索里尼譏諷。「逃去布倫內羅隘口？」

「哥德防線至今屹立不搖。」

「我聽說那條線有很多破洞，」領袖把酒喝完。「告訴我，將軍，希特勒是不是真的正在建立最後的據點？在德國阿爾卑斯山的某處挖地道，收容他那些最忠誠的追隨者？」

「這類故事到處流傳，但我對此事沒有直接的瞭解。」

「如果這件事是真的，那座地下要塞裡有沒有空間收留我？」

「我沒辦法代替我國元首發言，領袖。」

「這跟我聽說的不一樣，」墨索里尼說：「但你應該至少能代替阿爾伯特・斯佩爾發言吧。希特勒的建築師一定知道那種地方是否存在。」

「我下次見到那位帝國議員的時候，會問清楚這件事，領袖。」

「我會需要一、兩個房間。」說完，獨裁者又給自己倒了一些葡萄酒。

「明白了。」將軍說：「我現在必須離開了，我得去杜林市開會。」

墨索里尼似乎很想爭論什麼，但電話再次響起，於是皺眉接聽。雷爾斯轉身離去。皮諾跟上時，聽見墨索里尼說：「克拉拉？妳有沒有關好大門？」領袖停頓幾秒，然後吼道：「蕾切爾已經到了？叫妳的衛兵把她從大門上抓下來，免得她害自己摔傷！」

將軍和皮諾離開露臺，走下樓梯時，聽見更多咆哮聲飄來。

回到車上後，雷爾斯將軍搖頭道：「為什麼我每次離開這裡，感覺就像走了一遭瘋人院？」

「領袖說了很多奇奇怪怪的話。」皮諾說。

「我真搞不懂他治國的方式，」雷爾斯說：「但他當年抵達權力顛峰的時候，聽說義大利的火車系統就跟德國鐘錶一樣準時。」

「阿爾卑斯山真的有地下要塞嗎？」皮諾問。

「只有瘋子才會相信這種鬼話。」

皮諾開始駕車前很想提醒將軍，阿道夫・希特勒可不是以精神穩定著稱，但覺得最好別幹這種傻事。

一九四四年十月三十一日，太陽下山不久後，雷爾斯將軍叫皮諾載他去蒙札市的火車站，位於米蘭東北方十五公里。皮諾疲憊不堪，他幾乎一直都在開車，現在只想回家睡覺，只想去見安娜。從戰機掃射那一夜算起，他和她相處了幾乎不到十分鐘。

但皮諾還是遵照命令，把飛雅特開往北方。在這天晚上，這個月的第二次滿月升起——其實這次才是藍月——投下白皙光輝，把鄉野映成深青色。抵達蒙札車站後，將軍下車，托特組織的哨兵們立即立正站好。這些士兵是義大利人，跟皮諾一樣是年輕人，只想熬到戰爭結束的那一天。

「告訴他們，我是來監督機廠的一筆交接。」雷爾斯將軍說。

皮諾翻譯。士兵們點頭，指向月臺的盡頭。

一輛小型卡車停靠，兩名托特士兵和四名身穿破爛灰衣的男子下車。這四人胸前繡了文字，其中三人胸前是「OST」，第四人身上繡著「P」。

「一等兵，你在這兒等著。」雷爾斯將軍以友善口吻告訴皮諾：「我不會離開很久，不超過一小時，然後我們可以回家好好休息，見見我們那些女性友人。好嗎？」

皮諾雖然覺得身心俱疲，但還是微笑點頭。他其實很想直接躺在旁邊的長椅上睡覺。然而，看著雷爾斯從一名士兵手中接過手電筒、走向月臺盡頭的時候，他突然清醒過來。

將軍沒帶著手提箱！

手提箱就在車上，車子停在車站門口。雷爾斯說頂多一小時就回來，可是這段時間絕對夠他查看手提箱，不是嗎？阿爾伯特舅舅一直沒能弄到之前提過的小型相機，但是皮諾能利用將軍的相機，而且他知道裡頭裝了一捲新底片。雷爾斯總是堅持把那臺相機放在車上，以便拍下適合設置火砲的地點。將軍如果有拍照，一定會在當天拿走底片，無論是否用完，並裝進新的膠卷。

皮諾做出決定：如果在手提箱裡發現看似重要的文件，他要拍下來，拿走底片，然後從手套箱裡找出新的膠卷裝進去。

他朝飛雅特踏出兩步時，出現一種比疲憊感更強烈的感受：雷爾斯剛剛帶著四名奴隸和兩名托特士兵離去時，態度似乎不太一樣。他說不出來哪裡怪，但他很好奇雷爾斯打算在滿月光輝下交接什麼東西，而且為什麼不想讓他看到移交的過程？這點很怪，因為平時雷爾斯去什麼地方，皮諾通常也會跟著。

不遠處傳來火車鳴笛聲。皮諾不確定該回車上還是查看月臺，但終究決定順服直覺，走向雷爾斯前往的月臺盡頭。他跳下機廠，避開車站，沒看到將軍和其他人，這時一班貨運火車隆隆駛進車站，吱嘎停定。

皮諾急忙鑽過火車的一節篷車底下，爬過鐵軌，來到另一頭的時候聽見說話聲。他從火車底下窺視右邊，看到將軍的手電筒照出兩名托特士兵的身影，他們正在朝皮諾的方位走來。

皮諾緊貼在篷車的車輪上，看著士兵們走過。他再次查看右邊，看到雷爾斯站在大約六十公尺外，背對著他，面對那四名灰衣人。那四人排成一隊，把貨運火車一節篷車裡的東西搬進鄰近鐵軌上的單一篷車。貨物不算很大，但四名奴隸在搬運這些重物時，顯然用盡全力。

皮諾就算沒辦法讓舅舅知道自己在雷爾斯的手提箱裡有何發現，也至少想說出自己在夜色下看到將軍搬運什麼東西，而且將軍為何在這個過程中親自監督奴隸。

皮諾匆忙爬到貨運火車的另一頭，盡可能輕輕前進，篷車擋在他和雷爾斯之間，他慶幸能聽見沉重金屬物體的敲擊聲。咚，咚，哐啷。

他配合敲擊聲的節奏一步步前進，直到他覺得來到了跟那群人平行的位置，然後他趴在地上，慢慢爬過貨運火車底下，窺視火車另一側，發現離將軍不到十公尺。

雷爾斯把手電筒對準鐵軌之間的煤渣，方便那四人在工作時能看到腳邊。皮諾能看到雷爾斯上方的篷車裡有個男子遞出長方形物體，但他看不清楚是什麼。男子們把東西抱在腰高處，傳給下一個人，送進另一條鐵軌上的鏽橘色篷車。

那東西究竟是——？

隊伍中的第三人手滑了一下，差點掉了東西。雷爾斯把手電筒對準男子手中的物體，皮諾差點發出驚呼。

金磚。

「到此為止。」雷爾斯用德文對他們說。

四名奴工一臉期待地看著將軍。他朝篷車揮揮手電筒，示意他們關門上鎖。

皮諾意識到這場黃金移交已經完成，這表示雷爾斯很快會走向車站，回到座車上。他慢慢往後爬，聽見上方的篷車門扉滑動關上，他加快動作。

第二節篷車也關門時，他已經來到火車另一側，站起身，踮腳離去，挑了遍地煤渣的區段走，讓這裡的雜草吸收腳步聲。

一分鐘內，他爬上火車月臺。貨運火車的火車頭在鐵軌盡頭發出轟隆聲，車輪吱嘎呻吟，開始加速。車廂之間的車鉤發出摩擦聲。每一節車廂經過時，發出規律的匡噹匡噹聲。但在這種噪音干擾下，皮諾還是清楚聽見爆竹般的槍聲。

第一聲槍響傳來的時候，他還不太確定是怎麼回事。但聽見雷爾斯的方位傳來第二、第三和第四聲槍響，彼此相隔兩到四秒，他就不再感到懷疑。所有槍聲在十五秒內結束。

先前那兩名被雷爾斯支開的托特士兵來到月臺上，似乎也聽見槍聲。

皮諾感到驚恐又憤怒，**那四個奴隸死了**。那四人因為目睹黃金移交而被滅口。扣扳機的人是雷爾斯，他冷血地處決了他們，而且是在很久以前就做好這個打算。貨運火車的最後一節篷車經過月臺，隆隆駛入黑夜，載著皮諾猜想是掠奪而來的黃金。其中一批黃金就放在機廠上那節單一篷車裡。裡頭有多少黃金？**多得足以讓四個無辜之人喪命**，皮諾心想。**多得足以**——

他聽見雷爾斯將軍的腳步聲，然後看到月光下的一抹黑影。雷爾斯打開手電筒，掃過月臺，看到皮諾。皮諾舉起前臂擋住光線，驚慌地懷疑將軍可能也會決定殺了他。

「原來你在這兒，一等兵，」雷爾斯將軍說：「你聽見那些槍聲了嗎？」

皮諾認為裝傻乃是上策。「槍聲，將軍大人？」

雷爾斯來到月臺，帶著笑意，搖搖頭。「四槍，全都打偏了。我的槍法向來很差。」

「將軍大人？我不明白。」

「我剛剛把一些重要的東西轉移來義大利保管，」他說：「我背對那四名勞工的時候，他們趁機開溜了。」

皮諾皺眉。「您開槍殺了他們？」

「我有朝他們開槍，」雷爾斯將軍說：「嚴格來說是朝他們旁邊開槍。我的槍法真的很糟。不過，我當時不在乎，以後也不在乎。祝他們好運。」雷爾斯扣起雙手。「送我去桃莉那兒，一等兵，今天實在累壞了。」

皮諾駕車返回米蘭時心想：如果雷爾斯將軍說了謊，如果他其實有殺掉那四名奴隸，那他就是演技精湛的演員，不然就是喪盡天良。但話說回來，二十一號月臺那些猶太人確實撼動了雷爾斯，也許他在某些事情上還是有良知。將軍一路上似乎心情不錯，偶爾會對自己咯笑幾聲，不然就是滿意地咂咂嘴脣。這也很合理吧？畢竟他剛剛才獲得了一大堆黃金。

將軍說他是為了義大利這麼做，是在保管這筆財富，但皮諾把飛雅特停在桃莉公寓門口時，還是感到懷疑。雷爾斯從義大利奪走了這麼多東西，又怎麼可能會為這個國家保管任何東西？而且皮諾聽過不少故事，知道人類在牽扯到黃金的時候會做出哪些不合理的怪事。

來到位於但丁大街的公寓後，雷爾斯將軍下了車，拿著手提箱。

「你明天可以休息一天，一等兵。」雷爾斯說。

「謝謝您，將軍大人。」皮諾點頭。

皮諾確實需要休息一天，也很需要見見安娜，但顯然沒獲邀上樓喝威士忌。將軍朝公寓大門邁步，但又停下腳步。

「一等兵，你明天可以用這輛車，」他說：「帶那個女僕去你們想去的任何地方。好好享受吧。」

隔天早上，安娜下樓來到大廳，這時皮諾走進前門。他們倆都尷尬地對坐在凳子上的老婦眨眼，然後走出門外，嘻嘻哈哈，很高興能有彼此陪伴。

「這真不錯。」她鑽進右前座，坐在他身旁。

皮諾很慶幸能脫下托特組織的制服。他現在完全是另一個人，安娜也是。她穿著藍色連身裙、黑色船型高跟鞋，肩上披著精美的羊毛披巾。她塗了口紅和睫毛膏，還有……

「怎麼了？」她說。

「妳實在美極了，安娜，妳美得讓我想高歌。」

「你嘴真甜，」她說：「我真想吻你，但我不想把桃莉的昂貴法國唇膏暈開。」

「我們該去哪裡？」

「美麗的地方，能讓我們忘掉戰爭的地方。」

皮諾思索片刻，然後說：「我知道有個地方很適合。」

「趁我還沒忘。」安娜從手提包裡掏出一張信封給他。「雷爾斯將軍說這是通行證，他簽了名。」

皮諾駕車前往切爾諾比奧鎮的一路上亮出通行證，哨兵們的態度轉變令他驚奇。皮諾帶安娜來到他最喜歡的科莫湖某處，是湖西側南端的一座小公園。這個秋日晴空萬里，難得溫暖，微風拂面。天空呈淺藍色，最高的山峰覆以白雪，高山和湖面倒影就像兩幅相連的水彩畫。皮諾覺得熱，於是脫下厚襯衫，露出無袖的白色T恤。

「這裡真美，」安娜說：「難怪你喜歡這裡。」

「我來過這裡不知道多少次，但還是覺得這裡美得如夢似幻，彷彿出自上帝的造景，未曾被人類影響，妳明白我的意思嗎？」

「我明白。」安娜接著拿出雷爾斯將軍的相機，說：「我來幫你拍張照。」

「妳從哪弄到的？」

「手套箱。我會拿走底片，把相機放回去。」

皮諾有點遲疑，但還是聳個肩。「好。」

「側身對著我，」她說：「抬起下巴，把頭髮撥到後面，我想看到你的眼睛。」

皮諾試著照做，但鬈髮一直被微風吹到眼前。

「等一下，」安娜從手提包裡找出一條白色頭巾。

「我才不戴這種東西。」皮諾說。

「可是我想把你的眼睛拍下來。」

皮諾看得出來，如果不配合她，她會非常失望，於是接過頭巾戴上，還扮個鬼臉逗她笑。然後他側身站著，抬起下巴，露出微笑。

她按了兩次快門。「完美。我會永遠記得你這副模樣。」

「戴頭巾的模樣？」

「我能看到你眼睛的模樣。」安娜抗議。

「我知道。」說完，他擁抱她。

兩人分開後，他指向湖的遠側，往北方延伸的區段。「在那裡，雪線下面？那是莫塔村，瑞神父就是在那裡經營阿爾卑斯屋，我跟妳說過的地方。」

「我記得，」安娜說：「你覺得他還在幫他們嗎？我是說瑞神父？」

「當然，」皮諾說：「任何事都影響不了他的信仰。」

話剛說完，他想到二十一號月臺。他臉上顯然透露了情緒，因為安娜問道：「怎麼了？」

他對她描述他在月臺上看到什麼，他看著那節紅色的牲畜車廂離去、那幾根小手指對他揮手道別的時候，他有多麼難過。

安娜嘆口氣，撫摸他的背。「沒人能時時刻刻都當個英雄，皮諾。」

「妳也許是對的。」

「我確實是對的。你沒辦法把全世界的問題都往身上攬。你必須為自己的人生找到幸福，對其他事情也只能盡力而為。」

「跟妳在一起的時候，我覺得很幸福。」

她似乎感到為難，但還是綻放笑容。「其實我也是。」

「跟我說說妳母親的事。」皮諾說。

安娜僵住。

「很痛心的傷疤？」

「最痛的之一。」她說。兩人開始沿湖畔走動。

安娜告訴皮諾：丈夫溺死在海上、女兒獲救後，她母親就開始逐漸精神失常。她母親告訴安娜，她父親之死，甚至她母親在生下安娜後每次流產，全是安娜的錯。

「她認為我的眼睛像惡魔。」安娜說。

「妳？」皮諾哈哈大笑。

「不好笑，」安娜神情嚴肅。「我母親對我做了很多很惡劣的事，皮諾。她逼我對我自己產生一些不正確的想法。她甚至找來神父，對我進行驅魔儀式。」

「不會吧。」

「是真的。我能獨立之後，就離開了那裡。」

「迪里雅斯特？」

「我先離開了家，不久後離開了迪里雅斯特。」她望向湖泊。

「妳去了哪裡？」

「因斯布魯克。我按著廣告見到了桃莉，所以過著現在這種生活。你不覺得人生就是會帶我們去我們該去的地方，讓我們見到我們該見到的人？」

「妳覺得我就是妳該見到的人？」

一陣風吹來，她的幾綹髮絲拂過臉龐。「大概吧。是這樣沒錯。」

皮諾不禁懷疑是不是上帝安排他見到雷爾斯將軍，但看到安娜撫平頭髮、笑逐顏開，他立刻忘了這個問題。

「我不喜歡來自巴黎的唇膏。」他說。

她發笑。「我們還能去哪？還有什麼美麗的地方嗎？」

「由妳來選。」

「如果是在迪里雅斯特，我可以帶你去很多地方看看。但在這兒，我毫無頭緒。」

皮諾陷入沉思，不甘願地看著湖泊，然後說：「我知道一個地方。」

一小時後，皮諾開著公務車橫越鐵軌，沿一條產業道路上山，來到父親和貝爾卓米尼先生表演《無人得以成眠》的那座山丘。

「為什麼選這裡？」安娜狐疑地問道，看著烏雲滾滾而來。

「我們先爬上去，然後我再告訴妳。」

兩人下了車，爬上山坡。皮諾描述：在一九四三年夏天，每晚都會有幾班火車離開米蘭，他們會來這片茂密芬芳的青草地避難，他和卡利托目睹了米歇爾與貝爾卓米尼先生用小提琴和歌聲上演的小小奇蹟。

「他們是怎麼做到的？」

「愛，」皮諾說：「他們表演的時候熱情洋溢，而那份熱忱來自愛，這是唯一的解釋。所有偉大的事物都來自愛，不是嗎？」

「應該是吧，」安娜轉開視線。「最惡劣的的事物也是。」

「這話什麼意思？」

「以後再告訴你，皮諾。在這一刻，我只想享受這份幸福。」

兩人來到丘頂。十五個月前，這片草原翠綠茂盛，猶如仙境。但現在，草地褪成枯棕，長形草葉變得黯淡無光，只剩梗莖，果園裡的果樹也一片光禿。天色變暗，開始下起小雨，然後雨勢增強，他們倆必須用跑的下山。

回到車上後，安娜開口：「我說真的，皮諾，如果要我在這裡和切爾諾比奧之間二選一，我會選切爾諾比奧。」

「我也是，」他看著爬滿雨痕的擋風玻璃外頭，凝視起霧的丘頂。「這裡沒我印象中那麼美，不過這大概是因為當時我的親友都在這裡。我父親做出他這輩子最好的一次演奏，貝爾卓米尼先生唱歌給他太太聽。還有圖里歐，還有卡利托，他……」

皮諾激動得把頭趴在握住方向盤的雙手上。

「皮諾，你怎麼了？」安娜感到驚訝。

「他們都離開我了。」他哽咽道。

「誰離開你？」

「圖里歐，還有我最好的朋友，甚至我弟弟也是。他們認定我是納粹，是叛徒。」

「你不能告訴他們你其實是間諜嗎？」

「我其實連妳也不該說。」

「唉，你的擔子真重，」她揉揉他的肩膀。「可是他們，我是說卡利托和米莫，遲早會知道真相，就等這場戰爭結束。至於圖里歐？我們能做的，就是為我們深愛但失去的的人哀悼，然後對人生讓我們遇到的其他人表達歡迎和關愛。」

皮諾抬頭。兩人對視許久，然後安娜牽起他的手，靠向他，說道：「我已經不在乎會不會暈開脣膏了。」

第四部　最殘酷的寒冬

第二十二章

在東北風的吹襲下，北義大利的氣溫在一九四四年十一月間驟降。透過廣播，英國的亞歷山大元帥懇求義大利的抵抗組織──稱作「愛國行動團」──組成游擊隊，襲擊德軍。從天而降、灑遍米蘭街道的不再是炸彈，而是傳單，催促民眾加入抗戰。抵抗組織的攻勢立即擴大，納粹幾乎在任何地方都遭到騷擾。

十二月，大雪掩埋了阿爾卑斯山。一場場風暴從山上輪番襲來，橫掃米蘭，然後南下，甚至觸及羅馬。雷爾斯和皮諾開始頻繁地前往亞平寧山脈，巡視哥德防線的防禦工事。

他們看到德軍士兵蜷縮在機槍掩體、砲臺和用防水布搭建的臨時帳篷下生火取暖、瑟瑟發抖。托特軍官們告訴雷爾斯，他們需要更多毛毯、更多食物，更多厚羊毛外套和襪子。隨著酷寒到來，高地上每個納粹士兵都在忍受強烈痛苦。

雷爾斯將軍似乎發自內心地同情他們的困境，也為了查看他們的需求而逼自己和皮諾更常出來巡視。雷爾斯從熱那亞市的一座磨坊強行徵收了毛毯，從米蘭和杜林市的工廠強行徵收了羊毛襪和外套。他掃空了這三座城市的市集物資，害得義大利人的日子更難過。

十二月中旬，雷爾斯決心強占並屠宰更多牛隻，打算給將士們在聖誕日當天享用，連同從托斯卡尼各地搶來的一箱箱葡萄酒。

在一九四四年十二月二十二日的清晨，雷爾斯再次命令皮諾載他去蒙札車站。抵達目的地後，將軍拿著手提箱下了車，叫皮諾在車上等。現在是大白天，皮諾擔心會被看到而沒跟蹤雷爾斯。將軍回來時，手提箱看起來似乎更沉重。

「去盧加諾市山上的瑞士邊界關卡。」雷爾斯說。

皮諾開車，認定手提箱裡裝著一、兩塊金磚，搞不好更多。抵達邊界後，將軍叫皮諾在車上等，自己則在漫天大雪下走過邊界，進入瑞士，消失在暴雪中。經過寒冷刺骨的八小時後，雷爾斯回到車上，叫皮諾開回米蘭。

「你確定他把黃金拿去瑞士？」阿爾伯特舅舅問。

「不然他在那裡的機廠做什麼？」皮諾反問：「掩埋屍體？在那些人死了六星期後？」

「你說得對。我……」

「怎麼了？」皮諾問道。

「納粹無線電獵人的本領越來越高，高到令我們難以招架。他們對我們的發報信號進行三角定位的速度越來越快。巴卡這個月已經有兩次差點被抓到。你也知道被抓到會有什麼下場。」

「你們打算怎麼做？」

在水槽前洗碗的葛芮塔舅媽放下碗盤，轉身看著丈夫，而她丈夫正在打量自己的外甥。「阿爾伯特，」她開口：「我認為你光是提出這個要求，對他來說就很不公平。這孩子已經做得夠多了，讓別人試試吧。」

「我們沒有其他人選。」他舅舅說。

「你甚至根本沒跟米歇爾商量這件事。」

「我原本就打算把這件事交給皮諾。」

「究竟要做什麼？」皮諾不耐煩地問。

舅舅遲疑幾秒，然後說：「你家樓下那間公寓？」

「納粹貴賓室？」

「是的。接下來，你會覺得我要提出的構想很古怪。」

葛芮塔舅媽說道：「阿爾伯特，你第一次提到這個點子的時候，我覺得你瘋了，但我現在覺得你根本喪心病狂。」

「我會讓皮諾來決定這點。」

皮諾打個呵欠，然後說：「不管你要不要說清楚你要我做什麼，總之我再過兩分鐘就要回家睡覺。」

「你家樓下的公寓裡，有一臺納粹短波發報機，」阿爾伯特舅舅說：「一條電纜從窗戶裡延伸出來，接上一支無線電天線，就固定在你家露臺的外牆上。」

皮諾記得這件事，但還是聽得一頭霧水，不確定舅舅究竟有何盤算。

「所以，」舅舅說下去：「我覺得，如果德軍的無線電獵人在尋找來自非法天線的非法無線電廣播，我們也許可以騙過他們，辦法是把我們的非法發報機接上納粹的合法天線。你懂了嗎？我們偷偷把自己的發報機接上他們的電纜，透過一座已知的德軍天線來把訊號傳送出去。無線電獵人如果循著訊號找上門，會以為那是他們自己人的訊號，也就不再追查。」

「他們如果知道沒人在操作納粹發報機，難道不會上去露臺查看？」

「我們等他們結束廣播、關掉機器後，趕緊趁機發出我們自己的訊號。」

「如果他們在我家公寓裡發現發報機，會有什麼下場？」皮諾問道。

「不好的下場。」

「我爸知不知道你的盤算？」

「首先，我要你告訴你父親，你雖然穿著德軍制服，但實際上在做些什麼。」

雖然是爸媽命令他加入托特組織，但他有注意到父親對他的卐字符臂環做出什麼反應：移開視線，慚愧得嘴角下垂。

有機會讓父親知道真相，他雖然感到興奮，但還是說：「我以為越少人知道越好？」

「我確實說過。但米歇爾如果知道你為抵抗勢力冒哪些風險，就會接受我的計畫。」

皮諾仔細考慮。「假設我爸答應，你要怎樣把發報機送去我家裡？我是說通過大廳衛兵的檢查。」

阿爾伯特舅舅微笑。「這就得靠你了，孩子。」

那晚在公寓裡，父親瞪著皮諾。

「你真的是間諜？」

皮諾點頭。「我們原本不能告訴你，但現在必須說出來。」

米歇爾搖頭，接著示意皮諾來到他面前，尷尬地擁抱了兒子。

「我很抱歉。」他說。

皮諾吞下情緒。「我知道。」

米歇爾放開他，淚眼以對。「你是個勇敢的男子漢，遠比我勇敢，而且擁有我完全猜不到的能力。我以你為榮，皮諾，我要你知道這點，不管我們在這場戰爭結束前可能有什麼遭遇。」

父親的稱讚對皮諾來說無比重要，他哽咽道：「爸爸——」

父親把一手放在皮諾的臉頰上。「你如果有辦法瞞過那些哨兵、把發報機拿進來，我就把它留在這裡。我也想盡一分心力。」

「謝謝你，爸爸，」皮諾說：「等你陪媽媽和琪琪過完聖誕節，我再拿過來。如此一來，你就能否認知道這件事。」

米歇爾臉色凝重。「你母親會很難過。」

「我沒辦法去陪她們過節，爸爸。雷爾斯將軍需要我。」

「米莫如果跟我聯繫，我能不能讓他知道你其實是間諜？」

「不行。」

「可是他以為——」

「我知道他以為什麼，我也只能等到時機更適合的時候再告訴他真相。」皮諾說：「你上一次聽到他的消息是什麼時候？」

「大概三個月前吧？他說他要南下去皮埃蒙特區受訓。我有試著阻止他，但沒人攔得住你弟那種蠻牛。他從你房間的窗戶爬到外面的平臺上，溜走了。六層樓高耶。誰會做這種事？」

皮諾想起自己以前也用過類似的路線開溜，因此強忍笑意。「只有多米尼克・萊拉會這麼做。我很想他。」

米歇爾擦擦眼淚。「天知道那孩子給自己惹上了什麼麻煩。」

隔天晚上的深夜，又幫雷爾斯將軍開車一整天的皮諾坐在桃莉家的廚房裡，吃著安娜做的美味燉飯，眼神茫然。

安娜輕輕踢他的小腿。

皮諾醒來。「怎麼了？」

「你今晚常常在發呆。」

他嘆口氣，然後輕聲道：「妳確定他們已經睡了？」

「我確定他們在桃莉的房間裡。」

皮諾依然壓低嗓門。「我不想把妳牽連進來，但我越來越覺得妳能幫上大忙，這件事很重要，但也可能對我們倆造成危險。」

安娜一開始以興奮的眼神看著他，但接著冷靜下來，然後流露恐懼。「如果我拒絕，你是不是還是會靠自己去做？」

「是的。」

她沉默一會兒，然後說：「你要我怎麼做？」

「妳難道不想先知道我希望你做什麼，然後妳再決定？」

「我相信你，皮諾，」安娜說：「告訴我，我該做什麼。」

就算國家陷入戰爭、毀滅和絕望，聖誕夜依然是個充滿希望和善意的時光。皮諾在幾天前就看過這種希望和善意，雷爾斯將軍當時在哥德防線扮演聖誕老人，監督搶來的麵包、牛肉、葡萄酒和乳酪的分配。此刻，皮諾和安娜站在米蘭大教堂後側，數以千計的米蘭人擠進大教堂裡三座寬闊的半圓壁龕，進行守夜彌撒時，他也看到這種希望和善意。納粹拒絕解除宵禁，就算民眾很想進行傳統的午夜慶祝活動。

舒斯特樞機也參加了彌撒。安娜只能勉強看到那名神職人員，但是高個子的皮諾能清楚看到舒斯特在聖壇上布道，主題是耶穌誕生所遭遇的困境，以及鼓勵信徒。

「『你們心裡不要憂愁』，」米蘭樞機說：「耶穌基督，我們的天主和救主，說過的這幾個字，比任何子彈、砲彈或炸彈都強大。堅信這句話的人，不會害怕，而且堅強。『你們心裡不要憂愁』。堅信這句話的人，一定會擊敗暴君及其恐懼大軍，這一千九百四十四年來就是如此。而且我向你們保證，這句話也適用於未來所有的日子。」

詩班起身唱歌時，皮諾周圍許多人似乎受到舒斯特樞機鬥志激昂的布道激勵。大家開口跟著詩班一起唱歌的時候，皮諾看到歷經戰亂的諸多臉孔流露希望，在缺乏喜樂的日子依然感到喜樂。

「你剛剛在裡頭有感謝上帝嗎？」安娜問。他們在彌撒結束後走出大教堂，她改用另一隻手拎著購物袋。

「我有，」皮諾說：「我感謝上帝把妳這份大禮賜給我。」

「聽聽你說了什麼，嘴可真甜。」

「我說的是事實。妳讓我心無所懼，安娜。」

「我卻比以往都害怕。」

「別害怕，」皮諾摟住她的肩。「妳可以用我覺得害怕時用的招式：把自己想像成一個更勇敢又聰明的人。」

他們從陰暗受損的斯卡拉大劇院外頭走過，走向皮具店，安娜說：「我覺得我做得到，我是說表現得像別人。」

「我知道妳做得到。」皮諾說。走向阿爾伯特舅舅店鋪的一路上，他覺得自己因為有安娜在身邊而所向無敵。

他們敲了小巷裡的後門。阿爾伯特舅舅開門，兩人走進，來到工廠的裁縫室，裡頭四處瀰漫皮革味。舅舅鎖上門，打開電燈。

「這個人是誰？」阿爾伯特舅舅問道。

「我的朋友，」皮諾說：「安娜瑪塔。她會幫我。」

「我明明說過你獨自行動會比較好。」

「既然冒生命危險的人是我，那我要按我自己的方式去做。」

「什麼方式？」

「我不想說。」

阿爾伯特舅舅看起來不高興，但還是尊重皮諾。「我能幫上什麼忙？你需要什麼？」

「三瓶葡萄酒。其中一瓶先打開塞子再裝回去，麻煩你。」

「我去拿。」舅舅前往樓上的公寓。

皮諾開始換下便服，穿上制服。安娜放下購物袋，在工作坊裡四處走動，觀察這裡的裁縫桌、縫紉站，還有放在架子上、完工程度不一的精美皮革製品。

「我好愛這裡。」她說。

「什麼？」

「你生活其中的這個世界。這些氣味、精湛的工藝，對我來說就像夢幻世界。」

「我好像從沒用過這種眼光看待這裡，不過這個地方確實不錯。」

阿爾伯特舅舅回到樓下，身後是葛芮塔舅媽和巴卡。發報機操作員拿著一口裝有繫帶和暗艙的棕色手提箱，皮諾在四月的時候見過。

舅舅看著還在欣賞皮具的安娜。

皮諾說：「安娜很喜歡你這一行。」

他的臉色變得柔和。「是嗎？妳喜歡這些東西？」

「每一個都作工精美，」安娜說：「這門技藝究竟要上哪學啊？」

「要有人教，」葛芮塔舅媽狐疑地打量她。「跟師父學。妳是誰？是怎麼認識皮諾的？」

「我們算是同事，」皮諾說：「你們可以信賴她。我信賴她。」

葛芮塔舅媽顯然沒被說服，但也沒多說什麼。巴卡把手提箱交給皮諾。在近距離下，皮諾發現這名發報機操作員憔悴嚴肅，顯然因為一直在東躲西藏。

「好好照顧它。」巴卡朝發報機點個頭。「它發出的聲音能傳遍千里，但它本身嬌柔脆弱。」

皮諾接過手提箱，沒想到東西十分輕盈。他問：「你進入聖巴比亞的時候沒被搜身？」

「有地道。」阿爾伯特舅舅查看手錶。「你得動作快，皮諾。別等到宵禁後才回去。」

皮諾說：「安娜，妳能不能用購物袋裝著另外那兩瓶沒打開的酒？」

她把正在欣賞的雕紋皮包放下，拿起他需要的東西，跟著他走向店鋪後側。皮諾打開手提箱，跟安娜把葡萄酒和購物袋裡的東西放進去，遮住藏有發報機零件和發電機的暗艙。

皮諾用繫帶綁好手提箱，說道：「好了，我們要走了。」

「先讓我抱一個。」葛芮塔舅媽擁抱他。「祝你聖誕快樂，皮諾，願上帝與你同行。」她看著安娜。「也祝福妳，年輕的女士。」

「聖誕快樂，夫人。」安娜面露微笑。

阿爾伯特舅舅拿起安娜剛剛在欣賞的皮包。「祝勇敢又美麗的安娜瑪塔聖誕快樂。」

安娜目瞪口呆，但還是接過東西，姿態就像小女孩拿起一個珍愛的洋娃娃。「我這輩子從沒收過這麼美好的禮物，我一定會永遠珍惜。謝謝你們！謝謝你們！」

「別客氣。」葛芮塔舅媽說。

「注意安全，」阿爾伯特舅舅說：「你們兩個都是。還有，聖誕快樂。」

關門後，接下來的任務令皮諾感到肩頭沉重。如果被搜到身上有美國製的短波發報機，就等於給自己簽了死刑執行令。皮諾站在巷子裡，拔掉酒瓶的軟木塞——阿爾伯特舅舅提供的上好基安蒂酒——大灌一口，然後遞給安娜。

安娜喝了幾口，然後灌下一大口。她開心地對他咧嘴笑，吻他，說道：「有時候我們只是必須保持信心。」

「瑞神父也總是這麼說，」皮諾微笑。「尤其如果要去做的事是正確的，無論有什麼後果。」

兩人走出巷子。他拿著手提箱，安娜把葡萄酒放在敞開的新手提包裡。兩人手牽手，笑呵呵，步伐輕盈，彷彿這世上只有他們倆。接近納粹檢查哨時，他們聽見刺耳笑聲。

「他們聽起來有喝酒。」安娜說。

「這樣更好。」皮諾帶路前往爸媽的公寓大樓。

越是接近那裡，安娜就把皮諾的手握得更緊。

「放輕鬆，」他輕聲道。「我們喝醉了，無憂無慮。」

安娜又大灌一口葡萄酒，說道：「再過兩分鐘，我們要麼面對死期，要麼面對全新的開始。」

「妳現在還是可以抽身。」

「不，皮諾，我跟著你。」

上樓來到公寓大樓門口，推開前門時，皮諾感到幾秒的驚慌和遲疑，懷疑把安娜牽扯進來、這樣毫無必要地讓她冒生命危險，是個錯誤。但他推開門的瞬間，她爆出笑聲，趴在他身上，唱著聖誕頌歌。

扮演別人，皮諾心想，跟著她一起唱歌，一起蹣跚走進大廳。

皮諾不認得的兩名黨衛軍哨兵站在電梯和樓梯底端，盯著他們。

「這是怎麼回事？」其中一人用義大利文質問，另一人用衝鋒槍指著他們倆。

「你們是誰？」

「我住這兒，六樓，」皮諾口齒不清，遞出證件。「米歇爾・萊拉的兒子約瑟，托特組織的忠誠士兵。」

德軍士兵接過文件查看。

安娜挽著皮諾的胳臂，眼裡帶著笑意，直到另一名士兵問：「妳是誰？」

「安娜，」說完，她打個嗝。「安娜瑪塔。」

「證件。」

她眨眨眼，往手提包裡摸索，然後醉醺醺地搖搖頭。「哎呀，這個手提包是新的，是我的聖誕禮物，我的證件放在另一個包裡，在桃莉她家。你認識桃莉嗎？」

「不認識。妳來這兒做什麼？」

「做什麼？」安娜嗤之以鼻。「我是女僕。」

「萊拉家的女僕今天已經回去了。」

「不是啦，」她朝他們揮手。「我是雷爾斯將軍的女僕。」

這句話引起他們的注意，尤其因為皮諾說：「而我是將軍的私人司機。他讓我們在聖誕夜放假，加上……」皮諾扭頭望向右後方，朝他們走近一步，露出害臊的笑臉，如告密般壓低嗓門說：「我爸媽不在家，所以我們今晚能獨處，而公寓裡沒人，我和安娜打算上去……呃……慶祝，你懂的？」

最先開口的那名哨兵心照不宣地挑起一眉。另一人色瞇瞇地盯著安娜，她回以性感微笑。

聲。

「行嗎？」皮諾說。

「行，行，」他笑著把證件還給皮諾。「上去吧，反正今天是聖誕節嘛。」

皮諾接過證件，笨拙地塞進口袋。「我欠你們一個人情。」

「我們倆都是。」安娜神情羞怯，又打個嗝。

皮諾抓起皮箱，以為大功告成，但就在這時候，箱子裡的酒瓶發出清脆的喀啷

「手提箱裡是什麼？」另一名哨兵問。

皮諾看著安娜。她羞紅了臉，哈哈大笑道：「他的聖誕禮物。」

「給我看看。」他說。

「不行啦，」安娜抱怨。「這是人家準備的驚喜耶。」

「打開。」第二個哨兵堅持。

皮諾看著安娜，她再次臉紅、聳個肩。

皮諾嘆口氣，跪在地上，解開繫帶。

他掀起箱蓋，揭露裡頭的東西：兩瓶基安蒂酒；一件紅色緞面馬甲，搭配同色的內褲、吊襪帶和長度到大腿的紅色絲襪；一件黑白雙色的法式女僕裝，搭配吊襪帶、內褲和烏黑絲襪；一套黑色蕾絲胸罩和內褲。

「驚喜，」安娜呢喃：「聖誕快樂。」

第一個士兵爆笑如雷，飛快地用德文說了幾字，皮諾聽不懂。另一名士兵也捧腹大笑，安娜也跟著哈哈大笑，而且回了一句德文，結果兩個阿兵哥笑得更用力。

皮諾搞不懂這究竟怎麼回事，但趁機從箱子裡拿出一瓶葡萄酒，蓋上手提箱，把葡萄酒遞給兩名哨兵。「也祝你們聖誕快樂。」

「喔？」其中一名哨兵接過。「這好喝嗎？」

「瓊漿玉液，來自西恩納市附近的釀酒廠。」

黨衛軍士兵把酒瓶舉到同伴面前，依然露齒而笑，然後回頭看著皮諾和安娜。「謝謝你們。祝你和你的家政婦聖誕快樂。」

話音剛落，兩名士兵和安娜又爆出一輪笑聲。和安娜走向鳥籠式電梯的時候，皮諾也笑個不停，雖然根本不知道自己在笑什麼。

電梯開始上升時，兩名納粹哨兵嘻嘻哈哈地打開酒瓶。電梯爬過三樓，脫離大廳的視線後，安娜輕聲道：「我們成功了！」

「妳跟他們說了什麼？」

「有點色色的東西。」

皮諾發笑，俯身吻她。她跨過放在地上的手提箱，投入他的懷抱。兩人互擁時，電梯經過五樓，連同在這層樓站崗的另一對黨衛軍哨兵。皮諾瞬眼窺視安娜身後，瞥見兩個一臉羨慕的男子。

他們倆走出電梯，進入公寓，關上門，打開一盞燈，然後把手提箱和發報機放在一座衣櫃裡，接著來到沙發上，投入彼此的溫柔鄉。

「我以前從沒有過這種感受，」安娜倒抽一口氣，睜大明眸，眼神茫然。「我們原本可能會死在樓下。」

「這種經歷會讓人明白哪些事才真的重要，」皮諾輕吻她的臉頰和臉蛋。「懂得放下其他瑣碎事物。我……我覺得我愛上妳了，安娜。」

他原本希望她會說出同樣的話，但她只是退出他的懷抱，神情嚴肅。「不，你不該說這種話。」

「為什麼不行？」

安娜苦思片刻，然後說：「你根本不知道我是誰，至少不算真正地瞭解我。」

「我每次見到妳，就會在心中聽見天籟，有什麼事能改變這點？」

安娜沒看著他。「我是寡婦這件事呢？」

「寡婦？」皮諾逼自己別聽來洩氣。「妳結過婚？」

「通常得先結婚才能變成寡婦吧。」安娜打量他。

「妳以寡婦來說太年輕了。」

「這句話以前會刺痛我，皮諾，但我後來聽習慣了。」

「那麼，」他還在試著接受這個消息。「告訴我，他是什麼樣的人。」

那是一場由父母之命、媒妁之言促成的「包辦婚姻」。她母親當時依然把丈夫之死怪在安娜頭上，因此決心攆走她，還把她繼承的房子當成嫁妝。那個男子名叫克里斯汀。

「他非常英俊，」安娜露出苦樂參半的微笑。「是個陸軍軍官，比我大十歲。我們舉行了一場夜間婚禮，度了兩天蜜月，然後他被送去北非。三年前，他在守衛一座名叫托布魯克的沙漠城市時死了。」

「妳愛他嗎？」皮諾覺得喉嚨緊縮。

安娜抬起下巴。「他跑去幫墨索里尼打一場蠢仗的時候，我有沒有為他痴狂？沒有。我跟他才剛認識不久，還來不及點燃真正的愛火，更別提熾烈燃燒。但我承認，我在相信他會回到我身邊的時候，我確實喜歡『我會愛上他』這種感覺。」

皮諾看得出來她說的是實話。「可是妳……有跟他做愛？」

「他畢竟是我丈夫，」她顯得惱火。「我們做愛做了兩天，然後他去打仗，陣亡了，留我一個人過日子。」

皮諾思索這點。他凝視安娜這雙充滿期盼又受傷的眼睛，感覺天籟在胸中翻攪。「我不在乎，」他說：「這只會讓我更愛妳，更欣賞妳。」

安娜眨眼，強忍淚水。「你不是隨口說說？」

「不是，」皮諾說：「所以，我可以說我愛妳嗎？」

她遲疑幾秒，但還是點個頭，害羞地投入他的懷抱。

「你也可以用行動告訴我你愛我。」安娜說。

他們點燃一支蠟燭，喝了剩下那瓶基安蒂酒。安娜為皮諾寬衣解帶，再幫他脫下衣服。兩人在客廳地板上用枕頭、靠墊、床單和毛毯鋪成一張床，躺在這裡。

如果這個女人不是安娜，皮諾大概只會專注於她的肌膚和觸感所帶來的刺激。但除了她嘴唇的呼喚、她眼睛的魅惑，皮諾被一種更強大又原始的力量擒住，彷彿安娜不是人類，而是靈體，是一道旋律，是愛情的完美樂器。他們倆彼此愛撫，合而為一，在第一波的狂喜中，皮諾覺得自己不僅深入了安娜的肉身，也和她的靈魂合為一體。

第二十三章

這個夜晚，皮諾未能成眠，但也擺脫了戰爭，身邊只有安娜和這場二重唱帶來的快感。

黎明在一九四四年的聖誕日到來時，他們昏沉地躺在彼此的懷抱裡。

「這真是最棒的禮物，」皮諾說：「就算妳沒穿上桃莉提供的那些服裝。」

安娜發笑。「反正那些衣服也不合我的尺寸。」

「這讓我慶幸那些哨兵沒要求妳表演時裝秀。」

她再次發笑，輕輕巴他一掌。「我也是。」

皮諾即將陷入一場令人滿足的深沉睡夢時，聽見腳步聲從臥室沿走廊而來。他跳起身，急忙從椅子上抓起槍套，拿出裡頭的瓦爾特手槍，轉身面向聲響來源。

米莫已經用一支步槍瞄準哥哥。「聖誕快樂啊，納粹小子。」

米莫的左臉上有一條猙獰疤痕，其他部位則跟哥德防線那些德軍士兵一樣顯得身經百戰。阿爾伯特舅舅之前收到報告，得知米莫有參與埋伏和蓄意破壞之類的活動，他也有參加戰鬥，而且在戰場上展現出英勇氣概。看著米莫的眼神，皮諾知道這是事實。

「你的臉怎麼了？」皮諾問。

米莫譏諷：「讓你這個膽小鬼知道也無妨。有個法西斯拿刀子劃過我這兒，以為這就能要我的命。」

「你罵誰膽小鬼？」安娜氣憤地站起，用毛毯遮身。

米莫看她一眼，對皮諾搖頭，用鄙視的口吻說：「你不只是個膽小鬼兼叛徒，居然還在聖誕節帶了個妓女來爸媽家裡，在客廳搞她！」

皮諾還來不及感覺到怒火，身體已經做出行動。他翻轉手槍，握住槍管，反手揮打。瓦爾特手槍擊中弟弟受傷的臉頰，米莫失去平衡，痛得哀號。皮諾在兩大步內來到沙發旁，往弟弟臉上揮拳。米莫閃避，試著用步槍槍托反擊。但皮諾抓住步槍，從弟弟手裡奪下，緊接著猛毆米莫的腹部，就像提托對他施展過的招式。這一擊打得弟弟無法呼吸，往後倒在飯廳地板上。

皮諾把步槍丟到一旁，撲到米莫身上，掐住他的咽喉，很想往他臉上揮出一記重拳，不在乎弟弟臉上有傷。

但皮諾把拳頭往後拉的時候，安娜喊道：「不行，皮諾！這樣會有人聽見，我們的努力就全都白費了。」

皮諾實在很想痛打弟弟，但還是放開對方的喉嚨，站起身。

「他是誰？」安娜問。

「我的小老弟。」皮諾語帶厭惡。

「我不再是你弟。」米莫倒在地板上，口氣也同樣充滿恨意。

皮諾說：「快滾，趁我還沒改變心意，決定在聖誕節宰了你。」

米莫似乎想發動攻勢，但無力爬起，而是用手肘撐起身子。「皮諾，你遲早會恨自己成了叛徒，那一天很快就會到來。納粹會滅亡，到時候願上帝寬恕你。」

米莫起身，抓起步槍，沒回頭看一眼，而是沿走廊走向臥室，消失在皮諾的視野外。

「你應該告訴他真相。」米莫離去後，安娜開口。

「他不能知道，這是為了他好，也為了我。」

皮諾突然發抖。安娜張開裹在自己身上的毛毯：「你看起來又冷又孤單。」

皮諾微笑，走向她。她用毛毯裹住彼此，緊緊抱著他。「我很遺憾，你在聖誕節早上經歷這種事，就算昨晚是我這輩子最美妙的夜晚。」

「真的嗎？」

「你是天生好手。」說完，她吻他。

他不好意思地咧嘴笑。「妳真的這麼覺得？」

「噢，老天，一點也沒錯。」

安娜和皮諾再次躺下，窩在彼此的懷抱裡，墜入接下來幾星期都不會再有的美好夢鄉。

接下來的幾天，一場場風暴輪番襲擊北義大利。新年帶來了惡毒的俄國風雪，給大地蓋上更多素白和令人鬱悶的灰色，這是米蘭歷史上最殘酷的寒冬。

城裡許多區域顯得蕭條陰鬱。焦黑的建築廢墟依然聳立於轟炸造成的斷垣殘壁當中，皮諾覺得看起來就像無數顆黑牙白齒啃咬天空，而天空似乎總是拋下雪花，彷彿上帝正在盡全力掩蓋戰爭的傷痕。

而上帝投下的寒冷給米蘭的民眾造成了折磨。因為雷爾斯搶奪了物資，暖氣用的燃油因此變得稀少，而且都被送去德軍設施，民眾只好砍下城中的參天古樹，拿來燒柴，廢墟和完好建築都飄出營火煙霧。米蘭原本著名的林蔭大道，如今只見被砍剩的樹墩。許多公園被砍伐得一片光禿，能拿來燒的東西都燒掉了，某些街坊的空氣聞起來就跟煤爐一樣惡臭。

一月上旬，雷爾斯將軍幾乎天天都在出差，意味著皮諾也得跟著出差。他們一再駕車開過危險的雪路，前往哥德防線，確認冰天雪地中的部隊能獲得軍糧配給。

但相較之下，雷爾斯似乎對義大利人的困境無動於衷。雖然義大利人繼續為德國的戰事製造或提供東西，但他不再假裝會為此付錢。將軍如果需要什麼，就下令強取豪奪。在皮諾眼裡，雷爾斯又變回第一天見到的那種冷血蜥蜴，冰冷殘酷，效率極高，他是奉命行事的工程師，而且決心完成使命。

在一月中旬的某個寒冷下午，將軍命令皮諾載他去蒙札火車站，在那裡把某些重物裝進了手提箱，然後下令前往盧加諾市山上的瑞士邊界。

雷爾斯這次離開了五小時，然後乘坐一輛轎車回到邊界，下車時手上的箱子似乎比在離開義大利時重了一倍，而且他從邊界走向飛雅特的時候，步伐似乎有點蹣跚。

「將軍大人？」雷爾斯拿著手提箱回到車上，皮諾問道：「接下來去哪？」

「去哪都無所謂。」雷爾斯滿身酒氣。「戰爭結束了。」

皮諾坐在座位上大感震驚，不確定有沒有聽錯。「戰爭結束了？」

「跟結束了差不多，」將軍反感地說：「我們在經濟上已經崩潰，在軍事上節節敗退，而且我們為希特勒犯下的邪惡行徑即將公諸於世。帶我去桃莉那裡。」

皮諾把車子掉頭，沿下坡駛過，試著分析將軍的話語。他明白經濟崩潰是什麼意思，也透過舅舅得知，納粹在法國東部進行了突出部之役，在亞爾丁攻勢結束後撤退，而且布達佩斯即將陷落。

為希特勒犯下的邪惡行徑。這是什麼意思？關於猶太人？奴隸？暴行？皮諾很想追問，但擔心這麼做會有什麼後果。

回到米蘭的一路上，將軍靜靜坐著，不斷拿著隨身酒壺啜飲烈酒。車子接近市中心的時候，某個東西引起了將軍的注意，因而要皮諾放慢車速。他似乎對依然矗立的建築感到著迷，他看著它們，彷彿它們暗藏祕密。

車子來到桃莉公寓前，雷爾斯口齒不清地說：「一等兵，我需要時間思考、做些安排。你把車子開回調度場。你接下來的時間就當放假，星期一早上八點再來接我。」

「星期一，」皮諾說：「遵命，將軍大人。」

皮諾還來不及下車打開後車門，雷爾斯已經歪斜地下車，走向桃莉的公寓大樓，兩手空空地消失在裡頭。他忘了拿……皮諾扭轉身子，看著後座。手提箱就在那裡，在地板上。

皮諾回家換了衣服，然後駕車去找阿爾伯特舅舅。他停下車，拿出手提箱，發現這東西比他想像得更輕。他窺視皮具店的窗戶，看到葛芮塔舅媽正在招呼兩名德軍軍官，於是他來到後巷，敲了裁縫室的門。

一名女工開了門，瞪著他，問道：「你今天怎麼沒穿制服？」

「我今天放假，」皮諾從旁走過，很不高興被對方打量。「妳能不能轉告我舅舅，我會在樓上廚房？」

她點個頭，但臉有點臭。

阿爾伯特舅舅出現時，臉色顯得凝重。

「你還好嗎？」皮諾問。

「你是怎麼進來的？」

皮諾說明。

「你有沒有看到任何人在監視這間店？」

「沒有，不過我剛剛沒有注意周圍。你認為……？」

舅舅點頭。「蓋世太保。我們必須低調，最好躲進陰影。」

蓋世太保？他們有看到他拿著手提箱下車？

他突然覺得「身分曝光」的威脅變得格外真實。蓋世太保盯上了阿爾伯特舅舅？他們懷疑德軍統帥部裡有個間諜？他想起圖里歐對劊子手咆哮，不禁懷疑如果自己被逮到、壓在槍決牆上的時候，是不是也能拿出那種勇氣。

皮諾懷疑蓋世太保的爪牙隨時可能破門而入，但還是迅速描述：雷爾斯將軍前往瑞士，醉醺醺地回來，還說戰爭結束了，而且下車時沒帶走手提箱。

「打開吧，」阿爾伯特舅舅說：「我去叫你舅媽來翻譯。」

舅舅離去後，皮諾拿出用蠟模複製的鑰匙，默默祈禱，然後把鑰匙插進第一個鎖孔。他稍微轉動鑰匙，鎖孔才為之轉動。第二道鎖則是更容易打開。

葛芮塔舅媽來到廚房，臉色蒼白，遲疑地看著皮諾從手提箱裡拿出文件夾。

「我實在有點不敢看。」她雖然這麼說，但還是打開最上層的文件夾，掃視裡頭的文件，這時阿爾伯特舅舅再次出現。「這些是哥德防線的防禦工事計畫，有好幾個區段。去把相機拿來。」

阿爾伯特舅舅匆忙拿來相機，開始拍下文件，記下他們認為同盟國需要知道的一些地點。其中一份文件列出往返於義大利和奧地利之間的火車時刻表。另一些文件描述軍火的種類、數量和地點。

他們在最下面的文件發現雷爾斯寫給義大利的黨衛軍領袖卡爾・沃爾夫將軍的手寫信，而且還沒寫完。這封信描述這場戰爭必敗無疑，提到工業基地的數量迅速減少，同盟國會在雪季開始前殺到，而且希特勒就是對將軍們的意見充耳不聞。

「『我們必須面對一個事實，就是我們撐不了多久了，』」葛芮塔舅媽朗讀：「『如果再打下去，我們和祖國就會被消滅殆盡。』就寫到這裡，沒有簽名，他還沒寫完。」

阿爾伯特舅舅思索片刻，然後說：「他寫下的這些言論很危險。我會記下，叫巴卡明早發出去。」

這名發報機操作員假扮成木匠，在萊拉家裡裝設櫥櫃書架，但其實從聖誕節之後就天天透過私接的發報機訊號向同盟國傳送訊息。到目前為止，這招非常順利。

「你現在要我怎麼做？」皮諾把文件放回手提箱。

「把手提箱拿給他，」阿爾伯特舅舅說：「今晚就去。告訴他，有人在汽車調度場找到這東西，然後找到你。」

「你們務必注意安全。」說完，皮諾走出已經安靜下來的工廠，進入小巷。他即將來到飛雅特旁邊時，聽見一聲「站住」。

一支手電筒掃過皮諾。他愣住，拿著雷爾斯的手提箱。

一名黨衛軍副手走向他，其身後是瓦爾特‧勞夫上校，米蘭的蓋世太保首長。

「證件。」副手用義大利文說。

皮諾放下手提箱，盡力保持冷靜，找出證件，連同雷爾斯將軍提供的通行證。

「你為什麼沒穿制服？」副手質問。

「雷爾斯將軍讓我放兩天假。」皮諾說。

下令處死圖里歐的勞夫上校現在才開口：「這是什麼？」他用腳碰一下手提箱。

皮諾確信自己必死無疑。「雷爾斯將軍的手提箱，上校。縫線裂開了，他要我拿來皮具店修理，我現在要拿回去給他。您想一起來嗎？親自問他這件事？我可以告訴您，我剛剛離開他的時候，他喝醉了，而且心情惡劣。」

勞夫打量皮諾。「你為什麼特地跑來這裡修理？」

「這是全米蘭最好的皮具店。大家都知道。」

「而且是你舅舅的店。」勞夫說。

「這是事實，」皮諾說：「親戚總是能及時幫忙。您最近還有堤牛嗎，上校？」

勞夫凝視他許久。皮諾以為自己說得太過火。

「從那次之後就沒有了。」蓋世太保首長終於開口，發出笑聲。「幫我問候雷爾斯將軍。」

「我會的。」皮諾點頭致意，勞夫和手下們離去。

皮諾把手提箱放在後座的地板上，來到駕駛座坐下，握住方向盤，一身冷汗。

「耶穌啊，」他喃喃自語：「親愛的耶穌啊。」

他不再顫抖後，立刻發動引擎，來到桃莉的住處。安娜應了門，神情焦躁。

「將軍喝得很醉，而且大發脾氣，」她輕聲道：「他打了桃莉。」

「打了她？」

「他有冷靜下來，說他不是故意的。」

「妳還好嗎？」

「我沒事。我只是覺得現在不適合跟他說話。他一直大罵說那些白痴和叛徒打輸了這場仗。」

「把他的手提箱放在衣帽架那裡，」皮諾遞給她。「他給我放了兩天假。妳能不能來我家？我爸又去探望我媽了。」

「今晚不行，」她說：「桃莉可能會需要我。明天好嗎？」

他俯身向前吻她。「我等不及了。」

皮諾把飛雅特停在汽車調度場，然後回到爸媽的公寓。他想到米莫。阿爾伯特舅舅不願意多說他弟弟最近都在做些什麼，但這也合理，因為如果哪天有人質問皮諾、要求知道米莫的游擊隊做了哪些行動，皮諾也確實一無所知。但他實在很想知道弟弟做了什麼大膽舉動，尤其因為阿爾伯特舅舅有告訴他，米莫在戰場上給人的印象就是「剽悍」。

皮諾想起在阿爾卑斯山上的美好回憶，兄弟倆曾為了做好事而一起爬山、攜手合作，他也因此更感到難過，因為他在米莫眼裡成了懦夫兼叛徒。他獨自坐在公寓裡，只希望雷爾斯將軍那番話是事實、這場戰爭真的結束了，每個人的人生，還有他的人生，能再次變得美好。

他閉上眼睛，試著想像戰爭結束的那一刻，也想像他會如何得知戰爭結束。人們會在街上跳舞？米蘭會有美國人在？當然有，美國人已經在羅馬待了半年了，不是嗎？這很棒吧？這是好事吧？

這些念頭讓他想起一個久遠的夢想：去美國，去看看外面的世界。也許只要這麼**做，未來就會存在**，皮諾心想。**你必須先想像它，必須先夢見它**。

幾小時後，公寓的電話響起。

皮諾不想離開溫暖的被窩，但電話響個不停，吵得他忍無可忍。他從毛毯底下爬下床，蹣跚走過冰涼的走廊，打開電燈。

凌晨四點？誰會在這時候打電話來？

「這裡是萊拉家。」他對話筒說。

「皮諾？」波爾吉雅以刺耳嗓音喊道：「是你嗎？」

「是我，媽媽。出事了嗎？」

「出了大事。」她開始哭泣。

皮諾在驚慌下清醒過來。「是爸爸？」

「不是，」她抽鼻子。「他在另一個房間裡睡覺。」

「所以到底怎麼了？」

「麗莎・羅夏？你還記得她嗎？我的青梅竹馬？」

「她住在萊科市，她女兒以前常常跟我在湖邊玩。」

「嘉貝芮菈，她死了。」波爾吉雅哽咽道。

「什麼？」皮諾想起以前在她家的院子裡幫她推鞦韆。

波爾吉雅抽鼻子。「她原本平平安安地在科迪戈羅市工作，但她很想家，很想探望爸媽。她父親，麗莎的丈夫維托，最近一直病得很重，所以她很擔心。」

波爾吉雅解釋，嘉貝芮菈・羅夏和一個朋友昨天下午搭公車離開了科迪戈羅市。據說司機為了趕時間，而走了一條穿越萊尼亞戈鎮的路線。

「游擊隊和法西斯當時在那個地區交戰，」波爾吉雅說：「在萊尼亞戈鎮西側，一座墓園和果園附近，靠近諾加拉村的地方，那班公車被捲入戰火。嘉貝芮菈有試著逃跑，但還是被流彈打死。」

「我的天啊，」皮諾說：「我很難過得知這件事，媽媽。」

「嘉貝芮菈現在還在那裡，皮諾，」波爾吉雅哽咽道：「她朋友好不容易把她的遺體拖進墓園，然後逃了出去，打了電話給麗莎。我剛剛才跟麗莎通過電話。她丈夫因為重病而沒辦法去找他們的女兒。這個世界真的徹底一團亂。」

母親連聲啜泣。

皮諾震驚不已。「妳要我去幫她收屍？」

她停止哭泣，抽鼻子。「你願意嗎？帶她回家，送回她母親身邊？這會讓我安心許多。」

皮諾雖然不想處理喪命少女的遺體，但知道這麼做是對的。「她在萊尼亞戈鎮和諾加拉村之間的墓園？」

「是的，她朋友把她留在那裡。」

「我現在就去，媽媽。」

三小時後，皮諾穿著厚重的冬季服裝，把雷爾斯將軍的飛雅特拐進一條鄉間道路，這條路從曼圖阿市往東延伸，通往諾加拉村和萊尼亞戈鎮。這個早晨吹著微風，飄著白雪，飛雅特在結冰的破舊道路上起伏彈跳。

皮諾開進耕種區，經過由木籬和石牆隔開的積雪農田。他勉強把轎車開上諾加拉村西側一片丘地，然後停下車，觀察山丘下方。在他的左手邊，光禿的橄欖樹和果樹延伸至一座由圍牆隔離的大型墓園。右手邊的地形較為陡峭，但一小段距離外是一片平地，有著更多光禿果樹、農田和農舍。

在輕柔飄雪下，這裡原本應該是一片美麗的田園風光，但墓園大門旁邊的道路被焚毀的公車擋住，而且山丘下方幾百公尺處依然傳來戰鬥的槍聲和吼叫聲。皮諾的決心為之瓦解。

這根本不關我事，他差點轉身離去，但彷彿能聽見波爾吉雅懇求他把嘉貝芮菈送回她母親身邊。他不能任憑食腐鳥啄食那個女孩，他的兒時友人。

皮諾從手套箱裡拿出雷爾斯將軍的望遠鏡，下了車，來到刺骨寒風下，把望遠鏡對準下方的山谷。他立刻注意到動靜，意識到法西斯黑衫軍控制了道路的南側，繫著紅領巾的游擊隊則是占據了北側到墓園圍牆之間的區域，圍牆離他大約有五百公尺。雙方的陣亡成員陳屍於道路、渠道、農田和小樹林。

皮諾思索片刻，然後想出一個令他心驚膽顫但別無他法的計畫。有很長一段時間，他害怕得不敢下山前往墓園。一大堆「如果發生某種狀況」的疑問湧入他的思緒，一個比一個令他難受。

但一旦決定下山，他就試著不再想著危險。皮諾檢查了外套口袋裡裝了子彈的瓦爾特手槍，然後戴上手套，從後車箱裡拿出兩張白色床單。他雖然把這兩塊布拿來當成裹屍布，但現在有了其他用途。他把其中一張像裙子一樣圍在腰間，把另一張像披巾一樣披在羊毛帽和外套上。

皮諾開始往南走，避開馬路。他用床單裹身，如鬼影般走在暴雪下，橫越山丘側緣，然後走下坡，進入最靠近他的一片橄欖園。

皮諾繼續走了兩百公尺，然後往東拐，沿小樹林北側的一堵石牆前進。他用望遠鏡觀察，能看到右邊的遠方有幾個游擊隊戰士趴在幾棵古老的橄欖樹下，對試圖過馬路的法西斯開火。

他繼續壓低身子前進，盡可能躲在石牆後面。他聽見法西斯那一側的衝鋒槍開火，子彈打中樹身，在石牆上反彈，而且三不五時聽見某種啪聲，應該是哪個游擊隊成員中槍。

在槍聲後的寂靜中，雙方的負傷成員痛苦尖叫，呼喊他們的妻子和母親、耶穌、聖母瑪利亞和全能天父，希望能獲救，不然就是結束痛苦。哀號聲鑽進皮諾的頭殼，他害怕得在槍聲再起時動彈不得。他如果中槍？如果死在這裡？母親如果失去他，會有何反應？他趴在石牆後面的雪地上拚命顫抖，覺得應該打道回府。

然後他想到米莫罵他是膽小鬼和叛徒，他因此對自己躲在石牆後面感到慚愧。

你們心裡不要憂愁，舒斯特樞機在聖誕夜說過，**你們心裡不要憂愁。保持信心**，瑞神父對他說過不知道多少次。

皮諾爬起，以彎腰姿勢快步前進，走了整整一百公尺，來到石牆的末端。他遲疑幾秒，然後跑過另一片橄欖園的後側，看到游擊隊在他右手邊移動，大約七十公尺遠。在法西斯那一側的道路上，一挺重型機槍開火。

皮諾撲倒在雪地上，躲在一棵老樹後面。子彈來回掃過小樹林，打斷樹枝，顯然也打斷了游擊隊的肢體，因為淒厲嚎叫傳來。皮諾覺得一切都像覆雪惡夢，一切都顯得遲緩，只有機槍的咆哮聲和負傷者的尖叫聲無比清晰。

機槍再次掃向皮諾所在。他逼自己站起，拔腿狂奔，子彈從他身後掃過。他聽見子彈打在後面的樹木上，但他已經快來到墓園牆壁的角落，覺得離目標不遠。

這時雪地中的一根樹枝勾住他的腳，絆倒他。皮諾拚命試著保持平衡，但下一步踩空，他摔趴在被雪掩埋的排水溝裡。

機槍子彈掃過他頭上，擊中墓園圍牆角落，激起碎石，接著又往反方向掃射。皮諾趴在雪地上，聽見瀕死的男人和男孩發出刺耳哀號，不是求救就是拜託其他人給他們一個痛快。聽見他們的痛苦尖叫，他從雪地爬起，站在排水溝裡，查看周圍，意識到如果剛剛沒摔倒，就一定會被機槍擊中，搞不好被子彈打成兩截。

他看見南邊有動靜，法西斯黑衫軍正從那條路走來。皮諾用床單裹住身子，爬出渠道，跨出幾大步，然後消失在二點五公尺高的墓園後牆後面。

皮諾把床單揉成一團，丟到圍牆另一頭，然後蹲下身子，往上跳，抓住結冰的圍牆頂端。他踹踢牆面，引體向上，把一條腿越過牆頂，跨坐在上，然後跳進墓地，落在深雪上。牆外持續傳來負傷者的哀求聲。

然後是一聲槍響，爆裂聲不算大，應該是小口徑子彈。第二聲。第三聲。

皮諾從外套口袋裡摸出瓦爾特手槍，把白布扛在肩上，然後快步穿梭於覆雪墓碑、雕像和陵墓，跑向墓園前側。他猜想，嘉貝芮菈的朋友應該沒能把她拖多遠，所以遺體應該就在前方某處。

又一聲槍響從墓園圍牆外頭傳來，然後第五槍，第六槍。皮諾繼續前進，查看周圍，但沒發現墓地有任何人。為了避免被誰從大門看到，他迅速移動，來到最靠近前門的一排墳墓。

他用望遠鏡查看墓園圍牆前方的地面，但一無所獲。他後退幾步，查看前兩排墓碑之間，終於發現嘉貝芮菈·羅夏，嚴格來說是看到她的輪廓，被埋在十五公分的雪底下。皮諾穿梭於墓碑之間，前往那一處。圍牆外側傳來第七和第八槍的時候，他瞥向前門，慶幸地發現那裡沒人。

波爾吉雅摯友的愛女仰躺在地，緊鄰一座大型墳墓，因此避開了前門和馬路的視野。皮諾屈膝跪地，俯身吹掉遺體上的雪粉，看到她呈冰藍色的美麗臉龐。嘉貝芮菈雙眼緊閉，嘴角微微向上，有點像是露出滿意的笑容，彷彿她在去天堂的路上聽見了什麼有趣的話語。皮諾吹掉她臉上更多雪，注意到血跡滲入了冰晶，在她的頭部底下形成了一片淡紅色的圓圈。

他皺著眉，抬起她的頭，發現她的頸部僵硬，但他還是看見子彈從某處貫穿了她的後腦杓，傷口非常小，只有脊髓和腦部交會處有兩個不再出血的小洞。皮諾放下她，掃掉她身上的其餘積雪，想起小時候跟她玩得多麼開心，也慶幸她在死時沒感覺到痛楚。她在上一秒還活著、感到害怕，而在下一秒，她還來不及呼吸的時候，她已經死了，而且心無怨念。

皮諾攤開兩張床單，把瓦爾特手槍放在墳墓上，然後滾動嘉貝芮菈的身子，把她放置在第一張床單上。他用布料裹住她的時候，開始考慮一個問題：如何在沒有繩索的狀況下把她搬到後牆的另一頭。

皮諾轉身要拿第二張床單時，發現另一個問題：三名法西斯士兵已經從前門來到墓地，從四十公尺外用步槍瞄準他。

「別開槍！」皮諾呼喊，雙膝跪地，舉起雙手。「我不是游擊隊的人。我是替米蘭德軍統帥部的漢斯·雷爾斯少將工作，是他派我來把這個女孩的遺體交給她在萊科市的母親。」

其中兩名士兵神情狐疑又嗜血。第三個士兵哈哈大笑，舉著槍走向皮諾，說道：「這是我從游擊隊嘴裡聽過最棒的藉口，真可惜，因為我接下來要轟掉你的腦袋。」

「別開槍，」皮諾警告：「我身上有文件能證明我說的是事實。就在這裡，在我的外套裡。」

「我們對你的偽造證件才沒興趣。」黑衫軍譏諷，在十公尺外停步。

皮諾接著說：「難道你想跟領袖解釋你為什麼開槍殺了我，而沒讓我處理這個女孩的遺體？」

這句話似乎讓法西斯士兵感到遲疑，然後他嗤之以鼻。「你現在說你跟墨索里尼是朋友？」

「不是朋友。雷爾斯將軍拜訪他的時候，我負責翻譯。這全是實話。看看我的證件，你就會明白。」

「我們檢查一下也無妨吧，拉斐爾？」另一名黑衫軍顯得緊張。

拉斐爾遲疑幾秒，然後示意皮諾拿出證件。皮諾遞出托特組織證件、雷爾斯將軍簽字的通行證，還有薩羅共和國總統貝尼托・墨索里尼簽署的通行證。最後這份文件，是皮諾從雷爾斯的手提箱裡唯一偷走的東西。

「把你們的槍放下。」拉斐爾終於吩咐兩名夥伴。

「謝謝。」皮諾鬆一口氣。

「你很幸運，我剛剛沒因為看到你在這兒就直接對你開槍。」拉斐爾說。

皮諾站起時，拉斐爾問道：「你為什麼不在薩羅軍隊？怎麼成了納粹的司機？」

「說來話長。」皮諾說：「先生，我只想把這女孩的遺體送回家，她母親悲痛萬分，等著讓她女兒入土為安。」

拉斐爾有點不屑地看著他，但還是說：「去吧，帶她走。」

皮諾拿回佩槍，收進槍套，然後用第二張床單裹住嘉貝芮菈。他從外套口袋裡找出托特組織的卐字符臂環戴上，然後彎下腰，抱起屍體。

她雖然不算很重，但皮諾還是調整了幾次，才穩穩地把她抱在胸前。他點個頭，循原路走過一排排墓碑之間，穿過大雪，清楚知道黑衫軍盯著他的每一步。

皮諾走出墓園大門時，一束陽光穿雲而來，灑在他左邊的焦黑公車上，雪花因此看起來就像飛旋而下的珠寶。但他沿路走向遠方的山丘時，沒看著從天而降的鑽石，而是掃視左右兩邊的黑衫軍，看到他們用斧頭、鋸子和小刀從游擊隊的紅領巾部位卸下首級。

十五……大約二十顆人頭插在柵欄柱上，面向馬路，大多睜著眼睛，臉龐因死時痛苦而扭曲。看到那些人頭投來的陰暗目光，他突然覺得懷裡的少女變得無比沉重。皮諾很想丟下嘉貝芮菈、逃離這個野蠻現場，但只是暫時把她放下，單膝跪地，喘口氣，閉上眼睛，求上帝給他力量走下去。

「羅馬人以前會這麼做。」拉斐爾的嗓音從他身後傳來。

皮諾扭動脖子，抬頭看著法西斯，不知所措。「什麼？」

拉斐爾說：「凱撒會把敵人的首級並排展示在通往羅馬的路上，藉此警告得罪皇帝的下場。我認為這招在現在也同樣管用。領袖一定會以此為榮，你不覺得？」

皮諾朝黑衫軍茫然地眨眼。「我不知道。我只是個司機。」

他再次扛起嘉貝芮菈，走過積雪的上坡路，逼自己別看著插在柵欄柱上的染血人頭，別看著法西斯以屠夫般的動作截斷更多首級。

第二十四章

皮諾來到萊科市，把嘉貝芮菈的遺體交給母親的摯友時，她變得歇斯底里。他幫忙把遺體放在一張桌子上，穿著喪服的幾名女子正等著給遺體進行葬禮準備。她們為死者哀悼時，皮諾悄然離去，沒等她們道謝。他實在不想再待在死人身邊、聽著活人嚎啕大哭。

皮諾回到車上，發動引擎，但沒把檔位切入一檔。斬首畫面撼動了他的靈魂。在戰場上殺人是一回事，褻瀆死者的遺體是另一回事。他們怎麼會如此野蠻？怎麼會有人做出那種事？

他回想自己在北義大利陷入戰亂後目睹過多少慘事。小小的尼柯抓起手榴彈。圖里歐面對行刑隊。隧道那些奴隸。二十一號月臺那輛紅色篷車裡伸出來的小小手指。今天則是插在染雪鐵柱上的人頭。

我為什麼這麼倒楣？我為什麼非得目睹這類慘劇？

皮諾覺得自己和義大利彷彿遭到詛咒，就是必須承受看似永無止境的殘酷畫面。他接下來還會遇到什麼悲劇？接下來還有誰會死？而且死得多麼悽慘？

他滿腦子都是這些陰暗思緒。他覺得焦慮害怕，然後感到驚慌。他雖然坐在座位上，但呼吸變得過於急促，他渾身冷汗，體溫升高，心跳快得彷彿在上坡路狂奔。他意識到自己沒辦法像這樣回去米蘭，而是需要找個安靜無人的地方放聲尖叫。不只如此，他也需要有人能幫助他，能談談……

皮諾望向北方，意識到自己該去哪、想見誰。

他駕車北上，沿科莫湖的東岸行駛，無視美麗湖泊，只想盡快抵達基亞文納鎮和施普呂根山口。

他經過坎波多爾奇諾鎮後，路變得非常難走，必須給輪胎裝上雪鏈才開得上冗長坡道，進入馬德西莫鎮。他把車停在通往莫塔村的小徑旁邊，然後開始沿上坡道行走，路上積了二十五公分的新雪。

陽光終於穿過雲層，一陣強風吹掉了最後一些雲朵，這時皮諾來到高原，在刺骨寒風中喘氣，注意力不在這片美景上，而是阿爾卑斯屋。看到避難所，他感到無比迫切，因此跑過最後一段路，拚命搖晃門廊的鈴鐺，彷彿這是火災警鈴。

皮諾從眼角注意到四名武裝男子從屋子旁邊出現。他們繫著紅領巾，用步槍瞄準他。

皮諾舉起雙手。「我是瑞神父的朋友。」

「搜他身。」其中一人說。

皮諾陷入驚慌，因為口袋裡還放著雷爾斯將軍和墨索里尼簽字的文件。游擊隊如果看到，就一定會當場斃了他。

但這些人還沒碰到他的時候，前門打開，瑞神父看著他。「有什麼事嗎？」他問：「我能如何幫忙？」

皮諾脫下帽子。「是我，瑞神父，皮諾．萊拉。」

神父瞪大眼睛，一開始難以置信，然後流露喜悅和驚奇。他用雙臂抱住皮諾，喊道：「我們以為你死了！」

「死了？」皮諾強忍淚水。「你為什麼會這麼想？」

神父後退，瞪著他，眉開眼笑地說：「這不重要，重要的是你還活著！」

「是的，神父，」他說：「我能不能進去？跟你談談？」

瑞神父注意到游擊隊的旁觀，於是說：「朋友們，我為這個人擔保，我認識他多年，而且他是登山好手。」

就算這句話有令他們刮目相看，皮諾也沒看到他們出現類似的反應。他跟著瑞神父走過熟悉的走廊，聞到博爾米奧弟兄正在烤的麵包，然後聽見一些人的呻吟和低聲談話聲。

阿爾卑斯屋的食堂裡，有大半空間被改造成野地醫院。皮諾認出其中一名男子是來自坎波多爾奇諾鎮的醫師，正在和一名護士治療躺在壁爐旁的九個傷患其中一人。

「他們是加里波第旅的成員。」瑞神父說。

「不是堤托的手下？」

「加里波第旅在幾個月前把那些小混混趕出了這座山谷。根據我們收到的最新消息，堤托那幫人最近在通往布倫內羅隘口的路上打劫。那些懦夫。但你在這裡見到的這些人全是勇者。」

「我能不能跟你私下談談，神父？我千里迢迢來這裡，就是為了見你。」

「噢？沒問題。」說完，瑞神父帶他來到自己的房間。

神父指向小板凳。皮諾坐下，扭擰雙手。「我想告解，神父。」

瑞神父一臉擔憂。「告解什麼？」

「我上次跟你分開後，我過著什麼樣的人生。」然後皮諾對瑞神父說出最悲慘的片段。

他描述雷爾斯將軍和奴隸；卡利托・貝爾卓米尼抱著瀕死的父親，詛咒老友；聖維托雷監獄的十一抽殺律；圖里歐・加林貝堤被機槍打成蜂窩；米莫對他的嚴厲批評；他今早在諸多斷頭的茫然注視下離開墓地。他描述的時候，哽咽崩潰了四次。

「我搞不懂為什麼這些事發生在我身上。」皮諾哭泣。「太沉重了，神父，壓得我看不見未來的路怎麼走。」

瑞神父一手放在皮諾肩上。「皮諾，我也覺得聽起來很沉重，但我得說，上帝對你提出的這些要求不算過分。」

皮諾納悶地問：「祂對我有什麼要求？」

「祂要你見證你的所見所聞，」神父說：「圖里歐不該白白犧牲。洛雷托廣場那些殺人犯應該受到正義的制裁，今早那些法西斯也是。」

「看到他們那樣破壞屍體……我不知道該怎麼說，神父……那幅畫面會讓我質疑人類，不再相信人性本善、人跟動物不一樣。」

「目睹那種場面，會讓任何人對人類失去信心，」神父說：「但大多數的人確實本性善良，你必須如此相信。」

「就連納粹也是？」

瑞神父遲疑幾秒，然後說：「我沒辦法解釋納粹。我認為納粹大概也沒辦法解釋納粹。」

皮諾擤鼻涕。「我覺得我想成為食堂裡那種人，神父，他們親自上戰場，做出重要貢獻。」

「上帝要你用其他方式戰鬥，而且是為了更重要的大局努力，否則祂不會把你放在你現在的處境裡。」

「在雷爾斯將軍身邊當間諜。」皮諾聳個肩。「神父，除了見到安娜之外，我上一次真的覺得欣賞我自己，是在阿爾卑斯屋的時候，帶人們逃去萊伊湖，讓他們能遠離危險。」

「這個嘛，」瑞神父說：「我雖然不是專家，但我必須相信，你冒著生命危險提供的那些情報，一定挽救了許多盟軍將士的生命。」

皮諾以前沒從這種觀點想過這件事。他擦掉眼淚，問道：「雷爾斯將軍……根據我剛剛告訴你的，你覺得他是惡人嗎，神父？」

「逼一個人工作到死為止，就跟開槍殺人沒兩樣，」神父說：「只是選擇的武器不同罷了。」

「我也是這麼想，」皮諾說：「有時候雷爾斯表現得就像個普通人，但下一秒突然像個禽獸。」

「按照你剛剛跟我說的來判斷，我認為你遲早會把那頭怪物趕進牢籠裡，逼他在去見上帝前懺悔認罪。」

這番話讓皮諾覺得比較好受。「我很希望這會發生。」

「一定會的。你真的進去過米蘭的大使館？」

「一次。」皮諾說。

「也去過墨索里尼在加爾尼亞諾鎮的莊園？」

「兩次，」皮諾說：「那是個很奇怪的地方，神父，我不喜歡去那裡。」

「我也不想知道。不過，跟我說說你的安娜。」

「她有趣、美麗又聰明。她比我大六歲，是個寡婦，但我很愛她，神父。她還不知道我有此打算，但我打算在戰爭結束後娶她。」

老神父綻放笑容。「那麼，透過你對安娜的愛，重新找回你對人類的信心吧，並透過你對上帝的愛建立你的毅力。皮諾，雖然現在是黑暗時期，但我確實感覺到烏雲即將散開，太陽即將再次照耀義大利這片土地。」

「就連雷爾斯將軍也說過，這場仗等於已經結束了。」

「那咱們只能祈禱，希望你的將軍說得沒錯，」瑞神父說：「你會留下來吃晚餐嗎？你可以在這裡過夜，跟那些傷者談談，而且今晚會有兩個被擊落的美國飛行員來這裡，會需要嚮導帶他們去萊伊湖。你願意扛起這份差事嗎？」

美國人！皮諾感到興奮。去萊伊湖的登山之旅會有益於他的身體，幫助兩個美國人逃走會有益於他的靈魂。但他想到雷爾斯，將軍如果發現他把一具死屍放在公務車後座上跑遍北義大利各處，不知道會做出什麼懲處。

「其實，神父，」皮諾說：「我該回去了，將軍可能需要我。」

「安娜也可能。」

聽見神父提到她的名字，皮諾笑逐顏開。「安娜也可能。」

「這當然。」瑞神父呵呵笑。「皮諾・萊拉，墜入愛河的年輕人。」

「的確，神父。」

「多保重，孩子，別傷了她的心。」

「不會的，神父，永遠不會。」

皮諾離開阿爾卑斯屋時，覺得心靈彷彿獲得洗滌。午後的空氣清新凜冽，鈷藍天空下的格羅佩拉顛峰宛如鐘樓，皮諾再次覺得莫塔村的高原看起來就像上帝最宏偉的大教堂。

天黑不久後，皮諾快步離開汽車調度場，覺得在今天一天裡活了三輩子的份。他走進自家公寓大樓的大廳，看到安娜站在這裡，正在跟哨兵們談笑。

「你來了！」她看起來似乎已經灌了一杯葡萄酒。

一名哨兵說了幾字，另一人發笑。安娜說：「他問你知不知道你有多幸運。」

皮諾朝黨衛軍士兵露齒而笑。「告訴他我知道。也告訴他，我跟妳在一起的時候，覺得自己是世上最幸運的傢伙。」

「你嘴真甜。」說完，她向士兵們翻譯。

一名哨兵狐疑地挑起一眉。但另一人點點頭，大概想起某個讓他覺得自己無比幸運的女人。

他們沒叫皮諾出示證件，他和安娜因此很快地進入鳥籠式電梯。電梯經過五樓後，皮諾一把摟住她，兩人熱情擁吻。電梯來到他家的樓層時，兩人分開。

「所以你真的有想我？」安娜問。

「想妳想到不行。」他牽著她的手，走出電梯。

「發生什麼事了嗎？」他把鑰匙插進鎖孔時，她問道。

「沒什麼，」他說：「我只是……我只是需要跟妳相處，再次忘掉這場戰爭。」

安娜輕輕把手貼上他的臉頰。「聽起來像一場美好的幻想。」

他們倆進入公寓，關上門，過了將近三十個小時才出來。

星期一早上，皮諾提早十分鐘開車來到桃莉的公寓大樓。他在車上坐了幾分鐘，回想跟安娜獨處的那些時光，那段時間似乎暫停，沒有戰爭，只有快感，只有愛情盛開所帶來的強烈幸福，就像卡拉富王子的詠嘆調那樣散發勝利和喜悅。

飛雅特的後車門打開，雷爾斯將軍拿著手提箱鑽進車裡，身上是長版的灰色羊毛西裝外套。

「去蒙札，」雷爾斯說：「火車站。」

天空開始下起小雪，皮諾切入一檔，覺得惱火，因為雷爾斯又要去拿那些搶來的黃金，又要送去瑞士。

皮諾已經看得見今天一天會如何發展。他會把車停在盧加諾市山上的邊界，在車上忍受幾小時的寒冷，等將軍做完祕密交易。然而，雷爾斯這次從機廠回到車上後，叫皮諾開往米蘭的中央火車站，而不是瑞士邊界。

他們在中午左右抵達目的地。雷爾斯還是不准皮諾幫忙拿手提箱，而是自己用單手輪流拿著沉重的箱子，在寒風中走向在二十一號月臺等候的淡紅色牲畜車廂。

皮諾曾祈禱永遠不會再見到這班火車，但如今事與願違，他懷著沉重的心情走去，懇求上帝別讓他看到細小的手指從篷車的縫隙裡伸出來揮動。但從三十公尺外，他看到幾十根裸露的指頭，來自各年齡層，那些人在車裡吶喊求救。隔著篷車縫隙，皮諾看到大多數的人就跟九月那批人一樣衣衫襤褸。

「我們快凍死了！」某人呼喊：「救命啊！」

「我女兒病了！」另一人喊道：「她發燒了，求求你們。」

雷爾斯將軍就算有聽見他們的哀求，也顯然充耳不聞，而是直接走向勞夫上校，對方和十個黨衛軍成員站在月臺上等火車出發。皮諾用帽簷遮住眼睛，待在後面。最靠近勞夫的兩名黨衛軍士兵用牽繩拴著德國牧羊警犬。雷爾斯對他們無動於衷，只是平靜地對勞夫說了幾字。

片刻後，蓋世太保上校命令衛兵們退下。皮諾站在一支鐵柱的陰影下，看著將軍和勞夫激烈爭論，直到雷爾斯指向手提箱。

勞夫困惑地瞪著將軍和手提箱，然後看著雷爾斯，說了幾字。雷爾斯點頭。蓋世太保上校朝黨衛軍衛兵們咆哮下令，其中兩人來到火車末端的牲畜車廂，打開栓鎖，拉開車門。這個空間原本是用來容納二十頭牛，如今擠滿八十個男女老幼，各個神情驚恐，冷得發抖。

「一等兵。」雷爾斯將軍說。

皮諾來到雷爾斯面前，沒看著勞夫。「是的，將軍大人。」

「我聽見有人說『我女兒病了』。」

「是的，將軍大人，」皮諾說：「我也聽見了。」

「叫那個母親讓我看看生病的女孩。」

皮諾聽得一頭霧水，但還是面向敞開的牲畜車廂，翻譯說明。

幾秒後，一名女子從人群中推擠而來，拉著一個小女孩，看似九歲，臉色蒼白而且滿身冷汗。

「告訴她，我會救她的女兒。」雷爾斯將軍說。

皮諾猶豫幾秒，然後翻譯。

女子啜泣。「謝謝您，謝謝您。」

「告訴她，我會讓女孩就醫，並確保她再也不會來到二十一號月臺。」將軍說：「但女孩必須獨自離開。」

「什麼？」皮諾以為聽錯。

「就這樣告訴她，」雷爾斯說：「而且沒得商量。要不要救她女兒由她自個兒選，她如果不願意，我會找個更願意配合的人。」

皮諾不知道該做何感想，但還是告訴她。

女子嚥口水，但不發一語。

她周圍的幾個女子說：「救她。別猶豫！」

女孩的母親終於點頭，雷爾斯於是對黨衛軍衛兵說：「把她帶去我的座車，跟她一起在那裡等著。」

納粹士兵臉色猶豫，直到勞夫上校咆哮叫他們照做。女孩雖然虛弱發燒，但被帶離母親的懷抱時，還是變得歇斯底里，尖嘯哭泣傳遍全車站。雷爾斯命令其他人走出篷車，然後他走在他們面前，一一查看每個人，然後在一名看似不到二十歲的少女前面停步。

「問她願不願意被送去安全的地方。」雷爾斯說。

皮諾照做，少女毫不遲疑地點頭。

雷爾斯將軍命令兩名衛兵把她帶去他的座車。

將軍繼續走動、檢查，皮諾不禁想起第一天為雷爾斯開車時，將軍就是像這樣在科莫湖的球場給奴隸們進行分類。幾分鐘後，雷爾斯將軍又選出兩名少年，其中一人拒絕，但他爸媽要他聽話。

「帶他走，」他父親堅持：「只要他安全，他就是你的人。」

「不，爸爸，」少年說：「我想——」

「我不在乎，」他母親哭泣，擁抱他。「去吧。別擔心我們。」

黨衛軍士兵們帶他們離去時，雷爾斯對勞夫點頭，後者命令其他人回到牲畜車廂裡。皮諾看著他們回到車上，尤其最後那個少年的爸媽時，心情無比沉重。那對夫婦在進入篷車前不斷回頭，彷彿想看愛子最後一眼。

你們做了正確決定，皮諾心想。雖然悲慘，**但你們這麼做是對的**。

衛兵們將牲畜車廂關門上鎖時，他不忍目睹。

「我們走。」雷爾斯說。

他們從勞夫上校身旁走過。將軍的手提箱放在蓋世太保首長的腳邊。

他們來到飛雅特所在，四個孩子在車上發抖，三個在後座，一個在前座。兩名黨衛軍士兵正在看守他們。雷爾斯要士兵們退下時，這兩人看起來不太高興。

將軍打開後車門，看著孩子們，面露微笑。「一等兵，告訴他們，我是托特組織的漢斯．雷爾斯少將。叫他們說一遍。」

「說一遍，將軍大人？」

「沒錯，」雷爾斯惱火怒罵：「說出我的名字和軍階，還有托特組織。」

皮諾照做。每個孩子，包括病懨懨的小女孩，都說出他的名字、軍階和托特組織。

「很好，」將軍說：「接下來，問他們是誰從二十一號月臺把他們救走？」

皮諾雖然覺得莫名其妙，但還是照辦，四個孩子乖乖再次說出他的名字。

「祝你們享有長壽和富庶，而且記得讚美你們的神，彷彿今天就是逾越節。」說完，雷爾斯關上車門。

將軍看著皮諾，吐出的氣息在寒冷空氣中凝結成霧。「一等兵，送他們去大使館，交給舒斯特樞機。叫他把他們藏起來，不然就送去瑞士。告訴他，我很抱歉，沒辦法給他更多人。」

「遵命，將軍大人。」皮諾說。

「你傍晚六點整去電話交換局接我。」說完，他轉身回去火車站。「我們有很多事要忙。」

皮諾目送雷爾斯離去，然後回到車上，試著解讀剛剛目睹的一切。**他為什麼——？他究竟是——？**但他做出決定：這都不重要，重要的是把這四個孩子送去大使館。他坐進駕駛座，發動引擎。

生病的女孩名叫莎拉，一直哭著要媽媽。

「我們要去哪裡？」年紀較大的少女問道。

「米蘭最安全的地方。」皮諾說。

他把飛雅特停在大使館的中庭，叫孩子們在車上等，然後他爬上積雪的階梯，來到樞機的公寓前，敲了門。

他沒見過的一名神父應了門。皮諾說明身分、替誰工作，還有車上是誰。

「他們為什麼原本在篷車裡？」神父問。

「我沒問，但我猜他們是猶太人。」

「而這個納粹將軍為什麼認為舒斯特樞機會願意跟猶太人扯上關係？」

皮諾看著臉色冷漠的神父，不禁怒火中燒。他抬頭挺胸，聳立在瘦小的神父面前。

「我不知道雷爾斯為什麼這麼認為，」皮諾說：「但我確實知道舒斯特樞機這一年半一直有協助猶太人逃去瑞士，因為幫他的人就是我。那麼，我們是不是該問問樞機想怎麼做？」

他的口氣充滿威脅，神父因此畏縮道：「我沒辦法跟你保證什麼。他正在書房裡辦公，但我會去通——」

「不，我自己去找他，」皮諾說：「我知道路。」

他走過神父身旁，沿走廊前進，來到書房前，敲了門。

「我說過不想被打擾，波納諾神父。」舒斯特的嗓音從裡頭傳來。

皮諾摘下帽子，開門進去，低頭道：「很抱歉，樞機大人，但這是緊急狀況。」

舒斯特樞機好奇地瞪著他。「我見過你。」

「樞機大人，我是皮諾・萊拉，雷爾斯將軍的司機。他從二十一號月臺的火車上帶走了四個猶太人，要我帶他們來您這裡，還說他很抱歉，沒辦法帶更多人來。」

樞機噘起嘴脣。「他有這麼做？」

「他們在這裡，在他的車上。」

舒斯特一言不發。

「樞機閣下，」波納諾神父說：「我跟他解釋過了，您本人不能跟這種事扯上關係——」

「為什麼不能？」舒斯特厲聲道，然後看著皮諾。「帶他們進來。」

「謝謝您，樞機大人，」皮諾說：「其中一個女孩在發燒。」

「我們會請醫生來。波納諾神父會確保這點，不是嗎，神父？」

神父面有難色，然後深深一鞠躬。「立刻照辦，樞機閣下。」

皮諾確認四個孩子來到樞機的書房，看著波納諾神父給他們送上毛毯和熱茶，然後說：「我該走了，樞機大人。」

舒斯特打量皮諾，然後帶他走到難民們的聽力範圍外。

「我不知道該對你的雷爾斯將軍作何感想。」樞機說。

「我也是。他天天都在變，總是令人意外。」

「的確，」舒斯特若有所思地說：「他**確實**總是令人意外，不是嗎？」

第二十五章

從一九四五年的一月末到二月初，北極之風持續掃過阿爾卑斯山，無盡寒風席捲米蘭。雷爾斯將軍命令手下繼續搶奪重要物資，例如麵粉、砂糖和油料。民眾為了取得剩餘糧食而大排長龍，並發生暴動。轟炸造成了不衛生的生活環境，進而引發傷寒和霍亂之類的疾病，在城中許多地區幾乎形成大規模流行病。對皮諾來說，米蘭簡直就像受詛之地，他搞不懂為什麼這裡的人民被這樣無情懲罰。

天氣惡劣，加上雷爾斯的冷血搜刮，使得北義大利各地人民懷恨在心。皮諾戴著卐字符走過寒冷街道時，能感覺到周圍每個義大利人投來的灼熱目光，他們對他充滿鄙視、憎恨和厭惡。他看到這些人的反應，很想大聲宣布自己其實是間諜，但他還是吞下這種羞辱，繼續執行任務。

雷爾斯將軍救了四個猶太人後，性情變得陰晴不定。他會一連幾天拚命工作，然後在桃莉的公寓裡喝得酩酊大醉，對任何人都不理不睬。

「他上一秒處於高潮，下一秒掉進低潮，」二月初的某天下午，走出離桃莉家只有一條街的咖啡館時，安娜對皮諾說：「上一秒，戰爭結束了，但下一秒，戰鬥依然照舊。」

白雪覆蓋但丁大街，空氣冰冷，但難得陽光普照，所以他們倆決定出來散步。

「戰爭結束後會發生什麼事？」皮諾問，兩人來到森皮奧內公園附近。「我是說桃莉？」

「等布倫內羅隘口重新開啟，他就要送她去因斯布魯克，」她說：「桃莉現在就想搭火車去，但他說這樣不安全，布倫內羅隘口的火車常常遭到轟炸。但我認為他只是需要她在這裡陪他，正如她會需要我在那裡幫她工作一段時間。」

皮諾覺得胃袋下沉。「妳會跟桃莉一起去因斯布魯克？」

安娜來到雪地中一片又長又寬又深的凹陷處，這裡是斯福爾扎城堡周圍的古老護城河。這座十五世紀的石砌要塞在一九四三年遭到轟炸，城堡兩邊的中世紀圓形高塔被炸成廢墟，開合橋上方的塔樓受損，在白雪襯托下就像結痂的黑疤。

「安娜？」皮諾說。

「到桃莉安頓下來為止。」安娜凝視遭到轟炸的高塔，彷彿裡頭暗藏祕密。「她知道我想回來米蘭，回到你身邊。」

「那就好。」皮諾吻安娜戴著手套的手。「那條山路現在至少有十五公尺的積雪，得花幾星期才清得乾淨。」

她把視線從城堡上移開，滿懷希望地說：「將軍有說過，等雪停了以後，清雪需要一個月，搞不好兩個月。」

「我希望更久。」皮諾把她抱進懷裡親吻，直到聽見振翅聲而分開。

幾隻龐大的烏黑渡鴉從要塞中央高塔的破洞裡飛竄而出，其中三隻嘎叫離去，最大的一隻在受損尖頂上方慵懶地盤旋。

「我得回去了，」安娜說：「你也是。」

兩人手牽手走過但丁大街。離桃莉公寓的一條街外，皮諾看到雷爾斯將軍走出前門、走向停著的飛雅特。

「我得走了。」皮諾給她一個飛吻，然後急忙跑向雷爾斯，打開飛雅特的後車門。「萬分抱歉，將軍大人。」

將軍火冒三丈地看著他。「你跑哪去了？」

「散步，」皮諾說：「跟女僕一起。請問我該送您去哪？」

雷爾斯看起來似乎想把皮諾訓斥一番，但他瞥向窗外，看到安娜走來。他長嘆一聲：「送我去舒斯特樞機的住處。」

十二分鐘後，皮諾把飛雅特開過拱門，來到大使館的中庭，這裡擠滿車輛。皮諾勉強找個位置停車，下車幫將軍開門。

雷爾斯說：「我可能會需要你幫忙。」

「遵命，將軍大人。」皮諾跟著納粹軍官走過白雪皚皚的中庭，爬上外側樓梯，來到舒斯特樞機的公寓前。

雷爾斯將軍敲了門，應門的竟然是喬凡尼．巴巴拉斯基。

這個年輕的神學院學生又逃獄了？雷爾斯似乎不認得這個在聖維托雷監獄僥倖逃過十一抽殺律的偽造文書犯，但皮諾認得，也因此比平時更討厭自己戴著象徵納粹主義的臂環。

「雷爾斯將軍求見樞機閣下。」

巴巴拉斯基站到一旁。皮諾遲疑幾秒，然後跟著進去。神學院學生打量他，彷佛試著回想這人是誰，皮諾只希望對方不記得是在聖維托雷監獄見過。然而，這是巴巴拉斯基第一次在這裡見到雷爾斯，他在監獄時有沒有見到將軍曾試圖阻止十一抽殺律？他們來到舒斯特樞機的書房，米蘭樞機站在辦公桌後面。

「很感謝你前來，雷爾斯將軍，」舒斯特說：「你認不認識多爾曼先生？」

看到在場的另一名男子，皮諾逼自己別目瞪口呆。義大利每個人都認識他。歐根．多爾曼經常上報紙，此人體型高瘦，舉止優雅，手指格外修長，總是露出彷彿能看穿人心的老練笑容。希特勒每次來到義大利，或是墨索里尼每次造訪德國的時候，都是由多爾曼擔任翻譯。

皮諾開始用法文為雷爾斯翻譯時，被多爾曼阻止。

「不管你是誰，翻譯的工作交給我。」多爾曼像掃掉灰塵一樣揮個手。

皮諾點頭，退到門邊，不確定是不是該離開這裡，似乎只有巴巴拉斯基注意到他在場。多爾曼站起，伸出一手，用德文對雷爾斯說話。將軍微笑點頭，做出回應。

多爾曼用義大利文告訴舒斯特樞機：「他願意由我負責翻譯。我是不是該叫他的司機出去？」

樞機望向雷爾斯和巴巴拉斯基身後，看著皮諾。

「讓他留下吧。」說完，舒斯特盯著雷爾斯：「將軍，我聽說如果德軍要撤退，希特勒打算把這裡化為焦土，並焚毀米蘭僅存的少數寶物。」

多爾曼翻譯。雷爾斯聆聽，然後迅速做出回應。口譯員說：「將軍也聽說了此事，而且想讓樞機知道他並不同意這項策略。他是工程師，深愛偉大的建築和藝術，反對不必要的破壞。」

「新任的菲廷霍夫元帥怎麼想？」樞機詢問。

「我認為新任元帥能被說服做出正確舉動。」

「而你願意去說服他？」

「我願意試試，樞機閣下。」雷爾斯說。

「那我祝你成功，」舒斯特樞機說：「你會向我通報後續？」

「我會的，樞機閣下。但我也必須提醒你，樞機，關於你打算在幾天後發表的宣言，有些掌權者正在找理由讓你去坐牢，或面對更糟的下場。」

「他們沒這膽子。」多爾曼說。

「別太天真，難道你沒聽說過奧斯威辛？」

聽見這個名詞，樞機似乎臉色發白。「那是對上帝的冒犯。」

奧斯威辛？皮諾心想。**那些紅色牲畜車廂所前往的勞動營？**他想起從篷車裡伸出來的小小手指。那孩子後來怎麼了？其他人呢？想必都死了，不過……**冒犯上帝？**

「我先行告退，樞機閣下。」說完，雷爾斯喀啦一聲併攏兩隻腳跟，轉身離去。

「將軍？」樞機朝他背後喊道。

「是的，樞機閣下？」

「好好照顧你的司機。」舒斯特說。

雷爾斯以嚴厲目光瞪著皮諾，然後似乎想起什麼，臉色變得柔和。「我怎麼可能不照顧他？他讓我想到我已經不在人世的外甥。」

奧斯威辛。

開車載雷爾斯將軍去杜林市米拉菲優區的飛雅特工廠時，皮諾一直想著這個名詞，這個托特勞動營。他很想問雷爾斯那個地方為何冒犯了上帝，但害怕對方會有何反應而不敢問。

所以皮諾只是把這些疑問藏在心裡。他和將軍跟卡拉布里斯見了面，飛雅特經理似乎很討厭再次見到雷爾斯。

「我無能為力，」卡拉布里斯說：「蓄意破壞的案例太多了，我們已經沒辦法運作生產線。」

皮諾以為雷爾斯一定會大發雷霆，但雷爾斯只是說：「我很感謝你的坦率，我也想讓你知道我正在盡一切所能，確保飛雅特受到保護。」

卡拉布里斯一臉納悶。「保護什麼？」

「免於徹底毀滅。」將軍說：「如果德軍需要撤離此處，元首到時候將進行焦土作戰，但我會確保你這家公司和經濟能力的骨幹能保存下來。不管發生什麼事，飛雅特都會生存下去。」

經理思索片刻，然後說：「我會轉告我的上司。謝謝你，雷爾斯將軍。」

「他在做人情給他們。」皮諾當晚在舅舅舅媽的廚房裡說：「這就是他的風格。」

「至少他有幫舒斯特樞機保護米蘭。」阿爾伯特舅舅說。

「但是他掠奪了鄉村，」皮諾氣惱地說：「他逼很多人勞動至死。我見過他做了什麼。」

「我們知道你有親眼目睹。」葛芮塔舅媽說話時似乎心事重重，他舅舅顯然也是。

「怎麼了？」皮諾問道。

「我們今早在短波電臺上聽到令人不安的消息，」阿爾伯特舅舅說：「關於在波蘭的某座集中營，名字叫奧什麼的。」

「奧斯威辛，」皮諾覺得頭暈目眩。「什麼消息？」

阿爾伯特舅舅表示，俄軍在一月二十七日來到奧斯威辛，發現當地有幾處設施被炸毀，很多文件紀錄遭到焚毀。管理那座集中營的黨衛軍已經逃之夭夭，還帶走了五萬八千名猶太囚犯當作奴隸。

「他們留下了七千名猶太人。」阿爾伯特舅舅哽咽。

葛芮塔舅媽搖頭，心煩意亂。「據說那些人瘦得形同骷髏，因為納粹原本打算逼他們工作到死為止。」

「我不是早跟你們說了嗎？」皮諾喊道：「我見過他們那樣對待囚犯！」

「這次比你描述的更惡劣，」阿爾伯特舅舅說：「當地的倖存者說，納粹在離開集中營之前炸掉的那些建築，是用來毒死猶太人的毒氣室，還有用來燒屍體的焚化爐。」

「他們說焚屍的煙霧在那些年一直籠罩著集中營，皮諾，」舅媽擦掉眼淚。「數十萬人死在那裡。」

皮諾想到對他揮動的小小手指、患病女孩的母親，還有希望兒子獲救的父親。那些人在幾星期前被送去奧斯威辛。**他們全死了？先毒死再焚燒？還是他們成了奴隸，正在被帶去柏林？**

在這一刻，他痛恨每一個德國人，尤其是雷爾斯。將軍對他說過奧斯威辛是托特組織的勞動營。他們製造東西，他曾說。**製造什麼？製造毒氣室？製造焚化爐？**

羞愧和反感湧入皮諾心裡，因為他穿著托特組織的制服，而穿著這種制服的那些人為了屠殺猶太人而興建了毒氣室，為了湮滅證據而建造了焚化爐。在他看來，建造那些集中營的人，就跟管理它們的那些人同樣有罪，而且雷爾斯一定早就知道這一切，畢竟他是希特勒的親信。

一九四五年二月二十日，皮諾開了幾小時的車，載雷爾斯將軍來到奧斯泰瑞亞卡爾達村。最後二十分鐘的路，是在陡峭的雪泥坡道上打滑前進，來到一片高地，東南方三公里外是一座名叫蒙泰卡斯泰洛的中世紀要塞。

皮諾在秋天來過這裡幾次，因為雷爾斯想從遠方觀察這座城堡，判斷如何強化它的防禦。蒙泰卡斯泰洛城堡位於一條北上通往波隆那市和米蘭的道路上方八百公尺處。如果想守住哥德防線，就一定要控制住這條路。

在上個月，這座城堡，連同雷爾斯在觀景臺山和托拉克西亞山建造的城垛，把盟軍的攻勢擋下了四次。但在這個寒冷灰白的清晨，蒙泰卡斯泰洛城堡遭到圍攻。

砲彈灑遍城堡周身，皮諾在隆隆砲聲下摀住耳朵，爆炸震波宛如鐵鍾擊胸。每一砲都激起大量碎片和火舌，黑煙筆直飄升，汙染了白鑞般的天空。

皮諾顫抖地觀戰時，穿著長版羊毛大衣的雷爾斯用望遠鏡觀察戰場，然後查看西南方的諸多山脊和山脈。皮諾用肉眼能看到五公里外的一支軍隊，在混雜灰白與暗褐色的冬季山丘上移動。

「美國陸軍第十山地師正在爭奪托拉克西亞山，」雷爾斯將軍把望遠鏡遞給皮諾。「那些士兵訓練有素，驍勇善戰。」

皮諾用望遠鏡看到戰場片段，然後聽見雷爾斯說：「望遠鏡。」

皮諾立刻歸還望遠鏡。將軍拿來查看蒙泰卡斯泰洛城堡的東南方，接著咒罵幾聲，然後發出譏諷的冷笑聲。

「來，」他把望遠鏡遞給皮諾。「看看幾個黑人送死。」

皮諾遲疑幾秒，但還是照做，用望遠鏡看到幾隊巴西遠征軍的士兵跑過一片空地，衝向那座山的西南側底端。最前排的士兵離那裡大約四十公尺時，其中一人踩到地雷，立即被炸成一團塵埃、煙霧和血肉。另外兩個士兵也接連踩到地雷，緊接著德軍機槍從上方開火，壓制來犯。

然而，同盟國的火砲和迫擊砲持續轟炸要塞。上午十點左右，該城堡兩側的護牆都遭到入侵，巴西部隊持續一波波進攻，終於越過地雷區，來到蒙泰卡斯泰洛城堡的底端，開始進行一場耗時數小時的致命攀爬。

雷爾斯將軍和皮諾從頭到尾站在寒風下，目睹第十山地師拿下托拉克西亞山，看著巴西部隊在下午五點透過肉搏戰占領了蒙泰卡斯泰洛城堡。盟軍停止砲轟時，山坡布滿炸彈坑。城堡滿目瘡痍，濃煙密布。德軍全面撤退。

雷爾斯將軍說：「我在這裡輸掉了，波隆那將在幾天後失守。帶我回米蘭。」

將軍一路上沉默不語，低頭在紙上寫東西，在手提箱裡翻找文件，直到車子在桃莉的公寓門口停靠。

皮諾幫忙拿手提箱，跟著雷爾斯從大廳的老婦身旁走過，上了樓梯。雷爾斯將軍敲門，皮諾沒想到來開門的是桃莉。

她穿著貼身的黑色羊毛連身裙，眼神渙散得彷彿喝了酒，腳上踩著高跟鞋，手裡的香菸悶燒。她開口：「真高興看到你回家，將軍。」然後她看著皮諾。「很不巧，安娜不太舒服，好像得了腸胃型流感，最好跟她保持距離。」

「那我們最好都跟她保持距離，」雷爾斯將軍後退。「我可不能生病，尤其現在。我今晚去別的地方過夜。」

「不要啦，」桃莉說：「我希望你留下來。」

「今晚不行。」雷爾斯冷冷道，轉身離去。桃莉朝他身後怒吼。

皮諾把將軍送去德軍總部，將軍叫他明早七點整來報到。

皮諾把車停在汽車調度場，然後慢慢走回家，在腦海中重播今天目睹的大屠殺和毀滅。他在那個安全的觀望點看到多少人送命？數百人？

戰爭的殘酷令他心神不寧。他痛恨戰爭，痛恨德國人掀起戰火。戰爭的意義是什麼？踹倒某人，將他洗劫一空，然後自己被另一個腳力更大的傢伙踹開？在皮諾看來，戰爭的目的就是殺人搶劫。一支軍隊為了搶走山坡而殺人，然後另一支軍隊為了把山坡搶回來而殺人。

他知道自己應該因為看到納粹敗逃而感到喜悅，但他只是覺得空虛又寂寞。他真的很想見安娜卻無法如願，而這突然讓他很想嚎啕大哭。他吞下情緒，逼大腦豎起圍牆，壓住目睹戰役的回憶。

確認這堵牆穩固後，他向公寓大廳的哨兵出示證件，然後搭乘鳥籠式電梯，經過五樓的黨衛軍士兵，從口袋裡摸出鑰匙。他打開公寓門的時候，以為裡頭不會有人在，他打算直接在地板上躺下，好好哭一場。

但他發現葛芮塔舅媽在這裡，倒在他父親的懷抱裡。她看到皮諾的時候，哭得更傷心。

米歇爾嘴唇顫抖地說：「勞夫上校的手下今天下午去了店裡，把裡頭砸得稀巴爛，還逮捕了你舅舅。他被帶去女王酒店。」

「什麼罪名？」皮諾關上門。

「身為抵抗勢力的成員，」葛芮塔舅媽哭泣。「還有間諜活動。你也知道蓋世太保如何對待間諜。」

米歇爾的下巴開始發抖，淚水流過臉頰。「你有沒有聽見她說什麼，皮諾？他們會如何對付阿爾伯特？他如果招供、說出你的事，他們會如何對付你？」

「阿爾伯特舅舅不會招供。」

「他如果屈打成招呢？」米歇爾追問：「他們到時候也不會放過你。」

「爸爸——」

「我要你趕緊逃命，皮諾。偷走你將軍那輛車，去瑞士邊界，穿著制服，帶著你的護照。我會給你足夠的金錢。你可以住在盧加諾，等戰爭結束。」

「不，爸爸，」皮諾說：「我拒絕。」

「你得照我說的做！」

「我十八歲了！」皮諾咆哮：「我的人生我做主。」

他這番話充滿力量和決心，父親為之一愣。皮諾後悔對父親大小聲，但剛剛就是攔不住嘴巴。

皮諾渾身顫抖，試著冷靜下來。「爸爸，抱歉，但我不想再對這場戰爭袖手旁觀。我不會在這時候逃走，尤其因為發報機還能用，而且戰爭還沒結束。在那之前，我會繼續待在雷爾斯將軍身邊。我很抱歉，但我就是必須這麼做。」

十天後，一九四五年三月二日的下午，皮諾站在雷爾斯將軍的座車旁，打量加爾達湖東邊山丘上的莊園，好奇裡頭正在發生什麼事。

這裡另外停著七輛車。兩名司機穿著黨衛軍的制服，另一人是德意志國防軍的打扮，其他人穿著便服。皮諾也奉雷爾斯之命穿著便服。皮諾基本上沒理會其他司機，只是繼續好奇地盯著那棟豪宅，因為幾個德軍軍官在二十分鐘前跟著雷爾斯將軍進去，而他認得其中兩個。

那兩人分別是義大利黨衛軍首長沃爾夫將軍，以及海因里希・馮・菲廷霍夫元帥，這個人最近取代了凱塞林，成為全義大利的德軍指揮官。

菲廷霍夫為什麼在這裡？還有沃爾夫？他們究竟有什麼盤算？

這些疑問在皮諾的腦海裡打轉，直到他忍無可忍。他穿過半空中的小雪，來到停車場側面由美麗雪松組成的樹籬前，停下腳步，故意小便給其他司機看，然後鑽進雪松之間。

在樹籬的掩護下，皮諾來到莊園的北牆，蹲俯身子，躲在窗外偷聽，然後站起，窺視窗裡。

他在第三扇窗底下聽見咆哮聲。某人喊道：「Was du redest ist Verrat！Ich werde an einer solchen Diskussion nicht teilnehmen！」（註2）

皮諾聽不太懂這串德文，但確實聽見有人甩上門。有人要離開。**雷爾斯將軍？**

他急忙跑向雪松樹籬，沿樹籬飛奔，窺視縫隙，看到菲廷霍夫元帥氣沖沖地走出莊園。元帥的司機急忙跳下車，打開後車門，不久後駕車離去。

皮諾猶豫幾秒。他該回去剛剛那扇窗外，繼續偷聽？還是最好回車上等著，別再冒險？雷爾斯這時從前門出現，幫他做了決定。皮諾輕輕鑽出樹籬，小跑上前迎接，試著回想菲廷霍夫剛剛吼了什麼。

Was du redest ist Verrat！

他不斷默唸這句話，打開後車門，雷爾斯將軍一臉不悅，看起來好像很想咬掉哪隻小貓的腦袋。皮諾鑽進駕駛座，感覺將軍的怒氣如浪濤般襲來。

「將軍大人？」

「去加爾尼亞諾鎮，」雷爾斯說：「那個瘋人院。」

皮諾駕車來到加爾達湖的山上，把車開進墨索里尼的莊園大門，很擔心接下來會有何遭遇。雷爾斯將軍在門口說明自己的身分時，領袖的一個助手說現在時機不適合。

「現在時機當然不適合，」雷爾斯厲聲道：「而這就是我為何來此。帶我去見他，

註2 此句德文意為「你們這種想法是叛國！我拒絕參與這種討論！」。

否則我就下令斃了你。」

助手也動了肝火。「誰給你這種權力？」

「阿道夫・希特勒。我是奉元首本人的命令前來。」

助手雖然怒氣未消，但還是點頭。「好吧，請跟我來。」

他帶他們來到書房，把門稍微打開。天色已經半暗，但是墨索里尼的書房裡還沒開燈，只有從落地窗透入的天光提供了光源。蒼白光線斜角射過，顯示散落一地的書籍、紙張、碎玻璃，還有翻倒的家具。

領袖似乎大發了脾氣，此刻坐在辦公桌後面，雙肘撐桌，雙手托著磚塊般的下巴，眼睛盯著桌面，彷彿能看到桌底下，看到自己人生的破滅。克拉拉・貝塔奇躺在墨索里尼前方一張躺椅上，一手裡的香菸飄著煙霧，另一手把一支空酒杯拿在胸前。看在皮諾眼裡，彷彿這兩人這幾小時都是維持這種姿勢。

「領袖？」雷爾斯將軍開口，走進凌亂房間的深處。

墨索里尼就算有聽見也沒反應，只是茫然地盯著桌面，雷爾斯和皮諾持續走近。但是獨裁者的情婦聽見了來客的聲響，於是回頭，露出慘淡的笑容，安心得吐口氣。

「雷爾斯將軍，」貝塔奇口齒不清地說：「可憐的小貝今天真的過得很慘。希望你不是來增加他的煩惱？」

將軍說：「我和領袖必須開誠布公地談談。」

「關於什麼？」墨索里尼依然低著頭。

在近距離下，皮諾看到傀儡獨裁者盯著義大利地圖。

「領袖？」雷爾斯再次開口。

墨索里尼抬頭，以怪異眼神怒瞪將軍，說道：「我們征服了衣索比亞，雷爾斯。而現在，同盟國那些臭豬居然從北邊把黑人帶進了托斯卡尼的土地。黑人也占領了波隆那和羅馬的大街小巷！我如果現在就死，會遠遠好過繼續活下去，你不覺得？」

皮諾翻譯後，雷爾斯遲疑片刻，然後說：「領袖，我根本沒資格在這方面對你提出建言。」

墨索里尼眼神茫然，彷彿在尋找某個失落已久的東西，然後眼睛發亮，彷彿對某個閃閃發亮的新玩意兒著了迷。

「消息是真的嗎？」傀儡獨裁者問道：「親愛的希特勒暗藏了一個超級武器？某種我們前所未見的飛彈、火箭、炸彈？我聽說元首其實在等敵人接近，然後要用超級武器發動一連串的致命打擊，將他們一舉殲滅。」

雷爾斯又遲疑片刻，然後說：「確實有些關於祕密武器的傳言，領袖。」

「啊哈！」墨索里尼跳起身，高舉一根指頭。「我就知道！我早就說過了吧，克拉拉？」

「你確實說過，小貝。」情婦正在給自己倒酒。

墨索里尼一下子從低潮來到高潮。他大步繞過辦公桌，興奮得近乎狂喜。

「就像V－2火箭，是吧？」他說：「只是更威猛，能一口氣炸平一整座城市，是吧？只有你們德國人的科學和工程腦袋有辦法做出這種東西！」

雷爾斯沉默一會兒，然後點頭。「謝謝您，領袖。雖然感謝讚美，但我是奉命來此詢問，如果局勢惡化，您有何打算。」

這句話似乎讓墨索里尼聽得一頭霧水。「可是你們有超級霹靂彈呀。既然咱們有超級霹靂彈，局勢又怎麼可能惡化？」

「我覺得未雨綢繆乃是上策。」雷爾斯說。

「噢。」說完，獨裁者的眼睛又開始變得茫然。

克拉拉．貝塔奇說：「瓦爾泰利納，小貝。」

「沒錯，」墨索里尼再次集中精神。「我們如果遭到進攻，我有兩萬名士兵願意跟我前往北邊的瓦爾泰利納山谷，就在跟瑞士接壤之處。他們會保護我和我的法西斯追隨者們，直到希特勒元首發射他那顆超級霹靂彈！」

墨索里尼咧嘴而笑，開心地期盼那美好之日的到來。

雷爾斯將軍沉默一陣子，皮諾斜眼瞥他。希特勒有某種超級武器？要用在同盟國接近柏林的時候？雷爾斯就算知道其中真相，也絲毫不動聲色。

將軍併攏腳跟，鞠個躬。「謝謝您，領袖，我們知道這些就夠了。」

「你會通知我們吧，雷爾斯？」墨索里尼說：「希特勒要動用他那顆無敵霹靂彈的時候？」

「我會確保您到時候最先知道消息。」說完，雷爾斯將軍轉身。

他在獨裁者的情婦面前停步。「妳到時候也會去瓦爾泰利納嗎？」

克拉拉．貝塔奇綻放笑容，彷彿早已接受了宿命。「將軍，在一切順心的時候，我深愛我的小貝。一切不順心的時候，我更愛他。」

當晚，皮諾先說出在莊園窗外聽見的那句德文，然後才打算描述見到墨索里尼的景況。

「Was du redest ist Verrat。」

聽見這句話，葛芮塔舅媽在沙發上坐直身子。阿爾伯特舅舅被抓走後，她就一直住在萊拉家的公寓，幫巴卡處理每天的發報機傳送。

她問：「你確定那是菲廷霍夫說的？」

「不，我不確定，但口氣聽起來很憤怒，而且我看到元帥氣沖沖地離開莊園。那句話是什麼意思？」

「Was du redest ist Verrat，」她說：「『你們這種想法是叛國』。」

「叛國？」皮諾問。

他父親也坐直。「意思是對希特勒發動政變？」

「如果他們用那種方式對菲廷霍夫說話，那我猜確實是這樣沒錯，」葛芮塔舅媽問道：「沃爾夫當時在場？雷爾斯也是？」

「還有其他人。可是我從頭到尾都沒看到他們。他們比我們早到，比我們晚走。」

「他們看得出來大難臨頭，」父親說：「所以現在在盤算如何自保。」

「這件事應該讓同盟國知道，」皮諾說：「還有墨索里尼認為希特勒擁有超級武器。」

「雷爾斯對所謂的超級武器作何感想？」葛芮塔舅媽問。

「我看不出來，他的臉色跟平時一樣莫測難辨，但他一定知道真相，畢竟他親口跟我說過，他一開始是幫希特勒製造大砲。」

「巴卡明早會回來，」父親說：「把你希望倫敦知道的事情寫下來，皮諾。我會叫他把那些消息一起發送出去。」

皮諾拿起紙筆，寫下報告。葛芮塔舅媽寫下他聽見的關於叛國的字句。

皮諾打呵欠，查看手錶，發現快九點了。「我得去將軍那裡報到，問清楚我明天要做什麼。」

「你今晚會回家過夜嗎？」

「應該不會，爸爸。」

「務必小心，」米歇爾說：「你之所以聽見那些將軍談到叛國，就是因為這場戰爭已經進入尾聲。」

皮諾點頭，起身拿起大衣。「我還沒問到阿爾伯特舅舅的近況。你們說今早有去聖維托雷監獄探望他？他狀況如何？」

「他瘦了一些，不過這也許不算壞事，」葛芮塔舅媽苦笑。「而且他們雖然有試，但他沒招供。他認識那裡很多囚犯，這也有幫助，他們會保護彼此。」

「他不會在那裡待很久。」皮諾說。

他走向桃莉的公寓大樓時，確實覺得戰爭即將結束，滿腦子想著跟安娜如何度過戰後的漫長時光、充滿無限可能的未來。皮諾開心地來到桃莉的門前，令他慶幸的是開門的是安娜。她笑容滿面，早已痊癒，而且很高興見到他。

「將軍和桃莉出門了。」安娜讓他進門。

她關上門，投入他的懷抱。

在安娜的床上，兩人興奮喜悅，滿身汗水和愛意。

「我很想你。」安娜說。

「我滿腦子只想著妳。」皮諾說：「我應該從雷爾斯將軍身上打探情報，應該記住我們去過哪、看到什麼，我卻只想著妳，這是不是很糟？」

「一點也不糟，」安娜說：「只會讓我覺得你真可愛。」

「我是說真的。跟妳分開的時候，我覺得心中的天籟徹底停止了。」

安娜凝視他。「你是個很特別的人，皮諾．萊拉。」

「不，不算是。」

「你是。」她堅稱，用一根指頭撫摸他的胸膛。「你勇敢、有趣，而且看起來真美。」

皮諾發笑，覺得害羞。「美？不是英俊？」

「你是很英俊，」安娜愛撫他的臉頰。「可是你充滿對我的愛，它從你身上散發出來，這讓我覺得我自己很美，也讓我覺得你很美。」

「那麼，妳我都很美。」他把她摟得更緊。

皮諾告訴安娜：他覺得以後回顧現在這段時光，會覺得從現在到戰爭結束之間的時光非常短，而戰後的時光則似乎伸向一條看不見的地平線。

「我們想做什麼都行，」皮諾說：「人生充滿無限可能。」

「我們能追尋幸福，過著熱情洋溢的生活？」

「這就是妳唯一想要的？追尋幸福，過著熱情洋溢的生活？」

「你能想像其他的人生方式嗎？」

「不，」他吻安娜，對她感到更強烈的愛。「我確實無法想像。」

第二十六章

接下來的兩星期，雷爾斯將軍和皮諾幾乎天天都在路上。雷爾斯有兩次是先前往位於科莫——而非蒙札——的機廠，然後進入瑞士邊界，皮諾因此猜想將軍移動了載有黃金的那節篷車。除了前往盧加諾之外，雷爾斯大部分的時間都在觀察通往北方的道路和火車的狀況。

皮諾不明白原因也不敢問，但在三月十五日這天，皮諾駕車來到布倫內羅隘口，知道將軍有何打算。沿這條隘口進入奧地利的鐵軌最近多次遭到轟炸，兩個方向的班次都因此中斷，灰衣人正在辛苦地修理路線。

布倫內羅隘口旁邊的積雪依然很深，直達谷地。越是沿上坡路前進，旁邊的積雪就越深，看起來就像車子行進於一條沒有屋頂的白色隧道。車子來到一個彎道，能清楚地看見寬廣的布倫內羅排水道。

「停車。」說完，雷爾斯拿著望遠鏡下了車。

皮諾不用望遠鏡也能看到前方的狀況：一大群灰衣人就像被奴役的生物體，不停挖鑿，剷掉通往布倫內羅隘口頂端和奧地利路上的積雪。

這裡離邊界還很遠，皮諾心想，望向高處。那裡的積雪至少有十、十二公尺深。在靠近奧地利的那一邊有幾處黑色的斑點，似乎是被雪崩蓋住的鐵軌。在那些斑點下方，路上至少有十五公尺的積雪和碎片。

雷爾斯大概也得出同樣的結論。皮諾接著駕車繼續前進，來到一群監督奴隸的黨衛軍所在。將軍下了車，責罵這裡的負責人，那人從軍徽來看是個少校。兩人連番互嗆，皮諾以為他們會大打出手。

雷爾斯將軍回到車上，怒氣未消。

「照他們這種速度，我們永遠別想離開義大利，」他說：「我需要卡車、挖掘機和推土機，真正的機械，否則不可能清乾淨。」

「將軍大人？」皮諾問。

「閉嘴開車，一等兵！」

皮諾沒笨到追問將軍，於是保持沉默，思索雷爾斯剛剛說了什麼，然後終於明白他們最近都在做些什麼。

雷爾斯將軍奉命準備一條逃脫路線，以便德軍撤退。鐵軌已毀，所以布倫內羅隘口成了唯一的出路，卻被積雪阻擋。雖然有其他山路通往瑞士，但瑞士人從幾天前開始已經不再允許德軍火車或車隊進入他們的邊界。

皮諾開心地心想：**在這一刻，納粹被困住了**。

那天晚上，皮諾寫下訊息給巴卡，描述義大利和奧地利之間的厚實雪牆。他說游擊隊或同盟國需要開始轟炸山路上方的積雪山脊，引發更多雪崩。

五天後，他和雷爾斯再次來到布倫內羅。皮諾竊喜地看著將軍氣得幾乎中風，因為盟軍炸彈引發了大量雪崩，山路埋於無數雪牆。

隨著時間一分一秒經過，雷爾斯變得更加陰晴不定，上一秒健談，下一秒悶悶不樂。在三月末，將軍在瑞士待了六天，這方便皮諾跟安娜盡情相處，他也好奇雷爾斯為什麼還沒帶桃莉搬去盧加諾，甚至瑞士日內瓦。

但他在這件事上很快轉移了注意力。皮諾陷入愛河，時間感也因此扭曲。與安娜度過的每一刻感覺短暫；兩人分開時，他充滿無限的渴望。

一九四五年的三月結束，四月到來，這時彷彿某種宇宙開關被打開。原本肆虐北義大利、攔阻盟軍攻勢的寒冷天氣終於結束，迎來春末的暖意和融雪。皮諾幾乎天天都載雷爾斯將軍來到布倫內羅隘口，這時路上已經有挖掘機在運作，諸多砂石車載走積雪和雪崩碎片。陽光灑在灰衣人身上，他們在機械旁邊一同剷雪，臉龐被反射於雪地的陽光晒傷，肌肉被雪泥和冰塊壓得扭曲，意志被多年來的奴役壓垮。

皮諾想安撫他們，叫他們放心、戰爭快結束了。**只剩幾星期，頂多幾個月。撐下去。活下來。**

一九四五年四月八日，天色早已暗下後，皮諾載著雷爾斯將軍來到波隆那東北方的莫利內拉村。

雷爾斯在這裡的德軍營地的小床上過夜，皮諾則是不安穩地睡在車子裡的駕駛座上。天亮後，他們開車來到更高處，阿爾真塔的西邊，俯視塞尼奧河兩邊的扁平溼地；這條河從這裡進入科馬基奧湖，是一個靠近海邊的出海口。因為這座湖泊造成的阻礙，同盟國無法包圍雷爾斯在河的北邊建立的防禦工事。

戰車陷阱、地雷區、壕溝、碉堡……雖然隔了幾公里，皮諾還是能清楚看見那些設施。在那些設施後方，同盟國占領了河的另一邊，那裡幾乎沒有任何動靜，只偶爾看見一輛卡車往返於里米尼市和亞得里亞海之間。

數小時中，山丘上幾乎沒有任何聲響，只聽見蟲鳴鳥叫，一陣溫暖微風把犁過的農田氣味帶上來。皮諾意識到，大地本身並不知道戰爭的存在，無論人類如何自相殘殺，大自然都會繼續運作下去，一點也不在乎人類的死活，不在乎他們對殺戮和征服的需求。

熱氣隨著早晨時光持續累積。到了中午左右，他們聽見模糊的咚咚聲，爆炸的回音從里米尼海邊飄來。不久後，皮諾看到遠方有煙霧飄向海邊。他好奇發生了什麼事。

雷爾斯將軍彷彿聽見了他心裡的疑問。

「他們正在轟炸我們的船隻，」他的口氣就事論事。「他們掐住了我們的退路，但他們會試著從海上擊潰我的防禦工事。」

下午的時光持續流逝，天氣熱得宛如夏日，只是沒那麼乾燥。在冬季降落於地面的水氣被高溫蒸發，空氣變得沉重。皮諾坐在車子提供的陰影下，雷爾斯繼續觀察遠方的狀況。

「一等兵，在戰爭結束後，你打算做什麼？」雷爾斯開口。

「將軍大人，你說我嗎？」皮諾說：「我也不知道。也許回學校上課，也許為我爸媽工作。您呢？」

雷爾斯將軍放下望遠鏡。「我目前看不見那麼遠以後的事。」

「桃莉呢？」

雷爾斯歪起頭，彷彿在考慮是否該責備他問了不該問的事，但只是說：「布倫內羅山路暢通後，她會被安置好。」

他們倆都注意到南邊傳來一陣轟隆嗡鳴。雷爾斯立即拿起望遠鏡，觀察天空。

「開始了。」他說。

皮諾跳起身，用手遮住陽光，看到重型轟炸機從南邊出現，從左到右有十架寬，其後方有二十架深。兩百架轟炸機朝他們的方位逼近，近得皮諾開始擔心它們會在他正上方投彈。

但機隊在一哩外一同轉向，露出腹部，打開彈艙。帶頭的那幾架降低高度，掠過哥德防線和德軍陣地上方，釋放的炸彈拖在後方，發出哨聲，看起來就像從天而降的大批魚群。

第一枚炸彈擊中德軍防線後方，激起碎片和彩虹般的螢光和火舌。更多炸彈開始在哥德防線後方爆炸，造成焦黑坑洞和火海，強勁的破壞之勢往東伸向河口和大海。

第一波的最後幾架飛機離去的十分鐘後，第二、第三和第四波到來，一共超過八百架重型轟炸機。緩慢飛行的飛機同步投放炸彈，角度只偏差一、兩度，以確保後面的炸彈能擊中德軍後側的其他部位。

軍械庫爆炸，油槽噴發烈火，兵營、道路、卡車、戰車和補給站在第一波攻勢中蒸發。接著，中型和輕型轟炸機低空飛過河流上方，攻擊防線。雷爾斯的戰車陷阱有幾個區段爆炸，碉堡破碎，砲臺倒塌。

接下來的四個小時裡，盟軍轟炸機在這個區域投放了兩萬枚炸彈。在空襲的間隔期，兩千枚盟軍砲彈組成了長達三十分鐘的彈幕，狂轟哥德防線。下午五點左右的陽光穿過濃煙，照映河面，春季天空看起來宛如地獄。

皮諾瞥向雷爾斯。將軍用望遠鏡觀察，看到破碎防線的南側戰地，他雙手顫抖，用德文咒罵。

「將軍大人？」皮諾開口。

「他們來了，」雷爾斯說：「戰車、吉普車、火砲，無數軍隊正在朝我們逼近。我們的子弟兵會盡可能撐下去，當中許多人會為那條河而死。但在不久後，那裡每個士兵遲早都得面對輸家的選擇：撤退，投降或是死亡。」

天空轉暗為暮色時，手持火焰噴射器的盟軍士兵們攻進了德軍壕溝和碉堡。缺乏星光的黑夜降臨，戰地正在如火如荼地進行肉搏戰，但皮諾只看見爆炸的閃光和烈火的緩慢竄動。

「陣地到明早就會被拿下，」雷爾斯終於開口：「結束了。」

「將軍大人，我們義大利有句俗話：『得等胖女士唱歌才算結束』。」皮諾說。

「我討厭歌劇，」將軍咕噥，然後走向座車。「帶我回米蘭去，趁我束手無策之前。」

皮諾聽不懂這句話究竟是什麼意思，但欣喜地鑽進駕駛座。**納粹現在面臨撤退，投降或是死亡**，他心想。**戰爭即將結束，再過幾天就能迎來和平，迎來……美國人！**

皮諾駕車返回米蘭，心想也許終於能見到美國人，甚至一整支軍隊的美國人！也許他和安娜結婚後，也會跟他表姊莉西亞·阿爾巴尼斯一樣搬去美國，他要把他母親的手提包和阿爾伯特舅舅的皮具拿去紐約、芝加哥和洛杉磯販賣。他要在那裡賺大錢！

想到這裡，皮諾興奮得背脊打顫，彷彿窺見了原本無法想像的某個未來。開車的一路上，他沒想著稍早前目睹的史詩級戰亂場面，而是想著好好把握人生，做些能賺大錢、讓他投入熱忱的事情，而且他等不及跟安娜訴說這一切。

那天晚上，塞尼奧河畔的哥德防線終於瓦解。隔天晚上，來自紐西蘭和印度的盟軍深入雷爾斯的破碎防線將近五公里，德軍則是撤去北方集結。四月十四日，經過另一場震懾人心的轟炸後，美國第五軍團突破了哥德防線的西牆，往北開往波隆那。

每一天都傳來更多盟軍進攻的消息。皮諾每晚都用巴卡的短波收音機收聽英國廣播電臺。他也幾乎每天都載雷爾斯穿梭於諸多前線或逃脫路線，看著冗長的德軍部隊撤退，行進速度遠比他們當初入侵義大利時緩慢。

看在皮諾眼裡，納粹戰爭機器已經潰不成軍，證據就是戰車拖著破損的履帶勉強前進，喪失鬥志的步兵們走在拖著大砲的驢隊後面。幾十個德軍傷兵躺在露天卡車上，承受毒辣陽光。皮諾希望他們會死在車上。

每兩、三天，他和雷爾斯就會回到布倫內羅隘口。高溫融化了積雪，洪流般的骯髒冰水湧過隘口，堵塞了涵洞和道路。皮諾駕車來到暢通道路的盡頭，看到奴隸們站在深及腳踝甚至小腿的冰水裡，繼續在蒸汽挖掘機和砂石車旁邊忙碌。四月十七日，灰衣人來到離奧地利邊界的一哩處，其中一人倒在水裡，黨衛軍衛兵把他拖出來，丟到一邊。

雷爾斯將軍似乎沒注意到這一幕。

「叫他們二十四小時工作，」他吩咐負責的上尉：「德意志國防軍的第十軍團將在一星期內抵達這條路。」

第二十七章

一九四五年四月二十一日

在杜林市的托特組織辦公室的院子裡，雷爾斯將軍站在一旁，看著幾個托特軍官朝五堆文件潑灑汽油。雷爾斯對一名軍官點頭，對方用火柴點火。一聲呼嗤巨響下，汽油引燃，各處火舌似乎朝彼此聚集，覆蓋各處。

將軍饒富興致地看著文件焚燒。皮諾也是。

這些文件裡究竟有什麼重要訊息，雷爾斯會刻意在凌晨三點離開桃莉的床，來這裡目睹它們焚毀，還全程監督？這些文件裡是不是有什麼證據能定雷爾斯的罪？一定有。

皮諾還來不及多想，雷爾斯將軍這時朝托特軍官們咆哮命令，然後轉頭看著皮諾。

「去帕多瓦市。」他下令。

皮諾駕車南下，繞過米蘭，前往帕多瓦市。他在路上想著戰爭快結束了，而且逼自己別打瞌睡。同盟國已經在阿爾真塔突破了雷爾斯的防線，美國陸軍第十山地師正在逼近波河。

雷爾斯似乎注意到皮諾多麼疲憊，於是從口袋裡掏出一支藥瓶，把一小顆白色藥丸倒在手上，遞給皮諾。「拿去，這是安非他命，能提神。吃吧。我自己也在服用。」

皮諾吞了藥丸，很快就覺得精神抖擻，但情緒暴躁而且頭痛。他們抵達帕多瓦市，將軍在這裡監督另一場托特組織的大規模文件焚燒。之後，他們再次開往布倫內羅隘口，如今只剩不到兩百五十公尺的積雪阻擋納粹進入暢通路段、進入奧地利，雷爾斯被告知，他們將在接下來的四十八小時內清空這個區段。

四月二十二日星期天，皮諾看著雷爾斯在維洛納市銷毀另一批托特文件。當天下午，他們在布雷西亞市看著另一批文件被火舌吞噬。每來到某個地點，在每一場焚燒開始前，將軍會拿著手提箱進入托特組織的辦公室，花些時間查看文件，然後監督焚燒。雷爾斯從沒讓皮諾碰過看似越來越沉重的手提箱。傍晚，他監督貝加莫市的托特文件燃燒，然後他們回到他在科莫球場後方的辦公室。

隔天四月二十三日星期一的早上，雷爾斯將軍看著托特軍官們在球場上點燃一大堆文件。接下來的幾小時，雷爾斯親眼確認焚燒過程。皮諾被告知不許接近文件。他在烈日下坐在看臺上，看著納粹文件化為濃煙灰燼。

當天下午，他們回到米蘭，發現兩輛黨衛軍戰車封鎖了米蘭大教堂周圍的街坊，就連雷爾斯在進入前也得接受嚴格檢查。來到充當蓋世太保總部的女王酒店後，皮諾得知原因：瓦爾特・勞夫上校酒後發狂，想燒掉所有寫有他名字的文件。但是蓋世太保首長見到雷爾斯的時候，眉飛色舞，邀請對方進自己的辦公室。

雷爾斯看著皮諾，吩咐：「你可以回去了，但我明早九點整要開會。你八點四十五分去桃莉那裡接我。」

「遵命，將軍大人，」皮諾說：「車子怎麼辦？」

「你開走吧。」

雷爾斯將軍跟著勞夫進入室內。皮諾惱火不已，因為有太多文件遭到銷毀。納粹如何傷害義大利的相關證據正在消失，他似乎除了通報同盟國之外無能為力。他把飛雅特停在離自家公寓兩條街外，把臂環放在座位上——卐字符那面朝上——再次走過由哨兵看守的大廳。

進了家門後，米歇爾以手勢示意別出聲，葛芮塔舅媽關上公寓門。

「爸爸？」皮諾問。

「我們有個客人，」父親輕聲道：「我堂親的兒子，瑪里奧。」

皮諾納悶得瞇起眼睛。「瑪里奧？我記得他是戰機飛行員？」

「我現在還是啊。」瑪里奧從陰暗處走來，這個人體型雖矮但魁梧，臉上掛著大方的笑容。「我前幾天晚上被擊落了，跳傘逃生，來到這裡。」

「瑪里奧會一直躲在這兒，等戰爭結束。」米歇爾說。

「你的父親和舅媽跟我說明了你做些什麼，」瑪里奧拍拍皮諾的背。「你膽識過人。」

「呃，還好啦，」皮諾說：「我覺得米莫比我辛苦多了。」

「胡說。」葛芮塔舅媽責備，皮諾舉起雙手做投降狀。

「我已經三天沒洗澡了，」他說：「我等會兒還得移動將軍的車子。我很高興你還活著，瑪里奧。」

「你也是，皮諾。」瑪里奧說。

皮諾沿走廊進入臥室旁的浴室，脫下沾染煙味的衣服，洗掉身上和頭髮裡的臭味。之後，他換上最好的衣服，還在臉頰上稍微抹了點父親的鬍後水。他已經四天沒見到安娜，他想在這次見面時給她好印象。

他來到飯廳，留了描述目睹文件遭焚的紙條給巴卡，然後對父親、舅媽和堂哥道別，離開了公寓。

暮色已至，但建築物和碎石路持續散發熱氣，簡直就像置身於蒸汽浴。他覺得通體舒暢。他這幾天都在駕車、站立和旁觀，熱氣和溼氣如今使得他全身關節放鬆。皮諾鑽進飛雅特，正要發動引擎時，後座突然有人把冰冷的槍管壓在他的後腦杓上。

「別動，」男性嗓音傳來：「把兩隻手放在方向盤上。你身上有沒有槍？」

「沒有，」皮諾聽見自己的嗓音顫抖。「你想要什麼？」

「你覺得呢？」

皮諾認出這個聲音，突然深怕會被轟掉腦袋。

「別開槍，米莫，」他說：「媽媽和爸爸——」

皮諾感覺槍管移開。

「皮諾，我真的、真的很抱歉，之前對你說了那麼過分的話，」米莫開口：「我現在知道你其實是間諜，我……我深深佩服你的勇氣、你為了大業做出的貢獻。」

皮諾深受感動，但隨即火冒三丈。「那你幹麼拿槍對準我的腦袋？」

「因為我不知道你身上有沒有槍，你搞不好會想殺了我。」

「我絕不會朝我的小老弟開槍。」

米莫俯身向前，一把摟住皮諾。「你願意原諒我？」

「當然，」皮諾放下怒火。「當時不能讓你知道，我也不被允許讓你知道真相，是因為阿爾伯特舅舅說這樣才安全。」

米莫點頭，用袖子擦淚。「幾個游擊隊指揮官派我來的，是他們讓我知道你是間諜。他們要我向你轉達命令。」

「命令？給我命令的人是雷爾斯將軍。」

「不再是了，」米莫遞給他一張紙。「他們要你在二十五日晚上逮捕雷爾斯，把他帶去這個地址。」

逮捕雷爾斯將軍？這個想法一開始讓皮諾感到不安，但他想像自己拿槍對準雷爾斯的腦袋，覺得這幅畫面挺不錯。

他願意逮捕將軍，而這麼做的時候，就會曝露自己是間諜。他要向那個納粹炫耀這項事實。**我其實從頭到尾都耍了你。我目睹了你做過的一切，你這個奴隸主。**

「我願意，」皮諾終於答覆：「這會是我的榮幸。」

「那麼，你我在戰爭結束後再見。」米莫說。

「你要去哪？」

「回去戰鬥。」

「什麼意思？你打算做什麼？」

「我今晚要破壞戰車。我們正在等納粹開始撤離米蘭，然後我們要對他們發動伏擊，教他們懂得永遠別再回來義大利。」

「法西斯呢？」

「他們也一樣。我們這個國家如果想從頭來過，就必須徹底揮別過去。」

皮諾搖頭。米莫才剛滿十六歲，卻已經是個身經百戰的老兵。

「戰爭結束前，你可千萬別死。」皮諾說。

「你也是。」米莫悄然下車，消失在夜色中。

皮諾在座椅上轉身，想看著弟弟離去，卻沒見到任何人。米莫就像幽靈一樣來無影去無蹤。

這令皮諾微笑，然後他發動引擎，心情上一次這麼愉快是見到安娜的時候。

皮諾開心地把車停在桃莉的公寓大樓前。他對大廳的老婦揮手致意，爬上樓梯，來到三樓，心急地敲了桃莉的門。

安娜笑容滿面地開了門，親吻他的臉頰，輕聲說：「桃莉心情很差，因為將軍已經將近四天沒來這裡。」

「他今晚會回來，」皮諾說：「我很確定。」

「那拜託你去跟她說。」安娜把他趕進走廊。

桃莉・斯托特邁爾坐在客廳沙發上，身上除了雷爾斯的寬鬆白上衣之外幾乎沒多少布料。她手裡拿著放了冰塊和威士忌的酒杯，看起來八成是今天的第六杯烈酒。

一看到皮諾，桃莉繃緊下巴，以怨婦姿態問道：「我的小漢呢？」

「將軍在德意志國防軍總部。」皮諾答覆。

「我們現在應該在因斯布魯克才對。」桃莉醉得口齒不清。

「山路明天就會開通，」皮諾說：「而且他前幾天跟我說過他要帶妳去那。」

桃莉眼眶泛淚。「真的嗎？」

「他親口對我說過。」

「謝謝你。」桃莉用顫抖的手舉起酒杯。「我不知道我究竟是怎麼了。」她啜飲威士忌，微微一笑，站起身。「你們倆去玩吧。我得把自己整理一下。」

桃莉從他們倆身旁撐著牆歪斜走過，消失在走廊裡。

聽見她關上房門後，兩人來到廚房。皮諾轉動安娜的身子，把她整個人抱起來擁吻。安娜用雙腿纏住他，同樣熱吻回應。兩人的嘴唇終於分開後，她說：「我幫你準備了食物。香腸、你喜歡的那道青花菜料理，還有奶油麵包。」

皮諾意識到自己飢腸轆轆，於是不甘願地放下她，呢喃道：「老天，我想死妳了。妳根本不知道我因為能跟妳在這裡相處而有多開心。」

安娜眉開眼笑地看著他。「我沒想到我們會這麼恩愛。」

「我也是。」說完，皮諾接連吻她。

兩人享用了香腸、大蒜橄欖油炒青花菜、奶油麵包和更多將軍的美酒後，聽見前門傳來敲門聲，但桃莉喊說她會去開門，於是他們倆進入安娜的房間。在這個陰暗的小房間裡，熱氣把安娜的體香傳遍各處，他陶醉其中。他在伸手不見五指的黑暗中尋找她的身影，聽見彈簧床吱嘎作響，於是走向她。他在安娜身旁躺下，朝她伸手，發現她因為想要他而已經脫得一絲不掛。

女僕的房門傳來一聲敲門聲，然後又一聲。

一九四五年四月二十四日的清晨，皮諾被吵醒，困惑地掃視周圍，安娜這時從他胸膛上爬起來，問道：「什麼事？」

桃莉說：「現在七點四十分。將軍要司機二十分鐘後去接他，而且我們得收拾行李了，安娜，布倫內羅隘口已經開通了。」

「我們今天就走？」安娜問。

「越快越好。」桃莉答覆。

他們倆躺在床上，聽著桃莉的腳步聲沿走廊移向廚房。

皮諾溫柔地吻安娜。「昨晚是我這輩子最美好的時光。」

「我也是。」她凝視他的眼睛，彷彿裡頭如夢似幻。「我永遠不會忘了昨晚多麼神奇。」

「永遠不會。」

兩人再次接吻，嘴唇微微接觸。他吐氣時，她吸氣；他吸氣時，她吐氣。皮諾再一次覺得，彼此共處時就像一心同體的生命體。

「我要怎樣找到妳？」皮諾說：「我是說在因斯布魯克。」

「我們一到那裡，我就會打電話去你爸媽的公寓。」

「妳何不現在就搬去我爸媽的公寓？不然，妳幫桃莉收拾好行李後就過去那裡？」

「桃莉需要我幫她在那裡安頓下來，」安娜說：「她知道我想盡快回來米蘭。」

「她知道嗎？」

「是的，我跟她說了，她必須雇個新的女僕。」

皮諾吻她，然後兩人分開，換了衣服。他走出房間前，把安娜抱進懷裡。「我不知道什麼時候才能再見到妳。」

「你會收到我的消息，我保證。我一有機會就會打電話給你。」

皮諾凝視安娜的眼睛，用肌肉發達的雙手撫摸她的臉，呢喃道：「這場戰爭快結束了。妳回來後，願不願意嫁給我？」

「嫁給你？」她眼帶淚光。「你確定？」

「再確定不過。」

安娜吻他的手掌，輕聲細語：「那麼，我願意。」

皮諾覺得心中爆發喜悅，就像高亢的高音。「妳願意？」

「當然，我全心全意願意，皮諾。」

「我知道我這麼說很老套，」皮諾說：「可是妳這句話，讓我成了全義大利最幸福又最幸運的傢伙。」

「我認為我們讓彼此變得幸福又幸運。」說完，她再次吻他。

聽見廚房傳來將軍的腳步聲，皮諾依依不捨地抱著她，低語：「妳我的愛天長地久。」

「海枯石爛。」她說。

他們倆分開。皮諾看安娜最後一眼，對她眨個眼，然後離開她，心靈被她的美貌、體香和觸感徹底占據。

雷爾斯將軍先來到蓋世太保總部，在一小時後走出女王酒店。然後皮諾載他來到電話交換局，雷爾斯在裡頭待了幾小時，米蘭這時再次承受豔陽烘烤。

皮諾躲在陰暗處，注意到路人各個神情緊繃，彷彿察覺到一場凶猛風暴即將到來。他想到安娜。他究竟什麼時候才會再見到她？想到可能是一星期，甚至一個月，他覺得胃袋下沉。但是戰爭結束後的時間有多少？無限多。而且安娜答應了他突如其來的求婚！她會愛他愛到海枯石爛，他會愛她愛到天長地久。不管接下來可能會發生什麼事，至少他能確定未來跟誰一起度過，而這讓他平靜下來。

你們心裡不要憂愁，皮諾沉浸於自己所屬其中的永恆之愛，幻想跟她過著的美好人生，愛上明天可能會帶來的奇蹟。他需要準備婚戒吧？他可以——

皮諾意識到，這裡離洛雷托廣場和貝爾卓米尼新鮮蔬果店只有幾條街。

卡利托在店裡嗎？他母親狀況如何？他已經八個多月沒見到老友，上一次是卡利托抱著父親遺體的時候。

皮諾有點想從電話交換局走去那間店裡、跟老友說明真相，但擔心卡利托可能不會相信他，他因此滿身大汗、飢腸轆轆地留在原地，繼續等將軍回來。他可以等時機適合的時候拜託米莫轉告卡利托——

「一等兵！」雷爾斯將軍咆哮。

皮諾跳起身，敬個禮，跑向將軍，對方已經站在飛雅特的後車門旁，拎著手提箱，一臉火大又不耐煩。皮諾急忙道歉，說自己反應慢是因為天氣炎熱。

雷爾斯仰望毒辣太陽所在的天空。「這裡在四月末總是這麼熱？」

「不，將軍大人，」皮諾開門時吐口氣。「這種溫度很罕見，今年一整年的天氣都很罕見。我們接下來要去哪？」

「科莫，」雷爾斯說：「我們會在那裡過夜。」

「遵命，將軍大人。」皮諾瞥向後照鏡，看到雷爾斯正在手提箱裡翻找。「桃莉和安娜什麼時候會去因斯布魯克？」

將軍似乎全神貫注地處理事情，沒抬頭。「她們現在應該正在路上。別再問問題，我有工作要忙。」

皮諾駕車前往科莫和球場。他在三天前才在球場上見過焚燒文件的篝火，而今天，燃燒後的灰燼已被清除，球場上有幾百名托特士兵和軍官紮營。他們在看臺的幾處搭起防水布，坐在底下休息，彷彿在度假。

雷爾斯進入球場後，皮諾在飛雅特的前座上蜷縮身子。球場傳來刺耳喧鬧，他猜那些德軍士兵正在喝酒。雷爾斯大概也在跟他們一起喝。他們雖然打仗輸了，但這場戰爭結束了，或者該說隨時會結束。他覺得這確實是適合讓人喝醉的理由，而想著想著，他進入了夢鄉。

隔天，一九四五年四月二十五日的清晨，有人用指關節敲擊右前座的車窗，吵醒了皮諾。他沒想到太陽已經升起。他睡得很熟，夢見了安娜，而且——

車門打開，一名托特士兵說雷爾斯將軍要他進去。

皮諾坐起身，用手指梳理頭髮，在鏡子上查看自己，發現雖然有點邋遢但還行。他跟著士兵進入雷爾斯的總部，走過一連串的走廊，來到一個房間，這裡的玻璃窗俯視球場。

將軍穿著便服，正在和一名體型矮小、黑髮黑鬍的男子一起喝咖啡。那人轉身看著皮諾，點個頭。

「你比較願意說英文還是義大利文？」男子操著美國口音。

皮諾站在他面前：「英文就行。」

「馬克斯・科沃。」男子自我介紹，伸來一手。

皮諾稍作遲疑，但還是跟對方握手。「皮諾・萊拉。你從哪來的？」

「美國，康乃狄克州。請告訴將軍，我是戰略情報局的人，代表艾倫・杜勒斯。」

皮諾遲疑幾秒，但還是把這句話翻成法文給將軍聽，對方點頭。

科沃對將軍說：「我們希望雷爾斯將軍保證，你的手下會待在自己的兵營裡。我們叫他們放下武器的時候，他們不會做出任何抵抗。」

皮諾翻譯。雷爾斯點頭：「只要雙方做好約定，菲廷霍夫元帥也簽了字，我的手下就會照做。告訴他，我會繼續努力，以免米蘭遭到毀滅。」

「美利堅合眾國很感謝你，雷爾斯將軍，」科沃說：「我認為他們會在一星期內，也許更快，就簽署某種書面協議。」

雷爾斯點頭。「在那之前，請幫我問候杜勒斯先生。」

皮諾翻譯，然後補充道：「他這三天在北義大利各地焚燒大量文件。」

科沃歪起頭。「真的嗎？」

「是的，」皮諾說：「他們都在焚燒文件，每個人都是。」

「了解，」戰略情報局的代表說：「感謝告知。」

科沃分別跟將軍和皮諾握手，然後離去。

皮諾在原地尷尬地站了一會兒，然後雷爾斯說：「他離開前，你跟他說了什麼？」

「我問他康乃狄克州是什麼模樣，他說完全不如義大利這麼美。」

將軍打量他，接著說：「咱們走吧。我跟舒斯特樞機有約。」

當天下午兩點鐘，他們駕車回到米蘭，這裡散發一種充滿反抗氣息的緊張氣氛。工廠汽笛作響，車掌和司機們紛紛丟下街車和公車，造成交通癱瘓，德軍車隊因此難以北上。皮諾在某個路口停車時，相當確定遠方傳來槍聲。

他偷瞄後座的雷爾斯將軍，想著逮捕這名納粹、說出自己其實從頭到尾是個間諜的時候，不知道會多麼心滿意足。**我該在哪裡逮捕他？用什麼方式？在車上？還是在路上找個地方？**

車子離米蘭大教堂越近，納粹就越多，大多是黨衛軍、殺人犯、強姦犯、搶劫犯和看管奴隸的衛兵。他們走在蓋世太保總部旁邊的馬路上，躲在戰車後面、大教堂和大使館周圍。皮諾把車停在大門外面，因為中庭裡已經停了太多車。

皮諾跟著雷爾斯上樓。一名神父攔住他們：「樞機閣下今天會在他的辦公室見你，將軍。」

他們來到舒斯特華麗的正式辦公室，米蘭樞機坐在辦公桌後面，就像個身穿白袍的法官，紅色的主教冠放在身後的架子上。皮諾觀察這個擠滿人的房間。神學院學生喬凡尼·巴巴拉斯基站在樞機的左肩處。離他們最近的是歐根·多爾曼，希特勒的義大利通譯。多爾曼身旁站著黨衛軍將軍沃爾夫，以及幾個皮諾不認得的西裝男子。

樞機的辦公桌左端坐著一名拄著拐杖、一臉不悅的老人，皮諾是看到坐在他身旁的情婦才認出他。

貝尼托・墨索里尼看起來從裡到外徹底扭曲，就像一條被拉扯過度的彈簧。傀儡獨裁者皮膚蒼白潮溼，比以前瘦了很多，而且彷彿因為肚子痛而彎腰駝背。克拉拉・貝塔奇輕輕撫摸領袖的手，靠在他身上尋求安慰。

墨索里尼及其情婦身後，是兩名繫著紅領巾的男子。游擊隊領袖，皮諾心想。

「樞機閣下，您想見的人都到齊了。」巴巴拉斯基說。

舒斯特掃視現場。「我們在這裡說出口的每一個字，都不能離開這個房間。大家都同意嗎？」

包括皮諾在內的每個人都一一點頭。皮諾搞不懂既然有多爾曼負責翻譯，那他自己又何必在場。

「那麼，我們的目標是避免米蘭遭受更多苦難，並減少德軍在撤退時承受的傷亡。大家都同意嗎？」

墨索里尼點頭。多爾曼翻譯後，沃爾夫和雷爾斯也點頭。

「很好，」樞機說：「沃爾夫將軍？你有什麼消息能告訴我們？」

「我這幾天去了盧加諾兩次，」黨衛軍將軍說：「談判雖然進行得比預期緩慢，但確實有些進展。我們離簽署文件那天大概還有三、四天。」

墨索里尼似乎突然清醒過來。「什麼文件？什麼談判？」

沃爾夫瞥向樞機，然後看著雷爾斯將軍。

雷爾斯說：「領袖，這場仗已經輸了。希特勒在他的碉堡裡發了瘋。我們大家最近一直在努力結束這場衝突，盡可能減少死傷和破壞。」

墨索里尼駝背而坐，撐著拐杖，蒼白臉龐突然變得跟甜菜根一樣紅，嘴角冒出少許白沫。他蠕動嘴唇，抬起方正的下巴，然後開始咆哮，朝沃爾夫和雷爾斯揮舞拐杖。

「你們這些納粹混蛋，」墨索里尼咆哮：「德國等於再一次從背後捅了義大利一刀！我要上廣播電臺發表演說！我要讓全世界知道你們的背叛！」

「你不會這麼做，貝尼托。」舒斯特樞機說。

「貝尼托？」墨索里尼怒吼：「舒斯特樞機，你必須叫我『閣下』！」

樞機深吸一口氣，然後低下頭。

「閣下，我們必須在民眾暴動前取得投降方面的共識，否則這個國家就會陷入無政府狀態，而我實在不樂見這種事發生。領袖，你如果沒意願達成這個目標，我只好請你離開。」

墨索里尼環視周圍，反感地搖頭，朝情婦伸出一手。「妳喜歡他們對待我們的方式嗎，克拉拉？我們現在得靠自己了。」

貝塔奇牽起法西斯領袖的手。「我準備好了，領袖。」

兩人費勁地站起，走向門口。

「閣下，」舒斯特樞機朝他背後呼喊。「等等。」

主教從書架上抽出一本書，遞給墨索里尼。「這本書描述聖本篤的歷史。好好悔改，希望你在接下來的悲慘日子裡，能在這本書裡獲得安慰。」

墨索里尼眼神酸苦，但還是接過書本，交給情婦。他在離去時說道：「我真該叫人把他們全斃了。」

他們倆把門在身後甩上。

「我們繼續討論吧？」舒斯特樞機說：「沃爾夫將軍？德軍統帥部有沒有答應我的請求？」

「我今早收到了菲廷霍夫的來信，他已經吩咐他的手下停止攻擊行為，待在兵營，直到獲得聯繫。」

「這不算是投降，但好歹也是個開始，」舒斯特樞機說：「米蘭大教堂周圍的街道還有大批黨衛軍，他們效忠於勞夫上校？」

「應該是。」沃爾夫說。

「但是勞夫聽命於你。」舒斯特說。

「有時候。」

「那就對他下令，叫他和他那些穿著制服的禽獸，在離開這個國家之前不准再做出更多暴行。」

「暴行？」沃爾夫說：「我不知道你在說——」

「別侮辱我的智商，」米蘭樞機厲聲道：「你們別想掩蓋在義大利對平民做出的惡行，但你們能避免更多大屠殺發生。我們在這方面是否達成共識？」

沃爾夫顯得極度焦躁，但還是點個頭。「我現在就寫下軍令。」

巴巴拉斯基說：「我會幫你把文件送出去。」

舒斯特樞機看著神學院學生。「你確定？」

「那傢伙曾對我施虐，我想在他收到軍令的時候看著他的眼睛。」

沃爾夫在信紙上寫字，然後把舒斯特提供的融蠟滴在封口上，用自己的戒指壓印，再交給神學院學生。巴巴拉斯基離去時，先前帶路的那名神父回來了，說道：

「舒斯特樞機，聖維托雷監獄的囚犯發生了暴動。」

第二十八章

大家在大使館待到黃昏。沃爾夫將軍離去後，雷爾斯將軍和舒斯特樞機討論用哪些方式讓德軍和抵抗勢力交換俘虜。

皮諾來到戶外，看到下沉的太陽，這才想起自己奉命要在午夜前逮捕雷爾斯。他真希望游擊隊不是只說明把將軍送去哪個地址，而是能提供更明確的指示。但話說回來，他們給了他一份責任，就像他們命令米莫破壞戰車。他必須靠自己訂下詳細步驟。

然而，回到公務車的時候，皮諾還不確定該用什麼方式逮捕將軍，因為對方總是坐在自己正後方的後座上。

皮諾打開飛雅特的後車門，看到雷爾斯的手提箱就放在裡頭，不禁咒罵自己。他們在室內的時候，手提箱一直都在車上。他原本可以找個藉口離開，趁機窺視手提箱裡的資料，大概都是雷爾斯認為不能焚毀的文件。

雷爾斯將軍鑽進車上，沒看他一眼。「去女王酒店。」

皮諾考慮拔出瓦爾特手槍，當場逮捕雷爾斯，但還是感到猶豫，於是關上後車門，鑽進駕駛座。因為大批德軍車輛堵住了狹窄街道，他必須走一條扭曲路線前往蓋世太保總部。

接近聖巴比拉廣場的時候，他看到一輛載滿武裝士兵的德軍卡車在半條街外的立體停車場的出口停定。某人站在馬路上，用衝鋒槍對準納粹卡車的擋風玻璃。那名槍手轉身時，皮諾震驚不已。

「米莫。」他倒抽一口氣，猛踩煞車。

「一等兵？」雷爾斯將軍說。

皮諾沒理將軍，而是直接下車。他離弟弟不到一百公尺時，米莫朝德軍揮動手裡的槍，喊道：「你們這些納粹臭豬給我把武器丟到卡車外面，然後全都下車，趴在人行道上。」

接下來的這一秒漫長得宛如永恆。

看德軍都沒反應，米莫扣下扳機，鉛彈擊中立體停車場的側牆。在接下來的寂靜中，卡車貨斗裡的德軍士兵們紛紛丟出佩槍。

「一等兵！」聽見雷爾斯的嗓音，皮諾驚訝地發現將軍也下了車，在自己身後看著這一幕。「別管女王酒店了，送我去桃莉的公寓，我剛想起來我把一些重要文件留在那兒，我想——」

受到米莫的激勵，皮諾不假思索地拔出佩槍，轉過身，把槍口壓在雷爾斯的肚子上，心滿意足地看著將軍眼裡的震驚。

「這是什麼意思，一等兵？」雷爾斯說。

「意思是逮捕你，將軍大人。」皮諾答覆。

「萊拉一等兵，」將軍強硬道：「把槍放下，我們就當這件事沒發生。載我去桃莉的公寓，我要拿回我的文件，然後——」

「我不會載你去任何地方，你這個奴隸主！」

將軍的反應彷彿挨了一巴掌，氣得五官扭曲。

「你竟敢這樣對我說話！我可以用叛亂的罪名叫人槍斃你！」

「我非常樂意背叛你和希特勒，」皮諾也同樣惱火。「轉過身，把雙手放在頭頂上，將軍大人，否則我就朝你的膝蓋開槍。」

雷爾斯還想說話，但看得出皮諾多麼認真，只好照做。皮諾拿走雷爾斯穿著西裝時會攜帶的手槍，塞進自己的口袋，然後搖晃手上的瓦爾特手槍：「上車。」

雷爾斯想走向後座，但被皮諾推向駕駛座。

皮諾把槍對準將軍的腦袋，自己鑽進後座，關上車門，把前臂放在手提箱上——雷爾斯平時就是這種姿勢——露出微笑，很喜歡這種角色互換，覺得自己贏得了這個資格，現在終於能伸張正義。

他望向雷爾斯前方的擋風玻璃外面。在他弟弟的指揮下，二十名納粹士兵趴在地上，雙手扣於後腦杓。米莫把他們的槍械堆在人行道另一頭。

「事情不需要這樣發展，一等兵，」雷爾斯說：「我有錢，很多錢。」

「德國的錢？」皮諾嗤之以鼻。「就算現在還有點價值，再過幾天就全是廢紙。把車子掉頭，還有，就像你常常對我說的，除非我要你說話，否則給我閉嘴。」

將軍沉默幾秒，但還是發動引擎，在路上倒車迴轉。將軍這麼做的時候，皮諾搖下後車窗，喊道：「咱們家裡見，米莫！」

弟弟納悶地抬頭，意識到是誰對他喊話，於是高舉一隻拳頭。

「起義，皮諾！」米莫喊道：「起義！」

雷爾斯駕車離開聖巴比亞，開往游擊隊指揮官叫米莫轉達的地址時，皮諾覺得渾身發涼。他不知道他們為何叫他把雷爾斯送去那個地址，也不在乎。他不用再躲在陰影中，不再是間諜。他現在是反抗軍的成員，這讓他覺得自己就是正義的使者。他頤指氣使地對駝背駕車的將軍說明行駛方向。

駕車十分鐘後，雷爾斯說：「我有的不只是德國鈔票。」

「我不在乎。」皮諾說。

「我有黃金。我們可以離開這裡——」

皮諾用槍管戳雷爾斯的腦袋。「我知道你有黃金，你從義大利奪走的黃金。你為了那些黃金而謀殺了四個奴隸，我才不想要。」

「謀殺？」雷爾斯說：「不，一等兵，其實——」

「我希望你會因為你做過的事而面對行刑隊。」

雷爾斯將軍僵住。「你不是認真的。」

「閉嘴。我不想再聽見你開口。」

雷爾斯似乎決定認命，只是嚴肅地駕車穿過城中，這時皮諾腦子裡出現一個聲音：**別錯過機會。做些懲罰。叫他停車。至少朝他的腿開槍。讓他在受傷和痛苦的狀態下面對宿命。下地獄就是該用這種方式吧？**

將軍搖下車窗，把頭探出車外，彷彿想品嘗最後一點自由。車子來到位於布羅尼大街的地址的大門時，雷爾斯凝視前方。

一名繫著紅領巾的槍手走出大門。皮諾告訴對方，自己是奉命逮捕將軍，現在來這裡把人交出去。

「我們一直在等你。」說完，衛兵叫夥伴打開大門。

雷爾斯把車開進這座設施，停下車。他打開車門，打算下車時，被另一名游擊隊員抓出來，轉過身，上了手銬。一開始那個槍手拿走了手提箱。雷爾斯轉頭，對皮諾投以鄙視目光，但不發一語地被拖進一扇門裡。門板在他身後甩上後，皮諾意識到自己從沒跟將軍說自己是間諜。

「他會有什麼下場？」皮諾問。

「接受審判，大概被吊死。」拿著手提箱的衛兵說。

皮諾覺得胃酸湧上喉頭。「我想在他受審時出庭作證。」

「我相信你會有機會。車鑰匙呢？」

皮諾遞出鑰匙。「我接下來該做什麼？」

「回家吧。還有，拿著這封信。你如果被哪個游擊隊員攔下來，就出示這封信。」

皮諾接過信，摺起收進口袋。「有人能載我一程嗎？」

「抱歉，」他說：「你得用走的。別擔心，再過十幾二十分鐘就天亮了。」

「你認識我弟弟米莫．萊拉嗎？」皮諾問。

衛兵發笑。「我們都認識那個可怕的傢伙，也慶幸他站在咱們這一邊。」

雖然聽見他們稱讚米莫，但皮諾走向大門時，還是感到失望，覺得好像被騙了。他為什麼沒告訴雷爾斯自己是間諜？他為什麼沒問將軍，被燒掉的那些文件藏了什麼祕密？關於奴役的證據？而且將軍原本想從桃莉的公寓拿回什麼文件？

那些文件很重要嗎？游擊隊拿到了那個手提箱，裡頭一定放著雷爾斯不打算燒掉的文件。皮諾要出庭作證，讓全世界知道他親眼看見雷爾斯將軍做過什麼。

皮諾走出大門時，發現這裡是米蘭的東南側，被轟炸得最嚴重的區域之一。他在黑暗中踢到東西，腳步踉蹌，很擔心會跌進廢土中的炸彈坑裡。

不遠處傳來步槍的槍聲，然後又一聲，接著是自動武器的槍聲，連同手榴彈爆炸。皮諾蹲下身子，覺得彷彿走進了一道陷阱。他打算另外找路回家，這時聽見遠方的米蘭大教堂的那些較小的銅鐘開始敲響。接著，大教堂的大鐘和鐘琴也發出聲響，傳過黑夜。

皮諾覺得彷彿受到大教堂的呼召。他起身走向鐘聲和米蘭大教堂，不在乎周圍的街道傳來槍聲。其他的教堂銅鐘開始發聲，聽起來就像復活節早晨。

然後，毫無預警地，米蘭各地已經關閉將近兩年的路燈突然閃爍綻放，驅逐了黑夜和長期的戰爭陰影。路燈把米蘭的廢墟和傷疤襯托得更鮮明，皮諾被耀眼光芒刺得眨眼。

但是燈光綻放！而且銅鐘發出聲響！皮諾感到強烈的安心感。那一刻真的到來了？戰爭結束了？那些德軍部隊都同意了不會反抗，是吧？但是米莫逮捕的那些士兵，是在威脅下才放下武器。

東北方傳來槍聲和爆炸聲，靠近中央火車站和充當法西斯總部的皮可洛劇院。他意識到游擊隊和法西斯正在爭奪米蘭的控制權。這是內戰。也許交戰的也有德軍，成了三方混戰。

皮諾走向西方的米蘭大教堂，遠離戰區。米蘭的民眾紛紛扯下建築物的遮光窗簾，讓更多燈光湧入這座城市。人們從窗戶探頭出來，歡呼納粹被趕進海裡。許多人來到馬路上，抬頭看著燈火，彷彿幻想終於成真。

但這場喜悅很短暫。十個不同方向傳來機槍開火聲，皮諾能聽見遠近槍聲的連擊和停頓。他想起那天在嘉貝芮菈・羅夏陳屍的墓園周圍上演的槍戰。**戰爭還沒結束**，他意識到。**動亂尚未平息**。在舒斯特樞機的辦公室裡達成的協議正在分崩離析。按照戰鬥的節奏來判斷，皮諾很快確認這是三方混戰：游擊隊對抗納粹，游擊隊對抗法西斯。

一枚手榴彈在一條鄰近街道爆炸，民眾倉皇四散，逃回家裡。皮諾拔腿飛奔，如無頭蒼蠅般逃命。他來到主教座堂廣場時，六輛德軍戰車依然停在廣場周圍，砲管向外。泛光燈依然綻放，照亮了整座大教堂。銅鐘仍在敲擊，但廣場空無一人。皮諾嚥口水，沿斜角快步跑過廣場，只希望廣場周圍的建築樓上沒有狙擊手。

他順利來到大教堂的角落，走在陰影下，抬起頭，看到這幾年的轟炸和火災造成的煤灰覆蓋了淡粉紅色的大理石面。皮諾不確定戰爭的汙痕究竟會不會離開米蘭。

他想到安娜，好奇她是不是在因斯布魯克的桃莉住處睡覺。想到她應該很安全，應該躺在溫暖的被窩裡，而且睡姿優雅，他感到欣慰。

皮諾綻放笑容，加快腳步。十分鐘後，他來到爸媽的公寓大樓外面。他確認證件就在口袋裡，然後走上門階，推開大門，以為會看到黨衛軍哨兵投來的目光，但裡頭無人看守。鳥籠式電梯上升經過五樓的時候，也沒看到衛兵。

他們走了！全跑了！

他開心地掏出鑰匙，插進鎖孔，推門而入，發現裡頭正在上演一場小型派對。

他父親的小提琴放在立架上，打開的兩瓶上好基安蒂酒放在客廳餐桌上，旁邊另外放著兩支空酒瓶。喝醉的米歇爾在壁爐前跟瑪里奧談笑。葛芮塔舅媽？她坐在她丈夫的膝上，接受他的連番親吻。

阿爾伯特舅舅看到皮諾，高舉雙臂表示勝利，喊道：「嘿，皮諾·萊拉！快過來，讓舅舅抱一個！」

皮諾爆出笑聲，跑上前，擁抱大家。接下來的時間，他喝著葡萄酒，聽阿爾伯特舅舅生動地描述聖維托雷監獄的囚犯發起反抗，擊敗了法西斯衛兵，打開了牢房，釋放了每個人。

「除了認識葛芮塔之外，我這輩子最美好的一刻就是大步走出那座監獄的大門，」阿爾伯特舅舅眉開眼笑。「鐐銬脫落。我們自由了，米蘭自由了！」

「還沒呢，」皮諾說：「我今晚在城裡走了很長一段路。沒人遵守舒斯特樞機訂下的約定，到處都有小規模戰鬥。」

然後他描述米莫如何靠自己逼那些德軍士兵投降。父親大感震驚：「他一個人？」

「單槍匹馬。」皮諾感到驕傲。「爸爸，我以為我已經夠大膽了，但我弟弟真的是另一個檔次。」

他抓起酒瓶，又給自己倒了一杯酒，覺得心情大好。安娜如果就在他身邊一起慶祝老百姓揭竿起義，他一定會覺得更美好。皮諾好奇什麼時候會再見到她、聽見她的消息。他檢查電話，意外地發現線路正常運作，但父親說電話在他到來之前未曾響起。

幾小時後，皮諾爬上床，因為喝酒而心情愉快、頭昏眼花。透過敞開的窗戶，他聽見德軍戰車發動引擎，履帶喀啦壓過鵝卵石路，開往東北方。他睡了一段時間，然後聽見戰車開去的方位傳來爆炸聲和自動步槍的聲響。

整個晚上，米蘭的戰鬥喧囂起起伏伏，就像一首首副歌唱起又結束，每個聲音都傳達衝突，每首歌都來到高潮然後化為回音。皮諾用枕頭蓋住腦袋，終於沉沉入睡，做了很多夢：雷爾斯將軍被帶走時投給他的鄙視眼神；狙擊手們在他跑過城中時朝他開槍；但他最常夢見的，是和安娜共度昨夜，那是多麼震撼人心的神奇時光，上帝賜予的完美春宵。

四月二十六日星期四，皮諾醒來後查看時鐘。

上午十點了？他上一次睡這麼久是什麼時候？他不知道，但這一覺確實睡得很香。然後他聞到煎培根的香氣。培根？從哪來的？

他穿上衣服，來到廚房，看到父親把香脆培根放在餐盤上，並指向瑪里奧端著的一大碗新鮮雞蛋。

「你的阿爾伯特舅舅有個游擊隊朋友，剛剛送來這些東西，」米歇爾說：「阿爾伯特正在走廊跟他談話。我也用完了我藏在櫥櫃裡的最後一點濃縮咖啡。」

阿爾伯特舅舅走來，看起來宿醉得很嚴重，而且有些擔憂。

「皮諾，他們需要你的英文能力，」他說：「他們需要你去戴安娜酒店，去找一個叫做克內貝爾的男子。」

「克內貝爾是誰？」

「是個美國人，我只知道這麼多。」

又一個美國人？這是兩天裡的第二個！

「好吧。」他哀怨地看著煎培根、雞蛋和爐子上的咖啡。「可是我現在就得去嗎？」

「等你吃完再去。」父親說。

飛行員瑪里奧幫皮諾煮了一些炒蛋，皮諾狼吞虎嚥地把炒蛋、培根和雙份濃縮咖啡吞下肚。皮諾一開始想不起來上一次早餐吃得這麼豐盛是什麼時候，然後想到答案：阿爾卑斯屋。他想到瑞神父，好奇神父和博爾米奧弟兄是否安好。他打算一有機會就帶安娜去莫塔村拜訪神父，並拜託神父為他們主持婚禮。

這個念頭讓他感到前所未有的幸福和自信。他想必流露了這種情緒，因為阿爾伯特舅舅在他洗碗時走來，輕聲道：「你像個傻子一樣站在這裡傻笑發呆，這表示你戀愛了。」

皮諾發笑。「也許吧。」

「是幫你偷帶發報機的那位女士？」

「安娜。欣賞你的作品的那位。」

「你父親知道嗎？你母親？」

「他們從沒見過面，但很快就會認識。」

阿爾伯特舅舅拍拍皮諾的背。「正值青春年華，而且陷入情網。這種事發生在戰爭期間，真是不可思議，不是嗎？這表示人生其實還是有很美好的一面，就算我們目睹了那麼多邪惡。」

皮諾真的很喜歡舅舅，這個人宛如智者。

「我該走了，」皮諾擦乾雙手。「去見見克內貝爾先生。」

皮諾走出公寓大樓，前往位於皮亞維大街的戴安娜酒店，那裡離電話交換局和洛雷托廣場不遠。他走了兩條街，看到一具男子趴在水溝裡，後腦杓有個彈孔。離公寓五條街的地方，他看見第二和第三具屍體，是穿著睡衣的一男一女，彷彿是從床上被拖走。他走得越遠，就看到越多屍體，幾乎都是被子彈爆頭，趴在高溫下的水溝裡。

皮諾覺得驚恐又反胃。來到戴安娜酒店時，他一路上已經看到七十具屍體在大太陽下腐爛。路線北邊持續傳來零星槍聲。有人說游擊隊包圍了一大群試圖逃離米蘭的黑衫軍。法西斯正在進行至死方休的戰鬥。

皮諾拉拉戴安娜酒店的前門，發現門上了鎖。他敲門等候，但無人回應。他繞到後面，成功打開後門，進入無人廚房，聞到最近煮過的肉味。廚房盡頭的一扇軟墊搖擺門通往陰暗的無人餐廳，另一扇通往昏暗的舞廳。

皮諾推開通往舞廳的門扉，喊道：「有人在嗎？」

聽見拉動步槍槍栓所發出的金屬摩擦聲，皮諾急忙舉起雙手。

「把槍丟下。」某個男子要求。

「我沒帶槍。」皮諾聽見自己嗓音顫抖。

「你是誰？」

「皮諾・萊拉。我被告知來這裡見一個名叫克內貝爾的美國人。」

他聽見一聲粗啞笑聲，然後看見一名穿著美國陸軍制服的高瘦男子走出陰暗處，此人鼻梁很寬，頭髮稀疏，臉上掛著大方的笑容。

「把槍放低，達洛亞下士，」他說：「這一位是受邀而來。」

來自波士頓、體型矮壯的達洛亞下士放低槍口。

高瘦的美國人來到皮諾面前，伸來一手。「法蘭克．克內貝爾少校，美國第五軍團。我在第五軍團負責高射砲的相關事務，平時會幫《星條旗》雜誌寫些文章，偶爾也處理一些心理戰。」

皮諾有聽沒有懂，但還是點點頭。「你剛到這裡，克內貝爾少校？」

「昨晚到的，」克內貝爾說：「我跟著這支偵察小隊比第十山地師先一步進城，以便判斷該如何調動兵力。那麼，請告訴我外頭是什麼狀況，皮諾。你在來這裡的路上看到什麼？」

「水溝裡有很多遭到報復而殺害的死者，納粹和法西斯正在想辦法逃出這裡，」皮諾說：「游擊隊不斷朝他們開火。經過這麼多年，城裡從昨晚開始第一次綻放燈火，天上沒有轟炸機，讓人不禁覺得戰爭好像真的結束了。」

「我很喜歡你的描述，」克內貝爾拿出一本筆記簿。「很生動。再說一次。」

皮諾照做，少校邊聽邊記。「我會把你稱作游擊隊戰士，好嗎？」

「好，」皮諾很喜歡這種稱呼。「還有什麼是我能幫忙的？」

「我需要口譯員，聽說你會說英文，所以把你請來。」

「是誰跟你說我會說英文？」

「聽說就是聽說，」克內貝爾說：「你也知道我不能透露那人是誰。總之，我需要幫助。你願意幫助有求於你的美國人嗎，皮諾？」

皮諾很喜歡這名少校的口音，也喜歡這個人的整體氣質。「當然。」

「好樣的。」克內貝爾把一手放在皮諾的肩上，口氣彷彿彼此是認識多年的密謀者。「那麼，就今天來說，我其實需要你幫我兩個忙。首先，帶我進去電話交換局，好讓我能打幾通電話，發些報告。」

皮諾點頭。「沒問題。還有呢？」

克內貝爾露齒而笑。「你能不能幫我們弄些葡萄酒？威士忌？甚至幾個姑娘和音樂？」

「為什麼？」

「為了開派對啊。」克內貝爾笑得更開心。「我有些朋友會在天黑後溜進來這裡，而這場該死的戰爭快結束了，所以他們應該會想舒壓慶祝。聽起來不錯吧？」

少校散發的感染力使得皮諾咧嘴而笑。「聽起來超好玩！」

「你能幫忙嗎？弄臺黑膠唱機，或是短波收音機？找幾個義大利美少女跟我們共舞？」

「還有葡萄酒和威士忌。這兩樣我舅舅都有。」

「那麼，我在此頒發銀星勳章給你舅舅，因為他在使命呼召下做出傑出表現，」少校說：「你能不能在今晚九點之前弄到這一切？」

皮諾查看手錶，現在是中午。他點頭：「我先帶你去電話交換局。」

克內貝爾看著美國士兵們，向他們敬個禮，說：「我覺得我很喜歡這小子。」

達洛亞下士說：「少校，他如果真能找來幾個漂亮姑娘，我就會推薦軍方頒發榮譽勳章給他。」

「他在卡西諾山戰役做出的英勇事蹟，讓他有資格拿到銀星勳章，所以他講這種話很有分量。」克內貝爾告訴皮諾。

皮諾重新評估下士。

「誰鳥勳章啊？」達洛亞說：「咱們需要的是女人、音樂和美酒。」

「我會幫你們弄到這三樣。」皮諾說。下士俐落地向他敬個禮。

皮諾發笑，打量少校的制服。「把襯衫脫掉，免得引起注意。」

克內貝爾照做，穿著T恤、軍褲和軍靴跟皮諾走出戴安娜酒店。他們來到電話交換局，游擊隊衛兵擋住門口，但皮諾出示了昨晚拿到的那封信，並解釋克內貝爾要向美國人描述米蘭轟轟烈烈的揭竿起義，衛兵因此放行。皮諾幫克內貝爾安排了一個有辦公桌和電話機的房間。線路接通後，少校用手蓋住發話筒，說：「我們可都指望你了，皮諾。」

「是，長官。」說完，皮諾試著模仿達洛亞下士那樣俐落敬禮。

「有模有樣，」克內貝爾笑道：「那麼，去幫咱們安排一場令人永生難忘的派對吧。」

皮諾覺得精神抖擻，走出交換局，沿布宜諾斯艾利斯大街往北前往洛雷托廣場，心想要怎樣在八個半小時內弄到克內貝爾要求的一切。一名沒戴婚戒、二十幾歲的美女迎頭走來，神情焦躁。

皮諾衝口道：「不好意思，小姐，請問一下，妳今晚願不願意來參加一場派對？」

「派對？今晚？跟你一起？」她嗤之以鼻。「才不要。」

「派對上會有音樂、美酒和美食，還有有錢的美國大兵。」

她一甩頭髮。「米蘭現在還沒有美國人。」

「其實有，而且今晚九點在戴安娜酒店的舞廳，會有更多美國人出現。妳願意參加嗎？」

她猶豫幾秒，然後問：「你沒說謊？」

「我以我母親的靈魂發誓，我沒說謊。」

「那我考慮考慮。戴安娜酒店？」

「沒錯。穿跳舞的衣服去。」

「我會考慮。」說完，她邁步離去。

皮諾咧嘴笑，相當確定她會出席。

他繼續走動，對下一個貌美女子說出同樣的臺詞，得到差不多一樣的答覆。但第三個女子做出不一樣的反應，她想立刻前往皮諾的派對，而聽他說現場會有有錢的美國士兵，她說會帶四個朋友參加。

皮諾正感到興奮時，意識到自己來到了位於洛雷托廣場角落的貝爾卓米尼新鮮蔬果店。門開著，他看到某人站在陰暗處。「卡利托？是你嗎？」

皮諾的老友想直接把門甩上。皮諾急忙用肩膀頂住門板，比他瘦弱的卡利托被撞得仰躺在地。

「滾出我的店鋪！」卡利托咆哮，往後爬。「叛徒，納粹！」

皮諾把門在身後甩上，立刻發現老友比以前瘦了許多。「我不是納粹，也不是叛徒。」

「我當時親眼看到你身上的卐字符！我爸也看到了！」卡利托咒罵，指向皮諾的左臂。「就在這一處。既然有卐字符，那你不是納粹是什麼？」

「是間諜。」然後皮諾向卡利托全盤托出。

他看得出來老友一開始不相信，但是卡利托聽見雷爾斯這個名字，意識到皮諾在那人身邊當間諜，才改變了看法。

卡利托說：「皮諾，他們當時如果知道你是間諜，一定會殺了你。」

「我知道。」

「但你還是那麼做？」老友搖頭。「這就是你我之間的差異。你冒險行動，而我……我害怕得躲在旁邊觀望。」

「你現在沒什麼好怕的了，」皮諾說：「戰爭結束了。」

「是嗎？」

「你媽媽狀況如何？」

卡利托低下頭。「她死了，皮諾，在寒冷的一月。我沒辦法讓她保暖，因為我們沒有燃油，也沒有蔬果能賣錢。她活活咳到死。」

「我真的很遺憾。」皮諾難過得喉嚨緊縮。「她是出了名的善良，就像你父親是以風趣著稱。我當時應該來幫你為他們倆辦後事才對。」

「你當時就在你該待的地方，我也是。」卡利托垂頭喪氣，皮諾很想幫他打起精神。

「你還有在打鼓嗎？」

「很久沒有了。」

「可是你有留著鼓具？」

「在地下室。」

「你有沒有認識任何住在附近的樂手？」

「為什麼這麼問？」

「先回答我的問題嘛。」

「應該有吧，我是說如果他們還活著。」

「很好。咱們走。」

「嘎？走去哪？」

「去我家，我弄點東西給你吃，」皮諾答覆：「然後我們要去弄到一些葡萄酒、食物和年輕女士。萬事俱備後，我們要舉辦一場世上最盛大的派對，來慶祝戰爭結束。」

第二十九章

米蘭發生動亂的隔天晚上九點，皮諾和卡利托已經把六箱葡萄酒和二十公升的私釀啤酒從阿爾伯特舅舅的儲藏室搬去戴安娜酒店。皮諾的父親貢獻出兩大瓶渣釀白蘭地。卡利托找出有人在幾年前送給他父親的三瓶未開封的威士忌。

與此同時，達洛亞下士在酒店地下室發現一座被拆開的舞臺，於是找人把它在舞廳遠側重新拼裝起來。卡利托在舞臺後側組裝起鼓具，敲擊低音鼓，調整銅鈸，負責演奏小號、單簧管和薩克斯風的三名樂手也忙著調音。皮諾坐在美國人搬上舞臺的直立式鋼琴前，緊張地敲敲琴鍵。他已經幾乎一年沒彈過琴。他輪流用單手彈奏一點和弦，然後收手。這樣熱身就夠了。

群眾開始呼喊。皮諾誇張地行個軍禮，掃視在場的二十名美國大兵、一隊紐西蘭人、八名記者，還有至少三十名米蘭女子。

「各位！」克內貝爾少校喊道，跳到舞臺上，不在乎手裡的酒杯灑了一些葡萄酒出來。他高舉酒杯：「敬戰爭結束！」

群眾歡呼。達洛亞下士也跳上舞臺，來到少校身旁喊道：「敬那個留著古怪黑瀏海和方形小鬍的殺人獨裁者，恭喜他死路一條！」

士兵們大笑歡呼。

皮諾也發笑，但及時翻譯給女士們聽，她們歡呼讚許，舉起酒杯。卡利托把葡萄酒一口氣喝光，咂咂嘴，笑容滿面。

卡利托接著舉起兩支鼓棒互敲，喊道：「《八拍節奏》，皮諾！」

皮諾舉起雙臂，手指在琴鍵上舞動，從高音開始彈起，然後以輕快節奏把低音加入旋律，他以前在米蘭遭到轟炸前常常這樣練習。

這一次，他把這首曲子演奏成「布吉音樂」的風格，純然的舞曲。

群眾為之瘋狂，在卡利托開始用起鼓刷和銅鈸，然後加入低音鼓聲的時候更為狂熱。大兵紛紛抓起義大利姑娘跳起搖擺舞，讓交扣的手指和扭腰擺臀來代替嘴巴說話。另一些阿兵哥站在舞者們周圍，緊張地盯著女生，不然就是站在原地，一手拿著酒杯，用另一手的食指和擺動的臀部和肩膀，跟著布吉音樂的歡快旋律打節拍。三不五時有人放聲尖叫，借酒裝瘋。

單簧管、薩克斯風和銅管長號的樂手都做出了獨奏。演奏結束時，現場爆發掌聲和歡呼。小號手走上前，吹起《歡快的吹號手》的前奏，全場興奮到極點。

許多大兵唱起早已銘記在心的歌詞，舞步更為狂熱。其他士兵喝酒，歡呼，談笑，跳舞，繼續喝酒，徹底放下所有煩惱。皮諾結束這首曲子的時候，滿身大汗的舞者們歡呼跺腳。

「再來！」他們喊道：「再來一首！」

皮諾大汗淋漓，卻覺得這輩子好像從沒這麼開心過。這裡唯一缺少的就是安娜。她從沒見過皮諾彈鋼琴，她如果目睹這一幕一定會開心得昏倒。想像這幅畫面，他不禁發笑，然後想到米莫。弟弟在哪？還在對付納粹？

他在這裡慶祝，弟弟卻在外頭奮戰，他有點覺得慚愧，但他回頭看著卡利托，對方又在給自己倒一大杯葡萄酒，滿臉傻笑。

「配合一下嘛，皮諾，」卡利托說：「滿足他們。」

「行！」皮諾朝人群喊道：「可是這個鋼琴師需要喝一杯！渣釀白蘭地！」立刻有人送上一杯烈酒。皮諾一口喝下，對卡利托點頭，對方敲敲鼓棒，他們再次演奏起布吉音樂，皮諾隨意彈奏以前聽過或練過的所有片段，像是《一二八〇蹦蹦跳》、《布吉伍吉蹦蹦跳》和《又大又壞的布吉伍吉》。

每一首都獲得熱烈回應。他這輩子從沒玩得這麼愉快，也突然明白他爸媽為什麼那麼喜歡邀請音樂家參加家庭派對。

晚上十一點左右，大夥稍作休息。克內貝爾少校搖搖晃晃地來到他面前：「你表現得很好，士兵，太傑出了！」

「你樂在其中？」皮諾咧嘴笑。

「這是我參加過最屌的派對，而現在還只是熱身呢。你找來的一個妹子就住在附近，她說她老爸在地下室收藏了各式各樣的好酒。」

皮諾注意到幾對男女手牽手上樓離去。他微笑以對，給自己倒了一些水和葡萄酒。

卡利托走來，勾住皮諾的肩膀。「謝謝你今天下午把我撞得屁股著地。」

「不然朋友是幹麼的？」

「咱們永遠是朋友？」

「直到咱們嗝屁那天。」

第一個受皮諾之邀來參加派對的女子來到他面前，問道：「你叫皮諾？」

「沒錯。妳叫什麼名字？」

「蘇菲亞。」

皮諾伸出一手。「很高興認識妳，蘇菲亞。玩得還愉快嗎？」

「開心極了，可惜我不會說英文。」

「有幾個軍人會說義大利文，例如那邊那位達洛亞下士。至於其他人嘛……妳唯一要做的就是跳舞，面帶微笑，讓妳的肢體來訴說愛情的語言。」

蘇菲亞發笑。「被你描述得真簡單。」

「我會看著妳的表現喔。」說完，皮諾走向舞臺。

他又喝了一小杯渣釀白蘭地，然後樂團再次演奏，先是布吉音樂，然後即席改編，接著又是布吉音樂，人群跺腳舞動。午夜時分，他瞥向舞池，看到蘇菲亞跟露齒而笑的達洛亞下士扭腰熱舞。

現場氣氛再美好不過。

皮諾接連喝了好幾杯渣釀白蘭地，不斷彈琴，聞到舞者們的汗味和女人們的香水味，這些氣味混成一團麝香味，以另一種方式令他醉醺醺。凌晨兩點左右，他的視線模糊，然後眼前一片黑。

六小時後，在一九四五年四月二十七日的清晨，皮諾在酒店的廚房地板上醒來，頭痛欲裂，胃袋疼痛。他勉強走進廁所嘔吐，胃袋雖然覺得舒服些，但頭痛得更厲害。

皮諾環視舞廳，看到人們東倒西歪地斜躺在椅子上，趴在桌上，或倒在地板上。卡利托仰躺在鼓具後面的舞臺上，用一條胳臂遮眼而睡。克內貝爾少校蜷縮在沙發上。看到達洛亞下士抱著蘇菲亞睡在另一張沙發上，皮諾綻放笑容，打個呵欠。

他想到自家的床鋪，覺得在那裡睡覺睡到宿醉消失，總好過躺在堅硬的地板上。他大口灌了一些水，走出了戴安娜酒店，以大略方向南行前往威尼斯門和公共花園。今天天氣晴朗，天空清澈蔚藍，跟六月一樣溫暖。

皮諾離開酒店，走不到一條街就看到一具屍體趴在水溝裡，後腦杓有個彈孔。他在下一條街看到三個死人，在第八條街看到五個死人。從死者身上的制服來判斷，其中兩人是黑衫軍法西斯成員，另外三人身穿睡衣。

皮諾雖然今早目睹那麼多死亡，但還是知道米蘭的氣氛一夕改變，他在狂歡、睡覺時，這座城市經歷了某種重要變化，因為威尼斯門周圍的街道擠滿人群，氣氛熱鬧。有人拉著小提琴，有人演奏手風琴。人們跳舞，擁抱，歡笑，哭泣。皮諾覺得彷彿戴安娜酒店的派對氣息感染了外界，誘使每個人慶祝一場漫長的殘酷戰爭結束。

他走進公共花園，打算抄捷徑回家。人們躺在草地上，浸沐於豔陽下，享受美好時光。皮諾穿梭於公園，看著前方的擁擠道路，發現一張熟悉的臉孔迎面而來。瑪里奧堂哥穿著「自由義大利空軍」的制服，眉開眼笑，彷彿這輩子從沒這麼開心過。

「哎，皮諾！」他喊道，擁抱皮諾。「我自由了！不用再躲在公寓裡了！」

「太好了，」皮諾說：「你要去哪？」

「哪裡都去，無一錯過。」瑪里奧瞥向手腕上的飛行員手錶，這東西在陽光下閃閃發亮。「我只想到處走走，把一切盡收眼底，看看這座城市的民眾因為納粹和法西斯倒臺而多麼開心。你明白這種感受嗎？」

皮諾確實明白。在這一天，米蘭的每個人似乎也都明白。

「我要回家睡一會兒，」皮諾說：「昨晚喝了太多渣釀白蘭地。」

瑪里奧笑道：「我昨晚真該跟你一起走。」

「你一定會玩得超開心。」

「晚點見。」

「你也是。」說完，皮諾繼續前進。

他才走不到六公尺，就聽見後面傳來爭論聲。

「法西斯！」一名男子呼喊：「法西斯！」

皮諾轉身，看到一名矮胖男子站在路上，用左輪手槍對準瑪里奧。

「不！」瑪里奧喊道：「我是自由義大利空軍的飛行——」

手槍擊發，子彈從瑪里奧的後腦杓飛出來。皮諾的堂哥像人偶一樣倒下。

「他是法西斯！法西斯都該死！」男子咆哮，搖晃手槍。

周圍的人們尖叫逃跑。

皮諾震驚得不知道該做什麼或說什麼，只是盯著瑪里奧的遺體，看著從頭殼流出來的鮮血。他開始乾嘔。殺手在瑪里奧身旁蹲下，想摘下他手上的飛行員手錶。

皮諾怒火中燒，正想動手時，殺了他堂哥的凶手看到他站在那裡。「你看什麼看？且慢，他剛剛跟你說話，你也是法西斯？」

看到對方打算舉槍瞄準，皮諾急忙轉身，踉蹌狂奔。槍聲從身後傳來，子彈擊中花園裡的一棵樹。遠離了公園，差不多進入聖巴比亞的時候，皮諾才放慢腳步，允許自己為剛剛目睹的畫面難過。他嘔出了胃裡所有的水，持續嘔吐，直到腰側疼痛。

他茫然行走，繞路回家。

他走過炎熱街道時心想，瑪里奧上一秒還活著，下一秒就死了。堂哥死得莫名其妙，這令他震驚顫抖。任何人都可能受害？

時尚區的人們在路邊慶祝，坐在門階上談笑、抽菸、吃喝。他經過歌劇院，看到這裡聚了一群人，於是上前查看，試著別在腦海裡一直看見喪命的瑪里奧。他發現游擊隊包圍了原本是蓋世太保總部的女王酒店。

「怎麼回事？」皮諾問。

「他們正在搜查裡頭。」某人說。

皮諾知道他們在裡頭不會找到多少有價值的東西。他多次目睹湮滅證據的火坑。他到現在還是不敢相信，雷爾斯將軍和勞夫上校竟然焚毀了那麼多文件。為了暫時忘掉堂哥之死，他思索納粹究竟燒掉了什麼文件。那些文件裡究竟有什麼祕密？他們保留了哪些文件，而且為什麼？

他想到前天晚上的雷爾斯。他逮捕將軍之前，對方曾要求前往桃莉的公寓，不是嗎？將軍說要拿回留在那裡的文件，還有……他至少提到那些文件兩次。

一想到雷爾斯可能留了什麼犯罪證據在桃莉的公寓，皮諾變得更清醒，也暫時放下了瑪里奧。

桃莉的公寓就在幾條街外的但丁大街上。他要先去那裡一趟，然後回家讓父親知道瑪里奧遇害。他要找到那些文件，交給克內貝爾少校。他一定能讓美國人更瞭解雷爾斯做過什麼。皮諾和克內貝爾要讓全世界知道，將軍如何強迫他那些「強制勞工」工作到死為止，那個人簡直就是效忠於法老的奴隸主。

二十分鐘後，皮諾跑上桃莉公寓大樓的門階，進入大廳，跑過老婦身旁。她隔著厚眼鏡對他眨眼，問道：「你是誰？」

「我是個老朋友，普拉斯提諾女士。」皮諾邊說邊爬上樓梯。

他來到桃莉的公寓門前，發現門被強硬推開，鉸鏈損壞。在公寓裡，行李箱和其他箱子被人用刀子劃開，裡頭的物品散落於前廳各處。

皮諾不禁驚慌。「安娜？桃莉？」

他來到廚房，發現滿地都是碎餐盤，櫥櫃裡空無一物。他來到安娜的房間，推開門的時候，顫抖得差點嘔吐。床墊被推離床架，抽屜和衣櫃都被打開而且清空。

然後他注意到有個東西從床墊底下露出來：一條皮革繫帶。他蹲下，抬起床墊，拉出這條繫帶，發現這是他舅舅在聖誕夜送給安娜的雕紋皮包。他在腦海中聽見她當時說：**我這輩子從沒收過這麼美好的禮物，我一定會永遠珍惜**。

她在哪裡？皮諾覺得頭痛欲裂。她是在兩、三天前離開的？發生了什麼事？她絕不可能丟下這個手提包。

然後他意識到誰會知道。皮諾飛奔下樓，氣喘吁吁地來到老婦面前。「桃莉的公寓發生什麼事？她在哪？她的女僕安娜在哪？」

老婦綻放心滿意足的冷笑，厚眼鏡後面的眼球看起來比原本大一倍。

「他們昨晚抓走了那些德國蕩婦，」她咯咯笑。「你真該看看人們後來從那個淫窩裡搜出什麼東西，骯髒得讓人不敢直呼其名。」

皮諾覺得心中的震驚轉為恐懼。「她們被抓去哪裡？是誰帶走了她們？」

普拉斯提諾女士瞇眼，俯身向前打量他。

皮諾粗魯地揪住她的胳臂。「她們究竟在哪？」

老婦嘶吼：「我知道你是誰。你跟她們是一夥的！」

皮諾放開她，後退一步。

「納粹！」她尖叫：「他是納粹！來人啊，這裡有個納粹！」

皮諾衝出前門，聽見老婦的尖銳嗓音從後面飄來：「快攔住他！他是叛徒！是納粹！德國蕩婦的同黨！」

他全力狂奔，試圖脫離老婦的刺耳尖叫。他終於停步後，斜靠在一堵牆上，覺得頭暈目眩、恐懼麻木。**安娜和桃莉被抓走了**，他驚恐得瀕臨癱瘓。**被抓去哪？而且是誰抓走她們？游擊隊？一定是**。

就算去找游擊隊，他們會聽他的嗎？只要出示他從游擊隊指揮官手裡拿到的那封信，他們就會聽進去吧？他摸索口袋，發現那封信不在裡頭。他再次摸索，依然一無所獲。無所謂，他還是要找到這個地區的游擊隊指揮官。不過，既然他沒有那封信，他們會不會因為他認識桃莉和安娜而認定他是共犯，結果他等於自尋死路？

他需要找人幫忙。他需要阿爾伯特舅舅。他要去找舅舅，拜託對方透過認識的——

皮諾聽見遠方傳來模糊不清的吶喊聲，聲響越來越大，還有聽來激動的說話聲，這讓他更覺得不知所措。出於他無法解釋的某些原因，他不再往家裡的方向走去，而是前往吶喊聲所在，彷彿那些聲音在呼喚他。他快步穿梭於街道，循著聲源前進，直到他意識到聲響來自森皮奧內公園，斯福爾扎城堡裡頭，他和安娜曾在某個下雪天在那裡散步，看到渡鴉在上空盤旋。

也許因為宿醉、疲憊，也可能因為他懷疑安娜真的被抓走，他突然覺得重心不穩，彷彿隨時可能倒下。時間似乎放慢。他覺得現在彷彿就像去墓園取回嘉貝芮菈・羅夏的遺體。

在這時候，皮諾的感官似乎一一關閉，只剩下視覺，他暈眩地走過一座無水噴水池，走向放下的開合橋，這座橋橫越乾涸的護城河，另一頭是中世紀要塞的拱門。

皮諾擠到開合橋上，從前方的人群中推擠而過，進入城門。更多人在他周圍聚集推擠，興奮得臉龐漲紅。他有聽見他們呼喊、戲謔，但他順著人群前進時，根本聽不懂他們在喊些什麼。他抬頭，看到天空一片亮藍，渡鴉又在塔樓廢墟上方盤旋。

皮諾盯著那些黑鳥，他快被推進城門的時候，有人把他推進被烈日曝晒、布滿炸彈坑的寬廣中庭，這個場地延伸一百公尺，另一側是第二道要塞護牆，只有三層樓高，上頭開了許多縫隙，中世紀弓箭手就是透過那些縫隙朝敵人放箭。在兩道要塞牆壁之間的空地上，皮諾周圍的推擠減弱，人們跑過他身旁，加入另外幾百人，他們朝一群游擊隊戰士組成的人牆推擠而去，游擊隊員們站在中庭的四分之三處，其身後是斯福爾扎城堡的牆壁。

皮諾走向那群人的時候，感官一一恢復。

他的嗅覺最先恢復，聞到大批人類在高溫下聚集所形成的濃烈體臭。他的手指和頸窩的皮膚恢復觸覺，感覺到太陽無情地灑下陽光。然後他聽見暴民歡呼、吶喊要求報仇。

「殺了他們！」每個人都在吶喊，無分男女老幼。「帶他們出來！讓他們付出代價！」

靠近前側的那些人因為看見什麼而呼喊讚許。他們試圖往前靠，但被游擊隊員們攔住。皮諾利用自身的蠻力、身高和體重優勢持續往前推擠，直到只有三個人擋在他和最前排的人之間。

八名男子穿戴著頭套、白襯衫、紅領巾和黑長褲，大步走到隊員們後面的空地上，各個肩扛卡賓槍，井然有序地來到皮諾正前方大約四十公尺處。

「這裡到底怎麼回事？」皮諾詢問一個老人。

「法西斯。」對方露出無牙微笑，做個割喉的手勢。

頭套男子們停下腳步，彼此相隔三公尺，把槍口和身體轉向東方，面向要塞牆壁。群眾自動自發地安靜下來，尤其因為那道牆最左側的一扇門這時打開。

十秒……二十秒……一分鐘過去了。

「快點啦！」某人喊道：「天氣太熱了，快帶他們出來！」

第九個頭套男子出現在門口，一手拿著手槍，另一手抓住一條緊綳的繩索。他走出門口，身後的繩索移動差不多兩公尺後，出現了一名男子，身形矮胖，腿似雞腿，看起來五十幾歲，只穿著內衣褲、襪子和鞋子。

群眾鼓掌叫好。可憐的男子看起來似乎隨時會跌倒。他後面是另一名男性，穿著長褲和無袖T恤，雖然抬頭挺胸、試著故作勇敢，但皮諾看得出來他在發抖。第三人是穿著制服的黑衫軍，群眾怒吼表示不滿。

第四人是一個啜泣連連的中年女子，穿著胸罩、內褲和涼鞋。看到她走出門口，暴民為之瘋狂。她的頭髮被剃光，頭部和臉上被人用唇膏寫了字。

繩索再移動一公尺後，又出現一個光頭女子，然後又一個。皮諾看到第四個女子出現時，不禁在毒辣太陽下眨眼，覺得胃袋抽搐、骨髓震顫。

是桃莉・斯托特邁爾。她穿著象牙白睡袍和綠色涼鞋。雷爾斯的情婦一看到那些劊子手，便如試圖掙脫韁繩的馬兒一樣拉扯繩索，想站在原地，掙扎反抗。她用義大利語尖叫道：「不！你們不能這麼做！這是錯的！」

一名游擊隊員上前，用槍托毆打桃莉的肩胛骨之間，她被打得踉蹌前進，此舉將安娜拖出門外。

安娜被脫得只剩連身襯裙和胸罩，頭髮被剪得亂七八糟，有幾處露出光禿的頭皮，嘴唇被抹上大量口紅，讓她看起來就像漫畫裡的荒謬怪物。她的驚恐加劇，因為她看到行刑隊，聽見群眾呼喊要她死。

「不！」皮諾說，然後尖叫：「不！」

但他的聲音被喧鬧聲淹沒，由野性和嗜血慾組成的歌聲在斯福爾扎城堡的中庭飄揚迴響，反彈於靠牆站立的死刑犯身上。人群再次推擠，從四面八方壓迫皮諾。他覺得無助、暈眩又震驚，只能眼睜睜看著安娜被推到桃莉身旁。

「不，」他覺得喉嚨緊縮，眼眶泛淚。「不。」

安娜變得歇斯底里，嚎啕大哭。皮諾不知道該怎麼辦。他想朝游擊隊瘋狂咆哮，叫他們放了安娜，但他一直想到公寓大廳那個老婦，她認得他，說他是納粹和叛徒，而且他身上沒有證明自己不是納粹的那封信，他們大可直接把他抓去當場槍斃。

游擊隊領袖對空鳴槍，要群眾安靜下來。安娜驚恐得掙扎，顫抖哭泣，被壓在牆上。

游擊隊領袖喊道：「這八人的罪名是叛國、通敵、與敵人通姦、跟米蘭的納粹和薩羅勢力換取利益。他們該有的懲罰就是死。新生義大利共和國萬歲！」

群眾瘋狂歡呼。皮諾無法承受這一幕，眼睛被淚水灼痛。他氣惱地拚命推擠，來到人群的最前排。

一名游擊隊員注意到他接近，因此把步槍槍口對準他的胸膛。

「我原本有一封信，但我找不到了，」皮諾拍拍口袋。「我是抵抗勢力的成員。這裡發生了一場誤會。」

游擊隊員懶得多看他一眼。「我不認識你。你說的那封信在哪？」

「昨晚還在我的口袋裡，可是我……有一場派對，然後……」皮諾說：「求求你，讓我跟你的指揮官談談。」

「那你得先能證明你有資格跟他談。」

「我們那麼做是為了吃飯！」死刑犯當中傳來一個女性嗓音。皮諾望向游擊隊員身後，看到繩索隊伍中的第一個女子哀求：「我們那麼做是為了吃飯，為了活下去。

那很過分嗎？」

一段距離外的桃莉似乎已經聽天由命，只是把頭髮往後甩，試著抬起下巴，可惜力不從心。

「準備好了嗎？」指揮官說。

安娜開始尖叫：「不！我沒跟敵人通姦！沒通敵！我是女僕，真的只是個女僕。求求你們相信我。我只是個女僕。桃莉，告訴他們。桃莉？快跟他們說清楚！」

桃莉似乎沒聽見，只是盯著行刑隊把槍托抵到肩窩上。

「天啊！」安娜哭嚎：「誰能告訴他們我只是個女僕！」

「瞄準。」

皮諾瞠目結舌。他看著眼前的游擊隊員，對方開始投來起疑的眼神。皮諾逼自己繃緊橫膈膜，想大喊她說的是事實，她是無辜的，這一切都是場誤會，而且——

「開火！」

步槍發出巨響，聽起來就像銅鈸和定音鼓。

安娜瑪塔的心臟中了一槍。

她被子彈的衝擊力震得身子彈跳，眼神顯得驚訝，然後似乎望向皮諾，彷彿她的靈魂在最後一秒察覺到他在場而呼喚他，然後她往後癱倒，沿牆滑下，在塵埃當中斷了氣。

第三十章

看著安娜身子抽搐，胸前綻放血暈，皮諾覺得自己的心破了一個洞，所有的愛、喜悅和天籟從中流逝。

周圍的人群歡呼叫好的時候，他站在原地，彎腰駝背，對占據自身的悲痛發出嗚咽，這種感受強烈得幾乎讓他認為這不可能是真的，他的摯愛並沒有躺在血泊裡，他沒親眼看見她挨了子彈，他沒看見她在眨眼間失去生命，他沒聽見她哀求他救她。

他周圍的群眾開始往反方向推擠，因為表演已經結束而打道回府。皮諾待在原地，看著安娜的遺體倒在牆壁的底端，她茫然的瞪視彷彿傳達自己遭到背叛。

「離開，」游擊隊員說：「這裡結束了。」

「不，」皮諾說：「我——」

「你如果不想惹事，就給我離開。」游擊隊員說。

皮諾顫抖地看了安娜最後一眼，然後轉過身，拖著腳步跟上最後一群人。他走出拱門，走過開合橋，無法接受現實。他覺得就像胸口中了一槍，而且他現在才感覺真正的痛楚到來。然而，某個認知壓在他肩上，威脅要毀了他：他剛剛沒有為安娜挺身而出。許多流傳千古的故事和歌劇都描述偉大的悲劇英雄為了女人的愛而獻出生命，他卻沒這麼做。

挫敗感令皮諾的大腦灼痛，他自責得覺得心臟疼痛。**我是懦夫**，他陷入最黑暗的絕望，而且納悶自己為何被打進這種地獄。他來到城堡前的圓環，難受得喘不過氣，覺得頭暈想吐。他蹣跚來到無水噴泉前，拚命嘔吐，知道自己正在痛哭，而且人們正在看著他。

皮諾終於站直身子，咳嗽，吐口水，擦眼睛，聽見噴水池另一頭有個男子說：「你認識其中一人，是不是？」

皮諾從男子臉上看見懷疑和暴力威脅。他有點想坦承自己深愛安娜，而且勇敢地領受死亡。但是男子開始朝他走來，加快腳步，朝他伸出一根指頭。

「來人啊，快抓住這傢伙！」他呼喊。

在生存的原始本能控制下，皮諾拔腿就跑，斜角離開噴水池，跑向貝特拉米大街，聽見周圍傳來吶喊聲。一名男子試圖抱住他，但被他一拳撂倒在人行道上。他奔跑時感到混亂，知道有人追來，也注意到有人試圖從旁邊攔截。

皮諾肘擊某人的臉龐，膝擊另一人的襠部，然後在車輛之間左閃右躲，來到約瑟帕茲昂大街。他躍過一輛車的引擎蓋，拐進羅維洛大街，跳過一個積水的炸彈坑，跟追捕者們拉開距離。他回頭瞥向聖多瑪索大街的轉角，看到六名男子持續追來並喊道：「他是叛徒！通敵犯！快攔住他！」

但這些街道對皮諾來說就像自家後院。他加快腳步，右轉拐進布羅萊托大街，然後左轉拐進戴爾波斯大街，看到一群人聚集於前方的斯卡拉廣場。皮諾擔心自己還來不及從他們身旁經過、進入拱廊街，他們就會聽見有人罵他是「叛徒」。

在這條大街的斜對面，歌劇院的巨大牆壁打開了一扇門。他跑進那道門裡，穿過陰暗的走廊，來到一個黑暗之處。皮諾站在這裡，確認沒人能從外面看見他，然後他看到那六名男子從門外經過、跑向廣場。他在黑暗中喘氣，未曾移動，想確保真的甩掉了他們。

斯卡拉大劇院深處，傳來開始進行音階暖身的男高音。

皮諾轉身，不小心踢到某個金屬物體，發出喀啦巨響，他因此查看門口，看到從噴水池追來的那名男子正在從人行道窺視門裡。

男子走進門，拍掉手上的灰塵。「你在裡頭吧，叛徒？」

皮諾不發一語，繼續待在陰影中，相當確定那人看不見自己。他面向對方，而且微微蹲下。男子持續逼近時，皮諾在地板上摸索，找到一支被丟棄的鋼筋，大概是在歌劇院的轟炸修復後留下。這根鋼筋跟皮諾的拇指一樣粗，跟他的前臂一樣長，而且十分沉重。男子來到兩公尺外，為了看得更清楚而瞇起眼睛，這時皮諾反手揮動鋼筋，瞄準對方的脛骨。但他的打點有些過高，結果擊中了對方的膝蓋。

男子痛得尖叫。皮諾迅速站起，邁出兩大步，一拳打在男子的側臉上，對方倒下。但在男子後方，另外兩個追捕者現身。皮諾轉身就跑，進入黑暗深處，摸索周圍，朝開始唱歌的男高音接近。皮諾踉蹌兩次，褲子還被鐵絲勾到。他專心聽著後方的動靜，所以過了一會兒才認出男高音正在練習的詠嘆調。

是歌劇《丑角》中的歌曲《穿上戲服》。這首詠嘆調傳達悲痛和失去愛人，皮諾在逃命時想到安娜被子彈打得震顫倒地。他一個踉蹌，頭撞到東西而眼冒金星，差點跌倒。

他站穩時，詠嘆調來到第二樂章。劇中心碎的小丑卡尼歐叫自己繼續演戲，戴上面具，遮掩內心的痛苦。皮諾聽過這首詠嘆調的唱片幾十次，覺得這首曲子，以及從後方逼近的沉重腳步聲，正在催促他做出行動。

他繼續前進，摸索周圍，感覺有風拂過臉頰，轉身看到前方有一條光芒。他快步奔跑，推開一扇門，發現這裡是歌劇院的後臺。他曾來過這裡幾次，看著莉西亞表姊練習。此刻，一名年輕的男高音站在斯卡拉大劇院的舞臺中央。皮諾在微弱光線下瞥見歌手的身影，歌手開始唱起第三樂章。

「笑吧，小丑，嘲笑你破碎的愛情。」

皮諾走進一道隔簾，沿梯而下，來到通往包廂座位的步道。他沿步道往上走向出口時，男高音唱道：**「嘲笑毒害了你心靈的悲痛！」**

這句歌詞讓皮諾覺得萬箭穿心、軟弱無力，直到男高音停止歌唱，驚呼道：「你們是誰？想做什麼？」

皮諾回頭查看，發現男高音是對追捕自己的那三人說話，他們來到男高音所在的舞臺上。

「我們在追一個叛徒。」其中一人說。

皮諾推門，門扉發出刺耳的吱嘎聲。他再次狂奔，跑過樓梯平臺，下樓來到大廳，看到大門敞開。他小跑離去，脫下並丟掉身上的襯衫，只剩白色的無袖T恤。

他查看左邊。他家在五、六條街外，但他不能直接回去，因為這可能會害到他的家人。於是，他直接橫越街車鐵軌，進入一個人群，這些人圍著李奧納多·達文西的雕像慶祝戰爭結束。他試著集中精神，但在腦海中一直聽見小丑的悲傷詠嘆調，一直看見安娜求救，她被子彈打得身子往後仰、癱軟倒下。

他動用所有意志力才沒躺在地上痛哭，並擠出笑臉，假裝也在慶祝納粹撤離。他面帶笑容地走過拱廊街，不確定該往哪走。

走出購物街的時候，他終於知道該去哪。一大群人正在主教座堂廣場慶祝，吃喝、演奏音樂、跳舞。皮諾融入其中，放慢腳步，面帶微笑，故作鎮定，走向那群要進大教堂禱告的人群。

對皮諾來說，米蘭大教堂意味著庇護。他們可以把他趕進大教堂，但沒辦法逼他出來。

他即將來到前門時，聽見後面傳來男子咆哮聲：「他在那兒！快攔住他！他是叛徒！通敵犯！」

皮諾回頭，看到他們走過廣場。他跟在幾個年紀足以當他母親的女子後面，進入大教堂。

因為彩色玻璃由木板封起，因此米蘭大教堂裡的光源只剩祈願蠟燭，這些蠟燭矗立於中央走道兩側的壁龕和祈禱室，以及聖壇後側。

但就算有蠟燭提供照明，大教堂內部還是跟平時一樣漆黑如炭，皮諾因此利用這裡提供的掩護，走離大教堂左側的祈禱室，前往右邊走道的告解亭。深受良知譴責的懺悔者，會跪在高聳的木製小亭外側，對裡頭的神父輕聲說出自己犯下什麼罪孽。

告解是令人羞愧的差事，皮諾也非常討厭來這裡這麼做，但他從小就常常跪在這裡的告解亭前面，因此知道小亭和牆壁之間有個寬度大約介於三十公分和五十公分之間的空間，希望這個空間足以容身。他輕輕來到第三座告解亭後面，這裡離燭臺最遠。

他顫抖地站在此處，為了完全藏身而彎腰駝背，慶幸似乎沒有任何神父在這個終戰日聆聽人們告解。他再次想到那首詠嘆調和安娜的慘死，他甩掉這些雜念，逼自己聆聽周圍動靜：女子們低聲朗誦《玫瑰經》，轉動念珠；一聲咳嗽；前門吱嘎作響，幾個男子談話。皮諾逼自己別探頭出去，而是靜心等候。他聽見響亮的腳步聲逼近，還有男子們迅速走動。

「他跑哪去了？」其中一人開口。

「他一定就在這兒。」另一人聽起來就在告解亭前方。

「我來了。」一個男性嗓音傳來，腳步聲持續逼近。

「不，神父，」某個男子說：「我今天沒有要告解。我們，呃，要進祈禱室裡禱告。」

「如果你們在走去那兒的路上犯了罪，我會在這兒等著。」神父邊說邊打開通往告解亭的門板。

皮諾感覺小亭被神父的體重壓得稍微下沉。他屏息等候，聽見那兩名男子走去大教堂的深處。小丑再次在他的腦海裡唱歌，他再次試著驅趕，但這首詠嘆調就是拒絕離開。他必須移動，因為他深怕自己會再次痛哭失聲。皮諾試著從告解亭後面輕輕走出來，但鞋子撞到跪凳。

「啊，」神父說：「我終於有客人了。」

隔簾被拉開，但皮諾只看到裡頭一片黑暗。他做出了唯一想得到的舉動：跪在跪凳上。

「請寬恕我，神父，因為我犯了罪。」皮諾哽咽道。

「什麼罪？」

「我那時候什麼也沒說，」皮諾悔恨地啜泣。「什麼也沒做。」

「你究竟在說些什麼？」神父問。

皮諾覺得再告解下去恐怕就會徹底崩潰，於是匆促起身，快步進入大教堂深處。他走過耳堂底下，來到一扇令他有印象的門前，走過其中，再次來到戶外，面向大主教大街。

這裡有更多開心的人群走向廣場。他逆著人群行走，繞過米蘭大教堂的後側。他考慮該回家還是去找阿爾伯特舅舅，這時注意到一名神父和一個工人走出米蘭大教堂遠側的一扇門，那裡緊鄰維托里奧・埃馬努埃萊二世大街。那兩人身後是一條樓梯，他記得小時候曾在遠足時跟同學們一起進去。

又一個工人從中走出。皮諾抓住還沒關上的門，沿著又陡又窄的樓梯爬了三十層樓，然後沿著一條走道走過大教堂的冗長側邊，旁邊是諸多石像鬼、尖頂和哥德式拱頂。他不斷瞥向位於米蘭大教堂最高塔的彩色聖母雕像，好奇她是如何從這場戰爭中存活下來、目睹了多少毀滅。

他滿身冷汗，在大太陽下依然渾身發抖。他走過支撐屋頂的飛扶壁底下，來到位於大教堂前門上方高處的露臺，終於停步。他俯視這座慘遭狂轟濫炸的城市，自己慘遭狂轟濫炸的人生，就像布滿彈孔的破爛裙襬一樣攤在周圍。

皮諾仰望天空，在無盡痛苦驅使下呢喃：「上帝啊，我那時候沒說些什麼來試著救她，我什麼也沒做。」

這幾句告解之詞讓他瞬間回到那場悲劇，他壓抑啜泣。「經歷了那麼多波折……那麼多苦難，我如今卻一無所有。」

皮諾聽見笑聲、音樂聲和歌聲從廣場飄來。他走到露臺上，俯視欄杆下方。在九十公尺遠的地面上，他在兩年前看著工人們架設聚光燈的那一處，人們正在演奏小提琴、手風琴和吉他。他能看到群眾傳遞酒瓶，情侶們在戰爭結束後享受著吻、舞蹈和愛情。

痛苦和悲痛如鋸子般切割皮諾。他認定這種折磨就是自己該受的懲罰。他低頭，明白這是上帝和……心碎小丑唱起的詠嘆調在他的腦海裡迴響，安娜癱倒在地的那一幕在他的腦海裡不斷重演……幾秒後，他對上帝、人生、愛情和美好未來的信心徹底消失。

皮諾抱住一根大理石柱，爬上露臺欄杆。他是叛徒，如今淒涼孤單。他凝視飄過蔚藍天空的蓬鬆白雲，覺得能在死前看著藍天白雲也是一種享受。

「我做過什麼，上帝祢全都看到了。」皮諾放開柱子，準備跨出最糟的一步。「請寬恕我的靈魂。」

第三十一章

「別動！」一名男子在他身後喊道。

這聲叫喊把皮諾嚇得差點失去平衡、跌落欄杆、摔死在三十層樓底下的廣場石地上，但他爬山練就出來的反應能力早已成了本能。他用手指抓住柱子，大致穩住身子，回頭查看，覺得心臟彷彿想爬出胸腔。

米蘭樞機站在那裡，離他不到三公尺。

「你在做什麼？」舒斯特質問。

「求死。」皮諾茫然道。

「不准這麼做，尤其不准在我的教堂，更不准挑這一天。」樞機說：「最近已經發生了太多流血事件。從那裡下來，年輕人，快點。」

「我說真的，樞機大人，我死了最好。」

「『樞機大人』？」

樞機瞇眼，調整眼鏡，更仔細打量他。「只有某人會這樣稱呼我。你是雷爾斯將軍的司機，你是皮諾・萊拉。」

「這就是為什麼我跳樓會好過活下去。」

舒斯特樞機搖頭，朝他走近一步。「你就是他們說躲在米蘭大教堂裡的叛徒兼通敵犯？」

皮諾點頭。

「那就下來吧，」舒斯特伸來一手。「你安全了，我會庇護你。在我的保護下，不會有人傷害你。」

皮諾很想哭，但只是說：「您如果知道我做過什麼，就不會保護我了。」

「但我聽過瑞神父如何描述你，所以我知道我該救你。快抓住我的手。你像這樣站在欄杆上，把我嚇得頭暈反胃。」

皮諾低下頭，看到舒斯特的手和手指上的樞機戒指，但他沒抓住這隻手。

「如果瑞神父在場，他會叫你怎麼做？」舒斯特樞機問。

聽見這句話，皮諾在心裡讓步。他抓住樞機的手，跳下欄杆，站在原地，彎腰駝背，逼自己別崩潰。

舒斯特把手放在皮諾顫抖的肩上。「人生不可能全是壞事，孩子。」

「我的人生比您說的更糟，樞機大人，」皮諾說：「惡劣極了，是會下地獄的那種。」

「這點由我來判斷。」舒斯特引導他離開露臺。

他叫皮諾坐在一面飛扶壁的陰影下。皮諾照做，依稀聽見廣場傳來的音樂聲，還有樞機叫人拿水和食物來。接著，舒斯特在皮諾身旁蹲下。

「現在，說給我聽吧，」樞機說：「我來聽你告解。」

皮諾向舒斯特大略說明：他在米蘭轟炸的第一天在路上跟她邂逅，十四個月後透過雷爾斯將軍的情婦再次跟她相遇，兩人墜入愛河，打算結婚，但她在不到一小時前慘死在行刑隊面前。

「我沒阻止他們，」他哭道：「我沒想辦法救她。」

舒斯特樞機閉上眼睛。

皮諾哽咽道：「我如果真心愛她，就……就該願意為她而死。」

「不，」主教睜開眼睛，盯著皮諾。「你的安娜以那種方式離世，那確實是悲劇，但你有權利活下去，這是上帝賦予的基本人權，皮諾，你當時擔心自己的安危。」

皮諾兩手一甩，哭道：「您知不知道我這兩年來有多少次擔心自己的安危？」

「我無法想像。」

「以前不管多麼危險，我每次都相信自己做的是正確的。但我……我對安娜的信念不夠強烈，所以我沒……」

他又開始哭。

「信念就是這麼奇怪的東西，」舒斯特說：「它就像一隻獵鷹，年復一年地待在巢窩裡，但有一天突然振翅離去，有時候消失好幾年，然後再次歸來，而且遠比以前強壯。」

「我不知道我的信念會不會回來。」

「會的，遲早會。你現在跟我下去吧？我們會讓你吃飽，然後我安排個地方給你過夜。」

皮諾思索片刻，然後搖頭道：「我會跟您一起下去，樞機大人，但我打算天黑後溜出去，回到我家人身邊。」

舒斯特沉默幾秒，然後說：「如你所願，孩子。祝福你，願上帝引導你。」

天黑後，皮諾悄悄進入自家公寓大樓的大廳，立刻想起安娜在聖誕夜那晚耍弄了哨兵，順利地把暗藏無線電發報機的手提箱帶上樓。他搭乘鳥籠式電梯時也想到另一波沉重回憶，他想起在電梯裡跟她接吻，電梯經過五樓衛兵時他們——

電梯停止。他拖著腳步來到公寓門前，敲了門。

葛芮塔舅媽開門，一臉燦笑。「你回來了，皮諾！我們一直在等你和瑪里奧回來吃晚餐。你有沒有見到他？」

皮諾用力嚥口水。「他死了。他們都死了。」

舅媽驚呆在原處。

他從旁走過，進入公寓。父親和舅舅聽見他回來，因此從客廳沙發上起身。

「你說他死了是什麼意思？」米歇爾問。

「在威尼斯門旁邊的公共花園，有人想要他的手錶，所以罵他是法西斯，開槍打爆他的頭。」皮諾茫然道。

「不！」父親說：「這不可能是真的！」

「我親眼目睹了，爸爸。」

父親崩潰哭泣。「我的天啊。我該怎麼告訴他的母親？」

皮諾瞪著客廳地毯，想起曾經和安娜在這裡共度春宵，那是他這輩子最美好的聖誕禮物。他根本聽不見阿爾伯特舅舅對他提出連番質問，而是只想躺在地毯上哀悼。

葛芮塔舅媽撫摸他的胳臂。「不要緊的，皮諾，」她安撫道：「不管你看到什麼，不管你受了什麼苦，你都會好起來的。」

皮諾眼眶泛淚，搖搖頭。「不，不可能，永遠不可能。」

「唉，可憐的孩子，」她輕聲哭泣。「來，過來吃點東西，把事發經過說給我們聽。」

他顫抖道：「我沒辦法說話，我連回想都不願意，而且我不餓，我只想睡覺。」他發抖，彷彿季節又回到寒冬。

米歇爾來到一旁，摟住皮諾的肩膀。「那我們扶你回房休息。你明早就會覺得好一些。」

他們帶他走過走廊，來到他的臥室，他幾乎不確定自己在什麼地方。他在床邊坐下，整個人形同癱瘓。

「你想不想聽短波電臺？」父親問：「現在不會有人抓了。」

「我那臺收音機在瑞神父那裡。」

「我去拿巴卡那臺來。」

皮諾無精打采地聳個肩。米歇爾遲疑幾秒，但還是轉身離去，拿了巴卡的收音機回來，放在小桌上。

「東西放在這兒，隨你用。」

「謝了，爸爸。」

「你如果需要我，我就在走廊那裡。」

皮諾點頭。

米歇爾把門在身後關上。皮諾能聽見父親跟舅舅舅媽焦慮地輕聲談話。透過敞開的窗戶，他聽見北方傳來一聲槍響，人們在下方的街上嘻笑，彷彿他們都在拿自己的歡樂時光來嘲諷他，在他最低潮的時候打落水狗。

他用力關上窗戶，脫掉鞋子和褲子，躺在床上，關燈時因為憤怒和悔恨而渾身顫抖。他試著入睡，但騷擾他的不是詠嘆調，而是安娜斷氣時投給他的指控冷眼，還有愛情在她死亡的那一刻離開了他。

他打開短波收音機，調整頻率，直到聽見搭配銅鈸的緩慢鋼琴獨奏，輕柔又溫暖的爵士樂。皮諾閉上眼睛，試著融入音樂。旋律溫柔輕快，宛如夏日溪流。他試著想像那條溪，試著在裡頭找到平靜，試著進入無夢的睡眠。

但是曲子結束了，換上《歡快的吹號手》。皮諾嚇得坐起，覺得每個節奏都在刺激他、折磨他。他看見自己昨晚在戴安娜酒店，跟卡利托一起演奏狂歡。安娜當時還活著，還沒被暴民抓走。他如果當時前往桃莉的公寓，而不是……

皮諾再次覺得遭到徹底毀滅，他抓起收音機，很想把它甩到牆上砸個稀巴爛，但他突然感到不知所措又疲憊不堪，所以只是調整頻率，直到收音機只傳來雜訊。皮諾整個人像子宮裡的胎兒一樣縮成一團。他閉上眼睛，聆聽無線訊號的沙沙作響，祈禱心中的大洞能讓心臟停止跳動，好讓他一睡不醒。

在皮諾的夢中，安娜還活著。在他的夢中，她笑起來就像安娜，吻起來就像安娜。她聞起來就像她平時擦的香水，她像平時那樣帶著笑意地斜眼瞥他，讓他想抱她，搔她癢，還有——

感覺被人搖晃肩膀，他在臥室裡驚醒，只見陽光湧過窗戶，舅舅和父親站在床邊。皮諾看著他們，彷彿這兩人是陌生人。

「現在十點了，」阿爾伯特舅舅說：「你睡了將近十四個小時。」

昨天的夢魘急速湧回。皮諾渴望再次進入夢鄉、看到依然活著的安娜，也因此差點再次哭出聲。

「我知道這對你來說很困難，」米歇爾說：「可是我們需要你幫忙。」

阿爾伯特舅舅點頭。「我們必須去紀念墓園尋找瑪里奧的遺體。」

皮諾雖然很想回夢裡尋找安娜，但還是答覆：「我把他留在公共花園。我逃走的時候，他的遺體在那裡。」

阿爾伯特舅舅說：「你昨晚睡著後，我去了那裡找，聽人說他被送去紀念墓園，這幾天從街上清走的屍體都是被送去那兒，我們可以去那裡找他。」

「所以，起來吧，」米歇爾說：「我們如果三個人一起去，會比只有兩個人更快找到瑪里奧。這是我們起碼該為他母親做的。」

「他們會認出我。」他說。

「你跟我走在一起就不會有事。」阿爾伯特舅舅說。

皮諾看得出來這兩人心意已決。「給我一點時間準備，我很快出來。」

他們離開後，他坐起身，覺得頭痛欲裂，還有一種強烈的虛空感在喉嚨和胃袋之間遊走。他的大腦很想尋找關於安娜的回憶，但他壓住這股衝動。他現在不能想她，否則他就會繼續躺在這裡陷入悲痛。

皮諾穿上乾淨的衣服，來到客廳。

「我們出發前，你想不想吃點東西？」父親問。

「我現在狀況還行。」皮諾聽見自己嗓音毫無情緒，但不在乎。
「你至少該喝點水。」
「我沒事！」皮諾咆哮：「你聾了嗎，老頭？」
米歇爾後退一步。「好吧，皮諾，我只是想幫忙。」
他盯著父親，沒能力也沒意願讓他們知道安娜的死訊。
「我知道，爸爸，」他說：「抱歉。我們去找瑪里奧吧。」

雖然才上午十一點，但戶外已經熱得令人窒息，走在路上時幾乎沒感受到絲毫微風。他們搭上了班次稀少的街車，然後阿爾伯特舅舅一個成功弄到汽油的朋友載了他們一程。

皮諾腦子一片空白，對這趟路沒什麼印象。米蘭、義大利，還有整個世界，對他來說已經遠離了他，變得破碎又野蠻。他彷彿從遠處看著這座滿目瘡痍的城市，而不是參與這裡在納粹撤離後開始復甦的熱鬧生活。

他們在墓園廣場前面下了車。皮諾走向紀念墓園裡的八角形紀念祈禱室，左右兩邊豎立著柱廊，這條拱形廊道十分冗長，有兩層樓高，而且通風良好。他覺得自己彷彿再次置身於轉為惡夢的夢境。

柱廊迴響著悲痛的哭聲，然後遠方傳來槍聲，接著是某種威力更大的炸藥發出的低沉隆隆聲。皮諾完全不在乎這些聲響。他樂意被炸死。如果可以，他想抱著炸藥，親手用榔頭敲擊引信。

一輛傾卸卡車傳來喇叭聲。阿爾伯特舅舅拉開擋路的皮諾。皮諾茫然地看著卡車從旁經過，它看起來就像一般的傾卸卡車，直到車子開到逆風處，死屍的惡臭隨之湧來。卡車的車斗載滿屍體，看起來就像堆積起來的木材，最上面的屍體腫脹發青，有些有穿衣服，有些赤身露體，有男有女，有老有幼。皮諾不禁彎下腰，乾嘔幾下，然後嘔吐。

米歇爾撫摸他的背。「別擔心，皮諾。因為今天很熱，所以我有給咱們準備好手帕和樟腦。」

傾卸卡車一百八十度迴轉，倒車來到西側柱廊一道低矮拱頂底下。司機拉動拉桿，一百多具屍體被舉起的車斗傾倒而下，滾落在碎石路上。

皮諾停止嘔吐，驚恐得瞠目結舌。安娜也在裡頭嗎？被埋在屍山底下？

他聽見其中一個司機說，還有數百具屍體即將被送來。

阿爾伯特舅舅拉扯皮諾的胳臂。

「離那裡遠一點。」他說。

皮諾像條聽話的狗，乖乖跟著父親和舅舅來到祈禱室。

「你們在尋找親友嗎？」站在門扉內側的男子問。

「我堂姊的兒子，」米歇爾說：「他被誤認成法西斯，結果──」

「我為你的損失感到遺憾，但我並不在乎你堂姊兒子的死法和原因。」男子說：「我只希望遺體被人取回，否則會造成很大的衛生問題。你們有口罩嗎？」

「手帕和樟腦。」皮諾的父親說。

「這會有幫助。」

「屍體有按照什麼順序排列嗎？」阿爾伯特舅舅問。

「按照他們被送來的順序，還有擺放的地點。你們只能慢慢去找了。你們知不知道他穿著什麼衣服？」

「他的義大利空軍制服。」米歇爾說。

「那你們應該能找到他。從那些樓梯過去，從一樓的東側柱廊開始找起，一路前往主廊旁邊的長方形走廊。」

他們還來不及謝他，他已經忙著向另一個心煩意亂的家庭說明如何找到死去的親友。米歇爾遞出白色手帕，再從一個紙袋裡掏出樟腦丸，把樟腦放在手帕中央，然後綁起兩端，做成香包，接著示範怎樣綁在口鼻處。

「我是在第一次大戰期間學會這麼做。」他說。

皮諾接過香包，瞪著這東西。

「我們倆去下層的長廊找起，」阿爾伯特舅舅說：「你去上層，皮諾。」

他走出祈禱室東側一扇敞開的側門，來到柱廊的上層，腦袋幾乎一片空白。這條迴廊大約九十公尺長，側面是一道道敞開的拱形開口，盡頭是一座八角形塔樓，有三條通道在那裡交會。

這些長廊平時空無一人，只有一些雕像，紀念早已被人遺忘的倫巴底地區的政治家和貴族。但在此刻，柱廊和更遠處的長廊成了巨型停屍間，在納粹撤離後每天有將近五百具屍體被送來這裡。這些死屍擺放在通風長廊的兩側，腳朝牆壁，每具屍體之間相隔大約一公尺。

在這個早上，其他米蘭人也行走於陳列死者的長廊。一些老婦穿著喪服，用黑蕾絲遮掩口鼻。較為年輕的男子們攙扶著顫抖的妻子或兒女。嗡嗡作響的綠頭蒼蠅開始聚集，皮諾朝牠們揮手，以免被蟲子碰到眼睛和耳朵。

蒼蠅聚在最近的一具屍體上，是一名穿著西裝的男子，太陽穴中彈。皮諾只看了他一秒，但這幅畫面永久烙於大腦。他看向下一具屍體，是個五十多歲的女子，身穿睡衣，鐵灰色的頭髮上還纏著一支髮捲。

他來回查看每具屍體的性別和衣物，想找到瑪里奧。皮諾加快腳步，只瞥了一對裸體男女半秒，猜想八成是有錢有勢的法西斯黨員夫妻，他們身形肥胖，年紀挺大，膚色在死後變深而且布滿屍斑。

皮諾沿第一條長廊來到三條走廊會集的八角形路口，往右拐。這條柱廊比剛剛那條更長，而且能俯視墓園廣場。

皮諾看到廣場裡擺放著被吊死、砍死或射死的屍體，宛如一片糊影，數量龐大得令他難以承受，所以他把精神集中在兩件事上：**找到瑪里奧，離開這個地方**。

不久後，他發現堂哥躺在六、七具法西斯士兵屍體當中。瑪里奧眼睛閉著，蒼蠅在他的頭部傷口上舞動。皮諾環視周圍，看到走廊對面放著一條白布，於是將它拿來，蓋住瑪里奧的遺體。

他接下來要做的，就是找到阿爾伯特舅舅和父親，然後離開這裡。他循原路跑回祈禱室，覺得幽閉恐懼症發作。他在一路上避開其他認屍者，進入祈禱室，氣喘吁吁，瀕臨焦慮。

他走過祈禱室，快步下樓，來到下層的柱廊。在他的右手邊，一個家庭正在用白布包裹一具屍體。他看向左手邊，看到舅舅正沿著長廊走來，用樟腦掩蓋口鼻，不停搖頭。

皮諾跑向他。「我找到瑪里奧了。」

阿爾伯特舅舅放下樟腦香包，抬起頭，用充血的眼睛看著他。「很好。他在哪？」

皮諾說明。舅舅點頭，接著把一手按在皮諾的前臂上。

「我現在明白你昨晚為何那麼難過，」他沙啞道：「我……我為你深感遺憾。她給人的感覺確實是個很好的女孩子。」

皮諾覺得胃袋扭擰。他曾試著告訴自己安娜不在這裡。但她如果不在這兒，還可能在哪？他凝視阿爾伯特舅舅身後的冗長迴廊。

「她在哪？」他追問，試著從舅舅身旁推擠而過。

「不，」阿爾伯特舅舅攔住去路。「你不能過去。」

「別擋路，舅舅，否則我會把你推開。」

阿爾伯特垂下眼睛，站到一旁。「靠近走廊盡頭，右手邊。要不要我帶你去？」

「不。」

第三十二章

皮諾先找到桃莉・斯托特邁爾。

雷爾斯將軍的情婦依然穿著象牙白睡袍，雙乳之間是一攤宛如菊花綻放後枯萎的血跡，腳上的涼鞋不知去向，眼睛和嘴巴半張僵硬。她在斷氣時用手指掐著拇指，因此現在露出塗了紅色指甲油的拇指，把藍綠色的肌膚襯托得更加怵目驚心。

皮諾抬頭，看到一段距離外的安娜。他的視線被淚水遮蔽，呼吸變得短淺急促，他試著壓抑心中的強烈情緒，這股情緒很想沿著氣管掙脫而出。他張著嘴，蠕動嘴唇，默默說出悼詞，來到她身旁跪下。

安娜的胸罩上有個彈孔，裸露的腹部上有一道跟桃莉相似的花形血跡。游擊隊在她的嘴唇上塗了俗豔的口紅，還用這種唇膏在她額頭上寫下「蕩婦」一詞。

皮諾低頭凝視，強忍悲痛，難過得顫抖。他從口鼻處拿下樟腦香包，打開手帕，拿掉樟腦，吸進走廊的強烈惡臭。他用手帕擦掉她額上的字跡，再擦拭她的嘴唇，直到她大致就像他印象中的安娜。他放下手帕，交扣雙手，凝視她，把她遺體的氣味深深吸進肺裡。

「我當時在場，」皮諾說：「我看著妳死，我卻什麼也沒說，安娜，我什麼也……」

他難過得掉淚彎腰。「我做了什麼？」他呻吟：「我做了什麼？」淚水流過臉頰，他前後搖晃身子，低頭看著愛人的殘破身軀。

「我辜負了妳，」皮諾哽咽道：「聖誕夜那晚，妳一直站在我身旁，跟我一起面對可能會發生的一切，我這次卻沒站在妳身旁。我……我不知道為什麼，我甚至沒辦法對自己解釋這件事。我真希望我當時跟妳一起站在那道牆前面，安娜。」

他忘了時間，只是跪在她身旁，依稀知道有人從旁走過、斜眼瞥向安娜被剃亂的腦袋、低聲對她發表評論。他不在乎。他們現在已經傷不了她了。他就在這裡，他們再也沒辦法再傷害她。

「皮諾？」

感覺有人把手放在自己肩上，他抬頭看到父親和舅舅。

「我跟她原本應該擁有……一切，爸爸，」皮諾困惑地說：「我們的愛原本應該天長地久。我們不應該碰上這種事。」

米歇爾眼眶泛淚。「我真的很遺憾，皮諾，阿爾伯特剛剛跟我說了。」

「我們都很遺憾，」舅舅說：「可是我們得走了，而且我雖然不願意這麼跟你說，但你現在得丟下她。」

皮諾很想衝上去把舅舅打成一團肉泥。「我要待在她身邊。」

「你不能這麼做。」米歇爾說。

「我要埋葬她，爸爸，確保她有個葬禮。」

「不行，」阿爾伯特舅舅說：「游擊隊正在檢查是誰領走這些人的屍體，會把你也當成通敵犯。」

「我不在乎。」皮諾說。

「我們在乎，」米歇爾口氣強硬。「我知道這很不容易，兒子，可是——」

「你真的知道？」皮諾尖叫：「如果躺在這裡的是媽媽，你也會丟下她嗎？」

父親愁眉苦臉，後退一步。「不，我……」

阿爾伯特舅舅阻止他。「皮諾，安娜會希望你離開。」

「你怎麼知道安娜會希望我怎麼做？」

「因為聖誕夜那晚，在店裡的時候，我從她眼裡看到她多麼愛你。她不會希望你因她而死。」

皮諾再次低頭看著安娜，強忍情緒。「但她得不到葬禮、墓碑，什麼也沒有。」

阿爾伯特舅舅說：「我問了祈禱室那人，無人領取的屍體將如何處理，他說他們都會由舒斯特樞機祝禱，火化後安葬。」

皮諾微微點頭。「可是我要去哪……」

「探望她？」父親說：「去你們倆覺得最開心的地方，她會永遠在那裡。我向你保證。」

皮諾想起科莫湖西南端切爾諾比奧那座小公園，他和安娜曾站在欄杆前，她拍下他戴著頭巾的模樣，當時一切都看似完美。他低頭看著安娜冰涼的臉龐。丟下她彷彿等於第二次背叛她，而且絕對不可能被原諒。

「皮諾。」父親輕聲呼喚。

「知道了，爸爸。」他抽鼻子，用手帕擦拭眼睛，把她的一些唇膏抹在自己臉上，然後把沾染淚水的手帕塞進她的胸罩裡。

我愛妳，**安娜**，皮諾在心裡說，**我永永遠遠愛妳**。

然後他俯下身，吻了她，說了再見。

皮諾站起，搖搖欲墜。舅舅和父親各扶著他的一隻手肘，他離開了這裡，未曾回頭，也不能回頭，因為如果這麼做，就一定不願意離開。

三人回到祈禱室後，皮諾不再需要他們攙扶。他試著用另一幅畫面來取代她的遺體：他救了將軍的那晚，在桃莉公寓的廚房裡，安娜對他描述，她小時候每年生日的早上都會跟父親出海。

在這道美好回憶的扶持下，他幫忙包裹瑪里奧的遺體，從上層長廊搬離，接受游擊隊檢查。游擊隊認出了瑪里奧的制服身分，因此揮手放行。他們三人找到了一輛手推車，把遺體放在裡頭，推過城中，來到一個熟人開設的殯儀館。

他們在天黑後才回到家。皮諾因為疲憊、悲痛、沒喝水沒進食而頭暈目眩。他強迫自己吃了點東西，而且灌下太多葡萄酒。和昨晚一樣，他今晚也是躺在床上，把短波收音機轉到雜訊，閉上眼睛，祈禱能再次在夢裡看到活著的安娜。

但她沒以活著的姿態出現在他夢裡，至少今晚不是。在皮諾的夢中，安娜是死屍，獨自躺在紀念墓園的下層長廊裡。皮諾在閉起的眼皮後面能看見她，彷彿光線從上方照亮一個黑暗處。但他每次在夢中試著靠近她，她就會離他越來越遠。

這殘酷得令他痛苦叫喊。皮諾從夢中驚醒，在醒著的夢魘中再次承受安娜的離去。他倒抽一口氣，抱著滿是冷汗的腦袋，深怕頭殼會炸開。他試著驅逐腦子裡關於安娜的思緒，但事與願違，也無法入睡。他在這方面無能為力。他可以躺在床上被回憶和悔恨撕開，也可以下床走走，像小時候那樣透過肢體活動來讓大腦冷靜下來。

皮諾查看手錶，現在是一九四五年四月二十九日的凌晨三點。

他換了衣服，輕輕走出公寓，下了樓梯，走出無人大廳。天空依然黑暗，只有少數路燈綻放。他穿梭於聖巴比亞，往北走，基本上循著送瑪里奧遺體去殯儀館的路線。凌晨四點十分，皮諾回到紀念墓園。游擊隊員們攔下他，查看了他的證件。他告訴他們，他的未婚妻在裡頭，有人在裡頭看到她的遺體。

「現在這麼暗，你要怎麼看見她？」其中一名衛兵問道。

另一名衛兵點燃一支菸。

皮諾說：「你能不能給我三支火柴？」

「不能。」

「別這樣，路易吉，」一開始那個衛兵說：「看在基督的份上，這孩子想找到他死去的女朋友。」

路易吉深深吸口菸，嘆口氣，把火柴盒交給皮諾。

「祝福你，先生。」說完，皮諾快步走過廣場，前往柱廊。

皮諾這次不是行走於諸多屍體之間，而是繞了一條路，來到一扇門前，從這裡來到安娜所在的長廊。他來到上次見到她的位置，點燃一支火柴，照亮周圍。

她不在這裡。他環視周圍，試著判定自己的方位，覺得應該還走得不夠遠。火柴熄滅。他再走三公尺，然後又點燃一支火柴。她不在這裡。在她原本所躺之處的左右兩側，至少十二公尺長的地板上都空無一物。無人領取的屍體都消失無蹤。安娜不見了。

這種局面讓他覺得呼吸困難。他靠牆啜泣，哭到再也哭不動為止。

皮諾終於慢慢走下祈禱室的樓梯，覺得她的死所帶來的重擔，就像他永遠擺脫不掉的軛。

「找到她了嗎？」衛兵問。

「沒有，」皮諾說：「看來她父親先來了一步。來自迪里雅斯特的漁夫。」

兩名衛兵互看一眼。「有道理，」路易吉說：「她跟她爸爸在一起。」

皮諾漫無目的地走過城中，繞過由游擊隊重兵看守的中央火車站，在某個缺乏照明的地點折返，搞不懂自己究竟在哪。然後，黎明之光從起伏的低矮雲層後面探出來，視野變得清晰，他意識到這裡是洛雷托廣場和貝爾卓米尼新鮮蔬果店的西北側。他在第一道陽光下跑到蔬果店門口，拚命敲門，朝二樓窗戶呼喊：「卡利托？卡利托，你在嗎？是我，皮諾！」

無人回應。他繼續敲門呼喊，但沒聽見老友的答覆。

皮諾垂頭喪氣地往南走去。經過電話交換局的時候，他才明白自己要去哪，而且為什麼。五分鐘後，他走過戴安娜酒店的廚房，推開搖擺門，來到舞廳。諸多美國大兵和義大利女人睡在各處，雖然人數沒前天那麼多，但是空酒瓶散落一地，地板上的碎玻璃在他的鞋底下喀嚓作響。他望向通往大廳的走廊。

法蘭克·克內貝爾少校在那裡，坐在一張靠牆的餐桌旁，正在喝咖啡，看起來嚴重宿醉。

「少校？」皮諾走向他。

克內貝爾抬頭，發出笑聲。「皮諾·萊拉，布吉伍吉小子！你究竟跑哪去了，夥計？女孩們都想見你呢。」

「我……」皮諾不知道該從何說起。「我能不能跟你談談？」

少校看出他的嚴肅眼神，因此說：「沒問題，孩子，拉張椅子坐下。」

皮諾還來不及照做，一個大約十歲的男孩從前門衝進來，用不甚流利的英文喊道：「領袖，克少校！墨索里尼被拖去洛雷托廣場！」

「現在？」克內貝爾少校立即起身。「你確定嗎，維克特？」

「我父親，他聽說的。」

「咱們走。」克內貝爾對皮諾說。

皮諾遲疑不決，很想跟少校談話，告訴他——

「來吧，皮諾，你將目睹歷史。」美國人說：「咱們騎我昨天買的腳踏車去。」

皮諾點點頭，覺得安娜之死所帶來的愁雲慘霧稍微消退。他之前在舒斯特樞機的辦公室見到領袖時，就好奇那人會有什麼下場，墨索里尼當時還夢想著希特勒會動用超級武器，還希望德國元首在巴伐利亞的祕密碉堡裡能留個床位給他。

他們把克內貝爾停在前檯後面的兩輛腳踏車牽出來，走出酒店，看到其他人跑向洛雷托廣場，喊著：「他們逮到他了！他們抓到領袖了！」

皮諾和美軍少校跳上腳踏車，用力踩踏板。路上有很多騎著自行車的群眾，揮舞著紅色領巾和旗幟，都急著想見到倒臺的獨裁者。他們經過貝爾卓米尼新鮮蔬果店，進入洛雷托廣場，這時已經有一小群人聚在埃索加油站，站在皮諾當初目睹圖里歐・加林貝提被處決時所站的縱梁上。

皮諾和克內貝爾少校把腳踏車停在一邊，走上前，看到四個男子帶著繩索和鐵鏈爬上縱梁。皮諾跟著美國軍官在人群中推擠，來到持續增加的群眾前方。

加油機旁邊躺著十六具屍體。貝尼托・墨索里尼赤腳躺在中間，碩大腦袋躺在他情婦的胸口上。傀儡獨裁者的眼睛茫然混濁，皮諾想起在加爾達湖那座莊園看到他眼裡的瘋狂，那彷彿是久遠回憶。領袖張著上脣，露出牙齒，看起來彷彿即將發表長篇怒罵。

克拉拉・貝塔奇躺在墨索里尼身子底下，從愛人臉上撇開頭，彷彿故作矜持。群眾裡幾個游擊隊員說，劊子手來到這裡的時候，發現墨索里尼正在跟情婦性交。

皮諾掃視周圍。群眾增加了四倍，還有更多人從四面八方湧來，就像演員們在悲壯歌劇接近尾聲時在臺上合唱。人們咆哮怒吼，似乎都想對這個把納粹帶進國門的男子宣洩私仇。

某人把一支玩具權杖塞在墨索里尼手裡。然後一名老婦——跟桃莉公寓那個老太婆年紀差不多——搖搖晃晃地走來，蹲在領袖的情婦身旁，在對方臉上撒尿。

皮諾覺得反感，但人群變得恣意妄為，歇斯底里地發笑歡呼，無政府狀態持續升溫。其他人嚷著要更進一步地褻瀆死者的遺體，而且給屍體套上繩索和鐵鏈。一名女子快步上前，用手槍朝墨索里尼的腦袋開了五槍，這引發人們歡呼譏笑，高喊要毆打屍體、從骨頭上撕下皮肉。

兩名游擊隊員對空鳴槍，警告暴民後退，另一個隊員把消防水帶對準他們。皮諾和克內貝爾少校這時已經退向後方，但其他人繼續朝屍體們推擠而去，急於發洩怒火。

「把他們吊起來！」暴民合唱團之中傳來一個聲音：「吊起來，好讓我們看見！」

「把鐵鉤插進他們的腳踝！」其他人唱道：「把他們像豬肉一樣吊起來！」

墨索里尼最先被吊起，腳朝上，腦袋和雙臂垂於縱梁下方。人數持續增加的暴民失去理智，歡呼跺腳，高舉拳頭，興奮吶喊。領袖這時被打得顱骨凹陷，模樣極其猙獰，宛如夢魘中的怪物，完全不像皮諾去年多次見過的那名男子。

人們接下來把克拉拉·貝塔奇吊起，她的裙襬因此垂向胸前，曝露沒穿內褲的下半身。游擊隊的一名牧師爬到縱梁上，想把裙襬夾在她的兩腿之間，結果遭到人們投擲垃圾。

另外四具屍體被吊上縱梁，都是高階法西斯黨員。虐屍行為在毒辣太陽下持續進行，直到這種野蠻行為終於刺穿皮諾因悲痛而茫然的狀態，令他作嘔。他覺得頭暈想吐，而且覺得可能會昏倒。

有個男子被帶到前面，名叫斯達拉奇。

他們把斯達拉奇放在被吊起的墨索里尼及其情婦下方。斯達拉奇對死者行了法西斯的直臂禮，然後被六名游擊隊員當場槍斃。

洛雷托廣場上的嗜血暴民高唱狂喜之歌，表示還不夠滿足。但目睹斯達拉奇遭到擊斃，皮諾不禁想起安娜被槍斃的那一幕。他覺得自己可能會發瘋、加入暴民。

「暴君就是這種死法，」克內貝爾少校語帶反感。「我如果要把這寫成故事，應該會把這句話當成開頭。『暴君就是這種死法』。」

「我要走了，少校，」皮諾說：「我實在看不下去了。」

「我跟你一起走，夥計。」克內貝爾說。

他們在膨脹至兩萬多人的群眾之中推擠而過。經過蔬果攤後，人潮漸稀，他們才走得更順暢。越來越多人來到洛雷托廣場來向死者「致意」。

「少校？」皮諾開口：「我需要跟你談談——」

「其實，孩子，你今早出現後，是我一直想跟**你**談談。」克內貝爾說。

兩人過了馬路。貝爾卓米尼新鮮蔬果店的門扉現在開著，卡利托站在門口，因為宿醉而臉色發青。他對皮諾和美國人露出苦笑。

「又一個醉爛如你的夜晚啊，少校。」卡利托說。

「是爛醉如泥，不是醉爛如你。」克內貝爾發笑，糾正卡利托的英文。「但你出現更好，我本來就想同時跟你們倆談談。」

「我不明白。」皮諾說。

「你們兩位願不願意幫助美國？」少校問：「幫我們做點事情？很難的事？危險的事？」

「例如什麼？」卡利托問。

「我現在不能說，」克內貝爾說：「但事情很重要，而你們如果做到了，就能獲得很多美國朋友。有沒有想過移民美國？」

「我天天都在想。」皮諾說。

「我就知道。」少校說。

「有多危險？」卡利托問。

「我就直說了，危險到可能會送命。」

卡利托思索幾秒，然後說：「我加入。」

皮諾覺得心臟在怪異的狂躁情緒下加速。「我也加入。」

「好極了，」克內貝爾說：「你們有沒有辦法弄到車？」

皮諾說：「我舅舅有一輛車，但現在是用磚塊撐著，輪胎非常破舊。」

「山姆大叔會搞定輪胎，」他說：「把車鑰匙給我，說明車子所在的地址，我會確保給它做好準備，後天凌晨三點在戴安娜酒店等著你們。五月一日。行嗎？」

卡利托說：「我們什麼時候會知道我們究竟要做什麼？」

「後天凌晨三——」

克內貝爾住嘴，大夥這時都聽見戰車的聲響。柴油引擎隆隆作響，履帶喀啦轉動。戰車隊湧入洛雷托廣場時，皮諾在腦海中看見戰象到來。

「雪曼戰車來了，夥計們！」克內貝爾少校歡呼，高舉一拳。「那是美國第五軍團的戰車隊。就這場戰爭而言，胖女士正在唱歌。」

第五部　主說：「復仇在我。」

第三十三章

一九四五年五月一日

皮諾和卡利托雖然昏睡了幾小時，但在凌晨兩點五十五分來到戴安娜酒店時，還是覺得差不多就跟幾小時前一樣醉，而且現在多了胃痛加頭痛。不過喝醉也是應該的，因為阿道夫・希特勒死了。墨索里尼和貝塔奇被吊在洛雷托廣場的隔天，納粹元首及其情婦在柏林一座碉堡裡飲彈自盡。

皮諾和卡利托是在昨天下午收到這個消息，也因此打開了貝爾卓米尼先生珍藏的另一瓶威士忌慶祝。兩人窩在蔬果攤裡，慶祝希特勒死了，而且對彼此訴說自己的戰爭故事。

「你真的愛安娜愛到要娶她？」卡利托問道。

「沒錯。」皮諾試著壓抑一想到她就會引發的強烈情緒。

「你遲早會找到別的女孩。」卡利托說。

「但她們都不是她。」皮諾眼睛溼潤。「她不一樣，卡利托。她……我也不知道該怎麼說……她就是獨一無二。」

「就像我爸媽。」

「很特別的人，」皮諾點頭。「很好的人，最好的那種。」

兩人繼續喝酒，說起貝爾卓米尼先生說過最棒的笑話，相視而笑。他們談到為了逃離轟炸而去山丘上避難的那天晚上，彼此的父親都做出了完美的音樂演出。談到很多事情時，兩人都掉下眼淚。晚上十一點，兩人喝光了整瓶威士忌，醉得忘了一切、不省人事，但在幾小時後就得出門，因此設定了鬧鐘，在三個半小時後醒來。

兩人疲憊地拐過轉角，皮諾看到阿爾伯特舅舅那輛老舊的飛雅特停在戴安娜酒店門口，引擎運轉聲聽來流暢悅耳，他還踢了踢嶄新的車輪，然後跟老友一起走進室內。今晚的慶功派對正在收尾。在留聲機的破舊唱片發出的跳針音樂伴奏下，幾對情侶跳著慢舞。達洛亞下士摟著蘇菲亞走下樓梯，有說有笑。皮諾目送他們離去。

克內貝爾少校從前檯後面的一扇門走出來，看到他們，露齒而笑。「你們來啦，我就知道皮諾和卡利托最可靠。在我說明需要你們做什麼之前，有幾個禮物要先送給你們。」

少校在前檯後面蹲下，拿出兩把裝了彈鼓的全新湯普森衝鋒槍。

克內貝爾歪起頭。「你們會用湯米衝鋒槍嗎？」

這是皮諾在喝醉後第一次徹底清醒過來，他以敬畏目光打量衝鋒槍。「不會。」

「從沒用過。」卡利托說。

「其實很簡單，」克內貝爾把其中一把槍放在檯面上，按下某個門鎖，卸下彈鼓。「槍上已經裝了五十發點四五吋口徑的柯爾特自動手槍彈。」他把彈鼓放在檯面上，然後清空後膛，向兩人指出後握把的斜上方的一支控制桿。「這就是保險栓，」他說：「想開槍的時候，就把這根控制桿撥向前方。如果想避免擊發，就把桿子完全撥向後方。」

少校調整湯普森衝鋒槍的角度，用右手握住後槍柄，左手握住前槍柄，把武器的側面緊緊壓在自己的上半身上。「如果想射得準，就要用身體的三個部位穩住槍身，否則後座力會造成槍管亂跳，子彈嚴重偏離目標，這樣還有什麼意義？

「所以，用雙手握住握柄，把槍托壓在髖部上，這就是三點接觸。有沒有看到我的髖部跟著槍身一起轉動？」

「如果我們得從車上開槍呢？」卡利托問。

克內貝爾把槍托緊緊抵在肩上。「還是一樣三點接觸：肩膀和臉頰靠在槍托上，雙手握槍，而且進行三發子彈左右的點放射擊。你們其實知道這些就夠了。」

皮諾抓起另一把槍，很喜歡湯普森衝鋒槍的沉重分量和小巧體積。他抓住兩支槍柄，緊貼於身軀，想像用這支噴子掃射納粹。

「備用彈鼓。」少校把兩塊彈鼓放在檯面上，然後從口袋裡掏出一張信封。「這是你們的通行證，能讓你們通過所有由盟軍掌控的檢查哨，但之後得靠你們自己了。」

「你到底要不要讓我們知道我們究竟要做什麼？」卡利托追問。

克內貝爾微笑。「你們要帶美國的一個朋友去布倫內羅隘口的山上。」

「布倫內羅？」皮諾想起阿爾伯特舅舅昨天說過什麼。「布倫內羅還在打仗，陷入無政府狀態。德軍部隊正在全面撤退，而游擊隊正在對他們發動伏擊，想在他們越過邊界、進入奧地利之前多殺一個是一個。」

克內貝爾面無表情地說：「我們需要把某個朋友送去邊界。」

「所以這是自殺任務。」卡利托說。

「是挑戰，」少校說：「但我們幫你們準備好了地圖，還有用來看地圖的手電筒。地圖上列出所有重要的盟軍檢查哨。你們要到了Ａ４公路的北端、通往波扎諾的路段，才會離開由盟軍掌控的地盤。」

卡利托沉默片刻。「我得先灌兩瓶酒壯膽。」

「我建議四瓶，」克內貝爾說：「乾脆開個派對吧，別醉倒就行。」

卡利托看著一言不發的皮諾，說道：「我會走這一趟，不管你要不要跟來。」

皮諾從沒見過老友如此鬥志激昂。卡利托看起來急著上戰場送死，想透過打仗來自殺。這個念頭也讓皮諾感到滿意。

「行，那我們要帶誰上山？」皮諾看著克內貝爾。

少校走進檯面後面的門。不久後，門扉再次打開，克內貝爾從中走出，身後是一名穿著深色西裝和戰壕大衣的男子，壓低的棕色紳士帽遮住了眼睛。此人費勁地提著一口大型的皮製手提箱，箱子的握把和他的左手腕以手銬串聯。

克內貝爾少校和男子從檯面後面走出來。

「我相信你們倆早就彼此認識。」克內貝爾說。

男子抬頭，從紳士帽的帽簷底下瞪著皮諾的眼睛。

皮諾震驚不已，後退一步，整個人被怒火吞噬。

「他？」他朝克內貝爾咆哮：「他怎麼會是美國的朋友？」

少校的臉色變得嚴肅。「雷爾斯將軍是個英雄，皮諾。」

「英雄？」皮諾想朝地板吐口水。「他是希特勒底下的奴隸主，逼迫人們工作到死為止，少校，我有看到，我有聽到，我親眼目睹。」

這番話顯然影響了克內貝爾，他斜眼瞥向納粹將軍，然後說：「我沒辦法知道這是不是事實，皮諾，但我收到命令，聽說他是個英雄、值得我們保護。」

雷爾斯只是站在原地，完全聽不懂這場英語對話，但臉上帶著招牌般的淡定笑意，皮諾最討厭他這副笑容。皮諾原本想明言拒絕，但另一個令他滿意的念頭鑽進腦海。他想到安娜和桃莉，想到所有奴隸，因此知道怎麼做才是對的。看來上帝果然為皮諾・萊拉安排了計畫。

皮諾親切地露齒而笑：「將軍大人，要不要我幫您拿箱子？」

雷爾斯簡短地搖頭。「我自己拿，謝謝你。」

「再見，克內貝爾少校。」皮諾說。

「夥計，你回來後再來找我，」克內貝爾說：「我還幫你準備了其他計畫。我到時候就在這兒，等著把那些計畫說給你聽。」

皮諾點頭，確信自己再也不會見到這個美國人，也不會回來米蘭。

他抱著衝鋒槍離開酒店，雷爾斯緊跟在後。皮諾打開飛雅特的後車門，站到一旁。雷爾斯瞥皮諾一眼，然後費勁地拿著手提箱鑽進車裡。

卡利托坐進右前座，把湯普森衝鋒槍放在雙腿之間。皮諾坐進駕駛座，把自己的衝鋒槍放在卡利托和排檔桿中間。

「幫我看管我的槍。」皮諾邊說邊在後照鏡上瞥向雷爾斯，對方把帽子放在一邊，用手指把鐵灰色的頭髮往後撥。

「我覺得我應該會用這玩意兒。」卡利托以仰慕姿態撫摸上了油的槍身。「我在黑幫電影裡看過他們怎麼開槍。」

「這樣就夠了。」皮諾切換檔位。

他駕車時，卡利托拿著手電筒判讀地圖、說明路線。這條路線穿過洛雷托廣場，然後往東前往城鎮邊界，在這裡遇到第一個美軍檢查哨。

「美國最棒了。」皮諾對拿著手電筒、來到駕駛座窗外的美國大兵說，並把裝有通行證的信封遞給對方。

士兵從信封裡抽出文件，用手電筒照射，然後低下頭，迅速摺起文件，塞回信封裡，緊張地說：「老天。你們可以走了。」

皮諾把文件收進胸前的口袋，開過檢查哨，前往東方的特雷維格里奧和卡拉瓦喬。

「信上寫了什麼？」卡利托問。

「我晚點再看，」皮諾說：「還是說你看得懂英文？」

「看不懂，說倒是會一點。你覺得他的手提箱裡裝了什麼？」

「我毫無頭緒，但看起來很沉重。」皮諾瞥向後照鏡，這時車子經過一盞路燈底下。雷爾斯將軍已經把手提箱從大腿上拿開，現在放在右手邊。雷爾斯閉著眼睛，可能正在夢見桃莉、他的妻小或奴隸，也可能根本沒想著任何人。

瞥向對方的這一眼中，某個尖銳又冰冷的念頭在皮諾心中成形。在他短暫又複雜的這一生裡，這是他第一次明白何謂「殘忍」，明白「復仇雪恨」的甜蜜期待。

「我認為箱子裡就是你見過的那些金塊。」卡利托打斷老友的思緒。

皮諾說：「手提箱裡也可能是文件，數以百計，搞不好更多。」

「什麼樣的文件？」

「很危險的那種，能讓你在無助時稍微獲得一點權力的那種。」

「你究竟在說啥？」

「我是指『談判籌碼』。我晚點再解釋。下一個檢查哨在哪？」

卡利托打開手電筒，研究地圖。「在布雷西亞市接上主要道路的地點。」

皮諾加快車速，穿過黑夜，在凌晨四點來到第二座檢查哨。衛兵很快地看過文件，再次揮手放行，並警告他們避開酣戰中的波扎諾。但問題是，他們必須穿越波扎諾，才能抵達布倫內羅隘口。

「相信我，他的手提箱裡一定是黃金。」通過檢查哨後，卡利托打開一瓶葡萄酒啜飲，說道：「不可能只有文件。我的意思是，黃金畢竟是黃金，不是嗎？黃金能買到任何生路。」

「說真的，我並不在乎他的手提箱裡有什麼。」

前方的公路布滿炸彈坑和改道路障，來自冬季的融雪灌滿了涵洞，所以皮諾必須減速行駛。凌晨四點四十五分，他轉向前往特倫托和波扎諾，往北開往奧地利。車子沿加爾達湖的東岸行駛，對岸就是墨索里尼那座莊園，這讓皮諾想起在洛雷托廣場目睹的混亂場面。他回頭瞥向打瞌睡的將軍，不禁好奇雷爾斯究竟知道多少、在乎多少，還是這個人滿腦子只想自保。

做人情，皮諾心想，**這就是他的籌碼。他親口對我說過。那個手提箱裡裝滿了人情債。**

他把車開得飛快。這裡的車流更為稀疏，路面的損壞程度也比主要公路輕微。卡利托閉著眼睛，下巴垂於胸前，腿間夾著酒瓶和衝鋒槍。

凌晨五點十五分，在特倫托北側不遠處，皮諾看到前方有些燈光，於是放慢車速。一聲槍響傳來，子彈擊中飛雅特的側面，卡利托為之驚醒。皮諾狠踩油門，在路上蛇行，更多子彈從兩旁飛來，有些打中車子，其他則是颼然飛過。

「快拿槍！」皮諾朝卡利托喊道：「還擊！」

卡利托匆忙拿起衝鋒槍。

「是誰朝我們開槍？」雷爾斯將軍追問，整個人斜趴在手提箱上。

「不重要。」皮諾朝那些燈光加速開去。前方有路障、拒馬，以及一群衣著破爛的武裝男子。看到那群人邋遢不堪，皮諾做出決定。

「我下令的時候，朝他們開槍，」皮諾說：「保險打開沒有？」

卡利托一邊膝蓋跪在座椅上，把頭部和肩膀探出窗外，槍托緊緊抵在肩上。距離那些人大約七十公尺時，皮諾踩放煞車幾次，假裝打算停車。但在五十公尺處，車頭燈阻礙了路障那些男子視線時，皮諾再次催油門，喊道：「開槍！」

卡利托猛拉扳機，湯普森衝鋒槍開始朝前方各處狂吐子彈。

路障那些槍手倉皇四散。皮諾高速朝路障衝去。卡利托完全沒能穩住槍身；他不斷拉住扳機，衝鋒槍持續瘋狂開火。車子衝過路障時，湯普森衝鋒槍從卡利托手中被撞落，掉在地上反彈，消失在視野外。

「媽的！」卡利托咆哮：「掉頭回去！」

「不行。」皮諾關掉車燈，加速前進，後方傳來一大片槍響。

「那是我的衝鋒槍！快回去！」

「你不應該拉住扳機那麼久，」皮諾喊道：「克內貝爾說過要點放射擊。」

「那把槍差點撕開了我的肩膀，」卡利托氣憤道：「媽的！我的酒呢？」

皮諾遞出酒瓶。卡利托咬掉軟木塞，灌了一口，然後連聲咒罵。

「沒關係，」皮諾說：「我們還有我的槍，外加兩塊彈鼓。」

老友看著他。「你願意冒這種險，皮諾？願意再讓我開槍？」

「這次把槍抓緊就好，而且扣扳機的時候輕一點，開幾槍就放開，不要猛拉。」

卡利托露齒而笑。「你能相信剛剛那一幕嗎？」

後座的雷爾斯開口：「我常常覺得你是很了不起的車手，一等兵。我們在秋天被戰機掃射那次？當時在戴姆勒車上？就是因為你那晚展現的駕車技術，所以我拜託他們讓你送我去邊界，這就是為什麼你現在在這裡。如果有誰能把我送去布倫內羅，那個人就是你。」

皮諾覺得說出這番話的人，是他不認識也不想認識的人。他對雷爾斯深惡痛絕。他不敢相信，這傢伙居然說服了美軍某個白痴相信自己是英雄。漢斯・雷爾斯才不是英雄。後座這個人，是法老的奴隸主，是戰犯，應該為自己的行為付出代價。

「謝謝您，將軍大人。」皮諾沒再開口。

「別客氣，一等兵，」雷爾斯將軍說：「我始終相信該讚揚的就要讚揚。」

車子接近波扎諾時，天色開始發亮。皮諾相信這會是自己見到的最後一個黎明。晨曦如玫瑰手指般在藍天上擴散，天空之下是冠雪山脈，聳立於最後四十公里的戰區後方。皮諾完全沒想著前方的危險，而是想著雷爾斯將軍，又感覺到那份期待，感覺腎上腺素分泌。

皮諾俯身拉扯卡利托夾在腿間的酒瓶，睡著的老友輕聲抱怨。

皮諾灌下兩大口酒。**必須在高處**，他心想，必須在最宏偉的神之大教堂動手。

皮諾在路肩停車。

「你做啥？」卡利托依然閉著眼睛。

「看看有沒有路能避開波扎諾，」皮諾說：「把地圖給我。」

卡利托呻吟，找出地圖，遞出去。

皮諾研究地圖，試著牢記走哪些主要路線前往波扎諾北側、進入布倫內羅隘口。

與此同時，雷爾斯用鑰匙解開手提箱上的手銬，下車小解。

「咱們丟下他吧，」卡利托說：「你我均分黃金。」

「我另有打算。」皮諾盯著地圖。

將軍回到車上，在後座上俯身向前，從皮諾肩後望向地圖。

「主要路線的戒備一定最為森嚴，」雷爾斯說：「我建議你走靠近斯達吉昂那條小路，往西北前往波扎諾，一路直達瑞士道路上的安德里亞諾鎮。朝我們這一側的瑞士邊界已經關閉了，所以德軍不在乎那條路線。如此一來，你就能避開美軍，然後從阿迪傑河的左岸過河。渡河後，你繼續沿那裡的山路行駛，就在德軍後面，直到進入布倫內羅隘口。這樣你明白嗎？」

皮諾雖然不願意承認，但雷爾斯這個計畫確實最為可行。他點頭，瞥向後照鏡，看著雷爾斯興高采烈地再次把自己跟手提箱銬在一起。將軍顯然樂在其中。**這一切對他來說只是遊戲**，皮諾又感到火大。**由人情和詭計組成的遊戲**。雷爾斯想找樂子？沒問題。他切換檔位，放開離合器，像瘋子一樣狂飆。

在大白天下，車子通過一座美軍檢查哨，其後方的道路不遠處是一座名叫拉格湖的山中城鎮。一名中士走來的時候，他們能聽見前方不遠處傳來戰鬥喧囂。

「這條路沒開，」中士說：「掉頭回去吧。」

皮諾遞出信封。中士接過，打開閱讀，吹聲口哨。「你們可以走了。但你確定想進去？我們有幾個連的弟兄正在對付法西斯和納粹，為了拿下波扎諾。而且在接下來的兩小時裡，野馬式戰機將掃射德軍的軍事縱隊，盡可能殲滅他們。」

「我們要進去。」皮諾拿回信封，放在膝上。

「你們的命，你們做主，紳士們。」中士朝看門的士兵揮手。

路障被拉開，皮諾開過。

「我的頭好痛。」卡利托揉揉太陽穴，接著又大灌一口酒。

「先別喝了。」皮諾命令。「前方正在打仗，我們如果想活著通過，就需要你幫忙。」

卡利托瞪著他，看得出來老友是認真的，因此用軟木塞塞住瓶口。「我來拿槍？」

皮諾點頭。「把槍放在你的右側，跟門板平行，槍托貼著座椅側面，這樣就能更快拿起來。」

「你在哪學的？」

「我只是覺得這樣比較合乎邏輯。」

「你的思考方式跟我不一樣。」

「好像還真的是。」皮諾說。

通過檢查哨的十公里後，他遵照雷爾斯的建議，拐進一條通往東北方的小路。路面顛簸，周圍沒有多少高山聚落，這條蜿蜒道路通往聖米迦勒和波扎諾北側。

雲團滾滾而來。皮諾放慢車速，聽見在右手邊和南邊傳來大砲、戰車和步槍的聲響，距離至少有一哩，也許更遠。他們能看到波扎諾的郊區和團團濃煙，法西斯試著堅守陣地，德軍試著守住後側，好讓同胞有更多時間進入奧地利。

「再次往北走。」雷爾斯將軍說。

皮諾照做，繞了一條十六公里的路，來到一座橋，橫越了阿迪傑河，這裡正如雷爾斯所預料的無人看守。早上八點四十分左右，他們來到波扎諾的西北側郊區。

東南方的戰鬥喧囂變得更為激烈。衝鋒槍、迫擊砲……距離很近，他們甚至能聽見戰車轉動砲塔，不過這似乎再次證明了雷爾斯判斷正確。他們成功地待在距離戰線後方大約四百公尺處，穿梭於戰場後側的地帶。

但我們遲早會碰到納粹。他們會在布倫內羅隘口的路上，為了——

「戰車！」雷爾斯喊道：「美軍戰車！」

皮諾低下頭，急忙查看被卡利托擋住的右手邊。

「在那裡！」卡利托喊道，指向郊區一大片空地。「一輛雪曼！」

皮諾繼續行駛，從戰車左邊繞過。

「他正在把砲管對準你。」雷爾斯將軍說。

皮諾看到戰車在七十公尺外，砲塔和砲管轉向飛雅特。他猛踩油門。

卡利托把上半身探出窗外，朝那輛戰車揮動雙臂，用英語喊道：「美國朋友！美國朋友！」

戰車射出的砲彈從飛雅特後方飛來，掠過右側擋泥板，把前方一棟兩層樓工廠炸出一個冒煙坑洞。

「快帶咱們離開這兒！」雷爾斯咆哮。

皮諾降檔，做出規避動作。但他還來不及逃出戰車的射擊線，冒煙建築裡的諸多衝鋒槍這時紛紛開火。

「趴下！」皮諾喊道，俯下身子，聽見子彈從上方飛過、擊中戰車的裝甲和履帶。皮諾把車開進一條巷子，避開戰火。

雷爾斯大力拍打皮諾的肩膀。「這小子只要一握住方向盤，就成了天才！」

皮諾面露苦笑，開車穿梭於巷道之間。美軍的行進似乎被兩條匯流於阿迪傑河的溪流阻礙。雷爾斯找到一條路線，能繞過交戰區，離開這座城市，前往位於東邊的卡爾達諾村。

不久後，皮諾拐進布倫內羅隘口，發現這條路上幾乎空無一人。他加快車速，再次往北前進。前方的阿爾卑斯山被聚集而來的烏雲遮蔽，降下的霧靄形成鏈條。皮諾想起了不到一個月前的事：大批奴隸在這裡剷雪，有些倒在雪泥上被拖走。

他駕車穿過科爾馬村和巴爾比亞諾村。車子經過基烏薩村南面一個彎道時，他才清楚看見前方的景象：一支冗長德軍縱隊的末端堵住了道路的兩側，這支殘破軍隊慢慢穿過布雷薩諾內鎮，前往北方的奧地利。

「我們可以繞過他們，」雷爾斯將軍觀察地圖。「前方有一條往東的小路，那是上坡路，能一路來到地圖上這個位置，然後你能拐向北邊，再走這條路回到布倫內羅隘口。你明白了嗎？」

皮諾看懂雷爾斯在地圖上指出的路線，也再次採納對方的建議。

車子開過一片布滿泥濘的小空地，然後道路變得又陡又窄，之後進入一條位於北側的高山山谷，旁邊是雲杉和向南的綿羊牧場。車子繼續沿Z字形山路穿越北側，來到名叫富內斯的高山村落後面。

車子沿這條上坡路再走了一千公尺，差不多來到林線所在，這裡的霧靄開始散開，前方是溼滑的雙向道路，兩邊是黃色和粉紅色的大片野花。

雲層持續分散，露出岩屑堆和白雲石岩壁，義大利最宏偉的神之大教堂：十八座數千公尺高的石灰岩尖頂高聳入天，看起來就像由淡灰尖刺組成的巨大王冠。

雷爾斯將軍開口：「在這兒靠邊停車。我又得小便，而且我想看看這裡。」

皮諾覺得一切都是命運的安排，因為他原本也打算用這個理由停車。他把車停在一片狹窄草原旁邊，周圍的雲杉數量較為稀疏，顯示出壯麗的白雲石。

這個地方很適合逼雷爾斯認罪、為自身罪孽付出代價，皮諾心想。**這裡毫無掩護。他沒辦法靠人情債脫身，沒辦法躲在陰暗處，而是獨自一人在上帝的教堂裡。**

雷爾斯解開手銬，從卡利托那一側下車，走進溼草和高山花海，在懸崖邊緣停步，眺望狹窄山谷和上方的白雲石。

「把槍給我。」皮諾低聲對卡利托說。

「為什麼？」

「還用問嗎？」

卡利托瞪大眼睛，但露出微笑，遞出湯普森衝鋒槍。皮諾覺得手裡這把槍莫名熟悉。他雖然從沒用過這種槍，但在黑幫電影裡多次見過。**照克內貝爾少校說的做就對了。能有多難？**

「動手，皮諾，」卡利托說：「他是納粹禽獸，沒資格活下去。」

皮諾下了車，單手拿著湯普森衝鋒槍，藏在身後。但他其實不需要把槍藏起來，因為雷爾斯將軍背對著皮諾，張開雙腿，朝懸崖邊緣小便，欣賞著眼前的壯麗風景。

他以為自己大權在握，皮諾冷冷地心想。**他以為命運掌握在自己手裡。其實不是在他手裡，而是在我手裡**。

皮諾繞過飛雅特，朝草原踏出兩步，覺得有點呼吸困難；就像那天在進入斯福爾扎城堡之前那樣，時間彷彿放慢，但他現在狀況良好，很確定自己接下來要做什麼，正如他確定安娜有多愛他。法老的奴隸主一定要付出代價，雷爾斯一定會跪地求饒，但皮諾不會慈悲以對。

雷爾斯將軍拉好拉鍊，再次掃視這片令人驚豔的美景。他讚嘆地搖搖頭，調整外套，轉過身，看到十公尺外的皮諾把湯普森衝鋒槍固定在髖部上。納粹軍官整個人愣住。

「這是怎麼回事，一等兵？」他的嗓音流露恐懼。

「復仇。」皮諾平淡道，覺得彷彿靈魂出竅。「義大利人認為復仇是美德，將軍大人。義大利人認為流人之血才能撫平受傷的靈魂。」

雷爾斯掃視左右。「你打算開槍打死我？」

「你有沒有想過你做過什麼？我曾目睹什麼？如果要伸張正義，應該讓一百人甚至一千人對你開槍。」

將軍朝皮諾舉起雙手做投降狀。「你沒聽見你那個美軍少校怎麼說的？我可是英雄。」

「你才不是英雄。」

「但他們還是讓我走，而且是要你帶我走，那些美國人就是這麼做。」

「為什麼？」皮諾追問：「你為他們做了什麼？你做了什麼人情？你拿黃金還是情報賄賂了誰？」

雷爾斯一臉為難。「我不能跟你說我做了什麼，但我能告訴你，無論是之前還是現在，我對同盟國而言都很有價值。」

「你有價值個屁！」皮諾咆哮，情緒再次湧上喉頭。「你不在乎任何人，只在乎你自己，你活該被——」

「這不是事實！」將軍喊道：「我在乎你，一等兵，我在乎桃莉，我在乎你的安娜。」

「安娜死了！」皮諾尖叫。「桃莉也死了！」

雷爾斯將軍震驚得後退一步。「不，這不是事實。她們去了因斯布魯克。我約好了……今晚跟桃莉見面。」

「桃莉和安娜在三天前被行刑隊槍斃了，我親眼目睹。」

這個消息令雷爾斯搖搖欲墜。「不，我有下達命令，她們會……」

「沒有車子去接她們，」皮諾說：「她們還在那裡等車的時候，被一群暴民抓走了，就因為桃莉跟你通姦。」

皮諾平靜地把湯普森衝鋒槍的保險栓撥到射擊模式。

「可是我有下達命令，一等兵，」雷爾斯說：「我向你發誓，我有那麼做！」

「但你沒確保有人執行命令！」皮諾咆哮，把衝鋒槍抵在肩窩上。「你當時明明可以去桃莉那裡，確保有人接走她們，但你沒這麼做，而是讓她們在那裡等死。現在，我要讓你在這裡等死。」

雷爾斯絕望得臉龐扭曲，舉動雙手，彷彿想擋下子彈。「求求你，皮諾，我那天確實想回去桃莉的公寓，想去確認她們是否安好，你不記得嗎？」

「不記得。」

「你一定記得。我有請你載我去她家，我要拿回我留在那裡的文件，但你逮捕了我。你把我交給了抵抗組織，而我原本能確保桃莉和安娜離開米蘭、抵達因斯布魯克。」

將軍看著他，臉上毫無愧疚。「如果有誰應該直接為桃莉和安娜的死負責，那個人就是你，皮諾。」

第三十四章

皮諾的手指貼在扳機上。

他原本打算從髖部開槍，朝將軍的腹部噴灑子彈，造成不會當場死亡的致命傷。腹部受傷的雷爾斯應該會被痛楚折磨很長一段時間。皮諾想站在這裡看著他痛苦抽搐，想細細品嘗他每次的呻吟和哀求。

「斃了他，皮諾！」卡利托喊道：「我不在乎他對你說了什麼。斃了那隻納粹臭豬！」

他那晚確實有叫我送他去桃莉家，皮諾心想。**我卻逮捕了他。我逮捕了他，而沒有……**

皮諾覺得頭暈目眩、反胃噁心。他再次聽見小丑的詠嘆調，聽見一排步槍開火，看見安娜倒下。

是我的錯。我當時其實可以保住安娜的命，我做的一切卻害死了她。

皮諾渾身乏力，放開衝鋒槍的前握柄，槍身垂於腰側。他茫然地凝視寬廣的神之大教堂，看著贖罪聖壇，只想化為灰燼、隨風而逝。

「快斃了他啊，皮諾！」卡利托喊道：「你他媽的究竟在做什麼？斃了他！」

皮諾做不到，只覺得渾身比瀕死老人更為虛弱。

雷爾斯將軍對皮諾簡短地點個頭，冷冷道：「完成你的任務，一等兵，送我去布倫內羅，我們一起結束我們的戰爭。」

皮諾眨眨眼，無法思考，也無法行動。

雷爾斯藐視地看他一眼，咆哮道：「別愣在那兒，皮諾！」

皮諾麻木地跟著將軍回到飛雅特所在。他拉開後車門，在雷爾斯上車後關上。他鎖好湯普森衝鋒槍的保險，把槍遞給卡利托，然後坐進駕駛座。

後座上的將軍再次用手銬把自己跟手提箱串在一起。

「你為什麼沒殺了他？」卡利托震驚地質問。

「因為我希望他殺了我。」皮諾發動引擎，切換檔位。

車子再次駛離，在泥濘上打滑，車身不久後沾滿泥漿。車子往北開過野地，終於來到一條雙向道路，穿過下坡的一系列冗長Z字形山路，來到平行於布倫內羅隘口、位於布雷薩諾內鎮山上的一條路。德軍縱隊把這座小鎮和前方大約一哩長的道路擠得水洩不通，人人難以動彈。

山下傳來槍聲。車子在雙向道路上彈跳時，皮諾望向窗外，看著部隊的前端，明白這支縱隊為何幾乎動彈不得。隊伍前方有六、七座重砲，負責拖行大砲的驢隻精疲力竭，大多停在原地，拒絕踏出半步。

納粹人員鞭笞驢子，試著移動大砲，以便隊伍能繼續前進。拒絕聽命的驢子遭到槍斃，被拖到路肩。最後一座大砲差不多快被移開，納粹車隊很快就能繼續撤退。

「加快車速，」雷爾斯命令：「開到那支隊伍前面，免得又被擋住。」

皮諾降檔，對卡利托說：「坐穩了。」

這裡的路面較為乾燥，皮諾因此能把車速加快一倍甚至兩倍。車子依然跟車隊平行，差不多快來到隊伍的前頭。一公里後，車道和一條較為粗劣的馬路合併，接下來七百公尺的下坡路通往布倫內羅隘口，穿過瓦爾納村，這裡的瀕死驢子拖拉的大砲隊伍長度不到一百公尺。

皮諾降檔，俐落地切入一條車道，進入陡峭的下坡路。他踩下油門，飛雅特在路上彈跳，沿下坡路飛快越過最後一片山坡地，遠離了最後一座大砲。在德軍隊伍前頭的戰車紛紛發動引擎，再次朝奧地利隆隆駛去。

「開到他們前面去！」雷爾斯喊道。

為了避免翻車，皮諾動用了阿爾貝托．阿斯卡里傳授的所有技巧。他瘋狂地咯咯笑，衝過最後一段路時，最前頭的那輛戰車開始加速。

就在這時候，一架美軍的P－51野馬式戰機突然從南方一哩外出現，俯衝而下，沿著納粹縱隊開火掃射。

將軍想必明白了怎麼回事，因為他吼道：「開快點！再快點，一等兵！」

飛雅特和戰車並駕齊驅，而戰車再行駛八十公尺就會堵住路口。飛雅特離布倫內羅隘口的山路還剩一百一十公尺的時候，野馬式戰機逼近，機砲每隔幾秒開火。

離山路還剩不到四十公尺時，皮諾終於煞車降檔，在泥濘上做出一連串的瘋狂甩尾，車身劇烈傾斜，壓過邊坡，飛到戰車前方。車子再次傾斜打滑，差點翻車時，皮諾穩住車身，然後加速。

「戰車裡出來了一個士兵！」雷爾斯喊道：「他要操作機槍！」

皮諾雖然拉開了距離，但這對大口徑機槍來說算不上什麼挑戰。那名士兵如果開槍，飛雅特就會像乳酪一樣被子彈撕碎。皮諾趴向方向盤，把油門踩到底，以為隨時會被子彈打得腦袋開花。

但那名納粹還來不及開火，美軍戰機已經迴旋折返，朝德軍縱隊的頭頸處掃射。子彈從戰車裝甲上彈開，有些則擊中飛雅特後方的路面。掃射突然停止，戰機轉向離去。

飛雅特拐過另一個轉角，離開了德軍的視線。有那麼一段時間，車上每個人啞口無言，然後雷爾斯開始哈哈大笑，用拳頭捶打自己的大腿和手提箱。

「你做到了！」他喊道：「你這個瘋狂的義大利混蛋又做到了！」

皮諾真的很討厭自己這麼厲害。他原以為自己死定了，但現在跟納粹部隊持續拉開距離，離奧地利邊境越來越近，而且他不知道接下來該怎麼辦。他似乎註定要帶雷爾斯將軍離開義大利，而且他終於屈服於這項任務。

布雷薩諾內鎮和維皮泰諾鎮之間的二十四公里路是上坡路，接近積雪所在，雪看起來細緻溼潤，而且已經結冰，但依然厚實。他們再次遇到山霧，很難判斷白雪的界線所在。因為他們後方的德軍縱隊阻礙了交通，布倫內羅隘口因此沒人，再加上濃厚的雲霧覆蓋，皮諾的車速因此放慢得宛如龜爬。

「快到了。」雷爾斯把手提箱抱到大腿上，這時車子穿越了維皮泰諾鎮。「完全沒時間了。」

「你打算怎麼做，皮諾？」卡利托又開始喝酒。「他如果順利地帶著黃金逃走，我們豈不是白忙一場？」

「克內貝爾少校說他是英雄，」皮諾覺得麻木。「看來他會順利脫身。」

卡利托還來不及回話，皮諾降檔，猛踩煞車，進入一道髮夾彎，這是通往邊界前的最後一段上坡路。一堵低矮的雪牆擋住去路，他因此被迫猛踩煞車，車子完全停定。

六名繫著紅領巾的粗獷男子從雪堆後面站出來，近距離用步槍對準車子。在卡利托那一側的樹林裡，有個手持手槍的男子現身。第八個男子從皮諾左手邊的樹林裡走出來，抽著菸，手持削短型霰彈槍。雖然過了一年，但皮諾還是一眼認出對方。瑞神父說過堤托這幫人在布倫內羅隘口洗劫路人，而這個人正在朝皮諾走來。

「哎呀呀。」堤托走向打開的車窗，把削短型霰彈槍對準前方。「在這個美好的五月早晨，你們打算去哪呀？」

皮諾用帽簷遮住眉頭，遞出信封。「我們正在為美國人執行任務。」

堤托接過，打開信封，看著文件，但皮諾總覺得這傢伙好像不識字。堤托把信塞回信封裡，丟到一邊。「什麼任務？」

「我們要帶這個人去奧地利邊界。」

「是嗎？他銬在手上的手提箱裡是什麼東西？」

「黃金，」卡利托說：「應該是。」

皮諾在心裡皺眉。

「是嗎？」堤托用霰彈槍的槍口抬高皮諾的帽簷，以便看清楚對方的臉孔。

一、兩秒後，堤托發出譏諷的笑聲，說道：「這可真讓人意想不到啊。」

他用槍口戳戳皮諾的臉頰，在對方的眼睛底下劃出一道傷口。

皮諾痛得呻吟，伸手觸碰，摸到傷口的血。

堤托說：「叫後座這個老兄解開手銬，把手提箱給我，否則我會先轟掉你的腦袋，再轟掉他的。」

卡利托呼吸沉重又急促。皮諾瞥向他，看到老友因為酒精和怒火而渾身顫抖。

「快跟他說。」堤托再次戳刺皮諾。

皮諾用法文照做。雷爾斯不吭一聲，絲毫不動。

堤托把槍管對準將軍。

「告訴他，他快死了，」堤托說：「告訴他，你也快死了，而且我還是會拿走手提箱。」

皮諾想到尼柯，想到旅店老闆痛失的愛子，於是猛然拉動門把上的拉桿，用體重撞開門，門板狠狠撞上堤托的左側身。

堤托蹣跚地向右歪斜，腳在雪地上打滑，差點跌倒。

飛雅特的後座傳出槍聲。

站在卡利托車門外的男子臉頰中彈，倒地身亡。

堤托穩住腳步，把霰彈槍的槍托抵住肩窩，試著把槍管對準皮諾，同時尖叫道：「殺了他們！」

接下來的這一秒，漫長得宛如永恆。

卡利托拉動湯普森衝鋒槍的扳機，子彈擊碎飛雅特的擋風玻璃，而與此同時，雷爾斯將軍再次開槍，正中堤托的胸口。堤托倒下時，霰彈槍走火，獵鹿彈擊中飛雅特靠近底盤的車身。卡利托用衝鋒槍第二次開火，擊斃了剩下的六名走私犯和劫匪當中其中兩人，另外四人試圖逃跑。

卡利托一把推開車門，追了上去。其中一人已經中彈，蹣跚而行。卡利托射殺這人，繼續追逐剩下的三人，歇斯底里地尖叫：「你們這些游擊隊王八蛋殺了我父親！你們害死了他，害得我母親傷透了心！」

他匆促停步，再次開火。

其中一人脊椎中彈倒下。另外兩人轉身試圖還擊，被卡利托掃射擊斃。

「你們給我血債血還！」卡利托瘋狂尖叫。「你們給我……」

卡利托垂下肩膀，全身顫抖，痛哭失聲，然後屈膝跪地，不停啜泣。

皮諾來到老友身後，把手放在他肩上。卡利托猛然轉身，情緒激動，把槍管對準皮諾，看起來似乎想開槍。

「夠了，」皮諾輕聲道：「夠了，卡利托。」

老友瞪著他，接著又崩潰大哭，丟下槍，走進皮諾的懷抱裡嚎啕大哭。「他們殺了我爸爸，害得我媽媽很想死，皮諾。我非得報仇不可，我必須這麼做。」

「你做到了你必須做的，」皮諾說：「我們都一樣。」

太陽開始燒穿雲層。不久後，他們把車子開過積雪處，也把屍體從路上移開。皮諾想著尼柯，搜查堤托的口袋，拿回了前年新年派對被搶走的鈔票夾。他看著堤托的靴子，沒拿回來，只是從地上撿起了裝著文件的信封。他在駕駛座的車門外停步，看著坐在後座上的雷爾斯將軍，將軍依然握著美軍配發的柯爾特 M1911 手槍，跟克內貝爾少校的佩槍是同一款式。

皮諾開口：「你我扯平了，互不相欠。」

雷爾斯說：「同意。」

在前往奧地利的最後八公里的路上，卡利托表現得彷彿頭部中彈。他坐在座椅上，意志消沉，彷彿全身只剩空殼。皮諾也沒好到哪裡去。他繼續開車，因為這是他唯一能做的事。他開車時腦袋一片空白，沒有思緒，沒有悲痛，沒有震驚，沒有懊悔，只有前方的道路。離邊界只剩三公里時，他打開收音機，轉動旋鈕，喇叭傳來舞曲和雜音。

「關掉。」雷爾斯斥責。

「想對我開槍就請便，」皮諾說：「但我不打算關掉音樂。」

他瞥向後照鏡，看到自己充滿挫敗的眼睛，看到將軍投來的勝利眼神。

邊界關卡位於一條狹窄多林的山谷之中，幾個美軍傘兵和兩輛梅賽德斯賓士轎車正在這裡等候。一名身穿制服的納粹將軍——皮諾不認得這個人——站在其中一輛賓士旁邊，抽著雪茄，享受著愈加燦爛的陽光。

這麼做是錯的，皮諾心想，但還是停車。

兩名傘兵朝他走來。皮諾打開信封，掃視信上文字，然後遞給他們。文字內容是通行證，簽字的是馬克・克拉克中將，授意的則是盟軍最高司令德懷特・大衛・艾森豪將軍。

紅髮傘兵對皮諾點頭道：「你能把他安然無恙地送來這兒，真的是藝高人膽大。美國陸軍感謝你的協助。」

「你們為什麼要救他？」皮諾說：「他是納粹，是戰犯，逼得人們工作到死為止。」

「我們只是奉命行事。」大兵瞥向雷爾斯。

另一名士兵打開後車門，協助依然銬著手提箱的雷爾斯下車。

皮諾也下了車。

將軍站在原地等他，伸出沒拿東西的那隻手。皮諾瞪著這隻手好幾秒鐘，然後才伸手過去。

雷爾斯用力握了皮諾的手，然後把他拉向自己，在他耳畔低語。

「你現在明白了，觀察員。」

皮諾震驚地瞪著雷爾斯。**觀察員？他竟然知道我的代號？**

雷爾斯將軍眨個眼，放開皮諾的手，轉過身，大步離去，未曾回頭。傘兵打開其中一輛賓士的後車門。在皮諾瞠目結舌的瞪視下，將軍拿著手提箱消失在車上。

在皮諾身後的飛雅特裡，收音機被轉到新聞臺，皮諾被雜訊干擾而聽不清楚。他只是站在原地，雷爾斯最後那句話在他腦海裡打轉，使得他的絕望和挫敗感多了一份困惑，因為他在不到一小時前還殺氣騰騰，他當時確信復仇不是在上帝手上，而是在他自己手上。

你現在明白了，觀察員。

雷爾斯究竟怎麼知道的？而且知道多久了？

「皮諾！」卡利托喊道：「你有沒有聽見他們說了什麼？」

載著將軍的那輛車迅速離去，沿山路前往斯圖巴特和因斯布魯克。

「皮諾，」卡利托喊道：「德國投降了！納粹被告知在明天上午十一點前棄械投降！」

皮諾一言不發，只是看著漢斯・雷爾斯少將從自己的視野和人生中消失。

卡利托來到老友身旁，輕輕把一隻手放在皮諾的肩上。「你還不明白嗎？」他說：「戰爭結束了。」

皮諾搖頭，覺得臉上流過淚水。「我確實不明白，卡利托，而且戰爭還沒結束，我覺得對我來說永遠不會結束，永遠不會。」

後記

二次大戰結束時，三分之一的米蘭成了廢墟。轟炸和戰亂造成兩千兩百名米蘭人死亡，四十萬米蘭人無家可歸。

這座城市及其居民開始重建，用全新的道路、公園和高樓埋葬了昔日時光和斷垣殘壁，洗去了戰火在米蘭大教堂上留下的焦炭。貝爾卓米尼新鮮蔬果店的舊址如今是一間銀行，其轉角處豎起了紀念碑，紀念圖里歐·加林貝堤和死於洛雷托廣場的其他烈士。戴安娜酒店矗立至今，而大使館、聖維托雷監獄，以及令人心神不寧的紀念墓園柱廊也依然存在。

斯福爾扎古堡的塔樓獲得修復，但內側牆壁上的彈孔保留至今。為了幫民眾忘掉在洛雷托廣場發生過的野蠻行徑，埃索加油站遭到拆除，曾是女王酒店和蓋世太保據點的那棟建築也不復存在。在希維歐佩里科大街上，只有一塊銘板紀念在黨衛軍總部裡遭到折磨虐殺的受害者。米蘭的大屠殺紀念館位於中央火車站之中，在二十一號月臺底下。

義大利遭到納粹入侵時，國內大約有四萬九千名猶太人，其中大約四萬一千人僥倖逃過逮捕，或成功地從集中營存活下來。其中許多人是透過所謂的「天主教地下鐵路」脫身，由幾條不同路線往北進入瑞士，其中一條是透過莫塔村。另一些勇敢的義大利人、天主教徒和神職人員，則是把猶太難民藏在修道院、教堂或住家的地下室，少數幾人甚至是被藏在梵蒂岡。

阿爾弗雷多・伊爾德方索・舒斯特努力拯救猶太人，也努力避免他所在的米蘭遭到進一步的破壞，他一直擔任米蘭樞機，直到在一九五四年八月辭世。為舒斯特樞機主持葬禮彌撒的人，後來成了教宗。此人在他的葬禮上擔任護柩人員，後來繼承了他的衣缽，被冊封為聖人。這個護柩人員就是日後的若望保祿二世，他在一九九六年為舒斯特樞機進行了宣福禮。舒斯特樞機的遺體封存於一口密封玻璃櫃，安置於米蘭大教堂的地下墓穴。

路易吉・瑞神父繼續在阿爾卑斯屋收留遇上危險之人。二次大戰剛結束後，他做出了令人觀感不佳的舉動：他收留了歐根・多爾曼，希特勒的義大利通譯，並拒絕將此人交給美軍。

米蘭的以色列社群曾正式感謝瑞神父冒生命危險拯救猶太人。瑞神父在一九六五年過世，埋葬於莫塔村山上一條雪道，而豎於其墳的鍍金聖母像，據說是由他在戰爭發生前、期間和結束後幫助過的所有人合力出資。他那間男校後來改建成旅店，名稱依然是「阿爾卑斯屋」，禮拜堂則已拆除。

圖里歐・加林貝提遭到處決不久後，喬凡尼・巴巴拉斯基成為了神父。他也共同成立了「OSCAR」，這個地下抵抗組織專門對抗納粹的占領勢力及其目的。巴巴拉斯基和 OSCAR 成員們跟「流浪之鷹」合作（Aquile Randagie，這個被禁止的團體跟「美國童軍」有些相似），為難民們偽造了三千多份證件，以便逃往瑞士。在 OSCAR 的幫助下，兩千多名猶太人經由施普呂根山口、莫塔村、瓦爾科德拉步道和其他北側路線逃出了義大利。戰爭結束後，米蘭以色列社群正式感謝了巴巴拉斯基，最近還在「義大利義人紀念公園」（Righteous of Italy，紀念冒生命危險拯救猶太人的義大利人）以他的名義種下一棵樹。

教皮諾・萊拉開車的阿爾貝托・阿斯卡里實踐了兒時夢想，成了義大利的全民英雄。阿斯卡里加入了法拉利的一級方程式車隊，在一九五二年和五三年拿下冠軍。一九五五年五月，他在蒙札賽車場練車的時候，所駕駛的車輛失控空翻，他因此被甩到賽道上，不久後在米莫・萊拉的懷裡斷氣。在阿斯卡里的葬禮上，數以千計的民眾把米蘭大教堂和廣場擠得水洩不通。阿斯卡里被葬在紀念墓園，緊鄰其父之墳。世人公認他是最偉大的賽車手之一。

瓦爾特・勞夫上校，北義大利的蓋世太保首長，被認為該為十萬多人的死亡直接負責，而且該為數十萬人的死亡間接負責，因為他在前往米蘭赴任前，在東歐部署了由他設計的移動式毒氣室，而這成了殺害那些人的凶器。勞夫雖然遭到逮捕，但逃出了戰俘營，前往智利，成了雇傭間諜，而且與該國的歷代獨裁者關係密切。聞名天下的「納粹獵人」西蒙・維森塔爾，在一九六二年逮捕了勞夫。當時的德國政府試圖將勞夫引渡回德國，但勞夫做出抵抗，案件於是交給智利最高法院審理，勞夫因此在五個月後獲釋。一九八四年，他在智利首都聖地牙哥死於心臟病發。許多前任納粹軍官出席了他的葬禮，據說該場合是一場喧鬧派對，基本上就是歡慶勞夫、阿道夫・希特勒和整個第三帝國。

J・法蘭克・克內貝爾少校回到美國，離開了軍隊，做起報紙媒體的事業。他創辦了加州的《園林新聞》報紙，後來創辦了《澳海山谷新聞》報紙。他在一九六三年買下了「廁所企業」（Los Banos Enterprise）。克內貝爾和皮諾有斷斷續續地維持書信往來，直到這位報業大亨在一九七三年逝世。克內貝爾沒留下多少關於戰爭的文字紀錄，除了一篇寫在某個文件上、宛如密碼的筆記，內容暗指他打算寫出一個「真實故事，關於米蘭的戰爭末期，一個未曾公諸於世的複雜陰謀」，可惜他未曾付諸行動。

彼得・達洛亞下士後來回到波士頓。他在戰爭結束幾十年後離世後，他兒子震驚地發現了一枚銀星勳章，是獎勵他父親在卡西諾山戰役展現的英勇氣概。該勳章是收藏在閣樓的一個盒子裡。和許多老兵一樣，達洛亞未曾跟任何人提起在義大利打仗的經歷。

阿爾伯特和葛芮塔・阿爾巴尼斯的生意持續興旺。阿爾伯特決定給海泡石菸斗裹上皮革，賣去全世界，結果賺了大錢。這對夫妻在一九八〇年代過世。他們在皮特羅維里大街七號的那間店，如今成了「比薩名錶」（Pisa Orologeria）的店面。

戰後，米歇爾和波爾吉雅・萊拉開設了許多成功的皮包和運動服飾公司，畢生都在時尚區活躍。這對夫妻在一九七〇年代去世前，位於蒙特拿破崙大街三號的原址獲得重建，如今是一家薩瓦托・費洛加蒙（Salvatore Ferragamo）分店。在戰後，利托里奧大道被改名為馬泰奧蒂大道。萊拉住過的公寓大樓依然矗立，不過鳥籠式電梯已被移除。

有其母必有其女，皮諾的妹妹琪琪也成了頂尖的生意人。她把米蘭宣傳成全球時尚中心，而且管理家族生意，專注於聖巴比亞的精品店。她在一九八五年過世。

多米尼克・「米莫」・萊拉以驍勇善戰著稱，尤其是他第一天投入抵抗之戰時所做出的行動。米莫加入了家族生意，後來開設了自己的製造公司「萊拉運動用品」，專注於業餘運動和戶外活動愛好者。米莫是個矮小、好鬥而且成功的生意人，娶了比自己高一呎（約三十公分）的美麗時裝模特兒薇樂莉雅，育有三名子女。他在莫塔村的阿爾卑斯屋旁邊蓋了一棟木屋，據說那裡是他在這個世界上最喜歡的地方。一九七四年，四十七歲的米莫死於皮膚癌。

卡利托・貝爾卓米尼和皮諾・萊拉的友誼維持了一輩子。卡利托後來成了愛快羅密歐的頂尖推銷員，住過歐洲各處，終生未婚，在五十三年間未曾談到戰爭。但在一九九八年，他因病住院期間，皮諾和一個名叫羅伯特・戴倫多夫的美國人前去探望。卡利托如告解般說起戰爭末期的時光。他還記得戴安娜酒店那場瘋狂派對，也記得他們在得知要護送雷爾斯將軍前往奧地利時，皮諾臉上出現復仇之情。卡利托始終相信雷爾斯的手提箱裡裝了黃金。他也坦承射殺了試圖逃走的那幾個劫匪，他談及此事時哽咽啜泣，並祈求上帝原諒他做出的瘋狂行為。

幾天後，卡利托在皮諾的陪伴下與世長辭。

目送雷爾斯將軍乘車進入奧地利後，皮諾回到米蘭，為克內貝爾少校擔任了兩星期的嚮導。少校拒絕談到雷爾斯，只說這些事是最高機密，而且戰爭已經結束。

但對皮諾而言，戰爭並未結束。他深受悲痛和回憶所苦，他的信念持續動搖，腦海裡充滿無人能答的諸多疑問。雷爾斯將軍其實從頭到尾都知道皮諾是間諜？他在雷爾斯身邊所耳聞目睹的一切，都是雷爾斯刻意允許，以便讓他回去向阿爾伯特舅舅報告，讓巴卡透過發報機通知同盟國？

阿爾伯特舅舅表示，自己跟皮諾一樣沒想到雷爾斯知道他的代號。舅舅和爸媽更擔心的，是皮諾依然是暴民的目標，這種恐懼也並非多疑。到了一九四五年五月底，北義大利各地有數以千計的法西斯和納粹通敵犯，遭到了處決和報復式殺害。

在家人的堅持下，皮諾離開了米蘭，前往拉帕洛鎮，在這座水岸城鎮打了一些零工，直到那年的秋末。他回到馬德西莫鎮，當起滑雪教練，而且透過和瑞神父的促膝長談，接受了自己遭遇的悲劇。他們談到愛，談到信仰，談到痛失親友所感受到的沉重悲慟。

皮諾在山上向上帝求助，祈求能脫離揮之不去的悲痛、困惑和哀傷。但安娜就是不放過他，她就是他這輩子最美好的回憶，她的笑容、芬芳和天籟般的笑聲不斷在他耳裡打轉。她成了詛咒，深夜時在他周身打轉，對他提出指控，態度酸苦，而且做出要求。

誰能告訴他們我只是個女僕！

兩年多的時間裡，皮諾一直活在愧疚與悲痛所織成的朦朧之霧中，看不見任何形式的未來，聽不見任何希望之詞。夏天，他沿著海邊行走好幾公里；秋天，雪季尚未到來之前，他攀爬於神之大教堂的阿爾卑斯山，每天都苦苦哀求未曾賜下的寬恕。隨著日子一天天過去，皮諾依然相信遲早會有人找上門，詢問他關於雷爾斯將軍之事。

但這種人未曾出現。一九四七年，皮諾連續第三年回到拉帕洛鎮度過夏天，依然試著接受自己的戰爭經歷，試著應付安娜的幽魂糾纏。令他格外難過的，是她從沒跟他說過自己姓什麼，甚至沒提過第一次結婚後的姓氏。如此一來，他甚至沒辦法找到她母親、讓對方知道女兒已不在人世。

這簡直就像安娜只有在他面前存在過。她愛他，他卻辜負了她。他當時處於一個極其艱難的情況，而絕口不提她的事，等於否認了認識她，否認了愛過她。在阿爾卑斯山上引導猶太難民，或置身於納粹當中擔任間諜的時候，他懷有信念，但在面對行刑隊的那一刻，他失去了信念，只想著自保。

這種精神折磨持續下去，而只有在海邊散步、安娜活在他腦海裡的時候，皮諾才想起她對他說過她不太相信未來，而是試著活在當下，尋找能讓自己感到慶幸的理由，試著創造出自己的幸福和恩典，而且透過這兩者在當下建立美好人生，而不是把它們當成改天再去達成的目標。

安娜這番話在皮諾的腦海裡迴響，也不知道為什麼，這些字句突然解開了他的心鎖，讓他承認他想要的不只是苦苦思念她，不只是因為當初沒試著救她而覺得心如刀割。

在那片無人海灘，他最後一次為安娜哀悼。但在他的腦海裡，他想起的不是她的死去，不是她的遺體躺在柱廊地板上，也不是他在失去信念時聽見小丑的詠嘆調。他在腦海裡聽見的，是卡拉富王子的詠嘆調《無人得以成眠》，想起意外墜入愛河的片段：第一天轟炸的當天早上，安娜出現在麵包店外頭；一年半後，安娜打開桃莉公寓的門；安娜在桃莉的臥室裡逮到他偷拿將軍的鑰匙；安娜在科莫湖畔的公園幫他拍照；安娜在聖誕夜在哨兵面前故作酒醉；安娜透過赤身露體來表達對他的渴求。

聽見《無人得以成眠》攀升至高音時，皮諾望向利古里亞海，感謝上帝讓安娜來過他的人生，就算短暫而且以悲劇收場。

「我依然愛她，」他告訴這裡的天風和大海，她生前最令她喜悅的地方。「我很感激能遇到她。她是我將永遠珍藏於心的寶貴禮物。」

接下來的幾小時裡，皮諾感覺她的幽魂漸漸鬆開了鐵腕，放開他，最終輕飄而去。離開海邊的時候，皮諾發誓放下那場戰爭，永遠不再想起安娜、雷爾斯將軍、桃莉和當時經歷過的一切。

他要全力追求幸福，而且他這麼做的時候要「con smania」——**熱情洋溢**。

皮諾回到米蘭，曾有一段時間試著透過為爸媽工作來找到想要的幸福和熱忱。他找回了合群的個性，成了優秀的推銷員。但皮諾住在城裡的時候覺得蠢蠢欲動，因為他在置身於神之大教堂、爬山滑雪的時候才最為開心。他的高山天賦帶他回到了原點，他成了義大利國家滑雪隊的教練兼通譯，該隊伍在一九五〇年前往美國科羅拉多州的亞斯本市，參加了在戰後第一次舉辦的世界錦標賽。

皮諾先去了紐約，在一間煙霧瀰漫的夜總會裡聆聽了爵士樂，還去了紐約大都會歌劇院，欣賞了表姊莉西亞·阿爾巴尼斯在托斯卡尼尼的指導下演唱《蝴蝶夫人》的女高音。

他在亞斯本市度過第一晚的時候，在一間酒吧巧遇了兩名男子，一起飲酒談天。賈利來自蒙大拿州，是滑雪愛好者。自稱「海明」的男子去過義大利的嘉蒂娜山滑雪，那是皮諾最喜歡的高山之一。

賈利其實是影星賈利·古柏，他試著說服皮諾去好萊塢試鏡。海明其實是作家厄尼斯特・海明威，這個人大多時間都在喝酒，不常說話。古柏後來成了皮諾的終生好友，海明威則否。

滑雪隊要回去義大利的時候，皮諾沒跟他們一起走，而是去了洛杉磯，但沒去試鏡。他很討厭被一大堆人盯著，而且他覺得自己應該記不住臺詞。

透過跟阿爾貝托・阿斯卡里的交情，他在比佛利山的「國際車業」車行（International Motors）找到了工作，銷售法拉利和其他豪華跑車。皮諾英語流利，而且熟悉高性能車輛，加上熱愛樂趣十足的活動，因此自然而然地成了推銷好手。

他最喜歡的推銷手法，是把一輛法拉利停在華納兄弟片廠對面的午餐攤販前。他透過這個方式認識了詹姆士・狄恩，而且聲稱曾警告那位年輕演員別買下很想要的一輛保時捷，因為狄恩並沒有為那輛車的大馬力做好準備。狄恩沒聽從他的建議而出事後，他難過得大受打擊。

皮諾在國際車業這家車商工作時，跟他合作的技工們有丹・格尼、里奇・金瑟和菲利普・希爾，這些人都來自聖莫尼卡，後來成了一級方程式的賽車手。一九五二年，皮諾在利曼賽車活動上把希爾介紹給阿爾貝托・阿斯卡里，希爾因此成了法拉利車隊的賽車手。和阿斯卡里一樣，希爾後來也拿下世界冠軍。

皮諾在冬季會前往內華達中部山脈的猛獁山，在當地的滑雪學校當教練。他在雪道上授課的時候，找到了最強烈的快樂和熱忱。他教授滑雪時，把這項活動塑造成充滿喜悅和創意的冒險。猛獁山滑雪學校的創辦人戴夫・麥考伊曾說，看著皮諾在深厚的雪粉上滑雪，感覺就像「看著一場夢境」。

皮諾的人氣很快變得水漲船高，所以後來只接受一對一教學，也因此和蘭斯・

雷文洛成了朋友，其母是芭芭拉・赫頓（《貧窮的女富豪》）；在雷文洛的介紹下，皮諾和派翠西亞・奧胡斯相了親，派翠西亞繼承的龐大財富來自家族的媒體王國，包括《洛杉磯每日期刊》、《聖地牙哥時報》，以及《聖伯納迪諾太陽報》。

經過一場龍捲風般的交往後，皮諾和派翠西亞結了婚，在比佛利山買了房子，過著環遊世界般的生活，往返於加州和義大利之間。皮諾不再銷售法拉利，而是買了幾輛，在賽車場上狂飆。他滑雪，爬山，過著精采豐富的人生，而且每一天、每一年都由衷感到快樂。

皮諾和派翠西亞育有麥克、布魯斯和傑米三個兒子。他寵愛孩子，並把對滑雪和高山的愛傳授給了他們。而且他每次出席派對，無論在哪個國家，總是會成為焦點，這種能力似乎就是跟他如影隨形。

但三不五時，在深夜，尤其在戶外，他會想到安娜和雷爾斯將軍，那些回憶會再次給他帶來滿滿的愁思、困惑和失落。

一九六〇年代，皮諾三十幾歲的時候，夫妻之間開始常常發生爭吵。他認為她太愛喝酒，她則認為他把太多注意力放在其他女人身上，並責備他除了成為世界級滑雪教練之外沒多大成就。

在那種負面環境下，皮諾越來越常想到安娜，也越來越常因為某個念頭而感到不滿：他這輩子恐怕再也不會嘗到那麼深沉又真實的愛。他覺得就像籠中困獸，也因此覺得非常需要去走路、行動、遊歷和尋找。

皮諾旅行一年後，對妻子提出了離婚的請求。他在旅途中認識了一名充滿異國風情、令人驚豔的年輕女子，她名叫伊芳・溫瑟，和印尼的蘇卡諾家族（Sukarno）有親戚關係。兩人相遇的那一刻，皮諾就對她一見鍾情。離婚和再婚給皮諾的第一個家庭造成了重大打擊，派翠西亞因此成天酗酒。皮諾把兒子們送去瑞士一所寄宿學校，他們對他的怨氣持續了很多年。

皮諾的父母去世後，他繼承了三分之一的家族生意，和妹妹之間因此產生了裂痕。琪琪之所以感到不滿，是因為她這些年來一直忙著打造萊拉這塊招牌，而他過著追求幸福的人生，對這個家族生意幾乎毫無貢獻，如今卻能拿走三分之一的獲利。

這筆財富給了皮諾更多自由，但他有很多年不再產生想去遊歷的欲望。他和伊芳育有兩名子女：喬吉和艾琳娜。他也試著給他跟前妻生下的孩子們更多父愛，而他當時已經跟他們重修舊好。

但隨著米莫的離世，皮諾再次陷入心神不寧的狀態，而且開始做起關於安娜的惡夢。皮諾安排了一趟旅程，計畫從法蘭克福搭乘泛美航空的班機，經由倫敦和紐約前往底特律。但一個老友說服了皮諾晚一天再出發，好讓兩人能敘敘舊。皮諾照做，結果後來得知，他原本預定要搭上的泛美航空一〇三號班機，在蘇格蘭的洛克比墜毀，無人生還。

皮諾在那段期間花了幾個月的時間旅行、尋覓，但根本不知道自己在找什麼。他回到家後，伊芳告訴他：她雖然愛他，但實在沒辦法再跟他一起生活下去。奇怪的是，他們倆雖然離了婚，但始終維持著良好的友誼。

皮諾逐漸老去，看著子女長大，看著銀行裡的錢越來越少，但他在耳順之年依然過得精神抖擻。他滑雪，為幾家義大利出版社撰寫關於賽車的文章，交了很有意思的諸多朋友和女友。他未曾提過安娜、雷爾斯將軍、瑞神父、阿爾卑斯屋，或他在戰爭期間做過什麼。

在一九八〇年代，一名來自加州洪堡州立大學「利他人格與利社會行為學院」的研究員找上皮諾。她當時正在研究「冒生命危險拯救他人」的案例，說是透過以色列猶太大屠殺紀念館得到他的名字，這令皮諾感到意外。在那之前，從來沒有人因為他和瑞神父做過的事而聯繫他。

皮諾跟那名年輕女子簡短談了話，但她的研究方向令他難受，因為那讓他想到安娜，他因此結束了訪談，並保證會把她提供的複雜問卷寫好再寄給她，但他未曾履行約定。

皮諾對過去始終絕口不提，直到在一九九〇年代末期，他在北義大利巧遇了羅伯特·戴倫多夫，這個事業有成的美國人擁有的諸多財產之一，是在加州的一小塊滑雪場。戴倫多夫當時已經退休，住在馬焦雷湖。

這兩個年齡相仿的男人一拍即合，一起吃喝談天說笑。第三天相處的深夜，戴倫多夫問：「皮諾，你在戰爭期間過著什麼樣的人生？」

皮諾陷入沉思，遲疑許久後開口：「羅伯，我從沒跟任何人說過我的戰爭經歷。但有個很睿智的人跟我說過，我們如果敞開心房，自曝傷疤，就會露出自己的凡人面、缺點和一切。我猜我已經準備好揭露一切。」

在那個深夜，他滔滔不絕地說出故事的諸多片段，戴倫多夫聽得目瞪口呆。為什麼世人對這個故事幾乎一無所知？

戴倫多夫和皮諾的邂逅引發了意外收穫，其中之一就是那場在蒙大拿州博茲曼市舉行的晚宴——那天是我這輩子最嚴重的低潮——我因此決定飛往義大利，親自聆聽整個故事。我這輩子第一次踏上米蘭土地的時候，皮諾已經快八十歲了，但他散發的喜悅和力量讓他彷彿年輕了二十歲。他開車像瘋子，彈琴一把罩。

但我在三星期後離開時，皮諾看起來遠比實際年齡更為蒼老。打開鎖在心裡六十年的故事，這對他造成了心靈創傷，而且許多終生未能獲得解答的疑問持續騷擾他，尤其關於漢斯・雷爾斯少將。那個人後來有什麼下場？他為什麼沒因為戰爭罪行而受審？為什麼從來沒人要求聽聽皮諾這邊的說詞？

我花了將近十年的時間做研究，才解答了皮諾・萊拉的一些疑問，主要是因為雷爾斯將軍在「湮滅證據」這方面簡直無人能敵，托特組織的其他軍官也是。雖然納粹對「做紀錄」的執著宛如患有強迫症，雖然托特組織曾擁有數以百萬計的囚犯和奴隸，該組織留下的文件卻只塞得滿三座文件櫃。

雷爾斯將軍，這個人曾親口說自己是阿道夫・希特勒的心腹，而且他在二次大戰的最後兩年間可能就是義大利權力第二高的男人，但他留下的相關文件居然不到一百頁。在那些文件上，他的名字大多也只是被註明曾參與哪場會議，很少看到哪張文件把雷爾斯描述成簽署者。

然而，倖存下來的文件清楚指出一件事：皮諾在布倫內羅隘口把雷爾斯交給傘兵後，將軍在德國和瑞士的財產遭到凍結。雷爾斯離開那條山路後，被送去位於因斯布魯克郊外一座盟軍戰俘營。奇怪的是，關於雷爾斯的偵訊紀錄都沒被保留或公開，紐倫堡戰爭罪行審判上也未曾提到他。

然而，這位將軍確實有寫一篇報告給美國陸軍，描述托特組織在義大利的活動。該報告收藏於美國國家檔案和紀錄管理局，基本上就是雷爾斯為自己徹底洗白的說詞。

一九四七年四月，戰爭結束的二十三個月後，漢斯・雷爾斯獲釋。三十四年後，他死在德國的埃施韋勒市。將近九年的期間，我只找到關於雷爾斯的這兩個確切日期。

後來，在二〇一五年六月，我和希爾維亞・弗利斯欽這位傑出的德裔研究員兼譯者合作的時候，我找到了雷爾斯將軍的女兒英格麗・布拉克，她當時仍住在埃施韋勒市。因重病而來日無多的布拉克太太答應接受我的訪談，描述她父親這個人，還有他在戰後的遭遇。

「他被送去戰俘營，等著接受紐倫堡審判，」她說話時憔悴地躺在臥室裡，住處是她父母留下的龐大德式莊園。「他雖然有因為戰爭罪行而遭到起訴，不過……」

布拉克太太開始咳嗽，因狀況太差而無法繼續訪談。但我找到了曾為雷爾斯將軍擔任精神導師長達二十五年的某人，還有雷爾斯認識三十年的某個朋友兼助手，這兩人都願意對我說明來龍去脈，或者該說雷爾斯是如何對他們描述自己在義大利的時光、如何奇蹟般地從戰俘營獲釋。

根據擔任房仲的吉奧・克蕭，以及已經退休的埃施韋勒牧師瓦倫泰・史密特所描述，雷爾斯將軍確實曾因為戰爭罪行而遭到起訴。他們不清楚詳細罪名，也宣稱完全不知道雷爾斯曾逼人為奴，曾執行「通過勞動滅絕」（Extermination by Labor）這項政策來達成種族滅絕，實踐希特勒的「最終解決方案」。

但牧師和房仲都同意的是，雷爾斯當時原本會跟其他曾在義大利犯下戰爭罪行的納粹和法西斯一起在紐倫堡受審。戰爭結束後，兩年過去了，在那段期間，希特勒的爪牙們大多已經接受了審判並執行了絞刑，其中大多都在法庭上做出對阿爾伯特・斯佩爾不利的證詞，斯佩爾是「全權負責義大利軍備與軍工生產的帝國議員」，也是托特組織的首領。

在紐倫堡法庭上，斯佩爾聲稱根本不知道那些集中營的存在，就算它們明明是由托特組織興建，就算大多數的集中營都掛有告示牌、標明是托特組織勞動營。無論同盟國的檢察官們是否聽信了斯佩爾，或只是需要他能提供的定罪證詞，法庭還是讓希特勒的這個建築師免於被吊死。

得知斯佩爾背叛了希特勒的核心團體、做出的證詞讓那些人走上絞刑臺，雷爾斯將軍因此也跟檢察官們做了交易。雷爾斯為了自保而提供了許多證據，例如他如何幫助一些猶太人逃離義大利，如何保護一些高階天主教成員（包括舒斯特樞機），還有如何讓飛雅特公司免於徹底毀滅。將軍也答應在非公開法庭上做出對阿爾伯特・斯佩爾——他有名無實的上司——不利的證詞。在雷爾斯提供的證據的部分幫助下，希特勒的建築師在奴役方面終於被定罪，被送去斯潘道監獄關二十年。

至少關於將軍為何能在一九四七年四月獲釋離開戰俘營，他的牧師和長期助手就是這麼說的。

這些說詞雖然聽起來完全可信，但是雷爾斯的家族傳說更為複雜許多。戰後不到兩年內，全世界已經受夠了大戰的餘波，也對持續進行的紐倫堡審判愈加無感，而且越來越多人擔心共產主義在義大利持續擴張。當時的人們認為，一連串針對法西斯和納粹的驚悚審判，只會中了「小粉紅」（pinko，意指共產主義的支持者）的圈套。

歷史學家米歇爾．巴提提所謂的「該舉行但未舉行的義大利紐倫堡審判」未曾發生。包括雷爾斯將軍在內的納粹和法西斯犯下了令人髮指的暴行，許多成員卻在一九四七年的春季和夏季無罪開釋。

雷爾斯的罪行未曾受到審判，他不用為那些因他而死的奴隸負責。在大戰最後兩年發生於北義大利的所有野蠻惡事，都被踢進一口法律之坑，被埋葬遺忘。

雷爾斯回到了杜塞道夫市，跟他的妻子漢娜莉絲、兒子漢斯尤爾根和女兒英格麗一起生活。將軍之妻在戰爭期間繼承了帕朗特莊園（Haus Palant），一座位於埃施韋勒市的中世紀莊園。雷爾斯在戰後打了六年的官司，奪回了這座巨大莊園的完整控制權，餘生都拿來重建和管理這個地方。

他先從龐大的莊園主屋和穀倉開始整修，而諷刺的是，這些建築在戰爭快結束時遭到燒毀，放火的是被托特組織抓去當奴隸的一些波蘭人。牧師和助手表示，雷爾斯從沒提到被德軍在歐洲各地擄獲為奴的一千兩百萬人。

他們倆也不知道將軍從哪弄到重建莊園所需的巨款，只聽他說他在戰後為許多德國大企業擔任顧問，包括鋼鐵製造商克虜伯公司，以及軍火製造商弗利克公司。

這兩人說雷爾斯掌握不可思議的人脈，而且似乎總是有人欠他人情債。例如，如果他想要一臺牽引機，就會有人給他牽引機，神奇得宛如魔法。這種事屢見不鮮。據說飛雅特對雷爾斯感恩戴德，因此每幾年就會送他一輛新車。

漢斯・雷爾斯的戰後人生過得愉快又愜意。正如雷爾斯本人所預言的，在阿道夫・希特勒崛起之前、掌權期間和垮臺之後，他自己還是一樣事事順心。

雷爾斯離開同盟國戰俘營後，成了固定上教堂的虔誠信徒。他出資興建了埃施韋勒市的復活教會（Church of the Resurrection），離他位於「漢斯雷爾斯路」上的莊園只有幾步路距離，這條路的名稱就是按將軍的名字命名。

據說雷爾斯是那種「就是有辦法搞定事情」的人，而且很多人，包括他的牧師和助手，都曾力勸他進軍政界。將軍拒絕了，說自己寧可「站在陰影下，待在黑暗處，拉動操縱桿」。他從來都不想成為檯面上的人物。

雷爾斯邁入老年，看著兒子長大、修得了工程系的博士學位。他女兒結了婚，有了家庭。他很少談到戰爭，只偶爾炫耀自己未曾聽命於阿爾伯特・斯佩爾，而是直接向希特勒報備。

斯佩爾——德國元首的建築師——在一九六六年獲釋離開斯潘道監獄不久後，去探望了雷爾斯。據說斯佩爾一開始表現得跟將軍意氣相投，但後來喝醉而且流露敵意，拐彎抹角地指出他其實知道將軍有在法庭上做出對他不利的證詞。雷爾斯因此把斯佩爾趕出他家。斯佩爾後來寫下了記錄希特勒崛起與殞落的暢銷書《第三帝國祕辛》（Inside the Third Reich），雷爾斯讀了這本書後大發雷霆，批評整本書「謊話連篇」。

雷爾斯將軍後來健康持續惡化，在一九八一年離世。他在布倫內羅隘口離開了年輕的皮諾·萊拉的好幾十年後，被埋葬在一塊巨石底下，所在的墓園位於他興建的教堂和他住過的房子之間。

「我認識的那個人是個好人，是個挺身反抗暴力的人，」史密特牧師說：「雷爾斯是個工程師，當初加入軍隊是因為那是工作。他並不是納粹黨的成員。他如果有牽扯到什麼戰爭罪行，我只能相信他是被迫參與其中。他那麼做想必是被人用槍指著，他根本沒得選。」

我得知這一切的一星期後，再次來到馬焦雷湖畔探望皮諾·萊拉。他這時八十九歲了，滿臉白鬍，戴著細框眼鏡和時髦的黑扁帽。他和以前一樣和藹風趣、老當益壯，生活得熱情洋溢，這真的不可思議，因為他在那不久前才騎摩托車出了車禍。

我們去了一間他喜歡的咖啡館，位於他所住的萊薩鎮的湖畔。喝著基安蒂酒的同時，我跟皮諾描述雷爾斯將軍的境遇。我說完後，他靜靜坐在椅子上，看著湖泊許久，神情複雜。七十年過去了，他在這七十年間的諸多疑問終於獲得解答。

也許是因為喝了葡萄酒，也可能是因為我花了太多時間思索他的故事，總之在那一刻，我覺得皮諾就像一道時空通道，通往一個很久以前的世界，那個世界的戰爭與勇氣的幽魂、仇恨與殘忍的惡魔，以及信念與愛情的詠嘆調，至今依然徘徊於那些活了下來、訴說那些故事的人的善良靈魂之中。和皮諾同桌，回想他的故事，我突然覺得渾身起雞皮疙瘩，我再次想到自己多麼幸運，多麼榮幸能獲准參與他的故事。

「吾友，你說的那一切……你都確定嗎？」皮諾終於開口。

「我去看了雷爾斯的墳墓。我跟他女兒還有以前聽他告解的牧師談過。」

皮諾難以置信地搖搖頭，聳個肩，兩手一攤。「Mon general，」他說出他當年對將軍的法文稱呼。「他總是待在陰影中，自始至終都在我這齣歌劇裡當個魅影。」

然後他對這整件事的荒誕與不公正仰頭大笑。

沉默一會兒後，皮諾接著說：「我年輕的朋友，我明年就要九十歲了，我的人生卻還是令我難以預料。我們永遠不會知道下一刻會發生什麼事、我們會看到什麼、哪個重要人物會進入我們的人生、我們會失去哪個重要人物。人生就是改變，持續的變化，而除非我們幸運得能在其中找到喜劇，否則『改變』幾乎總是一場戲劇，甚至是一場悲劇。但經歷了那一切，就算天空變得緋紅不祥，我還是相信只要我們幸運得能活下來，就必須感謝我們在每一天的每一刻遇到的奇蹟，無論人生充滿多少缺陷。而且我們必須保持信心，相信上帝，相信這個宇宙，相信明天會更好，就算這份信心有時候會動搖。」

「這是皮諾·萊拉為『幸福長壽的人生』開的藥方？」我說。

他聞言發笑，在半空中搖晃手指，表示**勉強算是**。「至少算是『長壽人生當中的幸福部分』，等著我們高唱的歌曲。」

皮諾凝視北方，視線越過湖面，投向他深愛的阿爾卑斯山，那些山峰在夏空下宛如高聳入雲的大教堂。他啜飲基安蒂酒，眼睛變得溼潤茫然。我們默默坐了很長一段時間，這個老人的心思飛去了一個很遠、很遠的地方。

湖水拍打擋土牆，一隻白鵜鶘振翅飛過。一輛腳踏車的鈴聲從我們後方傳來，騎車的女孩發出歡笑。

皮諾終於摘下眼鏡，這時夕陽朝湖面投下黃銅與黃金般的光輝。他擦拭淚水，戴上眼鏡，然後轉頭看著我，對我露出既甘又苦的微笑，把手掌貼在心口上。

「請原諒我這個老頭陷入往日回憶，」皮諾說：「但有些愛就是永遠不死。」

作者鳴謝

約瑟·「皮諾」·萊拉令我感激又謙卑，他把他神奇的故事交託了給我，還敞開他傷痕累累的心靈，好讓我能說出這個故事。皮諾給我的人生教導多得難以估算，也改善了我這個人。願上帝祝福你，老先生。

感謝比爾和黛比·羅賓森在我這輩子最慘的那天邀我去他們家，也感謝賴瑞·明科夫在共進晚餐時分享了這個故事的第一批片段。誠摯感謝羅伯特·戴倫多夫，他曾試著寫下皮諾的故事，但因為碰上瓶頸而把這項計畫交給我，這是我這輩子收過最棒的禮物——除了我的妻兒之外。

我何等幸運，能娶到伊莉莎白·瑪絲克洛·蘇利文。我那天在晚宴結束後回到家，在瀕臨破產的狀況下告訴她我臨時打算獨自前往義大利，去追逐一個六十年來無人知曉的戰爭故事。她未曾表達懷疑，也沒試著打消我的念頭。貝絲對我和這項計畫維持著堅定不移的信心，帶來了最大的幫助。

麥克·萊拉，皮諾的兒子，讀了我的每一份手稿，協助我找到其他證人，而且確認跟義大利有關的每個環節都沒寫錯。謝了，麥克。如果沒有你，我就不可能完成這本書。

我也大力感謝身為傅爾布萊特學者（Fulbright Scholar）的尼克拉斯·蘇利文，我們在位於德國柏林和非卓斯堡（Friedrichsberg）的「德國聯邦檔案館」待了幾星期，他在那段期間鼎力相助。我也同樣感謝希爾維亞・弗利斯欽，她提供了德文翻譯和研究協助，幫我拼湊了雷爾斯將軍在戰後的人生，解答了皮諾的疑問。

我由衷感謝曾在義大利、德國、英國和美國協助我研究皮諾故事的每一位。我每次遇上瓶頸的時候，似乎就會有貴人出現，幫我指出正確方向。

其中一些人列舉如下：「遭驅逐人士紀念館」（Fondazione Memoria della Deportazione）的莉莉雅娜・帕切托、米蘭的費歐菈・德拉・肖亞、已退休的喬凡尼・巴巴拉斯基神父，以及朱利奧・切尼托里（也曾是瑞神父的阿爾卑斯屋的學生）。幫了我大忙的還有米莫之友暨昔日游擊隊戰士的愛德華・帕茲尼、我在米蘭的嚮導米夏拉・莫尼卡・菲納利，以及帶我造訪布倫內羅隘口逃脫路線的里卡多・蘇瑞特。

其他人士包括：美國大屠殺紀念博物館的「曼德爾中心暨大屠殺研究機構」的史蒂芬・賽奇、洪堡州立大學利他人格與利社會行為學院的保羅・歐萊納、美國國家檔案和紀錄管理局研究員史蒂芬・B・羅傑斯與西姆・史麥利、義大利與梵蒂岡歷史學家暨研究員法比安・萊姆斯，以及米蘭大使館檔案館的波薩卓爵士。在馬德西莫鎮幫助過我的人包括皮爾・路易吉・斯卡拉莫利尼，以及皮爾利諾・帕林切利（炸死旅店老闆兒子的那場手榴彈爆炸，害他失去了一隻眼睛和一隻手）。也感謝克特・達洛亞描述他如何找到他父親埋藏起來的戰爭勳章；感謝安東尼・克內貝爾分享他父親寫下的信件；感謝霍爾斯特・史密茲、法蘭克・赫茲、吉奧・克蕭、瓦倫泰・史密特和英格麗・布拉克，給雷爾斯將軍的傳奇做了結尾。

我在試著瞭解皮諾故事的時空背景時，許多組織、歷史學家、作家和研究員在這方面也提供了強力協助，其中包括以色列猶太大屠殺紀念館的員工、「軸心國歷史論壇」的成員們，還有以下這些作家和研究員：茱蒂絲・維斯帕拉、亞歷山卓・恰帕諾、瑞娜塔・布羅吉尼、曼威拉・阿爾托姆、安東尼・舒嘉爾、帕崔克・Ｋ・歐唐納、保羅・諾瓦札克、李察・布瑞特曼、瑞・摩瑟里、保羅・夏茲、瑪格瑞塔・瑪奇歐尼、亞歷山大・史提爾、約書亞・Ｄ・茲摩曼、伊莉莎白・貝提納、蘇珊・祖克提、湯瑪士・Ｒ・布魯克斯、麥斯・科沃、瑪麗雅・迪・布拉西歐・威爾海姆、尼古拉・卡拉奇歐羅、ＲＪＢ・伯斯沃斯，以及艾瑞克・莫里斯。我也非常感謝耐心閱讀了初期手稿的讀者們，包括珍羅卓森經紀公司的麗貝卡・希爾、美國國家公共廣播電臺五角大廈特派記者湯姆・波曼、大衛・哈爾・史密斯、泰瑞・歐斯卓・皮茲、達米安・Ｆ・史拉泰瑞、凱瑞・卡崔爾、西恩・羅勒、貝絲・蘇利文、康納・蘇利文，以及勞倫斯・Ｔ・蘇利文。

我的超強經紀人梅格・魯里，在第一次聽聞皮諾故事的時候就看出了這個故事多麼扣人心弦，因此成了當時少數幾個支持我進行這項計畫的人。我真的很幸運有她支持我。

我們在為這本書尋找出版社的時候，我寫下了要求：我想找個跟我一樣對這個故事充滿熱忱的編輯。我的心願成真，那個人就是我在聯合湖團隊的編輯，向亞馬遜出版社推銷這本小說的使者。她和同為編輯的大衛・唐寧對這個故事充滿信心，也促使我把敘事體雕塑得盡善盡美。我對你們兩位只有說不完的感謝。

國家圖書館出版品預行編目資料

緋紅天空之下 / 馬克．蘇立文（Mark Sullivan）作；
甘鎮隴譯．-- 1 版．-- 臺北市：城邦文化事業股份有限公司尖端出版：英屬蓋曼群島商家庭傳媒股份有限公司城邦分公司發行，2021.12
面；　公分
譯自：Beneath a Scarlet Sky
ISBN 978-626-316-273-0（平裝）

874.57　　110017278

潮流文學

緋紅天空之下
（原名：Beneath a Scarlet Sky）

著　　者／馬克．蘇利文（Mark Sullivan）
譯　　者／甘鎮隴
榮譽發行人／黃鎮隆
美術總監／沙雲佩
企劃宣傳／楊玉如、洪國瑋
總 經 理／陳君平
執行編輯／劉銘廷
國際版權／黃令歡、梁名儀
協　　理／洪琇菁
美術編輯／方品舒
文字校對／施亞蒨
總 編 輯／呂尚燁
內文排版／謝青秀

出　　版／城邦文化事業股份有限公司 尖端出版
台北市中山區民生東路二段一四一號十樓
電話：（〇二）二五〇〇—七六〇〇
傳真：（〇二）二五〇〇—二六八三
E-mail：7novels@mail2.spp.com.tw

發　　行／英屬蓋曼群島商家庭傳媒股份有限公司城邦分公司 尖端出版
台北市中山區民生東路二段一四一號十樓
電話：（〇二）二五〇〇—七六〇〇（代表號）
傳真：（〇二）二五〇〇—一九七九

中彰投以北經銷／楨彥有限公司（含宜花東）
電話：（〇二）八九一九—三三六九
傳真：（〇二）八九一四—五五二四

雲嘉經銷／威信圖書有限公司 嘉義公司
電話：（〇五）二三三—三八五二
傳真：（〇五）二三三—三八六三

南部經銷／威信圖書有限公司 高雄公司
電話：（〇七）三七三—〇〇七九
傳真：（〇七）三七三—〇〇八七
客服專線：〇八〇〇—〇二八—〇二八

香港經銷／城邦（香港）出版集團有限公司
香港灣仔駱克道一九三號東超商業中心1樓
電話：（八五二）二五〇八—六二三一
傳真：（八五二）二五七八—九三三七
E-mail：hkcite@biznetvigator.com

新馬經銷／城邦（馬新）出版集團 Cite（M）Sdn. Bhd.
E-mail：cite@cite.com.my

法律顧問／王子文律師　元禾法律事務所
台北市羅斯福路三段三十七號十五樓

二〇二一年十二月一版一刷

■中文版■

郵購注意事項：
1.填妥劃撥單資料：帳號：50003021戶名：英屬蓋曼群島商家庭傳媒(股)公司城邦分公司。2.通信欄內註明訂購書名與冊數。3.劃撥金額低於500元，請加附掛號郵資50元。如劃撥日起 10～14日，仍未收到書時，請洽劃撥組。劃撥專線TEL：(03)312-4212 ・ FAX：(03)322-4621。E-mail：marketing@spp.com.tw